· 中华书局 ·
上海聚珍出品

中国古代
文学史讲录

陈引驰 —— 著

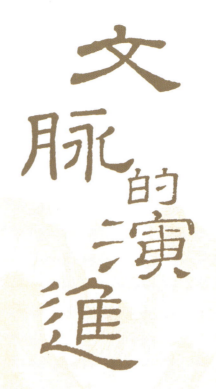

中华书局

图书在版编目（CIP）数据

文脉的演进：中国古代文学史讲录/陈引驰著. —北京：中华书局，2024.12（2025.7重印）. —ISBN 978-7-101-16907-2

Ⅰ.Ⅰ209.2

中国国家版本馆 CIP 数据核字第 2024L3F273 号

书　　名	文脉的演进：中国古代文学史讲录	
著　　者	陈引驰	
策划统筹	贾雪飞	
责任编辑	吴艳红	
责任营销	陈思月	
装帧设计	刘　丽	
责任印制	陈丽娜	
出版发行	中华书局	
	（北京市丰台区太平桥西里 38 号　100073）	
	http://www.zhbc.com.cn	
	E-mail:zhbc@zhbc.com.cn	
印　　刷	河北新华第一印刷有限责任公司	
版　　次	2024 年 12 月第 1 版	
	2025 年 7 月第 2 次印刷	
规　　格	开本/920×1250 毫米　1/32	
	印张 17　插页 3　字数 400 千字	
印　　数	8001-12000 册	
国际书号	ISBN 978-7-101-16907-2	
定　　价	118.00 元	

陈引驰　复旦大学中文系教授、博士生导师，曾任中文系主任（2012—2020），现任复旦大学图书馆馆长、中华文明国际研究中心主任。研究领域为中国古代文学与文学理论、道家思想与文学、中古佛教文学、近现代学术思想、海外汉学等。著有《文学传统与中古道家佛教》《中古文学与佛教》《庄学文艺观研究》《庄子讲义》《〈庄子〉通识》《〈文苑英华〉与近世诗文思潮》等，译有《唐代变文》《中国"中世纪"的终结：中唐文学文化论集》《曹寅与康熙：一个皇室宠臣的生涯揭秘》等，主编"中华经典通识""佛经文学经典""二十世纪国学丛书"等丛书。1995 年始，在复旦大学开设"中国古代文学史"课程。

陈引驰著作简目

一、中国文学与文论

《文脉的演进：中国古代文学史讲录》（著），
  中华书局 2024 年。

《文学时空与士人信仰》（著），
  香港城市大学出版社 2021 年。

《文学传统与中古道家佛教》（著），
  复旦大学出版社 2015 年。

《〈文苑英华〉与近世诗文思潮》（著，中英双语本），
  上海外语教育出版社 2018 年。

《彼岸与此境》（著），山东友谊出版社 1997 年。

"中华经典通识"丛书（主编，三辑十五种），
  中华书局 2022—2024 年。

"二十世纪国学丛书"（合作主编，十五种），
  华东师范大学出版社 1996—2000 年。

"民国诗歌史著集成"（合作主编，二十一册），
  南开大学出版社 2015 年。

《刘师培中古文学论集》（编），
  中国社会科学出版社 1997 年。

《中国古文英华》（合著），香港商务印书馆 2018 年。

《中国古诗英华》（合著），香港商务印书馆 2018 年。

《中国"中世纪"的终结：中唐文学文化论集》（合译），
  生活·读书·新知三联书店 2006 年。

《曹寅与康熙：一个皇室宠臣的生涯揭秘》（主译），
  上海远东出版社 2005 年。

《女性主义文学批评》（译），骆驼出版社 1995 年。

《文学、政治与理论》（译），骆驼出版社 1996 年。

二、庄学思想与文学

《庄学文艺观研究》（著），文史哲出版社 1994 年。

《无为与逍遥：庄子六章》（著），中华书局 2016 年。

《庄子讲义》（著），中华书局 2021 年。

《〈庄子〉通识》（著），中华书局 2022 年。

The Way to Inner Peace: Finding the Essence of Dao through the Sayings of Zhuangzi. Shanghai Press and Publishing Development Co. Ltd.,2023.

《庄子百句》（著），中华书局 2023 年。

《乱世的心智：魏晋玄学与清谈》（著），
  沈阳出版社 1997 年。

三、佛教与中古文学

《中古文学与佛教》（著），商务印书馆 2017 年
  （2024 年"中华当代学术著作辑要"丛书新版）。

《隋唐佛学与中国文学》（著），
  百花洲文艺出版社 2002 年。

《佛教文学》（著，插图本），
  上海人民美术出版社 2003 年。

《佛教文学精编》（合作主编），
  上海文艺出版社 1997 年。

"佛经文学经典"丛书（主编，四种），
  花城出版社 1998 年。

《镜花水月：佛教文学卷》（主编），
  商务印书馆 2017 年。

《多元宗教背景下的中国文学》（主编），
  中西书局 2018 年。

《唐代变文》（合译），
  中国佛教文化出版有限公司 1999 年。

目录

第七讲　思理、景致与形式：六朝诗歌　*322*

导　论

在导论部分，我想，有几个问题需要交代。

一　所谓"文学史"

第一个是关于文学史的。

不知道大家是否考虑过这个问题：什么是文学史？

文学史并不是理所当然的，倘若起古人于地下，问他什么叫"文学史"，告诉他"你是文学史中之人"，他可能瞠目不知所对。

文学史其实是一个非常晚近的学术概念。

那么怎么理解"文学史"？当然涉及"文学"和"史"两方面。

首先讲"文学"，最基本地讲，大致有两种理解：

从狭义来讲，我们把它看成文学作品，即文学的文本，根据某些标准，判断哪些是文学文本，哪些不是——当然这种理解也存在问题；

从广义来讲，不仅把文学看成一个文本的问题，而是看成一个活动、一个过程，需要有人进行创作，创作之后形成文本，文本会流传，得到阅读和评价，对后世的读者、作者发生影响，构成一个完整的文学活动，或文学过程。但即便是比较广义的"文学活动"，文学文本或文学作品也是当中非常重要的环节。

所以文学作品非常重要，我们需抓住文学作品来谈。如果我讲文学史完全不讲作品，而讲屈原如何、李白如何，曹雪芹、鲁迅是怎样的人，说不定也很有趣。最后固然能介绍很多作家，但是文学在哪里？有些文学家其实并不有趣，说不定不如政治家或哲学家有趣。所以，文学家当然是文学活动中非常重要的部分，但恐怕很难是文学史的中心。即便从广义上理解文学活动，文学作品可能也是文学史所要处理的中心问题。

"文学"之后，还有"史"的概念。什么叫做"史"？最简单地讲，是人们相信在过去的时间中曾经发生的事情。那么所谓的"文学史"，就被认为是在过去的历史长河当中，曾经产生过的作品，或者以这些作品为中心的文学活动、文学过程。但问题实际上更为复杂：仅将所谓的文学文本连在一起，该如何构成文学史？

事实上，尽管一些文学作品之间存在联系，但许多文学作品之间并没有联系。比如对宋代"江西诗派"的诗人来说，他们文学的渊源、传统要追溯到"一祖三宗"，"一祖"就是杜甫，所以杜甫的作品和他们的作品之间，可以建立起联系。但是换一个人，比如谢灵运，他的文学和这些后人的文学当然也会有关系，但关系的性质和密切程度，肯定不能跟杜甫与江西诗派的关系相比。所以把一个个作品连起来，是否就能构成历史，其实是有问题的。

那么文学活动、文学事件能否构成历史？也很难说。比如李白和杜甫曾经会面，白居易和元稹是好朋友，韩愈和孟郊联句作诗，这些事件之间有没有关系？其实大可怀疑。无论是简单地连接文学作品，还是简单地连接文学事件和文学活动，都未必能构成文学史。

究竟何为文学史？其实是所谓的作品和作品之间、文学事件和文学事件之间，要具有内在的联系性，才成其为文学史。文学史是要建立一种内在联系性，把文学作品、文学相关的活动连缀成一个序列。所以文学史首先是一个"叙述"。所谓"叙述"，并非简单地说一件事，而是要在许多不同的事件之间建立起一种关系，这个关系需有意义，至少是你可以理解、可以解释的，其中包含主体的判断、主体的意识。比如同样一件事情，追溯和讨论它的来龙去脉时，不同人可能看到不同的情况。打一个最简单的比方，你听两个同学吵架，大概知道他们在吵什么，但如果追问为什么吵架，由于不同人对他们关系的了解程度不同，得到的答案也会不一样。回到文学史，要追溯文学作品与文学事件之间的关系，建立起因果，主体性是非常重要的。

对于所谓的"文学史"，不要一看到"史"，就以为是绝对客观的事实，实际上它是后人不断建构起来的。我们今天看到的文学史书籍，对于作家、文学风格、文学思潮的描述，实际上都给予了一定的解释。解释的部分和历史上真实发生过的事件，二者结合在一起，构成一定的序列，就成为文学史叙述。可以说，文学史首先是一个理论的问题，而不仅是一个历史的、事实的问题。事实一直在那里，而如何理解其中的关系，则是理论的问题。比如李白比杜甫年龄大，这是事实，不能倒过来说杜甫比李白大，也不能说中国文学史上没有李白、杜甫；但如何理解李白和杜甫的关系，则涉及站在何种立场进行判断，是一个学术的、理论的问题。

钱锺书先生有一篇文章《中国诗与中国画》，早先在《旧文四篇》里读到，后来收在《七缀集》中，文章里面谈到，千万不能相信历史事件或文学事件发生时，当时人的评价。比如根据《旧唐书》的记载，钱先生发现，编写者眼中唐代最伟大的作家，不是李白，不是杜甫，也不是白居易，而是一个叫吴筠的道士，据说和李白相识，《旧唐书》里对所有人文学才能的评价都没有他高，据钱先生说，是"赞叹备至"的。但是我们现在能够接受这样一种判断吗？肯定不能。如今的唐代文学史，采取的是完全不同的理解，建构起完全不同的文学谱系。文学史实际上都站在文学发生的时间之后，是后人对于前人的判断，按钱先生的说法，就是"野孩子认父亲"，是"暴发户造家谱"，写出作品之后，为把自己纳入传统中，而把前人认作精神上的先驱，表明自己有所师承。而之所以文学史有很多不同的观察方式、理解方式，或者说在不同的时代，往往有人重写文学史、提出不同的看法，就是由于文学史首先是一个理论的问题。

二 "文学"的观念

其次，我想提一下文学的观念问题。

刚才讲的文学史，重在文学和历史之间的关系，但就文学而言，怎样判断哪些是文学作品、哪些不是，也是一个重要问题。

中国文学史往往讲到"核心文类"，也就是在各时代占据主导地位的文体。只有擅长这种作品的人，才可称为文学家，比如汉代文学家必须会写赋，唐代文学家必须会写诗，到了"五四"以后，小说则尤为重要。每个时代有各自的核心文类，所以古人虽没有现在这么完整的文学史概念，但也对文学的范畴有所认识。对19世纪的文人而言，将《水浒传》《红楼梦》视为文学是不可思议的，这是由于当时的文学观念与今天不同。对于何为文学，一代有一代的观念。再比如德国汉学家顾彬，他是一位很认真的学者，有一次说中国的散文是从唐代才有的，我无法理解，后来才知道他说的实际上是"唐宋古文"，他的标准是古文在何时可以被当作文学当中的散文来看待，那确是唐宋以后的现象。可见站在不同立场上，对于什么是文学、什么不是文学的判断，实际上可以有很大的差异。

"文学"这个概念，在中国传统中很早就有，但是我们今天所讲的文学，其历史并没有那么久远。最早在《论语》中，就有"孔门四科"的说法，孔子认为弟子们有不同才能，分别擅长德行、言语、政事、文学。在《世说新语》中，一开头也是这四门。

当时大家普遍认可的"文学"概念，内涵相当广泛，涉及很多古代文献。比如孔子评价为擅长"文学"的子夏，有传承《诗经》之功；汉代阐释《诗经》的齐、鲁、韩、毛四家中，据说毛诗是子夏所传，其他三家也与子夏有渊源关系。《诗经》在今天依然被视为文学，但除此之外，孔子所言"文学"还包含其他类型的文献。比如东汉经学大家郑玄认为，子夏在《论语》的成书过程中也起到重要作用，至于《易》《礼》的传承，据说也有赖于子夏。再如司马迁在《史记·孔子世家》中提及，孔子修撰《春秋》的态度是："笔则笔，削则削，子夏之徒不能赞一辞。"子夏虽然没有参与《春秋》的修撰，但从这句话里可以看到，他具备参与的能力，只是孔子认为必须由自己来做。可见，子夏熟悉的文献非常多，不仅仅是今天被纳入文学史的《诗经》；"孔门四科"中"文学"的范围，是个相当广的概念。

到汉代，"文学"还是一个非常广泛的概念。复旦的郭绍虞先生是中国古代文学研究的重要人物，尤其是在中国文学批评史领域，在他推动下，复旦从1950年代开始，一直是中国文学批评史的重镇。郭先生早年专门做过研究，他指出在汉代，"文学"和"文章"是有区别的："文学"的范围较广，包括古代的各种文化文献；而"文章"更近于今天所讲的文学性的文字。

对于这个结论，现在虽然有不同意见，但它仍有一定道理。胡适曾说过："做学问要在不疑处有疑。"我觉得非常精彩。文学史当然有客观性，但实际上是主观的判断，带有理论立场，所以需要批判的精神。鲁迅先生称魏晋是"文学的自觉时代"，这一判断后来也受到了质疑。实际上，"文学自觉"的说法并非鲁迅首创，而是源于日本学者铃木虎雄在1920年代发表的学说。该学说的重要证据，是曹丕在《典论·论文》中的一句话："盖文章，经国之大业，不朽之盛事。"需特别注意，这里讲的是"文章"，强调文章比照政治事功的重要性，并不说"文学"不朽。可见在汉魏时代，"文章"和"文学"有别，"文学"的概念不同于现

▶ （三国）曹丕《典论·论文》书影

选自南朝梁萧统编《文选》，明嘉靖元年金台汪谅校刊本

代，具有相当广泛的内涵。

那么是在何时，"文学"与今天的观念相对接近，或者说"文学"与"文章"两个观念得到了整合？我想《世说新语》非常值得参考。这本书开头便是"孔门四科"，即"德行""言语""政事""文学"。《文学》篇共有104条：大概前三分之二的条目，讲的是经学，比如郑玄家的女仆熟悉《诗经》，甚至能自如地运用其中的诗句应答；之后是玄学，比如思想家王弼、何晏的故事；又涉及佛学，谈到和尚和名士的交往。可见当时文化、学术的整体，都兼容在"文学"这一概念中。而从曹植七步成诗的故事开始，出现了与今天相近的文学概念，记录文人出口成章、下笔成文、相互切磋之事。可见从《世说新语》的时代开始，"文学"一词才具备今天

的含义。所以，"文学"这一概念本身是有一个历史过程的。

不同时代的文学观念有所不同。比方说，很长一段时间里，小说根本无法在文学殿堂里占有一隅之地。"五四"之后，我们说到文学家，首先想到的是小说家，就连鲁迅也曾因自己没写过长篇小说感到焦虑。但在中国传统文学中，小说是最没有地位的。跟正统诗赋相比，戏曲、小说要低一等，而小说的地位又更低。论戏曲，尚且有些著名的文人，比如以《临川四梦》闻名的汤显祖，他的作品也流行天下。但论小说，有多少小说的作者是可以确定的？比如关于《金瓶梅》作者兰陵笑笑生的真实身份，可能有几十种说法，许多都缺乏依据。再如《西游记》被认为是吴承恩所作，但章培恒老师不同意，写过论文质疑[1]，日本的太田辰夫等学者也不认同，英国学者杜德桥在1970年出版的书中，就非常明确地否定了吴承恩跟《西游记》的关系[2]。再说施耐庵与《水浒传》、罗贯中与《三国演义》的关系，也都很复杂。对于《红楼梦》，之所以多数人相信是曹雪芹写的，有赖于胡适的《红楼梦考证》，但至今仍有不少人不认同。对于其他许多小说的作者，则毫无眉目。这么多中国小说的作者都不明了，并不是偶然的现象，而是由于小说在文学殿堂中，并不占有重要的地位。如今小说成为核心的文学文

1 章培恒：《百回本〈西游记〉是否吴承恩所作》，《社会科学战线》1983年第4期，第295—305页。

2 *The Hsi-yu chi: A Study of Antecedents to the Sixteenth-century Chinese Novel*. Cambridge: Cambridge University Press, 1970.

类，有赖于近代以来的发掘。

另一个例子是，许多曾经被高度重视的文章，到现在不被认为是文学，被排除在文学史之外，也是文学观念的变化造成的。因此对所谓的文学史，要有基本的反思意识，许多看似确凿无疑、绝对客观的知识，其中都存在问题。

在这里我不准备讨论什么是真正的文学，我想说的是，从基本的常识上讲，文学可以说是人类文化历史选择的结果。今天的文学史叙述，比如从《诗经》、楚辞、汉赋、唐诗、宋词、元曲，直到明清小说，本质就是把不同时代的不同文学观念进行选择性的整合，形成一个构架。文学史形成今天的面貌，实际上是基于一定立场选择的结果，关注的是能够感动后人的作品，既可能是情感上的感动，也可能是精神思想上的感动。真正的经典，就是这种有持续的感发力和生命力的作品。有些经典只凭一两句话也能感发人，比如我们读《论语》时，可能都会对这句话产生感慨："子在川上曰：逝者如斯夫，不舍昼夜。"对于这句话的内涵，可以有很多不同的解释，但也完全可以做出文学的解读——面对人们往往熟视无睹的流水，孔子看到了时间的流逝，体悟到时间的实感。联想到成语"朝三暮四"的故事——养猴人提出早上吃三个果子，晚上吃四个，猴子都很恼火，改成早上吃四个，晚上吃三个，猴子就都满意了——对于这个故事的意义，可以有各种解释，但很重要的一点是，它说明猴子没有时间的概念，只能看到眼前的利益。回到孔子在川上说的话，反映出独属于人的感受，正是这种超越时空、感发生命的力量，赋予文字以文学的价值。

在这个意义上，全世界的文学都是共通的。在文学中，可以看到人们非常真切、具体的生活，体会到各种各样的美好情感，当然也包括欺诈、权谋、罪恶等非常丑恶的方面。文学并非不表现罪恶，比如法国作家波德莱尔有《恶之花》，中国文学中也不乏表现恶的内容。日本学者桑原武夫曾和吉川幸次郎讨论：中国恶的文学的代表作是哪一部？吉川幸次郎认为恐怕是《金瓶梅》，但桑原氏赞成柳田国男的意见，认为当推《左传》。对此我们不必做出判断，但足见文学其实非常复杂，在浪漫、崇高、美好的事物之外，也完全可以表现恶，甚至有时理解恶是非常重要的，这才是人生的真相。

三 "中国文学"

接下来我谈几点中国文学的特质。

（一）文字形式

首先，文学是语言的艺术，语言是文学的基本媒介。就像绘画是通过色彩、线条来表达，音乐是通过旋律来表达，每种艺术都有最基本的媒介方式。而对文学来说，语言形式极为重要，这也是认识中国文学的特点时首先要注意的。中国文学是用汉字写成，汉字将音、形、义三者结合在一起，而且在古汉语中，经常是单字为词，这一特点对中国文学造成很大影响。西方文字以表音为中心，所以随着语言的变化，文字会不断改变；而中国文字很大程度上以表意为主，字形跟意义紧密相连，所以字形确定之后，即使有所变化，也万变不离其宗。

在中国广大的地域中，即使人们不能听懂彼此说的话，但一写文字就能理解，这种基于文字的理解甚至超越了国界，因此有"汉字文化圈"的说法。

我在复旦中文系资料室完整读完的第一本书，是《梁任公先生年谱长编》。戊戌变法失败后，梁启超逃到日本，由于不会日语，就采取笔谈的方式。他到日本时才25岁，在不懂日语的情况下，能够发表气魄极为宏大的言论，指出戊戌变法的失败，不仅是清朝的失败，也是日本的失败，更是整个东亚、整个世界的失败——这从侧面反映出汉字在东亚文化圈内的重要意义。从空间上讲，无论地域多么广阔，人们都共用一种文字来进行文学创作；从时间上讲，从秦汉到明清，汉字固然有所变化，但仍然属于一个文字系统，后人基本上可以理解古人的文字；从形式上讲，大概没有别的文字能像汉字一样，达到如此精密、规整的程度，就拿宝塔诗来说，俄国诗人马雅可夫斯基曾有尝试，但他基于俄文的诗，远不能及中文的宝塔诗，后者完全可以做到第一行一个字、第二行两个字、第三行三个字，一直持续到诗歌结束，这种写法其他大部分文字都做不到。可见汉字一字一音一义、多以单字成词的特点，对中国文学的影响非常大。

在音、形、义三要素中，音也塑造了中国文学的不少特色。南朝乐府民歌常用谐音的手法，如《西洲曲》有"低头弄莲子，莲子清如水。置莲怀袖中，莲心彻底红"，这里"莲"与"怜"谐音，意思是爱，用这种手法表达爱之纯洁与热烈。古汉语中的"爱"未必是好的，它指有偏私的情感；表达男女之情，用的是"怜"。《孔雀东南飞》中，焦仲卿的母亲说东家的秦罗敷"可怜体无比，阿母为汝求"，也是爱的意思。如今一讲到莲，容易想到周敦颐《爱莲说》中的"出淤泥而不染，濯清涟而不妖"，这完全是佛教的观念，在《西洲曲》的时代，莲尚未发展成这类意象，运用在文学中，主要是取其谐音的特点。

至于"形"，20世纪初，美国意象派诗人庞德（Ezra Pound），根据费诺罗萨（Ernest Fenollosa）积累的材料，翻译了许多中国古典诗，在西方影响很大。他强调汉字字形和意义的关系，比如他认为"暮"字表示太阳落下。这种解读方式很形象，虽然在我们母语者看来可能求之过深甚至荒谬，但有时也发掘出我们熟视无睹的一些形、义关系。

此外，汉字一字多义的特点也影响到文学的面貌，比如韩愈《山石》诗中"僧言古壁佛画好，以火来照所见稀"一句的解读。我们知道唐代寺庙的壁画非常之多，张彦远《历代名画记》就记录了当时长安、洛阳许多寺庙的情况。韩愈此诗，说的是黄昏来到寺庙时，听到僧人夸赞古壁上的佛画，于是用火照亮来观看。后一句的"稀"字有两种解释，一是稀少，一是斑驳、依稀，都有道理，可能古壁上本没有留存下多少画，也可能古画因时间久远而脱落，或颜色变化，呈现出斑驳的面貌。两种解释都能说得通——虽然，我比较倾向于后一种解释，因为如果我们读《历代名画记》和段成式《酉阳杂俎》里边的《寺塔记》，可以看到不少因为年代久远而壁画斑驳、变色的记载——这就是汉字中一字多义的例子。

还有一些字和字之间特别的组合关系，也非常有趣。在文学的文本中，尤其是诗的文本中，字与字组合的方式和日常语言并

不完全一样，这与中国文字的特点有关。比如王维
的诗《辛夷坞》：

> 木末芙蓉花，山中发红萼。
> 涧户寂无人，纷纷开且落。

▶ 辛夷坞
（北宋）郭忠恕绘《临
王维辋川图》，台北故
宫博物院藏

写的是无人的山中，枝头末梢的花独自变红、开放、凋落。这首诗富有禅意，大部分都是大白话，唯有"涧户寂无人"一句比较麻烦，该怎么来理解？我们知道"涧"是溪涧，"户"是什么呢？大概是门户，可能是山中小屋的门户。然而深究一下，既然说"无人"，又为何有房屋呢？

差不多十年前我在哈佛燕京学社做访问学者，在那里上过宇文所安（Stephen Owen）教授的宋词课。他们的讲法，基本就是拿一个宋词文本，用中文读一遍，再用英文翻译一遍，然后讲一讲这首词到底写了什么内容。这个过程极为麻烦，词的句与句之间、上片与下片之间的关系，读起来大概可以模糊地知晓，但要讲得准确就非常难。而英语的语法关系特别明晰，翻译起来也尤为困难。这类似于前面"涧户寂无人"的例子，许多学者讨论过这个问题，有不同的译法。"涧"可以译成stream，"户"大概指不是很大的房屋，用hut来译，"寂"译成silence，"无人"就是no one。但问题是，把五个字分成四个单位之后，这四个单位之间的关系要怎么连接？比如"涧"和"户"是什么关系，是hut beside the stream吗？

许多看起来稀松平常的话，会发现翻译起来很困难，这是由于汉字之间的结合度比较松散。对母语者来说，读下来基本上能理解，但要讲清楚很不容易。古诗中这样的例子非常多，尤其是诗歌的语序、句式，与日常生活用语差别很大。此外，绝大部分中国文学是用文言写的，也就是秦汉以降形成的书面语，因此形成言、文分离的现象。除了一些俗文学作品和口头文学的记录之外，中国古代绝大部分文学作品，都遵循书面语系统的表达规则，这也解释了为什么明代人还能说"文必秦汉，诗必盛唐"，这是因为他们能够理解秦汉的表达。当然，不同时代的书面语有一定变化，比如有人指出，唐宋以后多用虚字，也就是"之乎者也"等，它们在汉代的文章中其实不常出现。大概真正是从宋代开始，人们多用虚字，比如在欧阳修的文章中，虚字的使用形成文气婉转的风格。迄今流传着欧阳修如何利用虚字的增益改进文章的故事，对此清代桐城派的文章家有很多讨论。

书面语虽在每个时代有一定变化，其总体的语言系统却是延续的。中国文学的绝大部分，可以说是建立在文言文的基础之上，而和日常口语有距离。古人说话，肯定不是满口"之乎者也"，在这个意义上，我觉得新版电视剧《三国演义》比老版做得好，老版太拘泥原来的文本，说起话来都像书面语，而新版讲的就是大白话，虽然肯定不同于真实的状况，但调子应该差不多。再比如一些唐代僧人、宋代理学家的语录，是由口语记录而来，虽然与说话时的状况不完全一致，但应该说是比较接近的，与书面语差异很大。今人研究近代汉语，这些是很重要的材料。记录朱熹讲学问答的《朱子语类》，反映了南宋口语的面貌，其中有一段朱熹对陶渊明的评价很有名：

> 陶渊明诗，人皆说是平淡，据某看他自豪放，但豪放得来不觉耳。其露出本相者，是《咏荆轲》一篇，平淡底人如何说得这样言语出来。

朱熹大概就是这样讲话的，这和他文章中的表达差别很大。

从言、文分离的现象可以看出，中国文学其实是一种具有很高书写性、修辞性的语文传统，中国古代的正统文学绝大部分是用这种系统写出来的，而且这种规范延续了上千年，其间虽然有变化，但总体来说是一直保持下来的，这也和中国人尊重典型、尊重传统的民族心理紧密相关。

说到传统的延续性和典范的延展，中国文学特别喜欢回到传统中去，喜欢讲"复古"。其实对古代经典、古代传统的认同感，本身就是一种传统的表现，这种传统也是以文言的持久存在为前提。正是因为存在一个延续的文学系统，所以人们能够读懂几百年、几千年以前古人的文章，使用古人的语词、成句、典故，倘若语言系统变化很大，便很难提倡复古。现代人写作使用白话文，讲究言文一致，所以在写文章时，倘若突然引用一个古人的典故或诗句，马上会形成强烈的对比，这和明清人使用汉唐典故时产生的对照映衬，程度完全不同。

文言传统的存在，加强了中国人对典范的尊重。很多产生于先秦时代的成语，今人用起来也非常自然；许多习惯用语，也就是中国文学中的所谓"代词"，也在传统中不断沿袭。比如现代诗人戴望舒的名字"望舒"，以它来指代月亮，这是千百年的传统中得到普遍认同的用法。

除此之外，典型的场景、情境也在文学传统中得到延续，比如《诗经》首篇《关雎》中：

> 关关雎鸠，在河之洲。
>
> 窈窕淑女，君子好逑。

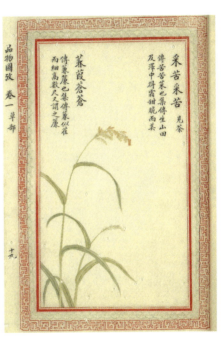

▶ 关雎　　　　　▶ 蒹葭

选自 [日] 冈元凤纂辑《毛诗品物图考》，清光绪时期彩绘本

描述水边的爱情情境。《秦风·蒹葭》中：

> 所谓伊人，在水一方。
>
> 溯洄从之，道阻且长。
>
> 溯游从之，宛在水中央。

写的是水阻隔恋人的典型场景。人类的文化离不开水，在中国文学中，人们也特别喜欢写水，展开语词背后的情境和思想。汉魏古诗中有：

> 河汉清且浅，相去复几许。
>
> 盈盈一水间，脉脉不得语。

既写天河，也写人间河水的阻隔，使恋人隔水相望。到宋代李之仪的词：

> 我住长江头，君住长江尾。
>
> 日日思君不见君，共饮长江水。

写的是恋人一在江源一在江尾，隔着迢远的距离爱恋，也源于《秦风·蒹葭》以来的传统。这首词字面平易，但值得深入分析，因为水在这里既有阻隔的意义，也起到沟通的作用，"共饮长江水"一句，表明了恋人间的联系，蕴含了阻隔和沟通的辩证关系，形成传统的变体。关于中国文学中水与情感的关系，真有不少值得深究的内容。

（二）内容旨趣

以上我们讨论了中国文学在文字形式上的特质，接下来要谈谈内容旨趣上的特点。其实从一百多年前近现代之交开始，要讲中国文学的特点，都不是单独来看，而是和其他文学传统做比较，关注中国文学区别于其他传统之处。

如果把中国文学和西方文学做比较，一个很大的差别在于：西方文学延续的是从古希腊神话开始的英雄传统，表现神和英雄的非凡故事，而中国文学一开始就是面向现实人生的。加拿大著名文学批评家诺思洛普·弗莱 (N. Frye) 曾讨论过西方文学中作品主人公和读者的关系，认为刚开始读者对作品主人公采取仰视的态度，比如古希腊史诗表现的阿喀琉斯，是个非凡的英雄人物，全身除了脚后跟都刀枪不入，其孔武勇猛，不是常人所能想象的；后来慢慢出现读者与主人公平行的关系，读者可以平等地看待作品中的人物；20世纪所谓现代主义文学出现后，很多读者开始对主人公产生俯视的态度。对于弗莱的宏观观察，当然可以举出不少反例，比如西方文学刚开始表现对英雄和神的崇拜，在中国祭祀相关的文学中，也不乏类似的因素，但在比较的视域下，可以清楚地看出中国文学面向现实人生的特点。

中国新文化的开创者胡适，在1917年拿到哥伦比亚大学的博士学位，回到北大教授中国哲学史和中国文学史。据学生记载，他的课往往令人瞠目结舌。在他之前的老师讲哲学史，大概是从三皇五帝开始讲，到课程结束时，才讲到周公，而胡适一上来就从周公开始讲，把前面的都去掉。这是由于胡适所受的西方教育，要求采取严格的史学态度，用批判的学术立场看待问题，所以他认为三皇五帝不算"信史"，只能从西周开始讲，因为根据《诗经》，大概能知道西周社会历史、人民生活的状况。胡适立足于现代的史学立场，显然是把《诗经》当成史料看待。清代浙东学派的大家章学诚有个说法，叫"六经皆史"，也是把《诗经》等经书当作史料看待，而之所以能够如此，就是因为《诗经》具有强烈的现实性。我们现在一般把《诗经》看成文学性的作品，但其历史性也非常明显，可见中国诗歌的开端即注重表达现实的经验。

西方的情况则大不一样。《荷马史诗》虽然包含真实的成分，比如19世纪挖掘出的特洛伊城遗址，表明了历史上特洛伊战争的存在，但史诗中刻画了大量神灵、英雄，实际上是高度的想象与真实历史的结合，这个特点非常明显。

中国文学中包含充分的虚构性的作品，出现得相当晚，早期文学往往都由现实经验组成。假如向外国人介绍中国文学，想必首先会谈及最精华的唐诗，而绝大部分唐诗写的都是现实经验，表现日常生活的状况。诗歌是社会生活中非常重要的部分，两个人相逢喝酒时写诗，送别时写诗，亲朋死亡时写诗，考试落第写诗，现实生活就是诗歌写作的场景。

当然在中国文学中，也不乏超乎日常生活的成分。比如李白被称为浪漫主义诗人，这实际上借鉴了西方的概念，他在文字中表现了许多天马行空的想法。比如《梦游天姥吟留别》中，铺陈大量想象之后，他写道：

> 惟觉时之枕席，失向来之烟霞。
>
> 世间行乐亦如此，古来万事东流水。

说刚才正做着春秋大梦，醒来发现梦中的场景都消失了。这个例子可能比较极端，通过最后的自白，诗人把超乎现实之物都转化成现实，可见中国文学的基本精神仍是关注现实的。

实际上，这一特点与整个中国文化的精神有关。在儒、佛、道等思想中，儒家最能代表中国文化精神，是中国文化最核心的部分。儒家的创始人孔子，秉持的就是现实的态度，他说：

> 鸟兽不可与同群，吾非斯人之徒与而谁与？

表明自己就是与人打交道的，倘若不在人间推行自己的主张、实现自己的理想，难道要和鸟兽待在一起吗？怪力乱神的东西，孔子是不谈的，包括被问及死后是什么样的，他说"未知生，焉知死"，不愿深入讨论，而更关注现实人生的问题。从先秦儒家开始，中国文化面向现实的精神，就一直延续下去。

关于中国文学的现实精神，讨论非常之多，意见纷纭，这里无法一一展开。比如哈佛大学的宇文所安教授，他在1980年代写过文章，就特别谈到中国文学具有"非虚构"的特点——这也是在比较的视野中谈的。他认为相比之下，西方诗人与其说是关注历史的特性，不如说是关注超越历史的普遍意义，他们在写完现实经验之后，往往强调一个具有深度的普遍价值；而在中国文学传统中，诗歌通常被认为是非虚构的，经验世界对诗人而言具有重要的意义，诗歌使现实事件得以呈现。对于宇文所安的观点，有各种不同的意见，其中也包含激烈的批评，这里不一一展开，但我想中国诗歌关注现实经验这一点，基本上是可以认同的。

此外，特别是与西方文学传统相比较而言，中国文学的伦理性、政治性、社会性，也表现得非常显著，这与面向现实的文化精神相对应。孔子评价《诗经》的作用是"兴、观、群、怨"："兴"指感发、感动，是说文学能够感动人、激发人的情感；"观"指"观风"，通过风谣观察现实社会的情况；"群"指让人们结成有凝聚力的群体；"怨"指不满、愤怒或哀伤等负面情绪的抒发。这些很大程度上都不是个体的问题，而是群体的问题、社会性的问题。儒家极为关注人与人之间的关系、伦理的关系，《毛诗序》指出好的文学应"发乎情，止乎礼义"，情感表达不能过度；孔子也说，"诗三百，一言以蔽之，曰思无邪"，并评论《关雎》"乐而不淫，哀而不伤"，也强调情感表达应符合礼仪规范。礼的本质，便是确定社会中区别尊卑、上下的规范。儒家认为文学可以表达感情，但不可逾越人伦的规范和秩序。

这种观念在西方出现得相当晚，大概到17世纪时，古典主义、理性主义思潮兴起，要求文学服从于理性，但这在西方仍然难以成为主流。对中国文学而言，符合礼、符合社会规范，则是非常基本的要求。也有人认为这种观念限制了中国文学的发展，但抛开评价的问题，就事实而言，对合乎秩序、合乎伦理的强烈追求，确是中国文学的一大特点。

中国文学最高的审美理想，是所谓的尽善尽美、美善兼备，这也体现出对道德伦理的强调。《论语·述而》有一句话：

> 子在齐闻《韶》，三月不知肉味。

说孔子听到《韶》这一乐曲后非常陶醉。他对《韶》的评价载于

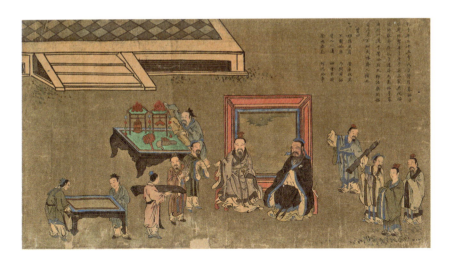

▶ (明) 佚名《孔子圣
迹图·在齐闻韶图》
孔子博物馆藏

《孔子圣迹图》共三
十六幅，绘制孔子一生
行迹。《韶》是孔子心
中的理想君王虞舜所作
的音乐，孔子认为它至
善至美，音乐造诣颇深
的他听后获得极大的审
美享受。孔子在礼崩乐
坏的现实里，期许用礼
乐文化拯救天下。

《八佾》篇：

> 子谓《韶》，尽美矣，又尽善也；谓
> 《武》，尽美矣，未尽善也。

《韶》是关于舜的，《武》是关于周武王的，二者都
是古代的圣王，但为何孔子说《韶》尽善尽美，而
《武》虽美却未尽善？这是由于武王推翻商纣虽是
替天行道，但以诸侯的身份推翻天下共主，仍是以
下犯上，伯夷、叔齐也因此不食周粟，我们当然可
以说他们迂腐，但他们确实极端地贯彻了内心的价
值观；而舜是以受禅的方式登上王位，可谓名正言
顺。孔子所言"尽善尽美"，含义非常清楚，是要
求音乐或者其他艺术不仅在形式上要美，也要完全
合乎道德、伦理的要求，这始终是中国文学传统中

非常重要的内容。

　　基于这一标准，大部分人认为杜甫是中国文学中最伟大的人物。唐代有诗仙李白、诗佛王维、诗鬼李贺等，而最伟大的毫无疑问是诗圣杜甫。这是由于杜甫"一饭未尝忘君"，他的理想是"致君尧舜上，再使风俗淳"，对下关心民生疾苦，对上要帮助皇帝达到尧、舜的境界，这种高远的道德、伦理追求使他被尊为"诗圣"。钱锺书先生在《中国诗与中国画》中谈到，大家都讲诗画一律，但他认为中国传统中，诗、画的标准并不相同。中国画的传统，尤其是宋代以降发展起来的文人画传统，着重表现意趣，表达画家的内心境界；而中国诗的标准是尽善尽美，最高典范是杜甫，像清代王士禛所讲的神韵，或者风格、意趣等，永远无法成为最高的标准。中国文学对社会、伦理、政治的重视是非常显著的。

四　鸟瞰"文学史"

　　第四，我想讲讲对中国文学史的宏观观察。如果站在一个很高的角度鸟瞰中国的整个文学传统，可以注意到一些关键的问题。

（一）早期文学

　　"早期"究竟是个什么概念？文学史研究者往往有种冲动，在划分时段时想要精确到年份，甚至日期，但这在历史的长河中并没有绝对的意义。如果一定要说早期指什么，大概可以说是先秦两汉，也有人讲周秦汉，是差不多的意思。在这一时段，有几个问题需要特别注意。首先是文学的概念问题。许多今天认为是文学的文本，在产生时往往不带有文学的动因。前面讲到，"文学"这个概念是历史生成的，所谓文学作品，也是在一定的立场、观念下逐渐离析出来的，都来自后设的判断。用钱锺书先生在《中国诗与中国画》里的讲法，很多文学史实际上是"暴发户造谱牒""野孩子认父亲"，在文学发展到一定程度后，回过头来追溯起源。

现今视野中最初的文学，在当时的观念中根本不是文学。比如讲文学史时，往往会讲到《左传》《国语》《战国策》等所谓先秦历史散文，实际上是对过去历史经验的记录，在当时人看来是历史著作，而非文学作品；再如《论语》《孟子》《老子》《庄子》《荀子》《韩非子》这些作品，实际上是先秦诸子对自己哲学思想的表达，承载他们对救世的看法，并不带有文学创作的意图，只是由于后人在其中追认文学性的因素，才逐渐成为文学作品；《诗经》虽因是韵文而常被当作重要的文学作品，但它也并非产生于文学的动机，而是基于当时礼乐文化建设的需要，出于周代朝廷、宗庙等特定场合的仪式要求，与音乐、舞蹈相配合，或是服务于外交场合的需要，使大臣通过"断章取义"的方式问答沟通；《楚辞》更有浓烈的宗教仪式背景，比如《九歌》，据说是基于楚地民间祭祀乐曲加工而成的，与今天所理解的文学创作大相径庭。可以说，论最初动机、形成文本的过程和文本的性质，中国早期文学实际上本是非文学的，其文学性经历了一个追溯和认定的过程。

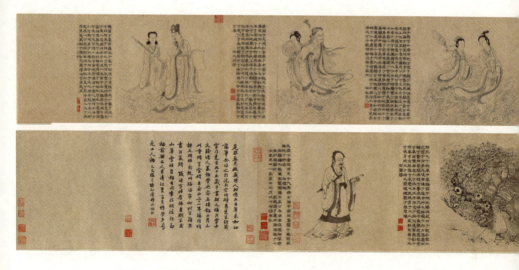

多元文化样式的综合性，是早期文学的又一特征。比如《诗经》《楚辞》的相当大一部分，都和音乐结合在一起，是可以歌唱的，而非像现在的文学那样拿来阅读。早期文学往往是综合性的艺术，并非纯粹的书面语言艺术。从西汉开始，文学发生了转变，逐渐趋向于书面的文字，这在赋这种体裁上表现得尤为明显。汉大赋篇幅极长，可以用特别的声调去诵读，但无法去唱，所谓"不歌而诵谓之赋"，是完全脱离音乐、以文字为主的文学作品，这是文学史上的重要转变。许多汉赋看起来就像字典，比如司马相如的《子虚赋》《上林赋》，把各种鱼字旁、木字旁、山字旁、石字旁的字堆在一起，比起实际上用来诉诸听觉的诵读，让人关注文字本身而非音乐、声调。这很像当代作家王朔所说

▼（元）张渥《九歌图》克利夫兰艺术博物馆藏

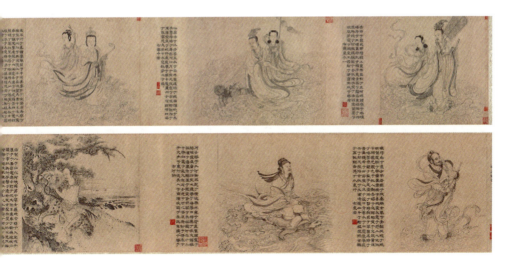

的"码字"，他说文学实际上并不高深，就是由工匠把字排起来，形成一个产品。这种说法招致许多不满，但倒很符合中国古代的观念，从汉代到六朝，许多文章都是由文字堆叠、连缀而成。现在很多学者认为赋实际上是一种字书，起到帮助识字的功能，这实际上反映了文学从重视音乐转向重视文字。对于合乐表演的文学，旋律的重要性肯定压过文字，而赋在脱离音乐之后，就开始注重文字的选择和组合，发展出修辞的意识，成为中国文学史演进的重要线索。

我认为在早期中国文学中，音乐与文字之间的张力值得关注。从《诗经》到汉代乐府、早期古诗，文字都非常质朴，比如"古诗十九首"中的"生年不满百，常怀千岁忧"，用大白话表达人生的终极感慨；到东汉后期，脱离音乐的五言诗发展起来，就开始注重修辞了，比如曹植的诗中出现对仗，开始使用一些特别的辞藻。三曹既是政治史上的重要人物，文学成就也很高，他们的作品与音乐的关系是逐渐降低的。曹操的大部分作品都是可歌唱的乐府，《三国志·周瑜传》载"曲有误，周郎顾"，可见周瑜也精通音乐，当时人多喜欢音乐，可见一斑。到了曹植，不入乐的作品增多，《文心雕龙·乐府》就说"子建、士衡，咸有佳篇，并无诏伶人，故事谢丝管"。而一旦脱离音乐，就要格外注重文字本身的美，从而打动人心。之所以五言诗从曹植开始变得华美，我想与脱离音乐有关。

到南朝齐梁时期，讲究格律的近体诗开始产生，并在唐代最终成型。脱离音乐后，诗歌要建立起文字本身的音乐性，于是开始探索声调、韵律的规律，讲究平仄的变化，这是中国文学发展的一条重要线索。

（二）中古文学

关于"中古"这个概念，也有很多不同说法，比如刘师培的《中国中古文学史讲义》，是用中古指魏晋南北朝时期，这本书曾得到鲁迅先生推荐，是六朝文学研究者的必读书目。基于此，文学史的"中古"，往往指魏晋南北朝。但从史学角度讲，中古的概念向上可以包括东汉，向下可以延伸到唐代，至少是唐代前期，这也是我采取的分期方式。

关于中古文学，除了前面所说脱离音乐、追求文字本身韵律的线索之外，还有一些值得注意的现象。首先，悲伤、哀愁、愤怒、不满的情绪，在中古文学中占有主导地位。从汉代开始，焦虑不安的感受就得到特别的表现，比如项羽《垓下歌》：

力拔山分气盖世，时不利分骓不逝。

骓不逝分可奈何，虞分虞分奈若何！

表达一种穷途末路的情绪。再如刘邦《大风歌》：

大风起分云飞扬，

威加海内分归故乡，

安得猛士分守四方！

前两句气魄宏伟，第三句却急转直下，表达焦虑不
安的感受。据《史记》载，刘邦平定叛乱后，回到
老家沛县，设酒宴招待父老乡亲，酒酣时击筑，唱
《大风歌》，而后"起舞，慷慨伤怀，泣数行下"。
刘邦作歌后感伤哭泣，这种悲哀的情调，《楚辞》
中有很多，在汉代得到了继承和发扬。再如汉武帝
的《秋风辞》：

▶（北宋）米芾书
《秋风辞》局部
台北故宫博物院藏

> 秋风起兮白云飞，草木黄落兮雁南归。
>
> 兰有秀兮菊有芳，怀佳人兮不能忘。
>
> 泛楼船兮济汾河，横中流兮扬素波。
>
> 箫鼓鸣兮发棹歌，欢乐极兮哀情多。
>
> 少壮几时兮奈老何！

前面写楼船扬波、箫鼓棹歌，欢乐到了极点，而后骤然乐极生悲，转变为悲哀的情绪。

汉代文学中，这样的例子非常多。司马迁在《报任安书》中回顾古人创作的动机，提出发愤著书的文学观：

> 盖文王拘而演《周易》；仲尼厄而作《春秋》；屈原放逐，乃赋《离骚》；左丘失明，厥有《国语》；孙子膑脚，《兵法》修列；不韦迁蜀，世传《吕览》；韩非囚秦，《说难》《孤愤》；《诗》三百篇，大抵圣贤发愤之所为作也。此人皆意有所郁结，不得通其道，故述往事、思来者。乃如左丘无目，孙子断足，终不可用，退而论书策，以舒其愤，思垂空文以自见。

他把文学看成痛苦、悲惨境遇所催生的悲伤情绪的产物。从汉代的"古诗十九首"，到曹操、曹植，再到阮籍、谢灵运等的作品，其基调都是表现生活的不圆满、生命的有限和孤独，即使写的是对美好、宁静生活的向往，也透露出强烈的不安感。

之所以会产生以悲哀为基调的文学，或许与作家的贵族身份有关，他们在社会文化中的优势地位，使个体意识得以表达在文学中。很多早期文学是群体性的，表达普遍的情感，比如"关关雎鸠，在河之洲。窈窕淑女，君子好逑"，表达普遍性的男女之爱。到后来，文学中的个体意识逐渐显现出来，而只有处于相当高社会地位的贵族，才有表达悲哀情绪的条件。平头百姓并不是没有悲哀的情绪，而是没有受文化教育的机会，当时识字的人很少，能够发出自己声音的人也很少，用王小波的话说，就是"沉默的大多数"。而项羽、刘邦、汉武帝、曹操等人，处在较高的社会地位，具有文化优势，因此加深了对生命悲剧性的体验和表达。政治地位、文化地位紧密相关，用法国思想家福柯的话来讲，就是权力和知识的关系，占有权力的人往往同时拥有知识，而拥有知识也能为权力的合法性提供支持。魏晋南北朝时期，写赋写诗是贵族文化教养的表现，倘若不具备贵族身份、不处在优势的文化地位，便没有条件接受文学训练，更不可能对悲哀情感进行细致、深入的表达。

从群体性向个体性转变，也是中国文学发展的一条线索。理解早期文学，未必需要了解具体的背景；而对于六朝以下，尤其是唐宋以下的文学，知人论世就越来越重要，欲获得深刻的理解，往往需要考订作品的写作时间、写作背景、写作对象、预期读者等。

对于早期的古诗，写作背景的缺失并不构成理解的障碍，比如这首相传为苏武辞别李陵所作的诗：

> 结发为夫妻，恩爱两不疑。
> 欢娱在今夕，嬿婉及良时。
> 征夫怀远路，起视夜何其？
> 参辰皆已没，去去从此辞。

行役在战场，相见未有期。

　　　握手一长叹，泪为生别滋。

　　　努力爱春华，莫忘欢乐时。

　　　生当复来归，死当长相思。

我特别欣赏这首诗，它写的是女子送别丈夫上战场，夫妻度过最后一夜，天亮以后，丈夫将要离去，二人握手长叹，流下眼泪，又叮嘱彼此把握青春时光，不忘曾经的欢乐。理解这首诗，并不需要明确具体的场景，即使不知道诗中的两人是谁、作者是不是苏武，也能明白它表现的是生离死别的情景，表达了夫妻感情之深厚。"生当复来归，死当长相思"一句，情感的强度极为惊人，许多汉诗就是如此，把人间最基本的道理，用最极端的方式表达出来。上战场是死生难料的事情，二人约定，倘若男子活下来，就回家团聚，倘若死了，只好长久地思念彼此。诗的意思非常简单，但其中蕴含的情感力量极为强烈。我讲汉诗是群体性、类型化的，并非贬低，而是客观描述其特点，这些描写一般状况、表达普遍性情感的诗歌，往往带有超乎寻常的力量和美，值得深入体会。

　　到后代，理解诗歌本事变得越来越重要。比如同样写男女之情，李商隐的诗歌读起来就比较晦涩，因而许多人迫切地想要考证他所爱的究竟是谁。比如著名的《无题》：

　　　昨夜星辰昨夜风，画楼西畔桂堂东。

　　　身无彩凤双飞翼，心有灵犀一点通。

　　　隔座送钩春酒暖，分曹射覆蜡灯红。

　　　嗟余听鼓应官去，走马兰台类转蓬。

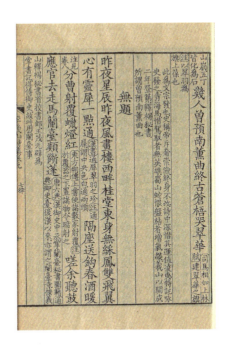

《无题》书影
选自《李义山诗集笺注》，清乾隆四年华亭姚氏松桂读书堂刊本

要理解这首诗，就需要明白它发生在怎样的场景中，是同僚朋友的府宅还是风月场？我们大概知道诗写的是对一位女子动情，但由于涉及个人性的内容，只有充分了解其背景，才能更好地体会诗歌之美。

上引苏武诗和李商隐诗形成明显的对比，一种是全副热情喷涌而出，极为爽直、率真，一种是婉曲、微妙的表达。从艺术效果上看，二者各擅胜场；而从历史的眼光来看，它们体现了从群体性转向个体性的文学演化趋势。大概人类所有艺术的发展，都符合这种趋势。很多年前我曾写过一部小册子解说法国历史学家、艺术史家丹纳 (Hippolyte Adolphe

Taine) 的《艺术哲学》，书中提及从古希腊雕塑到现代绘画的变化，指出古希腊雕塑的风格是明朗、健康的，往往直率地表达喜怒哀乐，而现代绘画则复杂、晦涩。这与中国文学的发展呈现出相似的规律。

关于中古文学，第二个值得注意的现象是格律的发展。前面已提到，中国文学在脱离音乐之后，开始从声韵入手，发展起文字本身的音乐性。而这之所以能够实现，也离不开贵族文学的特殊性质。中古时期的作者，基本上都具有相当高的社会地位，拥有丰富的知识文化、充分的闲暇，因而能投入大量时间精力来琢磨文字的声韵。从齐梁到唐初，诗歌的格律化过程，完全是在宫廷中实现，而宫廷之外的人，往往对格律并不在意。比如陶渊明的诗，固然也有精心锻造、锤炼的成分，但在辞藻的雕饰上，和当时文坛的主流明显保持着距离，像"结庐在人境，而无车马喧。问君何能尔，心远地自偏"这样的句子，和辞藻华丽、声律复杂的宫廷文学风格完全不同。

（三）唐宋之变

以上说的是早期文学、中古文学的特点，接下来要讲唐宋之际的转变。中古时期的贵族制度和贵族文化，使文学具备悲哀的情调、产生形式的探索，到隋唐以后，随着社会的巨变，文学也发生了显著的变化。日本学者内藤湖南提出"唐宋变革论"，描述唐宋之际由贵族社会向平民社会转型的状况，这一历史学领域的大判断，从文学上看也很有道理。唐代"安史之乱"后，脱离了贵族社会语境的文学逐渐发展出新的样貌。

哈佛大学的宇文所安教授，早年写过《初唐诗》《盛唐诗》两部书，都有中文译本。他认为从初唐诗到盛唐诗的转变，可以概括成从"宫廷诗"到"都城诗"的变化，由所谓court poetry变为capital poetry，经历了范围扩大的过程。南朝时期，文学的主要活动范围是宫廷，到唐代扩大为都城，来自各地的诗人会聚长安，参加科举考试、追求文学声誉，就像现代人跑到纽约百老汇或好莱坞，想要撞大运，获得舞台、荧屏上的成功。陈子昂摔琴的故事就很典型，他刚从四川到都城长安时，怨恨没有人赏识自己，为了造就名声，就花重金买下一张名琴，召集众人来家里听，宾客会聚以后，他突然把琴摔个粉碎，说自己的诗文比琴技高明得多，只恨无人欣赏。这一惊人之举很快奏效，陈子昂一夜成名。倘若陈子昂在家乡摔一张琴，没有谁会理他，而到长安去摔琴，影响可就大了，可见当时的都城确实是文学中心。对于宇文所安的观点，许多学者有不同看法，但这条基本线索是有道理的：随着贵族社会逐渐向平民社会转变，文学活动的场域从宫廷扩大到都城。

除了文学活动场域的变化，从事文学之人的身份也在变化。魏晋南北朝时期的文学家往往都是很有身份的人，有很高的政治地位和社会声望，许多是贵族出身；但到了唐代，尤其是盛唐、中唐以后，越来越多的文学家是平民身份，出身于新兴的家庭。比如李白就是个来历不明的人，我们大概知道他出生在碎叶，也就是现在的吉尔吉斯斯坦，早年回到四川，父亲是商人，可能有胡人血统，但更具体的情况，就无从知晓了。他实际上来自传统文化圈子之外，此前这种情况非常稀少。

宇文所安的另一个观点也很有意思，他说今人心目中最伟大的盛唐诗人李白、杜甫，在当时的诗坛上其实是外来者，是主流之外的人。真正文坛的主流，是王维这样的人，他的家族、从小所受的教养、生活的道路，都处在主流文化圈当中。而李白、杜甫等外来者的登场，也标志着唐代社会与文学发生了重大变化。

唐代以后，文学发生了两大转变。首先，情感不再局限于悲哀，而是开始多元地发展，借用吉川幸次郎的话，可以说是"悲哀的扬弃"。我最喜欢的中国古代文人有三个：一是陶渊明，我觉得他是中古最伟大的诗人，他的伟大之处在于，除了情感表达之外，具备高度的理性，达到情和理、情和智的平衡，对自己的生命价值、生活道路，有非常清楚的认识；到唐代，我最有兴趣的其实是白居易，他对自己的身份认定是"中人"，代表一种"俗"的生活方式，而对世界、对日常生活的各个方面，都能体会到趣味，达到平衡的状态；到后期，我很喜欢苏轼，虽然不研究宋代，但我觉得苏轼比白居易的境界更高，他有多方面的才能，一生经历了很多波折，也有得意的时候，但基本上能够把握自己的生活，实现自己的生命价值。陶渊明、白居易、苏轼这三位文人，都可以说是"完成"了自己。

我甚至认为，李白、杜甫两位伟大的诗人，对自己都没有特别清楚的认识，没有完全地把握自己的生活，或者说没有"完成"自己。而陶渊明、白居易、苏轼做到了，他们理解了生命的挫折和有限之后，并不悲观，而是保持包容的态度，用李叔同临终前的表述，就是认识到生命是"悲欣交集"的。这里可以提到林语堂的《苏东坡传》，英文标题为 *The Gay Genius*，意思是乐天的天才，这个总体把握非常到位。苏轼虽然晚年被贬谪到海南岛，获得赦免后北归，走到常州武进就逝世了，可以说是很悲惨的，但在文学作品中，他能化解一切、包容一切，这非常伟大，也体现了非常典型的唐宋时代精神。

第二大转变是文学形式对文学表现的影响。以诗歌为例，六朝时期写的是古体诗，篇幅灵活，可以写十句、十二句甚至二十多句，非常自由地展开；后代的诗固然也有很长的古体，但总体而言近体诗更盛，篇幅有限。其实文字和表达始终是一对矛盾：一方面存在"言不尽意"的问题，即有限的文字无法充分地表达复杂多元的内容，从而破坏文学作品的丰富性、多指向性；另一方面，倘若文字过多，又产生形象大于意义的弊端。关于六朝诗和唐诗的区别，吉川幸次郎《中国诗史》中的一篇短文有个精妙的说法，他认为六朝诗带来的是一种持续的感觉，逐句读下来，能体会到诗歌的长度和流动过程，而唐诗是燃烧着的，力求在有限的时间中绽放光彩。近体诗只是一个例子，并非唐宋之后就不存在篇幅长的古体诗，像排律这样的大作品也是有的，但总体上看，诗歌的篇幅、形式要求增多了，需要诗人用有限的文字表达无限的内涵。这样一来，诗人的表达变得比较简约，往往抓住最突出的特征来写，发议论也只是一两句话。比如李白《赠汪伦》这首大家耳熟能详的诗：

> 李白乘舟将欲行，忽闻岸上踏歌声。
> 桃花潭水深千尺，不及汪伦送我情。

前三句的叙述和场景描写，以及最后一句议论，都极为浓缩。再比如他的《黄鹤楼送孟浩然之广陵》：

故人西辞黄鹤楼，烟花三月下扬州。

孤帆远影碧空尽，唯见长江天际流。

这首诗并不明写别情，而是将离愁别绪浓缩在最后
两句当中，用孤帆、长江的形象来表现。

这种浓缩的写法并不是唐代才有，前人已有意
识地这样做了。比如陶渊明的《饮酒》：

结庐在人境，而无车马喧。

问君何能尔，心远地自偏。

采菊东篱下，悠然见南山。

山气日夕佳，飞鸟相与还。

此中有真意，欲辩已忘言。

▼（清）石涛《陶渊
明诗意图册·悠然
见南山》
故宫博物院藏

全诗表现的是一个持续的过程，但到结尾处，诗人也意识到言不尽意的问题，于是通过"山气日夕佳，飞鸟相与还"进行形象的呈现，在飞鸟日出而作、日入而息、昼夜轮转的自然规律中，蕴藏自己体会到的"真意"。唐代以后，随着诗歌形式要求的提高，这种写法就越来越多。

（四）近世简说

接下来简单讲讲近世，也就是宋元明清时代。

近世文学有一个非常重要的变化，就是文学体裁大量增加。从汉到唐，基本上赋是第一位的，诗在其次，后来文学重心逐渐由赋转移到诗，诗、赋一直是主要的文学类型。但中唐以后，文学的体裁开始多元化，除了诗、赋仍在发展，古文、词、传奇小说等也兴盛起来。中唐到北宋的古文运动，促使散体古文快速发展；词的源头虽然有争议，但大概可以上溯到唐代，像白居易的"江南好，风景旧曾谙"，就是很明显的词；传奇小说虽然前代也有，但真正发展、丰富起来是在中唐以后，近世以降取得更高的成就。

雅斯贝尔斯研究人类文明发展的规律，提出"轴心时代"的概念，指称公元前500年前后，即公元前800年到公元前200年间，同时出现在中国、希腊、印度等地区的文化突破现象，这一时代的文化为此后的时代确立了典型。我觉得描述中国文学的宏观发展，也可以借用"轴心时代"的概念：先秦是第一个轴心时代，《诗经》《楚辞》等作品开启了中国文学的传统。第二个轴心时代应是唐宋之际，这一时期诗歌、文章都迎来发展的高峰：在诗歌领域，宋人面对唐人的极高成就，不愿亦步亦趋，探索出平易的新风格；而在文章领域，从中唐到北宋的古文运动产生了巨大的影响。无论唐宋诗之争，还是关于古文运动的讨论，都标志着唐宋之际对于后世文学有典范的意义，是中国文学的第二个轴心时代，规定了此后文学发展的道路。

除了文类的多元化之外，俗文学的发展也是一个重要特征。俗文学大致从中唐开始发展，到宋代以后形成了基本的规范，能够与雅文学，即文士、文人、精英的文学分庭抗礼。从始自唐代的变文、说话，宋代兴起的话本，到明清时期的白话通俗小说，俗文学蔚为大观。文言小说可以追溯到魏晋志怪小说、唐传奇，但白话小说实际上源于口头的说书传统，与文言小说的面貌完全不同。南北朝时期，俗文学往往被雅文学吸收，比如大量民间乐府，就被文人吸纳入精英文学当中；但到唐宋以后，俗文学逐渐形成了强大的传统，精英文学不再可能完全、充分地吸收俗文学，这是中国后半期文学史非常重要的特点。

从社会地位来讲，后半期的作家不再是贵族身份，很多民间艺人，比如说书人，也加入了文学创作。再如元曲的情况，有些作者可能本身是有文化的，由于特殊的政治形势下落到民间，他们的生活环境、作品中表达的思想趣味，都和精英阶层完全不同。后半期的中国文学不再是单一的世界，而是具备前所未有的丰富性。

从思想感情来讲，俗文学表达的往往是中国世俗社会、日常平民生活的规范和价值观。比如《三国演义》《水浒传》宣扬忠孝节义等价值观，都是世俗生活基本规范的演绎，而非作品自主生发出来的。再如《金瓶梅》，讲财、色等世俗欲望，以及对于欲望的限制，也是基于平民社会的普遍规范。《红楼梦》就完全不同，里面写"女儿是水作的骨肉，男人是泥作的骨肉"，又强调"情"的意义，这都是曹雪芹自己的创造。相比雅文学，俗文学表现的世俗规范和趣味，都是在民间的文化环境中发展成型的。

最后要提一下文学在近代的转型。现在很多人强调，中国现代文学与传统之间，有个自然的承接，这当然有道理，但我更愿意说，随着政治、文化形式的根本转变，以及西方文学经验的影响，中国文学传统在19世纪以后发生了重大的变化。最简单的例子是，虽然中国古代已经有白话文学，但胡适提倡白话文学时，是拿西方做类比的，他说西方中世纪是用拉丁文写作，后来但丁、薄伽丘、彼特拉克等人改用各地方言写作，标志着近代文学的开启，因此中国人现在也应改用白话来写作。作为新文学的领袖，胡适眼中的白话文学，与中国传统的白话文学并不相同。稍早于他的章太炎也提倡通俗文学，但采用的是中国传统的观念，在为邹容《革命军》写的序中，他提倡的通俗是要让"屠沽负贩之徒"也能读懂，让普通老百姓能够理解。而胡适的白话文学观念，则深受西方影响。

就文学活动的场域而言，早期有宫廷文学，后来拓展到民间，到近现代，又发生了根本性的变化。传统中国的作家遵循"学而优则仕"的路径，但1905年科举制废除之后，读书做官的道路不复存在，文人安身立命的方式立刻发生变化。对古代作家而言，写作是业余的活动，除了冯梦龙等人靠编书来赚钱，大部分精英文人都有官职，主业并非文学。但近现代以来，写作逐渐成为谋生的手段，变成文人的职业，作家依靠版税、稿费等现代文学制度来维持生活。上海之所以成为一个文学中心，除了它的开放性之外，很重要的原因是它提供了丰富的出版机会、良好的物质条件，使作家能够依靠创作生存，这种情况在古代是不可想象的。

再看文学类型的变化。中国古代的核心文类是诗、赋、文，但现代的核心文类变成了小说。前面我提到，在中国古代文学传统中，小说是地位最低的文类，但到了近现代，它从边缘走向了核心。过去的核心文类诗歌，则产生了很大变化，旧诗基本上瓦解了，新诗取而代之。虽然旧诗依然有人写，但变成一种离散的状态，局限于少数人、小范围的圈子之内。

此外，文学的流通方式也发生了巨变。在中国古代，诗作完成之后，大家酬唱、传阅，积累到一定数量后整理成诗集，以这种方式流通；到了近现代，杂志发表成为主要的流通渠道，文人面向众多陌生人创作。这也影响到文学的内容特点，比如古代的章回小说，基本上一回有万字左右，故事在关键处停止，说"欲知后事如何，且听下回分解"，形成特殊的叙事节奏。但现代作家需要根据杂志社的要求，控制文章的字数和内容节奏，像连载小说，一期之内要完成一个完整的段落，才能符合杂志社和读者的期待，叙述方式直接受到发表制度的影响。

回到诗歌，我觉得有些白话诗人非常优秀，穆旦就是其中之一。穆旦生前地位不高，但这些年越来越受重视。他在西南联大的同学、研究英国文学的王佐良，评论他的诗——"最好的品质却全然是非中国的"。穆旦可能是中国现代诗歌史上最顶尖的两三位诗人之一，但他的诗中却充满了对传统的背离。他曾赴美留学，在芝加哥大学读英国文学，对西方文学了解很深，晚年不能写诗之后，就开始做翻译，译著有拜伦的《唐璜》、普希金的《欧根·奥涅金》等。再如优秀诗人冯至，他最受称颂的十四行诗，也深受里尔克等德国诗学的影响。可见现代文学对于传统文学，实际上更多是反叛而非继承的关系。

王小波在《我的师承》这篇文章中，谈到中国现代文学中，最好的语言是从翻译家那里来的。他举的例子有穆旦翻译的《青铜骑士》、王道乾翻译的《情人》等，认为这些翻译家对他的帮助，比中国近代一切著作家的总和还要大。中国现代的文学语言是中国白话与欧化句式的综合，需要在不断操练中发展、完善，翻译家对此做出了很大的贡献，将西方传统带到中国文学之中。20世纪前半期，重要的作家几乎没有一个不通外文、不做翻译，像郭沫若学德语不久，就开始翻译《浮士德》，译得非常好，鲁迅、巴金等也有了不起的译作。从翻译的重要性中也能看到，中国现代文学与传统文学汲取的是不同的养分，因而产生了很大的断裂。

附录　中国文学历史上的轴心时代[1]

我今天的题目，是"中国文学历史上的轴心时代"。这是一个很大很大的题目，各位对中国文学应该有一个大概的了解，我想在这个基

1 文载《淮阴师范学院学报（哲学社会科学版）》2016年第5期。

础之上谈一些我的想法。

引　言

　　那么，我这里所讲的中国文学的轴心时代是什么意思呢？我们看整个中国文学史的发展，一般大家最熟悉的可能就是按照朝代来分，即先秦、两汉、魏晋南北朝、唐宋元明清这样的顺序。这样对不对呢？当然是对的，完全合理。但是这对于我们把握中国文学整个发展是不是足够呢？我觉得可能也不一定够。因为以一个政治王朝的兴亡标志一个文学时代，它和文学、文化的关系一定是有关的，但是不完全，两者之间的节奏、节拍不完全是一致的。那么应该怎么看呢？过去也有不一定按王朝来分期的，比如上古、中古、近世或者近古。你问到底什么叫做上古呢？那分歧就很大了。有的说是先秦，有的说先秦两汉都可以算是上古。中古是什么呢？魏晋南北朝是不是？有的说把唐代也要包括在内。此类分期有模糊之处，但是尽力想对文学史的发展过程有一些特点的把握，那么是不是有其他的办法？

　　我现在想提的是"轴心时代"的概念。20世纪德国的哲学家雅斯贝尔斯曾经提出过轴心时代。所谓轴心时代是说公元前500年前后，即公元前800年到公元前200年间，在希腊、印度、中国这几个很重要的文明发展的地区，出现了很多很重要的思想的变化，出现了很多很重要的思想家，他们所提出的很多观念在各自的文化传统当中产生了很大的影响；不仅在当时实现了一个文化的定位、定型，而且对之后两千多年各个不同的文化传统的发展都有决定性的影响。比如希腊理性文明、印度早期的佛教文化对后世的影响。在中国，当然基本上可以讲是春秋战国时代、诸子的时代。我把他的这个说法借过来，来看中国文学的整个发展历史当中有没有一些类似于这样的标志性的时代。这个标志性的时代非常之重要，这个时代里出现的很多的思想、文学、人物，在文学上的创造奠定了或者很大程度上影响了之后的文学的发展。如果从这个轴心时代深入的话，可以了解上一个轴心时代到下一个轴心时代之间很多文学的现象、文学的情况。说不定可以对中国文学史长期发展当中的一些大的段落的一些特点有一点把握。

雅斯贝尔斯在整个文化史上，只认一个轴心时代，就是公元前500年前后那几百年。那么中国文学，如果回顾的话，是不是只有一个轴心时代？我感觉大概有三个轴心时代。这三个轴心时代都非常之重要，在很大程度上都决定了它们之后的几百年，甚至千年的文学发展的方向或者基点。

（一）

那么这三个我所谓的"中国文学的轴心时代"是什么呢？第一个是先秦时代。先秦时代非常重要，是中国文化思想包括文学在内，定下整体基调的一个时代。儒道两家都是中国本土产生的，实际上在先秦时代就开始发源，发扬光大。中国传统文人得志的时候、得意的时候、能够施展抱负的时候，往往是儒家的态度；当他失意的时候，往往是道家的态度。例子很多，我想不用多举。所以那个时代的精神影响非常之大，先秦儒、道两家的精神思想的影响，对所有的文士都是非常非常重要的。这是第一个。

轴心时代是什么意思？轴心时代里边产生的文学思想、文化现象，对后来的几百年甚至一千年，有定位的作用。定位作用是什么？在这个轴心时代的后世，人们回顾自己文学、传统发展的时候，都会想，那是我们的源头，他们会认祖归宗，他们会认这样一个传统。但是什么是真正有影响的？马克思主义的思想传统当中有一个说法，就是活的和死的。死的是什么呢？它当然曾经存在，但是它对今天的影响已经非常之小了，已经非常淡漠了。那些活的东西在今天还活着，还发生着影响。所以传统实际上不仅仅是从过去到今天的，很大程度上在于今天的人认不认这样一个传统，认不认过去思想文化包括文学里面的那些重要的部分是我们的传统，是我们的先驱。这是非常重要的。

所以，我们现在讲传统是可以重新塑造的。说起来很大，但实际上也很简单。在我读书的1980年代，我们对中国的传统文化、中国古典的文化通常是持非常强烈的批判态度，在很大程度上继承的是"五四"之后的那种比较激进的批判态度。但我相信你们现在这一阶段，从你们出生、长大、懂事、学习，你们对传统的那种态度，跟我们这一辈在你们这个年纪对传统的态度是非常不一样的。你们对传统，起码在现在这个阶段有更多的认同。那么实际上就是重新去认识这个传统、重新塑造这样一个传统的过程。从这个角度来讲，传统不仅仅是从过去到今天，传统在很大程度上是我们今天重新去认识过去、重新去塑造过去和我们今天的关系的这样一种努力的结果。

从这个意义上来讲，文学其实也一样。在先秦时代最重要的文学创作是什么？《诗经》《楚辞》，对不对？《诗经》《楚辞》在先秦之后很长一段时间里，定位了后来的那些文学家的文学想象、文学理解。比如说司马迁，他认什么？司马迁写《史记》，背后的动机是什么？《报任安书》里面说得非常清楚："《诗》三百篇，大抵圣贤发愤之所为作也。"他就认这个是他的传统。鲁迅先生在《汉文学史纲要》中怎么评价《史记》呢？他讲它是"史家之绝唱"，下一句是什么？"无韵之离骚"。说它跟"楚辞"的精神是相通的。所以"诗骚"实际上是中国文学前半期里面核心的文学经典，获得了那个时代的文学家和后代历史观察者的双重认同。

再往下，我们看中古时期的诗人。你们知道我们现在讲起中古时期的诗人会认为哪一个最了不起么？有同学想说杜甫，"诗圣杜甫"对吧？事实上钱锺书先生《中国诗与中国画》一文中说：中国诗和中国画的最高的审美理想，并不一致。中国画里面的审美理想，南宗画、文人画是最高境界的艺术作品。但在诗里面不是，诗里面不会是王维，虽然王维是"诗佛"，但他不会是最高的典范。最重要的是杜甫，杜甫是"诗圣"。那杜甫是"诗圣"这个概念是什么时候有的？很晚了，基本上到宋以后，我们才认这样一个传统。

在唐代之前，要问：哪一个诗人是最了不起的？很多人都认为是曹植，曹植地位很高。钟嵘《诗品》把曹植抬得很高。他说曹植"之于文章也，譬人伦之有周孔"。在文坛上、诗坛上，曹植的地位就像人间有周公、孔子一样。周公、孔子当然是最高的了。有一个成语叫"才高八斗"，"才高八斗"是谢灵运讲的，谢灵运说谁最厉害？曹植最厉害。天下的才都被他占尽了，剩下最后一点儿，我跟你们大家分一分而已。

曹植为什么了不起？钟嵘《诗品》对于五言诗的很多评价，如果和文学史结合起来，是非常有意思的。它会划出各种各样的流派，各种各样的传统，塑造各种各样的诗歌发展的脉络关系。他对曹植的评价就是四个字，叫"情兼雅怨"。什么意思？后代很多研究者，都讲这个"雅怨"实际上一个是指《诗经》，一个是指《楚辞》。就是说他了不得，把《诗经》和《楚辞》这两种传统都结合在一起，因此地位非常之高。由此可见《诗经》《楚辞》地位非常非常重要。一直到唐代李白也是这样。在李白的眼中什么东西重要呢？李白讲"大雅久不作，吾衰竟谁陈"。他标举的"大雅"就是《诗经》了。他另外还有诗"屈平辞赋悬日月，楚王台榭空山丘"，这是讲屈原了不得——或许经过了时间的流逝、时间的侵蚀之后，当初最柔软、看似最没有力量的文学，却是永恒的；而当时掌握政治权力的、看起来一言九鼎、非常强大的楚王早已经不存在了。所以李白在传统里最尊崇的显然是《诗经》和《楚辞》。

我当然只是举一些非常基本的例子，你们还可以去找很多很多这样的例子。对于汉魏六朝一直到唐代的很多文学家来说，他们回溯传统，去认这个传统的时候，都会把《诗经》和《楚辞》放在心中，所以先秦时代应该可以讲是中国第一个轴心时代，它影响了之后中国文学很长时间的发展。

（二）

那么第二个轴心时代是什么呢？我觉得第二个轴心时代差不多可以划到中唐以至唐宋之交，这是一个大的转折时期。20 世纪初，日本有一个著名的历史学家叫内藤湖南。他曾经在中国生活过很长时间，跟王国维、罗振玉、陈寅恪这些学者都有交往，回国以后在京都大学任教。他提出一个看法，叫做"唐宋转型"。他不仅仅从文学上来讲，而是从整个历史发展的脉络上来讲，从整个社会结构的变化来看的。最重要的是，这是从中古六朝时期一个贵族的等级制的社会向一个平民的文化下移的社会转变。他提出了一个很宏大的构想，之后有很多人围绕他的这个观点进行讨论。

实际上，内藤湖南的说法，和中国文学史对中唐的重视是有契合之处的。比如清代著名的文学批评家叶燮，在他的《百家唐诗序》中就讲到中唐非常重要，不仅是唐代之中，而且是"百代之中"。"百代之中"是什么意思？就是整个中国文学、文化的一个中点，在这之后发生了很大的转折、变化。这个变化怎么来说呢？简单地讲，从唐代，特别是宋代以后，所有的这些文人，他们还讲不讲《诗经》《楚辞》？当然讲，他们还会讲，比如白居易会说，我之所以要写这个关怀现实的诗，就是发扬"诗三百"的精神。但是这其实是一个大帽子，不是他们真正关心的。宋代文人真正关心的问题是什么？在他们心目当中是唐和宋的关系，就是唐代文学和宋代文学对他们意味着什么，他们都在想这个问题。宋代的诗人就想，唐人写的诗那么了不得，那我们怎么跟他们不一样。宋人在力图建立跟"唐音"不同的"宋调"。这是宋人很自觉地要这么做的。后人学什么？学李杜还是苏黄？这个对他们来讲就是不同的认同了。到明代，你们都知道，那就开始争了，所谓唐宋诗之争，从宋一直到明清都是一个非常非常重要的问题。在座各位说不定也有写诗，说不定也写得很好。一开始写诗的感觉，就考虑是写古体的，还是写近体的。近体的话就想是否合乎格律。古时候，不是这样，你要写诗，别人一问就是：你是写宋诗，还是写唐诗？就是说你到底是写哪一路诗？这对他们来讲就非常重要。钱锺书先生《宋诗选注》，很有名。香港有一位国学大师饶宗颐，诗词修养也非常之好，学问也是百科全书式的人物。但他看到钱锺书先生的《宋诗选注》后，说了一句让人目瞪口呆的话，他说：这个钱先生选的哪里是宋诗选呢？这个是唐诗选啊。就是说这里面有很重很重的唐诗的味道。包括钱锺书先生自己也说，唐诗、宋诗不是限于哪个时代的，是两种诗的体格、风格。

所以这唐诗和宋诗到后来就是唐宋优劣，你到底选哪一个？哪个好？你走哪条路？这样的争论代表着这才是他们心目当中最重要的一个传统，从这里开始，你走哪一条路，你认哪一个传统，就很重要。与唐宋诗的关系相比，唐宋文章的关系是不太一样的，宋代的古文是继承着唐代的文章发展下去的，后来就叫做唐宋古文。唐宋古文成为一个很重要的凝聚而成的传统。明代就有很多人争论，有的人说唐宋文章好，有的人说"诗必盛唐，文必秦汉"。今天我们不要辨析谁对谁错，关键是看他考虑问题的方式和结构。唐宋文章很重要，我们认不认？是就学唐宋呢，还是要超越唐宋学秦汉？这些都变成他们思考自己文学发展、文学道路的一个很重要的界标乃至基石。

再比如说传奇，初唐有没有传奇的作品？当然有，但是重要的作品都是从中唐以后有的。而我们今天所知道的很多的俗文学作品，从唐代的说话发展到后来的白话小说、敦煌变文、讲唱文学，基本上也是从中唐以后越来越多，逐渐可以和雅文学分庭抗礼。从中唐以后开始到宋代的这些变化，成为后代思考文学发展的一个非常重要的基础。这可以视为第二个轴心时代的标志。

<h2 style="text-align:center">（三）</h2>

那么第三个轴心时代是什么呢？我觉得如果一定要讲的话，那基本就是近现代的变化，所谓新文学的兴起。新文学到底在什么地方断限，有很多很多的讨论。现在有些学者认为最早应该定到1880年代，还有许多定在其他时段的。我进复旦读书，听的第一个报告就是北大王瑶先生的。他讲的就是中国现代文学从什么时候开始，然后他论证了一大通，最后他认为，1895年甲午战争失败后危机加深，引发1898年的戊戌变法，那以后中国现代文学就开始了。我当时听了很吃惊，因为一般文学的讲法都是从"五四新文学"，起码从1910年代开始讲起，他认为应从1890年代后期讲起。他讲的是山西话，听起来不太好懂，不过他的结论我印象很深刻。我们知道新文学到后来的很多作家，实际上跟《诗经》《楚辞》，跟唐诗宋词距离很远很远，他们认的传统是什么？他们认的传统根本不是中国的了，可能认易卜生，认托尔斯泰，认这些外国的作家了。从这个意义上来讲"五四"之后是一个很大的变化。

（四）

接下来，我还想谈一谈文学轴心时代的划分对我们今天了解中国过去的文学有什么样的意义。我不是仅仅限于某一个朝代来看，而是用一个比较宏观的、鸟瞰的态度来观察每一个时段的文学有什么样的特点，了解这个时段的文学有哪些问题是值得关注的。

什么叫做文学？可以界定为是以语言文字为表现媒介的一种艺术形式。对于文学来说，语言文字是最基本的。但先秦时代不是这样的，《诗经》《楚辞》作为艺术样式的存在，第一重要的是什么？实际是音乐啊！《诗经》《楚辞》都是与音乐紧密结合在一起的，所以与我们今天主要读它们的文字并不完全一样，如果我们要学习或者了解的话得注意这一点。还有一点非常重要，在当时，文学艺术是跟各种各样的文化制度结合在一起的。比如说《诗经》，不仅仅是文学的创作，也是周的礼乐文化的一个部分。从汉代郑玄开始，就用礼来阐释《诗经》，一直延续到后来。《诗经》怎么形成的？在那么长的历史时段，那么广阔的天地当中，最后合成了这样的一个《诗经》的文本，用韵也差不多，形式上也差不多，为什么？史料记载得很清楚，是有"**太师比其音律**"的，这一工作是在周天子的宫廷里做的。你说这完全是太师的作品吗？不是，但是没有太师，恐怕《诗经》也不是这样。那么为什么有太师比其音律，能够收集那么多的作品汇集成这样一个文本？那是因为周代的制度文化、礼乐文化。《楚辞》也是这样。《九歌》是最典型的例子，它的祭祀背景如何？是国家祭祀还是民间祭祀？学者一直争论不清，但是毫无疑问它跟当时楚国的文化制度、宗教仪式是有关系的。所以我们一定要了解那个时候鲜明的仪式性，它的制度文化的背景。到汉代还是这样。你说汉赋仅仅是文学作品吗？不能完全这样看。你说这是枚乘写的，这是司马相如写的，但是谁让他写的？有很多就是皇帝让他写的，宫廷里请他写的。不仅赋，还有比如司马相如写《郊祀歌》就是为了国家的仪式嘛。所以这一点在当时是非常非常重要的，早期的文学仅仅抽象出文本，从今天的角度去理解，可能就会有一定的偏差。美国芝加哥大学有一位教授叫巫鸿，他是研究美术史的，他提出的概念叫"礼仪（ritual）中的美术"。礼仪中的美术是什么意思？比如说他研究墓葬里面的绘画，那些画我们仅仅看到形象就可以确认了吗？不是这样的，要放到整个背景当中。比如说这个墓室是怎样布局的，这个画画在什么地方，它和其他哪些形象混杂在一起。墓室里边可能有异域的形象，但整个的安排，还是中国传统的那种神鬼的世界。把一个东西拿过来，只是把一个要素取过来装点在这里，不代表我们对它就有真正了解了。所以他讲的礼仪中的美术，分析的不仅仅是形象本身，还要看它周围的环境。文学其实也是一样，对不对？这是我觉得比较有意思的。

（五）

早期文学中，宫廷文学是很重要的背景。汉赋的创作，与以汉武帝为代表的宫廷文化息息相关；六朝的文学家多是世家大族，圈外人是很难进入的。你看南朝宋齐梁陈，文人几乎都是那一批，活动的区域以宫廷为中心。到了唐代呢，唐代文人的流品是最杂的，各种各样的人都有。王维是有身份的，杜甫家里曾经是有身份的，但到他就破落了。李白是个什么人？李白不知道是个什么人，甚至可能是个外国人。深入到历史的后面就可以看到，实际上唐代代表着中国社会文化的转型，从一个贵族的社会向平民的社会转变，转变以后就是各色的人都出来了，里面有原来的贵族，有世家大族，也有不明来历的人，各种天才都出来，所以唐代的流品是很杂的。到了宋代，文人就高度一致化了，为什么？到宋代，科举制度已经高度成熟。通过科举筛选出来的士人，在知识上、文学才能上、政治才能上是高度一致的。这个社会发展内部大家都可以理解，为什么唐代的文学会那么丰富多彩，宋代相对来讲为什么会理性很多，从事文学的人本来就不一样啊。

显然，你可以看到唐宋前后一个非常非常大的变化，这样的变化完成以后，呈现的问题有些就跟前面非常不一样了。比如说我们要重视物质文化（material culture）的特性，因为有很多东西已不仅是个人的行为，比如说唐代很多人都喜欢漫游，

▼ （北宋）佚名《挖耳图》
　弗利尔美术馆藏
画中描绘的是文人书斋内的景象，室内有大幅画屏，案几上书册、笔墨、乐器、鲜果等
摆放有序，主人公举手挖耳，姿态闲适，侍童正奉茶而入。宋代尚文，文人多风雅之士。

碰到了旧友新知很高兴，写首诗喝顿酒就完了。但宋代以下很多就不是了，他写作还要考虑他这个文本怎么流传。比如说俗文学崛起了，只谈戏曲文本可以吗？就不够了，你就要看它是怎么演出的，观众有哪些，甚至这个戏园子怎么才能维持下去，都是值得考虑的问题。

（六）

近现代文学的转变也涉及物质文化环境的变迁。

1. 观念

从文学观念上来讲，我觉得近代和之前相比发生了非常大的变化，我们今天所理解的近代文学的很多观念实际上是从西方过来的。比如说我去查了当时人在文学著作中对于文学的定义，很多人都强调文学以语言为媒介，强调自我表达，强调美的创造。这就是"五四"初期新文学的观念，但在中国传统里是这样的吗？不是，完全不是的。中国古人不认为美是很重要的事情。比如从儒家来说，《论语·八佾》强调"尽善尽美"，美必须和善结合，徒有其美是不对的。在道家呢，美的观念不重要，最重要的是真，就是保持它的淳朴，保持它的原来面貌，真比美更重要。近代的观念与之相比，是非常非常大的变化。

2. 传播

再观察文学，我今天讲文学以什么为中心？当然以文学作品为中心，以文学文本为中心，但是文学是一种文化的活动，这活动是包含着很多的因素的，它是要有作者，要有作品的创造，有文本，有文本的流通，有读者。从这个角度去观察的话，近现代以后的文学跟前面的差别非常之大。近现代很多文人都是以卖文为生的，中国古时候卖文为生的文人不是说没有，但属极少数，文学对于他们来讲是个业余的事情，谁靠这个生活呢？近代报刊的发展产生了需求，所以，卖文为生成为可能，这个就是非常大的变化。近代以来文学本身的多元化也是极为突出的，以语言为例，很多的作家都是文白兼做的，比如鲁迅，白话诗也写，旧体诗也写；钱锺书的《围城》和《写在人生边上》之类的小说、散文很白话，但《管锥编》《谈艺录》又非常之文言；林语堂不仅文言和白话糅合得很好，而且还用英文写作，比如1930年代写的 *A History of the Press and Public Opinion in China*（《中国新闻舆论史》），这是在上海出版的，是他去美国之前用英文写的，给懂英文的外国人和中国人看的，批判的锋芒是非常厉害的，与他同时在中文里面所提倡的东西非常不同。这些多元现象都是以前没有的。再比如说作品的流通和读者，到近代也完全不一样。古人写了以后就是传唱，你看白居易和元稹两个关系好，但是去看看他们抄给对方的诗很少，可能就是抄了几十首诗给对方看，收到好朋友的诗，看一看，回应一下：哇，你写得真好啊！我在复旦上文学史课的时候经常这样讲：没有一个唐代人比我们读了更多的李白、杜甫的诗，元稹也不像我们读了那么多白居易的诗，白居易也不像我们读了那么多元稹的诗，为什么？因为当时的流传方式主要是手抄，文士酬唱时意向的读者并不是圈外人，而往往是那些熟悉的人。近现代不一样，近现代报刊，一个作家首先想的是什么？就是给陌生人看。比如郁达夫写了一组《毁家诗纪》，他要在杂志上发表，因为他要面对陌生读者，所以就加了很多自注，甚至注了怀疑妻子有外遇这样不堪的事情。当时成为一个著名的八卦，但实际上那也是一个很严肃的文学史个案，那些注的产生就完全是因为现代的流通传播必须面向陌生的不可预期的读者，这样的传播方式要求他写下详细的说明性注释，所以就形成了完全不一样的文本，一个新的文学文本。再比如连载的刊发方式，我们可以想象：连载字数的调整，对小说构思方式、内在结构、发展进程绝对是有影响的。

3. 场域

再说文学活动的场域，传统文学活动的中心往往就是政治的中心。哈佛大学宇文所安教授，他讲初唐诗的主流是所谓的宫廷诗（court poetry），盛唐诗的主流是所谓都城诗（capital poetry）。但是到中唐以后你可以看到很多都不一样了，地域性的文学一个个都发展起来了，想想近世中国文学史上有多少以地域命名的文学团体和流派？然后到近现代，特别有意思的是，文学场域渐渐从中心向边缘发展，而且边缘到什么程度？边缘到根本不是中国的疆域。鲁迅在日本，巴金、李金发在法国，老舍在英国从事文学活动。胡适在哪里提出他的文学改良？在美国。反对胡适的人比如梅光迪等在哪里活动呢？在美国。所以我有的时候想说，中国现代的文化有很多域外的起源。

4. 认同

域外的起源不仅仅是空间的，最主要的还是发生在我们前面说的如果是轴心时代的话，它要认这个传统。认同传统是什么意思？比如说大家都知道的诗人穆旦，也就是查良铮，是现代很重要的诗人，他接触的是当时在西方最流行的那些诗歌的观念潮流，所以直接以现代西方的诗学观念来创作，按照他的老同学王佐良先生的看法，他早期的作品完全"非中国"。所以说他头脑当中的文学的祖宗或者是他认的传统其实不仅仅是中国的，他接上的传统很大程度上是西方的。

每个轴心时代代表着一个变化，所以近代以后的这些重要变化——作者身份的变化、读者流通方式的变化、文学语言的变化、文学观念的变化、精神传统和文学传统的变化都跟古典时代非常不一样，所以我觉得近现代之交实际上是一个新的轴心时代。

5. 文类

我还有一个概念：每一个时代都有一个核心的文类，那个文类在很多的文类当中占据核心地带、影响非常大。比如说自汉代到六朝，赋是最重要的。《世说新语·文学》篇中关于文学创作的部分，谈到最多的是赋，比诗要多，这意味着在《世说新语》编成的那个时代，赋的重要性还是最高的。赋被诗所代替，实质上到唐代才完成。六朝著名作家普遍写赋，唐代不写诗就算不上文人。到了"五四"时期，世人对文学家的第一反应就是写小说，文学史上地位最低的文体从边缘变成中心了。

结　语

当我们鸟瞰中国文学史，先秦时代、唐宋之际、近现代的变化是非常重要的关节点。这三个轴心时代为什么能够成立？是因为在其之后的几百年中，文学家都会把这几个时段作为原点，回溯到这个原点，给自己定位，思考应该怎么做，走哪条路，深深地承受其影响。

第一讲　不可重复的想象：上古神话

一　真实与想象的辩证法：神话的产生与分类

关于古代神话，为大家做一个简略的概括。

为什么说上古神话是"不可重复的想象"？当然有人会反对，毕竟这些年不少作家在"重写神话"。但现代人重写的神话，实际上是个人的创造，比如鲁迅先生的《故事新编》，利用一些神话题材进行创作，这与上古神话完全不同，那是"不可重复"的。那为什么说是"想象"？当然，对当时人来讲，神话可能并不完全是想象，我觉得神话可以说是真实和想象交织形成的二重奏。我们现在觉得神话是想象的产物，也就是超脱于现实之外的存在，完全不符合今天的科学理论；对古人来说，神话往往也超出他们的理解之外。最初的神话大多比较具体，以泛神论为基础，认为山川、天地、河流等，后边都有一个神，或者说主导的力量。从这个角度看，神话超越了古人能把握的知识范围，也是超出现实的想象性存在。

但古人对待神话的态度，与现代人非常不同，他们即使觉得神话难以理解，也会尝试做出解释，一旦做出解释之后，就把它纳入知识系统，作为真实的状态来看待，为文化共同体所共享，并世代相传，这就是神话的现实性与真实性之所在。许多神话有非常现实的背景，比如对于神话中的龙，汉代的王充就曾做出基于现实的解释，认为它是马首和蛇尾的结合。有的现代学者研究《楚辞·九歌》时，也考证龙是什么，认为龙是以扬子鳄为原型的。闻一多先生在《伏羲考》中也讨论过，认为龙是以蛇身为主。从科学角度来讲，龙这种动物可能从来没存在过，但它是不同动物的集合体，因而仍然有着现实的基础。其他神话也是如此，对古人来说，它们既有想象的成分，也包含对真实世界的理解；离开了神话产生的文化氛围之后，人们可能更多从想象的角度去理解，但它们所包含的真实性，也是不可忽略的。

二　缀合重构的世界：古神话的条理化

对于神话，有很多种理解的方式。现在很多人把神话归纳成几种类型，比如描述自然现象形成过程的自然神话，以及表现物种起源的起源神话，等等。上古人观察到风、雷、雨、电等自然现象之后，对此进行理论的解释，就逐渐形成神话；相比于动物，人类拥有反思的能力，因而会思考自己的起源。在自然和人的诞生得到解释之后，基于人与自然之间的关系，也产生了神话的表述。当然，随着人类文明不断发展，我们离自然界也越来越远。比如对出生于上海的人而言，完全在人造的环境中生活，田野、自然的经验非常稀薄，如今很多人都是如此。再如许多人认为纽约人不是美国人，我们想到美国，会觉得是一个车轮上的国家，但不少土生土长的纽约人根本不会开车，因为他们的生活离自然非常远，在高度发达而便利的城市环境之中，没有开车的需要。而随着都市文明的扩张，关于人与人之间关系的故事也越来越丰富，形成新的传说类型。

中国古代有关自然及其与人类关系的神话，大概有"盘古开天辟地""女娲造人""后羿射日"等可以作为代表。不妨读袁珂先生的《古神话选释》，这本书按照神话涉及的历史文化，将神话从各种典籍中钩沉出来，整理成系统，并进行了注释和阐发；他的另一本书《中国古代神话》，则是用自己的言语来叙述，并在注释中标明依据，对了解神话及其来源很有帮助。

女娲造人的神话，《太平御览》卷七十八引《风俗通义》：

> 俗说天地开辟，未有人民。女娲抟黄土作人。剧务，力不暇供，乃引绳于泥中，举以为人。故富贵者，黄土人也；贫贱凡庸者，絙人也。

女娲最初抟土造人，后来不耐烦了，就用绳搅动泥潭，而后向地面挥洒，泥点溅落的地方就出现了人。而她抟土造的人是高贵的，用绳甩溅而成的人则是粗糙、下等的。

再如后羿射日，说的是人与自然之间的关系。宋代类书《锦绣万花谷》前集卷一引《山海经》：

> 尧时十日并出，尧使羿射十日，落沃焦。

当时十个太阳本来是轮班的，但竟同时出现在天空中，将大地晒成焦土，后羿就射下九个，只留下一个太阳，这是对天道的治理。

对大地的治理，则有大禹治水的传说。《山海经·海内经》：

洪水滔天，鲧窃帝之息壤以堙洪水，不待帝命。帝令祝融杀鲧于羽郊。鲧复生禹，帝乃命禹卒布土以定九州。

　　水一方面是人类生活的基本元素，很多文明发源于水边，但另一方面，水一旦泛滥，就会造成毁灭性的灾害。大禹治水的故事，就包含了对这种辩证关系的认识，代表了先民对自然的理解。

　　还有很多中国神话表现了人与自然之间紧张的关系，表现渺小的人类与强大的自然之间的对抗。比如夸父逐日，说的是夸父与太阳赛跑，最后失败渴死。还有精卫填海，由于人类之身被大海淹没，便下决心化作一只鸟，想用石头填平大海。

▶ 夸父
清彩绘本《山海经图》，台北故宫博物院藏

再往后发展，神话更多表现了人类社会的情况，历史和传说逐渐混合。比如不少神话表现了黄帝与炎帝之间非常惨烈的战争，从上古史研究的角度来讲，它们并不完全符合真实，但可以确认炎帝代表的氏族集团曾和黄帝代表的氏族集团发生冲突。还有黄帝和蚩尤的战争，蚩尤现在被看作苗蛮集团的祖先，神话反映的大概是南北之间的冲突。

三 零散的图景：中国神话之传载

中国神话大致可以放在以上所说的理论构架中看待。但一个很大的问题是，我们看到的中国神话仿佛非常丰富、容纳世界的方方面面，但放眼世界，大概有一个世纪的时间，很多学者都认为中国神话不发达，比如跟古希腊、罗马神话一比，好像中国神话远远不够丰富。还有更学术化的表述，说中国神话比较零散。

20世纪鲁迅写《中国小说史略》时，也引用日本学者的看法，谈到这种差异产生的原因。他认为中国人生活在温带，由于自然条件的限制，需要辛苦劳作以求生存，因而发展出面向现实的文化精神，不太喜欢玄思、幻想，包括儒家文化也不讨论"怪、力、乱、神"。很多人都认同这种说法，但我觉得可能有些问题。从神话产生的机制来讲，任何文化发展到一定程度，都会对周遭世界、文明起源、人与自然的关系等进行解释。之所以跟古希腊、罗马比起来，中国神话呈现出比较零散的面貌，原因并不在于神话的产生，而是在于后人的选择和删汰。中国文化后来发展出理性化的趋向，因而对神话的保存和重构非常不充分；而许多古希腊、罗马神话，是通过《荷马史诗》、赫西俄德《神谱》等著作流传下来，并形成系统，经历了一系列整理的过程。

前面描述的中国神话系统，其实在历史上并不存在，而是到了现代才整理、设计的。所有神话都是特定文化集团的产物，比如中国神话往往是在一个氏族集团之内产生，影响有限，后世才被整合成一个整体。比如盘古开天辟地的神话，在文献中出现得很晚，差不多要到东汉后期、三国时代，现代学者都非常清楚，它来自南方苗蛮集团的神话系统，在当时并不被中原氏族集团所认同。随着历史的发展，各种文化发生冲突和融合，不同神话系统才逐渐交织。虽然秦始皇已经征服岭南，但南方文化真正与中原文化产生密切的交流，要到东汉三国。

神话最初往往具备特定的空间性和时间性，倘若后人没有系统地去整理，自然很难形成完整的体系。这也造成了神话的流动性，比如宙斯原本是雷神，后来变成主神，实际上经历了不断重述和加工的过程，倘若没有这个过程，神话也不可能发展成今天的面貌。

中国神话的保存和流传，大概有几种方式。一种是巫的传统，巫的作用是沟通人神、沟通天地，比如《楚辞》中的《九歌》，起初都是祭神的歌曲，包含很多神话的内容。汉族传统中大概没有荷马那样的行吟诗人，但在汉族文化之外，比如蒙古族的《江格尔》、藏族的《格萨尔王传》，虽然是很晚才写定的，但起初可能是靠行吟诗人流传。还有一些画工，可能也起到了保存神话的作用。最初神话产生和流传之后，隔了一段时间，很多故事或许不复存在，但只要画保存下来，后人还能去回忆。比如女娲抟土造人的神话，具体的文字描述迟至汉代，但在屈原的《天问》中，即有"女娲有体，孰制匠之"一句，问女娲自己的身体是谁制造的，可知在先秦时代，已经有女娲造人的传说。据说《天问》是屈原到楚王的宗庙中看到很多壁画，受到刺激之后思考写成的，这些壁画上可能保存了关于女娲的远古记忆。再如汉代画像砖有表现伏羲、女娲兄妹交尾的图像，也保留了神话的痕迹。

▼（东汉）伏羲女娲画像砖
河南南阳新野樊集乡出土，河南博物院藏

此外，史官也会在史书中记述神话，但可能会有很大的改造，比如司马迁在《史记》中记录了很多奇怪的故事，但他采取的是理性的批判态度，将神话往人能够理解的方向转化。文人也会记录神话，比如屈原的《九歌》就源于民间祭祀歌曲，即使是写个人精神历程的《离骚》，也提到"咸池""扶桑""若木""帝阍""阊阖"等神话内容，包括《庄子》也保留了很多神话。与史官一样，文人也会改造神话，比如《庄子》往往将神话当作其讨论问题的材料，因而需要对原始形态进行加工。

一些重要的典籍，如《山海经》《楚辞》《庄

▶ （明）佚名《山海
百灵图》局部
弗利尔美术馆藏
画卷描绘诸多怪奇神
兽，其形象灵感来自
《山海经》。

子》《韩非子》《淮南子》等，都保留了大量神话。屈原在《天问》中提了一百多个问题，很多与神话有关；汉代的《淮南子》更是神话的渊薮，今天看到的很多故事，包括"女娲补天""嫦娥奔月""后羿射日"等，《淮南子》都有记载。回过头来看，所有典籍对中国神话的处理，都不是要整理出一个完整的系统，即使《淮南子》这部书，也是把神话贯穿在行文之中，作为论述的材料。将中国神话整理成不同的系统，并非自古以来就存在的状况，而是现代学术的构造。

但回到古代的情况，实际上神话的形成和形态，还是有一些大的区域板块。比如茅盾在《中国神话研究ABC》等著作中，把中国神话分成三个系统，一是北方的中原系统，二是南方的楚神话，三是更南边的苗蛮神话，基本上是以南北来划分的。还有以东西划分的方式，以现代著名历史学家顾颉刚为代表，将中国神话分成西方的昆仑神话系统和东方的蓬莱神话系统。早期中国文化可能主要是东西之间的问题，后来南北问题越来越重要，而无论以东西还是南北来划分神话系统，都提示了中国神话的地域性，它们最初生产于不同地区，后来才逐渐整合起来。因此，中国神话丰富与否的问题，实际上与后世的重构有很大关系。

第二讲　南北文化的异彩：先秦韵文

先秦韵文最重要的是《诗经》《楚辞》。《诗经》是当时北方主流的中原文化的成果，《楚辞》是南方楚地文化的结晶，从中可以看到南北文化的异彩。所谓"异彩"，可以从两个角度来理解，一方面是异样的光彩和成就，另一方面是南北之间的差异。

文学史课的目的，是给大家做一些基本的介绍。之前为一个有关"文学史"问题的讨论会，我拟过一篇提纲，讲"文学史的用处"。我觉得文学史实际上没有什么用处，只是给你一张导游图，告诉你什么地方有什么景点，这和实际游历是两回事。如果真正讲实际的研究，其实不该把诗、骚合在一起。如果仔细去读作品，会看到许多有趣的东西，但只凭文学史课上匆匆地讲，其实很难有深刻的印象。以前读普希金的长诗《欧根·奥涅金》，他引了前代诗人巴拉丁斯基的诗句："活得匆忙，来不及感受。"我当时不知怎么就记住了这句诗，现在越来越觉得有道理。我们这个时代的生活节奏太快，大家不得不变得浮躁，活着每天都不知道自己在忙什么，因此也没有多少深刻的感受。文学史课也是如此，要在一两个学期内跨越上千年，真正有趣的东西实际上非常有限，所以我就尽量给大家讲一些最重要的东西。

一　《诗经》：中原文化的结晶

《诗经》被视为中国文学最早的代表，但它起初并不是作为一种自觉的文学创作而诞生的。《诗经》的构成非常复杂，其中一些作品是出于情感表达的需要，一些出于实际生活的需要，一些出于仪式、文化制度的需要。我们说《诗经》是最早的诗歌总集，这从文学角度来讲当然不错，但它其实并不仅仅是一部文学典籍，还可以印证许多历史文化的信息。前面提到胡适讲哲学史，是从西周开始，就是因为他认为有了《诗经》之后，历史信息就比较确凿了。

接下来交代一些基本信息。

（一）"诗三百"概况

首先，"诗经"的名称是何时出现的？孔子的时代并不存在"诗经"这个概念，他曾说"诗三百，一言以蔽之，曰思无邪"，还说过"不学诗，无以言"，可见当时是称"诗三百"或"诗"。最早将"诗"和"经"结合在一起的，大概是荀子，但荀子也没有提出"诗经"的概念，只是在谈重要的"经"时提到了"诗"，对"诗三百"仍用单字"诗"称呼。如果读先秦时代的典籍，会看到汉代人往往提到"诗人"，这个概念与现在完全不同，指的是《诗经》中篇章的作者，所以如果严格地用现代标点，这个"诗"最好打上书名号，写成"《诗》人"。"诗经"的说法出现得非常晚，直到汉代还有人说"诗三百"，比如司马迁《报任安书》说"《诗》三百篇，大抵圣贤发愤之所为作也"。"诗经"的概念实际上是后代确立起来的，特别是汉武帝推崇儒术、立五经博士以后，"诗经"的名称才变得清晰。

《诗经》共有多少篇？往往说是305篇，但实际上还有6篇笙诗，没有歌词，只有音乐，收在《小雅》当中，所以总共应是311篇。

《诗经》的篇名是怎么定的？其实跟先秦的很多典籍一样，往往是取正文的开头，比如开头是"关关雎鸠"，篇名就定为《关雎》，这是先秦时代的命名习惯。这种命名方式，有时在语意上讲不通，比如《庄子》有篇叫《马蹄》，首句为"马，蹄可以践霜雪，毛可以御风寒"，篇名实际上是破句得来的。

何为"风雅颂"？这三个字有本身的含义，同时也是《诗经》的组织结构。从组织结构的角度而言，"风"指十五国风，共160篇；"雅"指《大雅》《小雅》，共105篇；"颂"包括《周颂》《鲁颂》《商颂》，共40篇。关于《商颂》产生的时代，有很多争议，而这个问题还牵涉到整个《诗经》的时代问题。有人认为《商颂》不是商代的诗歌，而是产生于周代的宋国，因为周灭商之后，商人留在旧都商丘，建立了宋国，可能在此时创作《商颂》来祭祀祖先。

那么《诗经》大概是何时产生的？一般认为是西周初年到春秋中叶，但倘若《商颂》是商代的诗歌，那么《诗经》的时代就可以往上推。这个问题我不太有把握，但无论说《商颂》是在商代产生还是在周代的宋国产生，可能都有些偏差。我们现在看到的文本，肯定经过了不断的传抄和改写，不再是商代的原貌；但另一方面，宋既然继承了商的文化，写的内容可能还是跟商代有很大关系，比如里面涉及商民族始祖的传说，都是渊源有自的。

再谈"风雅颂"三个字本身的意义。"风"就是各地的风谣土俗；"雅"是雅正的意思，包含政治上的含义，现在通行的解释来自朱熹，他认为小雅是当时宴会上的音乐，大雅是朝会的音乐，但这也没有确凿的证据；对于"颂"有很多种解释，比如清代的阮元解释为"容"，指的是情态、样子，他认为《颂》跟舞蹈的关系非常紧密，因为在古代中国，诗、乐、舞三者是合一的，是一种综合的艺术样式。我们知道《颂》里边，确实有一些乐舞套曲，它们最初可能是歌舞的形式，后来舞蹈先分离出去，歌唱在很长时间内存在，歌和词较晚才分离。《颂》大部分与庙堂仪式有关，舞蹈的成分应比《风》《雅》要多，《风》《雅》很难说有舞的成分，但三《颂》也并非都是配合舞蹈的。

《诗经》年代的上限基本上取决于《商颂》的年代，那么它的下限在什么时候？对此也有很多研究。一般认为《诗经》中可以确认年代的篇章，是《陈风·株林》，这篇是有"本事"的。当时陈国的国君陈灵公，以及他的两个臣子孔宁、仪行父，都和大夫夏御叔的妻子夏姬有不正当关系。诗歌内容是：

> 胡为乎株林？从夏南！
> 匪适株林，从夏南！
> 驾我乘马，说于株野。
> 乘我乘驹，朝食于株！

说为什么要乘着马车到株林去？不是为了去游玩，而是要见夏南，也就是夏姬的儿子夏徵舒。说是要见夏徵舒，其实当时所有人都知道，陈灵公君臣是去找夏姬的。这事情后来闹得很大，最后夏徵舒忍受不了，就把陈灵公给杀了。这首诗写的就是陈灵公荒淫无道、经常去找夏姬的事。夏徵舒杀陈灵公的时间是确定的，在公元前599年，现在基本上就认为这一年是《诗经》的下限，故《诗经》的年代大致为西周初年到春秋中叶。

还有个比较麻烦的问题：现在的《诗经》文本是如何形成的？《风》《雅》《颂》三部分作品的来源是什么？这是一个争议很多的问题。现在大家比较认同的是"采诗说"，有两个证据。其中一个证据来自东汉班固的《汉书·食货志》：

> 孟春之月，群居者将散，行人振木铎徇于路，以采诗，献之太师，比其音律，以闻于天子。

说春末即将进入农忙时，冬日休息的人们快要散了，就有人来敲木铎，采集诗歌献给乐官，最后让天子听到。可能在冬天农闲时期，大家聚在一起编些歌、说些八卦，到了春天就可以采集了。

采诗之后要"献之太师，比其音律，以闻于天子"，可以看到其中的重要角色是太师，也就是掌管音乐的官员，"比其音律"就是做音乐之类加工整理，诗也因此变得整齐。《诗经》中的句式很多，三言、七言、八言都有，但最主流的是四言。很多学者都谈过，为什么十五国风覆盖的地域如此之广，包括现在的山西、陕西、河南、山东、江汉流域等，且时间跨度有五六百年之长，但句式基本上都是四言，且韵脚也差不多，这是非常特别的。郭沫若《奴隶制时代》里有一篇文章《简单地谈谈〈诗经〉》中就说：

> 在这样长的年代里面，在这样宽的区域里面，而表现在诗里的变异性却很小，形式主要是四言，而尤其值得注意的

是音韵差不多一律。……这正说明《诗经》是
经过一道加工的。

《楚辞》的作品数量远不及《诗经》，但句子长短的
变化比《诗经》丰富得多，为什么会这样？研究
《楚辞》的著名学者汤炳正认为《楚辞》更接近当
时口语的面貌，而《诗经》与口语的距离较大，这
是因为有人对《诗经》做了一遍修理的工作。"比
其音律"的记载，也说明《诗经》要配曲。

另一条重要证据来自东汉春秋学大师何休注的
《公羊传》，写得更为具体：

男年六十，女年五十无子者，官衣食之，
使之民间求诗，乡移于邑，邑移于国，国以闻

《关雎》篇乐谱
选自（清）袁嘉谷编
《诗经古谱》，清光绪
三十四年（1908）学部
图书局石印本

袁嘉谷，曾任私立东陆
大学（云南大学前身）
中文教授，为将古谱
通俗化，以便演奏与吟
唱，请音乐家将传统的
"工尺谱"改为"五线
谱"及"简谱"。

于天子。

说的是男子到了六十岁、女子到了五十岁还没有孩子的，由国家供给吃穿，让他们到民间采诗，采诗之后一层一层收集到乡、邑、诸侯国，最后送到天子的朝廷。

除了"采诗说"，还有"献诗说"。《国语》中有：

> 故天子听政，使公卿至于列士献诗，瞽献曲，史献书，师箴，瞍赋，矇诵，百工谏，庶人传语，近臣尽规，亲戚补察，瞽、史教诲，耆、艾修之，而后王斟酌焉，是以事行而不悖。

其他很多先秦文献中也有记载。所谓"献诗"，可能包括了公卿到列士自己的创作，他们都是有一定身份的人，不是一般的老百姓或奴隶。

"献诗说"和"采诗说"，是关于《诗经》作品来源的主流观点。这两种途径当然不妨共存，但还是有所不同。关于"采诗说"，其实有很多争论，比如我们系的老前辈朱东润先生，就不同意国风是民歌，他专门写过一篇文章《国风出自民间说质疑》，从很多方面来论证。这跟近代学术的主流看法不同，但实际上也并不是特别的意见。前面讲到司马迁说："《诗》三百篇，大抵圣贤发愤之所为作也。"他认为《诗经》都是圣贤的作品。我们现在讲一些作品是奴隶所作，表达对劳动的不满，比如《伐檀》，但司马迁认为这些显然不是劳动者的创作。再比如汉代保存下来的《毛诗》，解释《诗经》中的篇章，基本上不会说是民间创作，它指出很多诗有具体的作者，大部分都是贵族。学术其实都有特定的意识形态背景，我们现在讲《诗经》是来自民间、来自平民和奴隶的，反映了他们的呼声，但汉代人并不这样想；而现存关于采诗的文献，基本上都是汉代的，先秦时代几乎没有这样的说法。所以有学者认为，之所以汉代会有"采诗说"，实际上与汉武帝建立乐府以后的采诗制度有关，因为当代有这样的制度，所以推想前代也有，但其实前代未必有。真实的情况，我们已难以确知了，但"采诗说"基本上都来自汉代的文献，确是一个引人注目的现象。

"采诗说"还包含一个重要问题，就是采诗之后如何编辑。司马迁《孔子世家》记载了孔子删诗之事，说"古者诗三千余篇，及至孔子，去其重，取可施于礼义"，又说"三百五篇孔子皆弦歌之，以求合韶武雅颂之音"，讲孔子将三千多篇诗删到了三百多篇，并配上音乐。这个说法延续了很长时间，但后世很多人不相信，因为现在看先秦时代的文献，当时人所引用的诗句绝大多数都在《诗经》中。"断章取义"这个成语，就源于先秦引用诗句来对话的现象。《诗经》是当时的文化资本，有培养文化认同感的作用，因此所有人都背得滚瓜烂熟，在公共场合，尤其是外交场合说话，经常需要引用其中的诗句来应对，这就是为什么孔子说"不学《诗》，无以言"。我们现在没有这样的共同文化，变成很多不同的团体，比如有的人看悬疑小说，有的人看武侠，各自聚在一起讨论，说到大家都了解的东西，就能顺利沟通，否则就不成。《诗经》就是当时人的"共同语言"。《左传》就记载了很多"断章取义"的故事，所引诗句95%都在现在的

《诗经》中，"逸诗"数量非常少。如果原本有三千多篇，逸诗的数量应该更多，因此有些人不认可"删诗说"。当然，也有人说原来的三千多篇中，很多是重复的，孔子是在收集三千多篇诗之后，删除其中重复的内容，得到三百多首，但我对此一直很怀疑。孔子当然学问很好，曾经在民间教学，但他基本上还是一个文人，对文人而言，推行政治理想才是最重要的，因此他五十岁出来做官，又周游列国十几年。我想他在颠沛流离的过程当中，肯定没有条件把三千多首诗汇集到一个地方。

现代学者基本上不认可"删诗说"，但孔子做过"正乐"的工作，大概是比较确定的。我们现在看到的《诗经》是文字，但在当时其实是乐歌，是将歌词和乐曲结合在一起，拿来歌唱的。孔子说当时是"礼崩乐坏"的时代，天子的礼乐制度遭到破坏，比如《论语·八佾》记载："孔子谓季氏，八佾舞于庭，是可忍也，孰不可忍也。"佾是当时奏乐舞蹈的行列，有严格的等级规定，只有天子才能用八佾，季氏是正卿，只能用四佾，却逾越等级用了八佾，孔子认为这是不可忍受的。天下大乱，礼乐制度瓦解之后，很多乐工都走散了，音乐因此变得混乱。唐代的情况也是如此，安史之乱后，梨园子弟流落民间，《江南逢李龟年》中说的就是此事。除了典雅的音乐瓦解之外，还有俗乐兴起的问题，比如孔子到郑国，说"郑声淫"，当时民间的郑、卫之声兴起，掺和到雅正的音乐当中，把雅乐搞乱了。孔子对此非常厌恶，《论语·阳货》就记载："恶紫之夺朱也，恶郑声之乱雅乐也，恶利口之覆邦家者。"所以他就要整理音乐。《论语·子罕》记载孔子"自卫反鲁，然后乐正，《雅》《颂》各得其所"，大概能确定他做过"正乐"的工作。

但孔子大概不是《诗经》的编辑者。《左传》记载吴公子季札到鲁国观乐，每个篇章演奏完，他都有精当的评论，而季札所观篇章的次序，跟现在的《诗经》大体一致，说明当时《诗经》已得到编辑。据载，季札观乐是公元前544年，这年孔子只有七八岁，所以他肯定不是《诗经》的编辑者。《诗经》的实际编订过程，无法完全复原，但我们基本能知道，乐师起到了非常重要的作用。《礼记·王制》记载："命太师陈诗，以观民风。"无论是通过民间采诗、公卿列士献诗还是其他途径来汇集，都要经过太师来献给天子。所谓"比其音律"，既有音乐方面的整理，肯定也涉及文本上的编辑，而且大概不是一次完成的，而是经历了很长时间。

日本学者冈村繁曾经提到，十五国风的顺序是《周南》《召南》，然后是三卫之诗《邶》《鄘》《卫》，之后才到《王风》，《王风》是京畿之诗，地位本应最高，为何排到《周南》《召南》、三卫之后？他的解释是，这和《诗经》的编辑次序有关，大概编二南、三卫的时代稍前，编《王风》的时代稍后，所以形成这样的面貌。

（二）《诗经》的艺术

以上介绍了《诗经》的基本情况，下面谈谈《诗经》的艺术。

我常说，把握作为文学的《诗经》，记住六个字及其背后的意义，就差不多了：风、雅、颂、赋、比、兴。

"赋""比""兴"的解说历来分歧很多，各种相关的解说也多，朱熹可能是中古中国以下最为博学的一位，他的解释比较平实，可以参考，帮助我们理解：

> 赋者，敷也，敷陈其事而直言之者也。
>
> 比者，以彼物比此物也。
>
> 兴者，先言他物以引起所咏之词也。

除了赋、比、兴之外，《诗经》还有一些大家耳熟能详的特点，比如重章叠句。为什么会出现这种现象？有各种说法，但很重要的一个原因是《诗经》与音乐的密切关系。因为歌曲需要不断重复，而每一段落不能完全一致，要有调整，所以往往变化一些词句。我在导论中就特别强调，虽然我们现在讲的文学是以语言文字为媒介的艺术形式，但在中国早期，诗歌实际上是与音乐、舞蹈等艺术样式结合在一起的，这一传统也延续到后代。对于早期文学，了解音乐的形式非常重要，重章叠句就是典型的例子。因为要重复歌唱，所以也要变化，重复和变化这对矛盾，在很多艺术样式里是结合在一起的。

要了解《诗经》与音乐的关系，需要注意两个方面：一是礼乐文化，二是文学的真正活动场域。《诗经》属于周代礼乐文化的部分，一些作品产生于实际的表演，因演出得到保存；另一方面，它也是日常生活经验的记录。胡适讲中国哲学史，是从西周开始，称之为《诗经》的时代，因为他认为《诗经》包含了那个时代实质的社会历史信息，这是从历史的角度解读。但从文学的

角度来讲,《诗经》中的信息主要是日常生活经验,特别是《国风》中的很多作品,包括一部分《小雅》中的作品。虽然它们的目标并不是直接呈现日常生活经验,而是表达主观的情感。在美国加州大学任教的陈世骧教授有过一个大判断,认为中国文学以抒情传统为主,尤其是诗歌。我不去做决然的是非判断,但这个观点是有道理的,《诗经》中的很多作品,就是通过写日常生活经验,来表达主观的情感。

除了情感之外,表达思想、观念,也是文学的重要方面。《诗经》中的情与思,可以说是类型性的。我们现在当然认为文学作品越有个性、越特殊越好,但这实际上是近现代以后的基本取向。实际上人类基本的情感类型是差不多的,所谓喜怒

▼（南宋）马和之《诗经·小雅·鸿雁之什图》大都会艺术博物馆藏

哀乐、七情六欲，并不是说一两千年前的人就比现在缺乏；而且《诗经》中的作品，作者并不太清楚，倘若真的采自民间，表达的往往是普遍性的情感和思想观念；编辑起来以后，人们在解读时，也往往从基本的情感、思想类型出发，和理解后代诗歌的方式不同。简单来说，读《诗经》并不需要知道作者是谁、是怎样的人，但读后代诗歌，比如唐宋诗，就需要知道是谁写的、在什么情况下写的、写给谁的，倘若没有这些信息，便很难准确把握，人们之所以给杜甫诗编年，就是出于这个原因。但《诗经》表达的是普遍的情感，以《关雎》为例，"窈窕淑女，君子好逑"，表达青年的怀春情绪，就和歌德的诗句非常类似："青年男子谁个不善钟情？妙龄女人谁个不善怀春？"表达的都是最基本的情感。

《诗经》读起来并不容易，这里给大家简单讲几首。除了字面上的困难之外，诗的意义也很复杂。从我举的例子中，也能看到《诗经》对后代的影响非常之大，中国文学中一些最基本的情感类型和情境，实际上在《诗经》里已经出现了。比如大家熟悉的《关雎》：

> 关关雎鸠，在河之洲。窈窕淑女，君子好逑。
> 参差荇菜，左右流之。窈窕淑女，寤寐求之。
> 求之不得，寤寐思服。悠哉悠哉，辗转反侧。
> 参差荇菜，左右采之。窈窕淑女，琴瑟友之。
> 参差荇菜，左右芼之。窈窕淑女，钟鼓乐之。

开头"关关雎鸠，在河之洲"两句是起兴，接下来，从"窈窕淑女，君子好述"中，可以看出诗的男主人公是君子，不是小人，这不仅仅是道德上的意义，还包含社会身份的信息。"窈窕淑女，寤寐求之。求之不得，寤寐思服。悠哉悠哉，辗转反侧"，讲的是男子一直思念女子，到了睡不着的程度。对最后两章有不同的理解，一种当作现实来读，认为男子思念女子，最后修成正果；另一种当作想象，认为男子最后释然了，虽然现实中没有结婚，但在想象中迎娶了女子。两种理解之间有微妙的差别。如果当作现实，有人就反对说，诗中的琴瑟、钟鼓，是随便一个村夫能够拥有的吗？比如余冠英的《诗经选》，

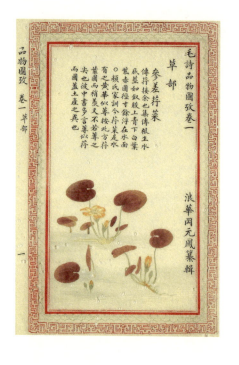

▼ 荇菜

选自［日］冈元凤纂辑《毛诗品物图考》，清光绪时期彩绘本

就理解为想象之词，一个普通的乡间男子，虽无法拥有琴瑟、钟鼓来迎娶新娘，但也不妨想象，就像现代人想象自己拥有大豪宅。如果采用这种解释，作者身份就不一定要高。

我记得2000年的时候，李欧梵教授的《上海摩登——一种新都市文化在中国（1930—1945）》刚出版，我正好在哈佛访问，他们组织了一个小型讨论会，让我谈谈对这本书的观感。我是做古典研究的，对现代文学只是有些兴趣。读完这本书后，我有一个印象特别深，是关于亭子间的内容。"亭子间"就是上海石库门的房子里，两个楼层之间的小房间，我作为上海人，对这是很熟悉的。所谓"亭子间作家"，和繁华的上海之间有什么关系？李欧梵教授说，这是一种想象性的关系。当时在上海活动的作家，和京派差别很大，在世俗意义上，京派作家的社会地位是比较高的，都是文人雅士，许多有教授的身份；但上海的作家很多是从内地飘零而来的，他们的生活都是饿一顿饱一顿的。梁实秋原来住在北京，住在很大的四合院里，他说冬天厨子在厨房烧菜，端汤到吃饭的房间，到了以后就凉了，所以要将汤锅包起来，可以想见这院子有多大。他到上海之后非常震惊，觉得上海作家的生活乱七八糟，钱很少，但一旦发表了文章挣钱以后就去喝酒、逛妓院。这些身份较低的作家，实际上并不能进入上海的繁华生活，他们笔下的繁华，往往是臆想出来的。

回到《关雎》，倘若把诗的主人公看作身份较低的男子，恐怕更好理解。我觉得余冠英先生的说法，可能与"五四"以后特别强调《诗经》的民间性有关，站在民间的立场上，把《关雎》理解为想象之词更能说得通。对于《诗经》的同一篇章，人们往往有各种各样的解释，差别非常大，我们在看解释的时候，要回过头来想他为什么会采取这种主张，是出于什么样的目的，站在什么样的立场，这其实是一个非常有趣的过程。

除了意义之外，诗歌语言本身的艺术也非常值得体会。说《诗经》的语言自然也好，质朴也好，我都不反对，但你一定要认真去读，读古典也好、现代也好、外文也好，关键是一定要读。顾彬曾经说中国当代的作家很糟糕，不能读外语，引起很多人的反对。我当然不完全认同顾彬的看法，但他说的有一定道理。前面讲过，中国现代文学史上的一流作家，几乎没有人不懂外语，即使外语很差，也有勇气去读、去翻译，现在的作家可能在这方面比较缺乏。我印象很深，在研究生直升面试时，有人说要读法国文学，但没有学过法语，那么喜欢法国文学可以，论研究，就根本没有资格。以前有些研究德国哲学的人，不懂德文，只读中文、英文，也很有问题。

有一种说法，诗就是在翻译中失去的东西。包括《诗经》，也是不能翻译的。鲁迅先生曾调侃地把"窈窕淑女，君子好逑"，翻译成"漂亮的好小姐呀，是少爷的好一对儿"，他说如果投稿到杂志社，肯定被编辑扔进废纸篓。现在也有配乐演唱《诗经》的现象，我在哈佛的时候，有次去燕京图书馆看书，走过一楼的阶梯教室，正好宇文所安教授在讲中国文学课，是给来自各个科系的本科生讲，就像我们现在的通识教育课。他在讲台上摆了个录音机，播放琼瑶填词的《在水一方》，播完后开始讲课。这很适合一般的通识教育，但并不是专门的研究。余冠英先生对《关雎》有一篇译文：

关雎鸟关关和唱，在河心小小洲上。好姑娘苗苗条条，哥儿想和她成双。

水荇菜长短不齐，采荇菜左右东西。好姑娘苗苗条条，追求她直到梦里。

追求她成了空想，睁眼想闭眼也想。夜长长相思不断，尽翻身直到天光。

长和短水边荇菜，采荇人左采右采。好姑娘苗苗条条，弹琴瑟迎她过来。

水荇菜长长短短，采荇人左拣右拣。好姑娘苗苗条条，娶她来钟鼓喧喧。

译文每句都是七字，我想他翻译的时候是很花功夫的。程俊英先生也翻译过，但她后来和学生蒋见元一起写《诗经注析》的时候，就不再译了，她说译实在是很困难，怎么样都不合适。

翻译是一个特别重要的问题。我想先分享王小波《我的师承》这篇文章，我读了王小波的很多作品，对这篇文章印象尤深，受到很大刺激：

我终于有了勇气来谈谈我在文学上的师承。小时候，有一次我哥哥给我念过查良铮先生译的《青铜骑士》：

我爱你，彼得建造的大城
我爱你庄严、匀整的面容
涅瓦河的流水多么庄严
大理石平铺在它的两岸……

他还告诉我说，这是雍容华贵的英雄体诗，是最好的文字。相比之下，另一位先生译的《青铜骑士》就不够好：

我爱你彼得的营造
我爱你庄严的外貌……

现在我明白，后一位先生准是东北人，他的译诗带有二人转的调子，和查先生的译诗相比，高下立判。那一年我十五岁，就懂得了什么样的文字才能叫作好。

到了将近四十岁时，我读到了王道乾先生译的《情人》，又知道了小说可以达到什么样的文字境界。道乾先生曾是诗人，后来作了翻译家，文字功夫炉火纯青。他一生坎坷，晚年的译笔沉痛之极。请听听《情人》开头的一段：

"我已经老了。有一天，在一处公共场所的大厅里，有一个男人向我走来，他主动介绍自己，他对我说：我认识你，我永远记得你。那时候，你还很年轻，人人都说你很美，现在，我是特为来告诉你，对我来说，我觉得你比年轻时还要美，那时你是年轻女人，与你年轻时相比，我更爱你现在备受摧残的容貌。"

与王道乾先生的译文比较，我想现在有些作家的文字，实在是太粗糙了。王先生的译文看着好像没有什么特别，但想加一字、减一字都不容易。看到这段话，我就想起叶芝的《当你老了》这首诗（袁可嘉的译文），其中几句和《情人》的场景非常相像：

多少人爱你青春欢畅的时辰，

爱慕你的美丽，假意或真心；

只有一个人爱你那朝圣者的灵魂，

爱你衰老了的脸上痛苦的皱纹。

垂下头来，在红光闪耀的炉子旁，

凄然地轻轻诉说那爱情的消逝，

在头顶的山上它缓缓踱着步子，

在一群星星中间隐藏着脸庞。

王小波接下来说：

> 这也是王先生一生的写照。杜拉斯的文章好，但王先生译笔也好，无限沧桑尽在其中。查先生和王先生对我的帮助，比中国近代一切著作家对我帮助的总和还要大。现代文学的其它知识，可以很容易地学到。但假如没有像查先生和王先生这样的人，最好的中国文学语言就无处去学。

这是"一个人的文学史"，对王小波来说，查良铮先生和王道乾先生的影响是最大的。他这篇文章让我很早就意识到，对于中国现代文学，翻译起到了非常大的作用，甚至超过古代文学的传统。文章接着说：

> 除了这两位先生，别的翻译家也用最好的文学语言写作，比方说，德国诗选里有这样的译诗：

朝雾初升，落叶飘零

让我们把美酒满斟！

带有一种永难忘记的韵律，这就是诗啊。对于这些先生，我何止是尊敬他们——我爱他们。他们对现代汉语的把握和感觉，至今无人可比。一个人能对自己的母语做这样的贡献，也算不虚此生。

道乾先生和良铮先生都曾是才华横溢的诗人，后来，因为他们杰出的文学素质和自尊，都不能写作，只能当翻译家。就是这样，他们还是留下了黄钟大吕似的文字。文字是用来读，用来听，不是用来看的——要看不如去看小人书。不懂这一点，就只能写出充满噪声的文字垃圾。思想、语言、文字，是一体的，假如念起来乱糟糟，意思也不会好——这是最简单的真理，但假如没有前辈来告诉我，我怎么会知道啊。有时我也写点不负责任的粗糙文字，以后重读时，惭愧得无地自容，真想自己脱了裤子请道乾先生打我两棍。孟子曾说，无耻之耻，无耻矣。现在我在文学上是个有廉耻的人，都是多亏了这些先生的教诲。对我来说，他们的作品是比鞭子还有力量的鞭策。提醒现在的年轻人，记住他们的名字、读他们译的书，是我的责任。

……

回想我年轻时，偷偷地读到过傅雷、汝龙等先生的散文译笔，这些文字都是好的。但是最好的，还是诗人们的译笔；是他们发现了现代汉语的韵律。没有这种韵律，就不会有文学。最重要的是：在中国，已经有了一种纯正完美的现代文学语言，剩下的事只是学习，这已经是很容易的事了。我们不需要用难听的方言，也不必用艰涩、缺少表现力的文言来写作。作家们为什么现在还爱用劣等的文字来写作，非我所能知道。但若因此忽略前辈翻译家对文学的贡献，又何止是不公道。

正如法国新小说的前驱们指出的那样，小说正向诗的方向改变着自己。米兰·昆德拉说，小说应该像音乐。有位意大利朋友告诉我说，卡尔维诺的小说读起来极为悦耳，像一串清脆的珠子洒落于地。我既不懂法文，也不懂意大利文，但我能够听到小说的韵律。这要归功于诗人留下的遗产。

我一直想承认我的文学师承是这样一条鲜为人知的线索。这是给我脸上贴金。但就是在道乾先生、良铮先生都已故世之后，我也没有勇气写这样的文章。因为假如自己写得不好，就是给他们脸上抹黑。假如中国现代文学尚有可取之处，它的根源就在那些已故的翻译家身上。我们年轻时都知道，想要读好文字就要去读译著，因为最好的作者在搞翻译。这是我们的不传之秘。随着道乾先生逝世，我已不知哪位在世的作者能写如此好的文字，但是他们的书还在，可以成为学习文学的范本。我最终写出了这些，不是因为我的书已经写得好了，而是因为，不把这个秘密说出来，对现在的年轻人是不公道的。没有人告诉他们这些，只按名声来理解文学，就会不知道什么是坏，什么是好。

这篇文章的很多话，对现在还是有用的，我希望你们三复其言。王小波说的是非常刺激的话，他说最好的文学语言应该到翻译家那里学，这是真的。我原来是想利用《诗经》的翻译，来帮助你们理解，但如果要了解《诗经》的美，还是要读原文，任何文学文本都是这样。

《关雎》这首诗，其实有很多可以谈的。比如我前面讲"关关雎鸠，在河之洲"，提到人类的文化很多都是在水边发生的，你们如果有兴趣，完全可以写一篇《水边的情感》或《水边的爱情》。如果去读《楚辞》，不要只看到山上的山鬼，还有水边的湘君、湘夫人。后来的"古诗十九首"，有"盈盈一水间，脉脉不得语"，也是写水，虽然银河是在天上，但也是河。再到南朝乐府《西洲曲》，"忆梅下西洲，折梅寄江北"，也是在水边发生的故事。水边是一个非常基本的情境，它被不断地采用，不断地重写，然后就形成了一个非常典型的场景。一进入那个场景，你就觉得会发生什么，就像电影的镜头语言一样。

《诗经》里有很多这样的情况，比如"求之不得，寤寐思服。悠哉悠哉，辗转反侧"，简单一句话就是夜不能寐，这在中国文学里也有很多。吉川幸次郎曾经讲到，中国境界最高的诗歌是阮籍《咏怀》组诗的第一首：

> 夜中不能寐，起坐弹鸣琴。
> 薄帷鉴明月，清风吹我襟。
> 孤鸿号外野，翔鸟鸣北林。
> 徘徊将何见，忧思独伤心。

这就是非常典型的情境。"寤寐思服"大概是在想所爱的女子，阮籍"夜中不能寐"是在做什么？"百代之下，难以情测"，但他一定有很深沉的心事。再如辛弃疾："醉里挑灯看剑，梦回吹角连营。"他晚上做梦，是要去打仗，这也是发生在夜晚的典型情境。《诗经》中包含很多中国诗歌传统中典型的情境。描述水边的，还有《汉广》《蒹葭》，表达的是男女之情也好，有所托喻、表达追求的主体与对象之间的关系也好，水都既是一种联系，也是一种阻隔，构成非常典型的情节。

有些诗歌要非常细致地体会。比如《郑风·将仲子》：

> 将仲子兮，无逾我里，无折我树杞。
> 岂敢爱之，畏我父母。
> 仲可怀也，父母之言，亦可畏也。
>
> 将仲子兮，无逾我墙，无折我树桑。
> 岂敢爱之，畏我诸兄。
> 仲可怀也，诸兄之言，亦可畏也。
>
> 将仲子兮，无逾我园，无折我树檀。
> 岂敢爱之，畏人之多言。
> 仲可怀也，人之多言，亦可畏也。

前面《关雎》是站在一个男性君子的立场上来讲，这首《将仲子》的主人公实际上是女性。从现代叙事学的角度很好理解，诗中的叙述者或抒情主人公，并不代表诗的作者，中国古代这种情况也很多。过去有所谓"代言"，男性可以用女性口吻来创作，这在词的传统中很普遍，而女性也未必不可以用男性的口吻写作。

我们看看余冠英是怎么翻译这首诗的：

求求你小二哥呀，别爬我家大门楼呀，别弄折了杞树头呀。

树倒不算什么，爹妈见了可要吼呀。

小二哥，你的心思我也有呀，只怕爹妈骂得丑呀。

求求你小二哥呀，别把我家墙头爬呀，别弄折了桑树丫呀。

树倒不算什么，哥哥见了要发话呀。

小二哥，哪天不在心上挂呀，哥哥言语我害怕呀。

求求你小二哥呀，别向我家后园跳呀，别弄折了檀树条呀。

树倒不算什么，人家见了要耻笑呀。

小二哥，不是不肯和你好呀，闲言闲语受不了呀。

"仲子"表示排行老二，翻译成"小二哥"，过去一度批孔子，孔子字仲尼，所以当时都叫"孔老二"。"无逾我里"，"里"实际上是比较大的范围，过去讲五家为邻，五邻为里，里一般外面有里墙，还有"里长"的说法。可以看到这个男孩子来找女孩子，实际上是逐渐逼近，先是在里墙之外，然后翻过墙、进到里来了。"无折我树杞。岂敢爱之，畏我父母。仲可怀也，父母之言，亦可畏也。""怀"这个字的英文翻译闹过笑话，译成hold in arms，以为是"想和你拥抱"的意思，但其实是想念之意。虽然女主人公很想仲子，但顾虑到父母之言，要求保持距离。按照过去的解释，孔子说"郑声淫"，但这个地方好像还是依礼而行的，男孩子翻墙上树不太好，女孩子说你还是不要这样做，这是一点。而这首诗其实是有人情在里面的，"里"是最远的，"墙"要近一些，"园"就是自家了，随着男孩子步步紧逼，女孩子表示自己也有意思，但说父母、诸兄之言可畏。"诸兄"不仅仅指自己的亲兄弟，范围实际上要更广，唐诗里面就经常讲到"李二十二兄""郑十八"，你以为不得了，其实是把姓李、姓郑的堂兄弟都排在一起算的。所以诸兄范围其实比父母大，诸兄之后，是"人之多言"。这实际上形成了对比，包含了人情。男孩子和女孩子之间有情感，可能父母是最了解的，男孩子走到里，女孩子的父母可能就知道了，而路人肯定不知道，一个人到村口，谁知道他来做什么？等他走到墙了，别人可能没有感觉，但女孩子家里面的诸兄可能就知道了。等他最后真跑到园子里，当然人人都知道了。所以仔细体会《诗经》中的作品，其实是蛮有意思的。

最后再举一首情诗《召南·摽有梅》，它的典型情境，对后代的作品有很大启发：

> 摽有梅，其实七兮。求我庶士，迨其吉兮。
> 摽有梅，其实三兮。求我庶士，迨其今兮。
> 摽有梅，顷筐塈之。求我庶士，迨其谓之。

这首诗以梅子的坠落比喻年华逝去，梅子还有七成时，催促心上人选个好日子，剩下三成时，说今天就行动吧，最后梅子都坠落了，要求对方马上开口。这中间有个逐渐递进的过程，最后说"迨其谓之"，意思已经非常直接了。

照过去的讲法，《周南》《召南》可能是《国风》里面编定比较早的，而这里面已经出现用植物花木的荣悴来比喻情感的手法，特别是指男女之情，说要抓住当下，及时表达感情，这在后代的民歌和文人作品中经常出现，其实是一种类型化、普遍性的情感，不是个别的。而后代的诗，往往需要了解更多具体信息，才能深入理解。比如陆游老年重游沈园时，写下怀念前妻唐婉的《沈园》二首，其一有"伤心桥下春波绿，曾是惊鸿照影来"，"惊鸿"用了《洛神赋》中的典故，《洛神赋》也是写发生在水边的爱情。《沈园》看上去没有什么特别之处，但仔细体会，其实是非常不容易的。第二首说"梦断香消四十年，沈园柳老不吹绵"，说明已经四十年过去了，陆游还在想他十几二十岁的前妻，实在太不容易。我举这个例子要说的是，读后代的文人诗，要了解诗人的生平、诗歌的背景信息，这些信息对于理解诗帮助很大，否则阅读的效果会大打折扣。

《摽有梅》最基本的意思，就是说要抓紧当下的爱情，这在中国和西方的诗里都有。17世纪有位英国诗人安德鲁·马维尔(Andrew Marvell)，写过一首《致羞涩的情人》。原诗很长，内部形成了非常大的张力，一开始是以男子的口吻赞美女子，说要很长时间、慢慢地赞美你的美，这样才能配得上我对你的情感：

> 我们如有足够的天地和时间，
> 你这娇羞，小姐，就算不得什么罪衍。
> 我们可以坐下来，考虑向哪方
> 去散步，消磨这漫长的恋爱时光。
> 你可以在印度的恒河岸边
> 寻找红宝石，我可以在亨柏之畔
> 望潮哀叹。我可以在洪水
> 未到之前十年，爱上了你，

你也可以拒绝，如果你高兴，

直到犹太人皈依基督正宗。

我的植物般的爱情可以发展，

发展得比那些帝国还寥廓，还缓慢。

我要用一百个年头来赞美

你的眼睛，凝视你的蛾眉；

用二百年来膜拜你的酥胸，

其余部分要用三万个春冬。

每一部分至少要一个时代，

最后的时代才把你的心展开。

只有这样的气派，小姐，才配你，

我的爱的代价也不应比这还低。

我们现在已经不大知道慢的味道了，大家都匆匆忙忙。我有次周末到台北开会，中间有从复旦去访问学习的同学来看我，带我去一个地方喝茶，那个地方就叫"小慢"，在台湾师大旁边，这其实是一种非常古典的情怀。但这一大半写完之后，诗人后面突然讲，时间的车轮滚滚，生命非常有限，我们没有办法用那么漫长的时间，慢慢发展我们的情感，而应该抓住现在：

但是在我背后我总听到

时间的战车插翅飞奔，逼近了；

而在那前方，在我们面前，却展现

一片永恒的沙漠，寥廓、无限。

在那里，再也找不到你的美，

在你的汉白玉的寝宫里再也不会

回荡着我的歌声；蛆虫们将要

染指于你长期保存的贞操，

你那古怪的荣誉将化作尘埃，

而我的情欲也将变成一堆灰。

坟墓固然是很隐蔽的去处，也很好，

但是我看谁也没在那儿拥抱。

因此啊，趁那青春的光彩还留驻

在你的玉肤，像那清晨的露珠，

趁你的灵魂从你全身的毛孔

还肯于喷吐热情，像烈火的汹涌，

让我们趁此可能的时机戏耍吧，

像一对食肉的猛禽一样嬉狎，

与其受时间慢吞吞地咀嚼而枯凋，

不如把我们的时间立刻吞掉。

让我们把我们全身的气力，把所有

我们的甜蜜的爱情揉成一球，

通过粗暴的厮打把我们的欢乐

从生活的两扇铁门中间扯过。

这样，我们虽不能使我们的太阳

停止不动，却能让它奔忙。

　　这样的意思，在中国传统诗歌中也非常多，我可以举两个最简单的例子。北朝民歌中有一首《折杨柳枝歌》，写得比较直接：

门前一株枣，岁岁不知老。

　　阿婆不嫁女，那得孙儿抱。

这大概是以女子的口吻说的，她可能有了心上人，于是对母亲说，你要让我赶快结婚，要不然你怎么抱孙子？再比如这首唐诗：

　　劝君莫惜金缕衣，劝君须惜少年时。

　　有花堪折直须折，莫待无花空折枝。

《摽有梅》是用梅子来比喻岁月流逝，这首诗是用花，但表达的是相似的情绪。这种特定的象喻、情境，在《诗经》里非常多，需要我们去仔细地寻找。文学史的一般讲述，和读文本的感觉大不一样，文本可能牵涉非常多的方面，文学的真正趣味，多是在读文本中获得的。

　　在玩味《诗经》具体诗篇的文本之后，当然也不能忘了从更大的视野来观照、整合我们的印象和认知。比如前边举到的诗例，多是情诗，法国汉学家和社会学家葛兰言 (Marcel Granet, 1884—1940)《中国古代的祭礼与歌谣》曾有论述：

　　《诗经》的歌谣极其直率地描绘出乡村的恋爱。青年男女的相识是在田野里。他们会面散步的场所是在门外。有时在桑树林中，有时在山谷和山坡，或者在泉边。他们也走在大街上，并且往往同车而行，甚至还有时携手而行。在无数人的集会上姑娘如云。她们人人都经过一番细心的修饰，穿着美丽的染色的衣服或是有花的绢帛衣服，戴着茜色的头巾。她们自身的美是令人赞叹的，被比喻为洁白的花朵，特别是吸引诸君的木槿花。青年男女们有选择地相互接近，姑娘们主动引诱男子的事也往往会发生。但是也有的姑娘傲慢地对待小伙子们，过后又后悔不及。他们相互招待饮食，用粗野的语调交谈。然后相爱娱乐，最后互赠爱情和誓约的信物。他们回到各自的村落，直到下次集会之前必须过着分居的生活。也有的移情者拒绝再结旧情，被拒绝者执手发出哀怨。有的女子也故意引起男子的嫉妒心理。在恋人们争风吃醋的手段中，中伤是最有效的办法。因此，有的诗反映了女子由于被诽谤乃至失恋的悲伤。然而，诗中也到处充溢着农夫的质朴，例如"岂必取妻，必宋之子"，是何等的率真。

村庄里是不许放纵的。分居的期间实在难耐。他们一边劳动一边思念着心上人，这样的思念也充分表现在他们的劳动歌中。他们努力设法相会，黄昏是他们幽会的极好时机。他们等在小路或城墙的角落，不能见面时，甚至听见情人的声音，或望见情人穿着盛装在城墙上走过也是一种满足。有时也有深夜的幽会。然而，恐于双亲和兄弟的叱责，提心吊胆的姑娘嗔怪情郎过于胆大，虽然她们从心底盼望着他们的到来。也有的年轻人翻过姑娘所住的村子的围墙和篱笆，当鸡鸣告晓时，姑娘总是不得不停止他们的爱睦，催促心上人快些回村。

这样淳朴的乡村习俗，只要不是装腔作势的道德家，是不会从中看出颓废的情景来的吧。因为道德的正统性，人们便认为，很久以前中国的农民便服从那些变为儒者普遍箴言的生活准则。然而这样认为是欠考虑的。难道不记得有"礼不下庶人"这样的话了吗？既然庶人不许有祖先的庙，那么庶民阶级的姑娘们十五岁时必须到祖庙进行结婚仪礼的见习又如何实行呢？周以来企图统一习惯恐怕是事实。如果认为《大车》这样的歌谣不是单纯地反映背约的爱情，也许能够解释为贵族阶级已经通行了男女分居的法规，并派人来让庶民阶级也必须遵守。但是在这首歌谣中，我们并没有感到这种改革造成的伤害。到农家探望情人也好，或在村子幽会也好，昔日农家的姑娘们的所作所为并没有破坏任何法规。她们遵从古老的习惯，约婚在田野里实行。并且一旦约婚结束，姑娘们就不能避开双亲的监视去偷偷地和情人约会，因为已经进入分居期。只有在这种习俗下，才产生了表现二人相会的欢喜和离别、相思的哀愁的歌谣。因此不言而喻，从这样的歌谣中引出儒教的教义是不适当的。如果轻率地断定这些歌谣反对善良的风俗，这是缺乏历史的眼光。这些古歌谣确是一种道德的表现，但它们表现的是古老的道德，而不是后来的道德思想。《诗经》既不是道德家的述作，也不是深思反省的产物，更不是从鉴赏的文化环境产生的。那些相信《诗经》是儒者述作的人们尽管相信去好了。（上海文艺出版社1989年版，张铭远译）

照这位法国汉学家的意见，经由《诗经》可以完整地勾勒出那个时代的恋爱情形。

二　《楚辞》：南方的歌吟

（一）"楚辞"解义

我们现在讲《楚辞》，可以说是一个作品集，因为有《楚辞》

这部书；但如果单写"楚辞"这两个字，也可以说是一种文体。

《楚辞》这部书保存下来的情况大概是这样的：一般认为汉代的刘向曾经编录过《楚辞》，这是比较明确的，而且他在编录时，已经收录了一些汉代的作品；我们现在看到的《楚辞》，实际上是东汉王逸的《楚辞章句》，他将自己的作品也附在里面。古人基本上是这样，我们现在叫"附骥"，似乎会觉得不那么好，但古人就是这样将以往的文本收集起来，然后把自己的作品附在后面，这样就可以让自己的作品一并流传后世。

那么作为文体的"楚辞"怎么来看呢？宋代的黄伯思有一个描述，当然主要是在讲屈原和宋玉的作品：

> 屈宋诸骚，皆书楚语、作楚声、纪楚地、名楚物，故可谓之楚辞。

这几个方面当然并不是最周全的，但能体现出楚辞这种文体的特点。"书楚语"，从语言文字上讲，楚辞非常有楚地的特点。"作楚声"是说用楚地的方言来读，对此我们现在已经不知道了，但比如西汉的朱买臣，就能用楚地的方言读，打个不恰当的比方，就像我们现在的地方戏或者曲艺一样，赵本山用东北话讲，周立波用上海话讲，对换一下就不对了，虽然在文字上记录时，差别不一定很大。汉代人差不多都是用楚声来诵读的，有特别的方法，根据记载，楚声可能在隋代才失传。"纪楚地"，说的是记录楚地的事情、人物，比如《九歌》写山鬼、湘君、湘夫人等，都是楚地的。"名楚物"，说的是楚地的山川、植物等，香草美人是

《楚辞》非常重要的传统，里面的花草跟《诗经》非常不一样。有人对《诗经》的动植物做过训释，比如三国陆玑的《毛诗草木鸟兽虫鱼疏》；现在《楚辞》也有人训释，跟《诗经》一对照，显然是不一样的，因为南北自然环境不同，所以诗歌选择的植物形象也不同。

黄伯思说的虽然不全面，但触及了楚辞文体的一些特点。从这些角度来讲，《楚辞》是南方楚地产生的一种诗歌体式，和《诗经》不同。

那么追溯起来，为什么会有这种差别？其实是由不同的历史、语言、文化和艺术传统几个方面构成的。

从历史上讲，在中原人的意识中，楚人是蛮人，是"非我族类"的，他们有自己的历史认知，与中原人非常不同。比如《天问》里有一些问题，可以构成楚人的古史，虽然也讲到了夏、商的事情，但跟中原的传说记载不同。

从语言上讲，前面也提到了，"书楚语、作楚声"，说的就是语言文字、读音的特点。其中"兮"字是最直观的，当然《诗经》里面也有少量的"兮"，像"一日不见，如三秋兮"，但不像《楚辞》这么广泛地使用。

在文化方面，我们现在讲南方的文化比较浪漫，实际上就是说它的宗教氛围、世界观，和北方不同。北方很早就"理性化"了，把很多不可解的东西，转化成我们可以理解的内容，而南方还保留了很多过去的神话，以及丰富多彩的宗教思想。汉代的文化在很大程度上留有楚文化的痕迹，比如当时的壁画，带有很多宗教的因素。

还有一点就是艺术传统，像《九歌》，大家都承认是当时的祭祀歌曲，和祭祀的乐舞也有直接的关系，倘若没有这样一种巫的艺术传统，《九歌》恐怕就不是这个面貌。南方楚地本身有自己的文学传统，《说苑》卷十一载《越人歌》，原来是越人的歌吟：

> 滥兮抃草滥予昌枑泽予昌州州𨟻州焉乎秦胥胥缦予乎昭澶秦逾渗惿随河湖

看着真是不明所以，语言学家郑张尚芳等曾尝试对勘破译：

> 滥兮抃草滥——夜晚哎，欢乐相会的夜晚。
>
> 予昌枑泽，予昌州——我多么害羞，但我善于摇船。
>
> 州𨟻州焉乎，秦胥胥——摇船渡越啊，漫长悠悠，高兴喜欢。
>
> 缦予乎，昭澶秦逾——鄙贱的我啊，蒙王子殿下欢喜结识。
>
> 渗惿随河湖——隐藏在心始终不断思慕。

让我们大致了解越人唱的是什么。但当时楚人就用他们自己的歌唱形式译为楚语，成为文学史上熟知的篇什了：

> 今夕何夕兮？搴洲中流。
>
> 今日何日兮？得与王子同舟。
>
> 蒙羞被好兮，不訾诟耻。

心几烦而不绝兮，得知王子。

山有木兮木有枝，心悦君兮君不知。

可见"楚辞"的形式，在楚地是渊源有自的。

（二）"屈原"问题

所有楚辞的作家里最重要的一位，毫无疑问是屈原，所以我们主要就谈一下屈原。当然宋玉也是重要的作家，现在大家比较认同的宋玉的作品，就是《九辩》。

屈原这位人物，一提起来就很麻烦，过去对于到底有没有这个人，实际上是有争论的。最大的问题在于，屈原的第一篇传记，也就是司马迁作的

▶ 傅抱石《屈子行吟图》

《史记·屈原贾生列传》，里面提供的事实并不多，议论倒挺多的，而且有不少真假混杂的情况。几乎每一位专门研究《楚辞》的人，都会将《屈原列传》拿来做笺注，考订实际的人、事情况。著名的《楚辞》研究者汤炳正先生，有一部论文集《屈赋新探》，其中一篇文章《〈屈原列传〉理惑》，对《屈原列传》做过一个分析，追溯哪些部分原来是司马迁所表达的，哪些部分实际上是别人的文字，据说汉代淮南王刘安作过《离骚传》，其中一些部分也被混入《屈原列传》中。

屈原的生平并不那么清楚，许多学者投注精力，做了很多考证。基本上可以说，屈原大概是楚国的贵族，一开始得到过重用；在楚怀王后期，被流放到汉北，后来楚怀王上了秦国的当，入秦不返，死在秦国；到了楚国的顷襄王执政，屈原受到更大的挫折，被放逐到现在的湖南沅、湘流域；最后楚国的国都被攻陷，只好东迁，屈原觉得非常悲愤，于是投河而死。——如果相信有屈原这个人，对他的生平大概便是这么一个表述，很多人还会从细节上来考证，但没有一个确定的说法。我们系的前辈朱东润先生，以前有学生读书读不通，就去问他，朱先生的意见特别有意思，他说有的地方如果讲不通，可能就是无法讲通的，上千年前传下来的东西，倘若句句都讲得通，肯定就是不对的。有时你越是要把一件事情讲得很圆满，可能离事实越远。所以后来我有时候觉得，常识是很伟大的，追求卓越、崇高当然很好，但用常识判断也很重要。

但另外一方面，也有人怀疑屈原这个人的存在。最大的问题是，除了他流传下来的作品之外，先秦的文献里没有屈原这个

▼ 荷马的大理石半
身像

人。《史记》依据的材料可能很早，但其他文献中都找不到，所以很多人对他有怀疑。一些老派的学者，比如四川的学者廖平就专门谈过，他认为屈原的作品都是秦人写的；包括后来新派的胡适，认为屈原是箭垛式的人物。这类似于西方的荷马，意大利的思想家维柯认为，不能将荷马绝对地看作一个人，他实际上是古希腊时代行吟诗人的代表人物，大家把很多行吟诗人的作品，都归到他身上，构成《荷马史诗》，就像把弓箭都射到箭垛上。后来还有很多人，比如何天行在1940年代写过专门的著作，朱东润先生在1950年代也写过系列文章，认为《史记》的记载是不可信的，而屈原的作品基本是汉代的，可能是刘安这个时代写的。当然现在已经在出土文献里找到先秦时代屈原的残句，这是非常有力的证据，虽然不能确证全部的作品，但可以证明一些段落在先秦时代已经存在，所以认为屈原的作品是汉代产生的观点，就不攻自破了。但具体的情况到底怎样，到现在也没有特别清楚的结论。

后来一直到1980年代，日本学者重提这个问题，当时国内的学者群情激昂，都表示相信真的有屈原这个人。屈原确实有一点特别，他的作品如此完整，而且根据《史记》，对这个人的生平、性格风貌，可以有比较清楚的了解，这在整个中国文学史上是前所未有的，而且在他之后很长时间，才有类似的人物。我这里也不是做判断，只是给大家介绍确实有这样的分歧意见存在。

我相信的一点是，很多人想尽力把一些作品和历史记述，都归到屈原身上，当作绝对的事实来看待，这一态度确实是有问题的。"知人论世"实际上是有限度的，中古以后的考究才比较有效，放在上古时代并不合适。比如研究《诗经》，说《诗经》的作者到底是谁，是在什么情况下写的这首诗，其实没有必要，它当时产生的机制就不是这样，我们现在也没有必要这样去了解。后代有些诗人也是如此，比如寒山，他的诗非常之多，大部分学者都认为有寒山这么一个人，留下来的诗都是他一个人写的，然后通过这些诗和其他零星的材料，来印证寒山的时代，又通过这些诗来证明寒山是个怎样的人，建立他的形象，但不同材料之间其实有很多矛盾，我觉得这种方式是完全失效的。我写唐代佛教与文学的书时曾经提到：如果寒山真的是一个人，这些作品都是寒山这个人写的，那么他可能是整个唐代经历最丰富的诗人，因为他曾经归隐过，曾经想去考科举，曾经到西北从军，走了中国很多地方，有人编寒山年谱，说他活了九十几岁，可能一百岁，很长寿，这有可能吗？一个历史人物生平越完整，经历越丰富，涉及的面越广，就越说明他可能是一个箭垛式的人物，人家把各种各样的人生经验都归到他的身上。我也不是要完全否定寒山这个人，但我觉得，先认同现存寒山诗都是一个人作的，然后再通过这些诗来建构寒山的生平和形象，这种方法是有问题的。回到屈原，如果要把所有有关屈原的历史记载，或者所有归于屈原身上的作品，都当成证据来证明屈原是怎样的一个人，然后再根据建构出来的形象，来解读他的诗，甚至落实到每一个段落、每一句，这个方法实际上是有问题的。

还有一个问题我想提一下。大家可能经常听到屈原是爱国主义诗人，因为在《离骚》的第三个大段落，诗人已经准备好要离开楚国，但回过头来看到自己的国土，生了眷恋之心，就不走了，后来大家说这是爱国主义。对于这个问题，王国维在《屈子文学之精神》里曾经谈到过，在春秋战国时代，对于家邦确实有强烈的文化上的认同，比如夷、狄入侵，中原人就要对抗，像《诗经·采薇》就显示了自觉捍卫自己文化的精神。孔子也说过"微管仲，吾其被发左衽矣"，说如果不是管仲，恐怕我们都要披散着头发，衣襟向左打开，那中国文化就完了。但是就每一个邦国而言，像屈原那么眷恋自己的邦国，甚至以死从之，这种情况非常特殊，大部分人并不如此。在屈原生活的战国中后期，士的想法就是，我有本领，哪里需要我，我就去哪里。用孟子的话来说："君之视臣如手足，则臣视君如腹心；君之视臣如犬马，则臣视君如国人；君之视臣如土芥，则臣视君如寇雠。"如果把臣子当作无足轻重的尘土、草芥，那臣子也可以把君王当作敌人。像苏秦，他一开始是要到秦国去"连横"，秦惠王不重视他，他就到东方去"合纵"，佩六国相印。他未必有什么政治主张，只要能有国君采用他的观点，让他实现自己的人生，获得富贵，他就满足了。苏秦可能比较极端，但也反映了当时的情况。再比如对伍子胥来说，家仇就比国恨更重要，他的父亲被楚平王杀死，于是他跑到吴国，带了吴国的军队打败楚军，掘开楚王的坟鞭尸，这对他来说不是什么大不了的事。我们现在讲的爱国主义，实际上采用的是近代西方民族国家建立以后的概念，和中国古代的情况并不一样。如果用民族国家的概念理解屈原，实际上并不合适。

（三）屈原作品

从历史的顺序来讲，《史记》里边提到的屈原作品有《离骚》《天问》《招魂》《哀郢》《怀沙》五篇，一般认为是比较可靠的。但也有相当多学者认为《招魂》并不是屈原的，比如东汉作《楚辞章句》的王逸，就把《招魂》当成宋玉的作品，认为写的是宋玉招屈原的魂。但也有一些人坚持认为《招魂》是屈原的作品，招的是楚怀王的魂。

随后是东汉班固的《汉书·艺文志》，这篇《志》的基础工作实际上是西汉刘向、刘歆做的，他们"校书中秘"，对所校的书写有"叙录"，汇编成《别录》，又编写了目录性质的《七略》，《汉书·艺文志》就是在《七略》基础上写定的，可以代表两汉之际对于过去典籍文献的看法。《汉书·艺文志》讲屈原赋有25篇，但并没有给出具体的篇目，所以后来就有人开始凑，比如王逸在《楚辞章句》里，定为《离骚》1篇、《九歌》11篇、《天问》1篇、《九章》9篇，《远游》《卜居》《渔父》各1篇。但对此也有很多争论，比如有些人认为《远游》有问题，还有《渔父》这一篇，直接把屈原作为对象来呈现，所以很多人认为不是屈原自己的作品，而且司马迁在《史记》里也记载了屈原和渔父的对话，说明他知道这件事情，但在列举屈原作品的时候，他并没有提到《渔父》。

说屈原有25篇作品，其实也是个历史的过程，这种说法在两汉之际出现，东汉后期才明确。

在我们现代的立场上，如果要做分析的话，我想大概可以把这些作品分成几类：第一是《离骚》《九章》类的作品，第二是《天问》类的作品，第三是《九歌》类的作品。《离骚》《九章》基本上是围绕着屈原这个人来展开的，《九章》大概是屈原在不同的历史场景下写的，比如其中的《哀郢》，就是他在流亡时期听到楚国国都被秦人攻破时写的，《怀沙》则是他的绝命之词。《天问》比较独特，基本上是四言，提了很多关于过去历史、文化的问题，代表了当时知识的状况，包含很多关于历史、神话、早期宗教的信息，可以作为单独一类来看。《九歌》类的作品，则和当时楚地的宗教传统、巫文化有关。

文字可以塑造一个形象，也可以包裹一段记忆。我这个人比较笨拙，不太会夸人，但有一回我自己觉得夸得不错。1999年我在哈佛访学，秋天受邀去普林斯顿做演讲，见到了很多学者，其中有历史学家黄进兴，他是哈佛毕业的。当时我到哈佛才一个月，黄进兴教授问我，到了哈佛印象如何，感觉如何？我回答说，我对哈佛的印象还没有建立起来，我现在对哈佛的感觉还是您谈到的感觉，我自己的感觉，还有待慢慢地建立起来。之所以这么说，是因为黄进兴教授写过一本很有名的书《哈佛琐记》，当时用的是笔名吴咏慧。回头去想，我们对很多地方的记忆、感觉，就像对一件事情的理解，都不是白板的状态，而是在前人认识的基础上建立的，文学就起到了这样的作用。如果你问我上海是什么样的，我也没办法描述，上海很大程度上是被很多文学、图像、歌曲包裹起来的城市。上海有多重性，既有1930年代那种小资情调的、充满现代性的上海，也有夏衍《包身工》所描述的上海，如上海这样的大都市，从来都是复数的。

回到屈原的作品，有些人要重建屈原作为一个历史人物的事迹，我们当然尊重这样的努力，但是在文学上看，其实屈原和《楚辞》中的很多作品是合而为一的，包括《离骚》《九章》，都塑造了屈原的形象，这个形象是不是历史中真实的形象，我们是并不知道的。在古典时代，文学是一种重新塑造形象、重新叙述事情的重要方式。再比如我们之后会讲到陶渊明，陶渊明到底是个什么样的人？其实我们现在讨论的所有东西，都来自他自己的解释和后人的阐释，他在诗文里讲到自己为什么退出官场去隐居，是因为要遵从自己的本性，因此选择在田园中生活，他实际上在不断地解释自己的选择。所以很多事情，对一个地方的记忆也好，对一个人的了解也好，很大程度上是受到了文学的重新塑造和包裹。

所以有时候我也在想，对屈原这样的人，从文学的角度来说，有没有必要把他完全当作一个历史人物，考察得那么清楚。从历史角度讲，我们其实无法了解他真实的样子，但作为一个被文字重新塑造的人物，这个形象是非常清晰的。在文学史的早先段落，很多基本事实存在争论，但倘若换一个角度来理解，这些也不是最大的问题。我们今天了解屈原这个人，除了司马迁所作的传记，大部分是通过《离骚》和《九章》这些作品。《离骚》是屈原对自己的精神历程的追溯，《九章》是他在生命不同阶段写下的作品，两者配合起来，可以了解到作为诗歌抒情主人公、作为文学形象的屈原。

1.《九歌》

"九歌"最早被认为是上古时代传下来的乐曲，而后代的阐释者，从王逸一直到朱熹，都认为《楚辞》中的《九歌》是对楚地宗教祭祀类诗歌进行改订、重写以后的结果。朱熹《楚辞集注·九歌序》：

> 楚南郢之邑，沅湘之间，其俗信鬼而好祀。其祀，必使巫觋作乐，歌舞以娱神……原既放逐，见而感之，故颇为更定其词。

历来对《九歌》篇目的讨论也非常之多。

《九歌》篇目的顺序是《东皇太一》《云中君》《湘君》《湘夫人》《大司命》《少司命》《东君》《河伯》《山鬼》《国殇》《礼魂》。东皇太一是至高的主神；云中君是云神；湘君、湘夫人是湘水之神，关于湘君、湘夫人也有争议，有人认为他们是配偶，有人认为是娥皇、女英；大司命是主管人生死的，少司命主管子嗣；东君是太阳神；河伯是河神；山鬼是一个山中的女鬼，郭沫若先生说山鬼是巫山神女；《国殇》是为阵亡将士所作的；最后的《礼魂》很短，大概是宗教仪式最后的送神曲，梁启超曾说：

> 《九歌》末一篇《礼魂》，只有五句，实不成篇。《九歌》本信神之曲，十篇各侑一神；《礼魂》五句，当是每篇末后所公用。后人传钞贪省，便不逐篇写录，总摆在后头作结。

（《屈原研究》）

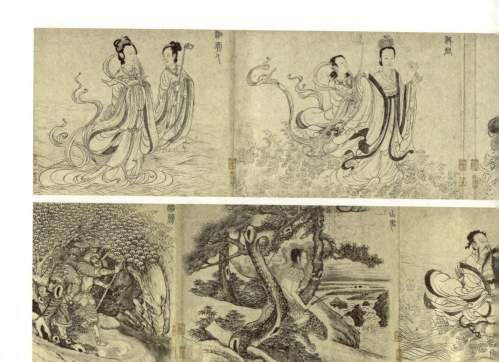

《九歌》整体来讲是一组宗教歌曲。但对于它跟宗教祭祀的关系，其实也有争论，王逸以下，很多人认为是民间的祭祀，但也有人认为是国家祭祀。比如我们系的前辈陈子展先生写过《楚辞直解》，他说《史记·屈原贾生列传》中讲，屈原有一段时间受楚怀王重用，怀王把外交、内政都交给屈原，当时屈原要"草宪"，这跟国家的整个建设有关，而《九歌》就是屈原"草宪"的一部分，这就将《九歌》提得非常之高。从文本上看，陈先生的说法确实有依据，比如《河伯》祭祀的是黄河之神，而民间祭祀有地方性，与日常生活无关的，人

▼（元）张渥《九歌图》
　上海博物馆藏

今存张渥《九歌图》有三个版本，分别藏于上海博物馆、吉林省博物馆以及美国克利夫兰艺术博物馆。

们不会去祭祀，那么楚地为什么要祭祀黄河？当然也有人解释说，这是因为楚国逐渐往北发展，从江汉流域进入了黄河流域。再比如《国殇》是祭祀为国捐躯之人，这从国家角度来讲完全可以理解，但民间应该不太会有这种行为。两种意见各有争执，至今没有定论，今天看到的不同《楚辞》注本，也会有不同的说法。

不过，《九歌》不管是民间的还是国家的，大家基本认同它与宗教祭祀有关，这是一点。另外一点也很有意思，就是说《九歌》反映的一整套祭祀仪式，是否存在戏剧性，这也是大家非常关心的问题。过去讲中国的戏剧成熟得很晚，王国维写《宋元戏曲考》，他认为完整形态的戏剧是宋代形成的。但这种提问方式，我觉得恐怕有些问题。确实有很多人从戏剧的角度考虑《九歌》，探讨祭祀的完整形式中有没有戏剧性的因素，比如闻一多先生就写了一系列的文章，认为《东皇太一》是迎神曲，《礼魂》是送神曲，还说《东君》应该放在《云中君》前面，这样就逐步从太阳神到云神，再到水神、大司命、少司命、河神、山鬼，然后是《国殇》，体现从神到英雄的过程，这其中有没有戏剧的构架，受到了很多人的关心和热烈讨论。

此外还有一点非常重要，就是《九歌》的音乐性。如果它真是一种祭祀仪式，有一整套戏剧性的表演的话，就可能有音乐、有舞蹈动作。"歌"字非常特别，实际上我们现在概念当中的诗歌根本不是歌，在古代的概念中就是诗，因为是不合乐的。而歌是一定要合乐的，古代也有"歌诗"的概念，比如李贺的诗集叫《李长吉歌诗》，说的是里面的作品是可以唱的，我们现在看到的文字只是歌词。《九歌》既然称"歌"，绝对是可以歌的。这几个方面大家需要总体把握。

具体的作品我很难在这里来展开，站在不同立场上，对这些作品的理解会很不一样。比如如果把湘君、湘夫人看成一对配偶神，那么这两篇写的应是彼此的相约和期盼，而最后不能相见；但如果看成舜的两个妃子娥皇、女英，那么她们共同的对象实际上应该是舜，是天帝，而不是彼此。

关于《九歌》，一个非常引人注目的现象是，里面相当一部分都是写情的，可以理解成情歌。《山鬼》可以讲是人鬼之恋或人神之恋，《湘君》和《湘夫人》也可以理解成神和神之间的恋爱。其他很多作品虽然并不是写情的，但单独取出来看，可以说是非常好的情诗，而且在某种程度上，比《诗经》里的情诗要复杂、曲折。比如《少司命》是写掌管子嗣的神，但是里面截一段出来，写得非常漂亮：

> 秋兰兮青青，绿叶兮紫茎。
> 满堂兮美人，忽独与余兮目成。

鲁迅说如果把"关关雎鸠，在河之洲。窈窕淑女，君子好逑"翻成白话文，现代的编辑可能拿起来就丢到废纸篓了，但如果《少司命》里的这段翻成白话文，用比较漂亮的文字写，还是可以一看的，因为它呈现的场景性非常突出，感情也非常细致、婉转。这首诗体现了《九歌》的特点，《九歌》里的很多诗究竟是站在谁的立场上，用什么口吻来写的，往往有多种解释。这首诗一般认为是站在巫的立场上写的，巫是通神的，可以沟通天人。"秋兰兮青青，绿叶兮紫茎"是环境描写，《楚辞》中有很多植物，带有南方的特征；"满堂兮美人，忽独与余兮目成"，站在巫的角度也很好理解，因为只有巫是能通灵的，所以主管子嗣的神降临以后，面对满堂之人，只和巫取得眼神沟通，可以说是一见钟情、眉目传情。

> 入不言兮出不辞，乘回风兮载云旗。
> 悲莫悲兮生别离，乐莫乐兮新相知。

这几句讲神来了之后，和巫并没有更多交流，他乘风驾云而来，很快又走了，出现了别离的场景。这个片段从另一个角度来看，也可以当成男子和女子的情感交流，而且写得相当完整，也比《诗经》更加微妙、婉转，这样的作品在《九歌》中非常多。包括《山鬼》：

> 若有人兮山之阿，被薜荔兮带女萝。
>
> 既含睇兮又宜笑，子慕予兮善窈窕。

有的解释是站在男性立场上抒写的，也有人认为诗的主人公是女性，但无论如何，主人公都是在山上看到了一个喜欢的对象。聚焦于自然景物的描写，周围的环境后来发生了变化，越来越趋向于暗淡，最后电闪雷鸣，通过烘托气氛实现了相当复杂曲折的情感表达。

《天问》我前面已经提过，如果对当时的神话或历史、传说有兴趣的话，可以读读，但一定得参考别人的很多研究，否则读不明白。

2.《离骚》与《九章》

《离骚》当然是一个非常重要的作品，它完整地表现了屈原的感情、志向和一生的经历。首先"离骚"到底是什么意思？司马迁在《屈原贾生列传》里讲："离骚者，犹离忧也。""离忧"又怎么理解？后来的人也有不同看法。班固是把"离"读成"罹"，表示遭逢、遇到，我们现在讲"罹难"，用的就是这个意思；但后来王逸是直接解释成"离"，取告别的意思，这两种观点非常不同。20世纪重要的楚辞研究专家游国恩，认为"离骚"实际上就是《大招》中提到的古代乐曲《劳商》。汉代扬雄有个作品叫《畔牢愁》，这个"畔"实际上就是"反"，而"牢愁"跟"离骚""劳商"是通的，是音转，所以《离骚》是一古乐曲。但如果追究意思，恐怕确实有忧愁、牢骚的意思在里面。

值得注意的是，"离骚"这个概念，在其他篇章中也有出现。比如《山鬼》一篇有"风飒飒兮木萧萧，思公子兮徒离忧"，打通起来，这个表述在不少地方都有出现。从《山鬼》的背景来看，山鬼和她的对象并没有相会，她的情感是没有完成、没有实现的，她和对象之间并没有分离的痛苦，所以"离"大概可以读成"罹"。读成"离"的话，我觉得有点曲折。

那么《离骚》是什么时候作的？这个也有很多讨论，而且都有一定的理由，但互相之间实际上是冲突的。有人认为这是怀王时代作的，因为里面有些句子表示时节未晚，要抓紧时间努力，所以作的时间不会太晚；也有人认为是顷襄王时代作的，因为里面经常提到老的问题，比如"老冉冉其将至兮，恐修名之不立"，而且里面提到南方沅湘地区的很多地名，而怀王的时代屈原是被流放到汉北，顷襄王时代才流放到沅湘。这两个观点各自都有内证，但总的来讲，说《离骚》是一种深重的挫折感之下的作品，我想是没有问题的。

《离骚》篇幅非常长，可能是中国早期诗歌史上最长的抒情诗之一。对这首诗的结构有很多分析，但很难在有限的时间里展开来讲。我前面提到，《离骚》可以看成屈原一生情志的表现，而前半部分大概是有更多现实的影子。他一开始就说，我出生在一个吉日，家族出身非常高贵，我有非常美好的品质、高远的理想，但我的才能不能施展，因为周围的人都很糟糕。这里面自我

和外在环境的对立是非常强烈的。如果结合司马迁
记载的屈原生平，可以看到很多现实的影子。他在
现实当中受挫折之后，觉得跟周围人的矛盾不可调
和。诗歌的下半部分就有更多想象性的因素，调用
很多神话的素材，包括升天入地的经历。他也去问
卜，然后想要离开楚国，去寻找其他理想的地方。
王国维提到过，在先秦时代，眷恋故国其实并不是
一个很普遍的现象。屈原都已经驾好马车准备走
了，但突然之间回过头来看到楚国的土地，还是无
法割舍，最后只好"从彭咸之所居"，彭咸是古代
投水而死的人，屈原在这里显示赴死的想法。

《离骚》是屈原的现实生活经历和内在精神发展的综合叙述，我觉得它最重要的成就，是树立起了屈原个人的形象。我们今天对屈原的理解，一方面来自司马迁的《史记·屈原贾生列传》，另一方面就是《离骚》这部作品。《离骚》显示了他精神发展的主干，其他相关的作品，比如屈原在一生不同阶段写下的《九章》，可以作为补充。

《九章》里的作品其实也有很多争议，现在认为相对来讲跟屈原关系比较密切的，大概是《涉江》《怀沙》《哀郢》《橘颂》，其他多多少少都有人提出过怀疑。这几篇作品非常重要，而且成就特别高。比如《涉江》写晚年流放到南方的经历，进入荒僻的山林，"深林杳以冥冥兮，乃猿狖之所居。山峻高以蔽日兮，下幽晦以多雨。霰雪纷其无垠兮，云霏霏而承宇。哀吾生之无乐兮，幽独处乎山中"，有点儿刻画山川景候的意思；《哀郢》写的是当时楚国都郢都被秦军攻陷之后，屈原绝望的情绪，以及向东流亡的情况——这一点明清之际的大学者王夫之说得非常明确而肯定；《怀沙》一般认为是绝笔，最后讲"知死不可让，愿勿爱兮。明告君子，吾将以为类兮"，"让"就是躲，"爱"在古代不是一个好的词，是指有偏私的情感，我们现在讲的喜欢，尤其是男女之间，在古代很多是用"怜"——屈原说知道死亡是不可回避的事情，不要去吝惜，并且昭告天下君子，自己将要逝去；《橘颂》比较特别，大家认为是屈原早期的作品，里面有比较积极正面的情绪表达。这四篇作品从时间上来讲，可能《橘颂》最早，然后是《涉江》《哀郢》《怀沙》。

（四）《楚辞》的艺术

最后简单交代几句《楚辞》在艺术上的特点。

首先，《楚辞》的语言有非常显著的修辞性，直接从字面上看，它比《诗经》要富于华彩，显然经过努力的修饰。

第二是诗体的承和创，我们之前也提到过，《楚辞》的产生有它之前早期南方文学传统的影响，像用"兮"字来调节音律，实际上之前就有，到屈原这里得到发挥，也对后代文学造成影响。起源问题是个非常复杂的问题，有人认为七言诗是从《楚辞》来的，因为《楚辞》里面有不少七言句式，比如《国殇》中的句子："操吴戈兮被犀甲，车错毂兮短兵接。旌蔽日兮敌若云，矢交坠兮士争先。"就是三个字加"兮"，后面再加三个字。后来到东汉，张衡曾经有过仿作，比如《四愁》诗的"我所思兮在太山"，再到曹丕的《燕歌行》"秋风萧瑟天气凉，草木摇落露为霜"，已经成为比较完整的七言作品，里面显然有《楚辞》的痕迹。《楚辞》对于南方诗体的发扬，是有很大的贡献的。

第三个特点是情感的强烈和婉曲。这两者貌似是不同的，但确实同时存在。一方面它的情感非常强烈，《离骚》中就有很多很决绝的话，比如大家都很熟悉的"亦余心之所善兮，虽九死其犹未悔"，还有"虽体解吾犹未变兮，岂余心之可惩"，说即使把我整个身体肢解，我的心也不会变。另一方面，除了对外界的强烈不满和愤懑之外，也有很多婉转曲折的情感。梁启超曾经写过一篇文章《中国韵文里头所表现的情感》，说《楚辞》的情感表达有时候像一条蛇，它当然是在往前走，但它是盘着弯弯曲曲地往前走的，不是一下子就奔泻下来的。《楚辞》中的情感，是强烈直接和婉转曲折两个方面相结合的。

第四，从形象塑造的角度来说，屈原实际上是通过《离骚》这样的作品，把自己的形象塑造起来，这是非常成功的。在诗歌史上继屈原之后，很长一段时间里没有这样的长篇作品，也很难通过诗看到一个诗人的主观形象，类似的现象恐怕要到魏晋以后才再次出现。梁启超《屈原研究》曾栩栩如生地勾画他眼中的屈原人格：

> 研究屈原，应该拿他的自杀做出发点。屈原为什么自杀呢？我说：他是一位有洁癖的人，为情而死。他是极诚专虑的爱恋一个人，定要和他结婚；但他却悬着一种理想的条件，必要在这条件之下，才肯委身相事。然而他的恋人老不理会他！不理会他，他便放手，不完结吗？不不！他决然不肯！他对于他的恋人，又爱又憎，越憎越爱；两种矛盾性日日交战；结果拿自己生命去殉那种"单相思"的爱情！他的恋人是谁？是那时候的社会。
>
> 屈原脑中，含有两种矛盾原素：一种是极高寒的理想，一种是极热烈的感情。《九歌》中《山鬼》一篇，是他用象征笔法描写自己人格。……若有美术家要画屈原，把这篇所写那山鬼的精神抽显出来，便成绝作。他独立山上，云雾在脚底下，用石兰、杜若种种芳草庄严自己，真所谓"一生儿爱好是天然"，一点尘都染污他不得。然而他的"心中风雨"，没有一时停息，常常向下界"所思"的人寄他万斛情爱。那人爱他与否，他都不管。……他从发心之日起，便

有绝大觉悟，知道这件事不是容易。他赌咒和恶社会奋斗到底，他果然能实践其言，始终未尝丝毫让步。但恶社会势力太大，他到了"最后一粒子弹"的时候，只好洁身自杀。……

易卜生最喜欢讲的一句话：All or nothing。（要整个，不然，宁可什么也没有。）屈原正是这种见解。"异道相安"，他认为和方圆相周一样，是绝对不可能的事。中国人爱讲调和，屈原不然，他只有极端："我决定要打胜他们，打不胜我就死。"这是屈原人格的立脚点，他说也是如此说，做也是如此做。

这样的印象，主要是从屈原的诗作中来的。

第五，具体解读诗篇的时候，能够更深地体会到香草美人的传统。《楚辞》里面有大量南方的植物，反映了南方的地理、气候情况。而另外一方面，它们实际上都是有所托喻的，有些是好的花草，有些是恶草恶花，都带有象征意义。关于美人的象喻，有一种说法说屈原可能是一个女巫或者倡优，因为他描述别人嫉妒他的蛾眉。但其实不是直接来写，并不是在说女性之间的嫉妒，而是有背后的寓意，屈原实际上是把香草美人和他的政治理想结合在一起。屈原提倡"美政"，经常谈到尧、舜等古代的君主，而自己被别人进谗言，政治理想无法实现，他就结合蛾眉的象喻来写。这个传统对后来的中国文学影响很大。比如后代的很多情诗该怎么读？很多人怀疑里面是不是有政治的意味，最典型的是李商隐的诗，很多人认为他借助情诗来表达政治抱负，但我真的怀疑他有多少政治见解，不过他确实使用很多前代以男女喻君臣的意象。再比如陶渊明的《闲情赋》，也有类似的争议。将男女之情和政治关怀掺杂在一起，其实都是从屈原的作品开始的，不仅影响到后代对文学的理解，也直接影响了文学的创作。

最后，谈谈音乐性的问题。我在导论中特别讲过，我们现在的文学是以语言文字为基本媒介的，但在古代很长时间里，诗和乐是结合在一起的。当时的第一位绝对是音乐，而不是文字，如果太强调文字的话，有时候就没法唱，宋词中也有这个问题。以文字为媒介的文学，是怎样从多种艺术样式融合在一起的状态下，逐渐分离、独立出来，发展出自己的特点，这是观察早期文学非常重要的过程。从屈原的作品里，我觉得可以非常清楚地看到文字从音乐中分离的痕迹。

《楚辞》可以歌唱，也可以吟诵。吟诵是用一定的调子，但并不配合音乐歌唱，这是关键的分别。屈原这么多作品，哪些和音乐的关系比较密切，其实没有定论。我以前写过一篇文章讨论《楚辞》中的"兮"字，对这个字闻一多做过很多研究，说"兮"有各种各样不同的语法功能，最简单的就是可以调节音节，有时候能解释成"于"，有时候解释成"之"。《九歌》最早是乐曲，当然是可以唱的，我当时分析，在《九歌》中，"兮"字的位置大概在句子中间，前、后基本上都是三个字，当然有时会增减，比如《湘夫人》有"洞庭波兮木叶下"。我觉得这种格式基本上是可唱的。但看《离骚》，大概只能诵，不能唱，因为它篇幅那么长，而且根据记载，实际上都是用楚声来诵读的，所以它的格式，基本上将"兮"字放在两句之间，最一般的格式是前、后各有六字，比如它的第一句"帝高阳之苗裔兮，朕皇考曰伯庸"。为什么会出现这种情况？我完全不了解，现在也没有人能听到古代的音乐是什么样的，但我有一个最朴素的理解，就是唱歌肯定比诵读要慢。拿到同样一段歌词，很快就能读完，但唱就要唱好久了，所以如果是要唱的，乐句就不能太长；而诵读的话，音节完全可以控制，有很多人研究为什么中国诗后来会发展成五言、七言，因为七个音节以内是完全可以控制的，如果再长到九个字，听起来可能就有问题。从这个角度来看，"兮"字大概能表示节奏的转折、变化。

汉代的很多文献里面有带"兮"字的，基本上是两种，一种是赋，一种是楚歌，就是楚辞体的歌，比如项羽《垓下歌》"力拔山兮气盖世，时不利兮骓不逝。骓不逝兮可奈何，虞兮虞兮奈若何"，史书里明确记载是唱的。赋是什么？赋是不唱的，"不歌而诵谓之赋"，所以很多赋里边的"兮"字，实际上是更近乎《离骚》体的。而楚歌的例子很多都是近乎《九歌》的，"兮"字前后字都比较少，比如刘邦的《大风歌》"大风起兮云飞扬，威加海内兮归故乡，安得猛士兮守四方"，再如《汉书》里面记载苏武要回南方的时候，李陵给他送别，然后李陵起舞，开始唱歌：

> 径万里兮度沙漠，为君将兮奋匈奴。
> 路穷绝兮矢刃摧，士众灭兮名已隤。
> 老母已死，虽欲报恩将安归？

"兮"前后也都是三个字。而且特别有意思的是，很多汉代的赋里边，有时候会出现"歌曰"，而一旦出现，后边的句子全是《九歌》式的，没有《离骚》式的。像《七发》里面有：

▶（五代南唐）周文
矩《苏李别意图卷》
台北故宫博物院藏

画面描绘苏武与李陵于
荒寒北地殷殷话别，二
人同在匈奴，一个守节
不屈十余年，终得放
还，一个忍辱偷生于异
域，无家可返。离别之
际，二人泫然对泣，不
胜哀戚。

使师堂操《畅》，伯子牙为之歌，歌曰：
"麦秀渐兮雉朝飞，向虚壑兮背槁槐，依绝区
兮临回溪。"

歌的部分都是三个字加"兮"字再加三个字的。再
比如说司马相如《美人赋》讲女子唱歌：

女乃歌曰："独处室兮廓无依，思佳人兮
情伤悲！有美人兮来何迟，日既暮兮华色衰，
敢托身兮长自思。"

也是《九歌》式的。在完全不能唱的赋里边，一旦
出现了所谓的歌，用的就是《九歌》体的"兮"句
式。这说明起码到西汉时候为止，人们都非常清楚
歌的乐句大概是怎么安排的，有共识，大概到东汉
以后就乱了。东汉讲到歌的时候，有可能是出现

《离骚》体，我觉得这可能是一种模仿的结果，不一定对音乐非常了解。

所以我们可以看到，《九歌》是可歌的，《离骚》是不可歌的，在句式上也有反映，就是"兮"字前后的长短的问题。那么回过头来，最大的问题就是《九章》。其中《橘颂》是四言的，可以不论，但我相信它可能也是可以唱的，跟《诗经》里边用"兮"字的方式一样，像"一日不见，如三秋兮"，是跟在三个字以后。但其他的篇章，比如《怀沙》，比较特别，"兮"字前边可能有四个字，后边四个字，也可能前面有五个字。如果从这个角度来考察的话，我只能讲《怀沙》或许是可以唱的。但《史记·屈原贾生列传》里面讲，屈原"作怀沙之赋"，赋当然是不能唱的，所以恐怕是不能唱。除了《怀沙》之外，像《惜诵》《涉江》《哀郢》《抽思》《思美人》《惜往日》《悲回风》七篇，句式基本都是《离骚》式的，所以《九章》基本上是不能唱的。

《九歌》不管是根据民间还是国家祭祀的歌曲来改编的，都是合乐的，但屈原自己创作的作品，像《离骚》《九章》里面的绝大部分都是不可歌的。这说明在屈原这里，实际上已经显露出以语言文字为中心的诗，文学其实已经跟音乐发生了分离。《九歌》是根据以前的祭祀歌曲改编的，因此诗跟音乐的关系还是非常密切，但到屈原以下，诗实际上已经开始呈现出这样一种变化。从这个意义上来讲，脱离音乐而走向以文字为中心的文学，实际上在屈原这里已经呈现出这样一种趋势。文学后来离音乐越来越远，包括到了南朝永明时代，他们要建立所谓诗歌的声律，实际上就是脱离音乐以后怎么来建立诗本身的音乐性，就通过四声的调协、抑扬顿挫、交错的变化来建立。所以在这样从音乐到文字的一个大的变化趋势、历史进程当中，屈原在他那个时代，早就已经开始这样的一种努力了。

第三讲　历史与现实之反思：先秦散文

前面讲的《诗经》和《楚辞》，是先秦时代的韵文，我把它们放在一起讲，是因为可以有个比照，一个是北方的，一个是南方的，有不同的风格。事实上，如果从准确的历史时段来讲，从《诗经》的结束到《楚辞》的开始，其间相差了两百年，它们并不是同时代的作品。《诗经》是从西周到春秋中叶差不多五百年间的作品，屈原实际上已经是战国中后期的人物。我只是为了叙述的方便，把它们放在一起做比较、讨论。

其实早于屈原的时代，有很多散文。通过散文，我想我们可以看到那个时代的人们对于历史、现实的反思。

为什么讲先秦散文是对于历史、现实的反思？其实可以分两个部分来说。因为在春秋战国时代，大家知道在孔子的时候，"诗三百"已经确定结集成功了，在那之后散文其实有很大的发展。对孔子来讲，他的时代是一个"礼崩乐坏"的时代，是一个社会大变动的时代，正因如此，大家自然有很多的意见要发表。所谓的"百家争鸣"，就是大家对社会有不同的看法要发表，有很多不同的历史经验要重新汲取，所以这个时代对历史经验的回顾、对现实问题的思考非常多。我们现在讲的先秦散文，很重要的部分一个是讲史，我们今天看作史书；还有对现实发表的意见，我们现在可能看成哲学或者思想的著作。但在当时的情况下其实很简单，就是人们对时代有话要说，要提出不同的方案，当然不同的方案也是有其思想背景的。从这两个方面就可以想象春秋战国时代的情况。

一 历史叙述与文学

第一个要讲的是历史叙述和文学的方面。

（一）《春秋》

首先要讲的是"春秋"，它其实是以前各国史书的总名，各国都可以有《春秋》。我们现在看到的《春秋》当然是鲁国的史书，是站在鲁国的立场上编撰而成的，据说经过了孔子的修订。

那么《春秋》是部什么性质的书？古时候"史"为什么非常重要，因为过去时代，前辈的经验是有决定性的，所以掌握了历史经验，其实就掌握了人类智慧最主要的方面。从这个意义来讲，古代史官非常重要，那时候有左史、右史，"左史记言，右史记事"，有不同的执掌，"言为《尚书》，事为《春秋》"（《汉书·艺文志》）。《尚书》实际上是当时诏诰，或者说讲演、报告的记录，用了不少口语，所以后代的文人讲《尚书》"佶屈聱牙"，很难读。《春秋》基本上以记事为主，在古代史书的系统当中，有这样一个定位。鲁国的《春秋》经过了孔子的修订，就有所谓"微言大义"，一字褒贬，就是说这部书不仅仅记录事情，里边同时也给出了孔子基于他的价值观念对事情做出的判断、评价。

当时孟子就写道：

世衰道微，邪说暴行有作，臣弑其君者有之，子弑其父者有之。孔子惧，作《春秋》。

说当时世道很乱，儿子杀父亲的有，大臣杀国君的有，所以孔子害怕了，就作了《春秋》。后来，"孔子作《春秋》而乱臣贼子惧"，乱臣贼子怕什么呢？丘吉尔提过，创造历史的最好办法就是写历史。在当时的政治中，孔子实际的政治权力，不过就是做过鲁国的官而已，也只有很短的时间，他在当时政治之中的参与实际上是有限的，但他通过写历史来介入，因为对后人有影响，会使乱臣贼子害怕。当然如果碰到一个什么都不怕的人，也没办法。

什么叫一字褒贬？用孟子的话来讲，"臣弑其君者有之，子弑其父者有之"，这个不是一般的杀，而是以下杀上，叫做"弑"，这就是所谓一字褒贬。我们现在讲历史最重要的是真实，但你回过头去看中国的史书，当然讲真实，比如说董狐秉笔直书，这是中国传统中很肯定的一种史德，但实际上看孔子的说法，最高的精神其实不是真实，他是寄寓了价值判断在里面的。包括司马迁《太史公自序》讲的，他说他继承的是孔子作《春秋》的精神，作为一个史家，似乎好好记录下来曾经发生的事就完了，但他不是，司马迁要的是"究天人之际，通古今之变，成一家之言"。司马迁跟董仲舒学过，受"春秋公羊学"的影响是很深的，所以他要有自己的价值判断在《史记》中。

《春秋》里边的文字很短，一万多字，所以不可能大篇幅地展开叙述，太史公在《史记》的篇章后边，还要写一段"太史公曰"，加上自己的评论，但是《春秋》就通过一字褒贬体现它的精神。所以中国史学的精神，当然是重视真实的，但真实不是最终价值，更要紧的是有道德判断在里面。

《春秋》文字非常简略，虽然按照年代排下来，但只是一个历史的大纲，不是完整的、丰富的记述，所以作为一部"经"，《春秋》恐怕很难讲有多少文学性。以前也有人阐释过所谓的文学性，比如《僖公十六年》有一句话："陨石于宋五。"说的是陨石掉落，掉到宋国有五块。《公羊传》就解释：

曷为先言陨而后言石？陨石记闻，闻其磌然，视之则石，察之则五。

说先讲陨而后讲石，是因为先发现有东西掉落，然后发现是石头，仔细观察才发现是五块。汉儒解的好像用字不苟，都是有讲究的。但这其实没有道理，后来西晋出土了《竹书纪年》，这是战国时期魏国的史书，打开一看，也是用这五个字，说明《春秋》根本不是文字讲究，可能当时都是这么记的，出了一件事情通报天下，然后各国的史官都这么记述。所以作为文学来讲，《春秋》可能很难讲出什么特别的文学性，但《传》的部分，就提供了很多的文学性因素，《左传》可以讲是有很丰富的文学性的。

（二）《左传》

从文学上来讲，特别重要的是《左传》这部书。钱锺书先生拿《春秋》的"经"和"传"做过一个比喻，说类似于现在的一篇新闻报道，《春秋经》的文字相当于报道的题目，《传》的部分可能就是报道的文本了，会详备地交代事件的前因后果。这个比喻是有一定道理的。《春秋》当然是记事为主，但是《左传》在某种程度上就可以讲是一种"叙事"："记事"或record，和"叙事"或narrative之间，实际上是有差别的。叙事就要把这个事实的首尾记清楚，特别是要呈现出因果的关系。

关于《左传》这部书有很多的争论，它在整个中国的经学史上是一个大问题。《左传》到底是部什么性质的书？司马迁在他的《史记》里边，曾经称它为《左氏春秋》，所以有的人就认为它可能不是解释"经"的"传"，而是原本就完整的一部史书，具有自己的特点；但一般还是认为它跟"经"是有关系的。实际上如果要仔细看的话，"经""传"时间并不完全吻合，《左传》记的时代要比《春秋》略长一些。所以有一些比较特别的说法，认为它是汉代人从《国语》当中割裂出来的。一直到20世纪七八十年代，还有人坚持这样的看法，但是主流意见不太接受。基本上可以讲，我们现在看到的《左传》的面貌，是以《春秋经》为纲目，综合了各种各样的史料形成的编年的史书。

从文学的角度来讲，《左传》的艺术是大大进步了，它叙事非常有条理，而且有特别的取舍，最著名的可能就是写战争的部分。比如说当时秦晋的崤之战，这是非常有名的战事，《左传》对战事的书写其实非常之少，但把事件前后交代得非常清楚。比如蹇叔哭师的情节：

> ……穆公访诸蹇叔。蹇叔曰："劳师以袭远，非所闻也。师劳力竭，远主备之，无乃不可乎？师之所为，郑必知之，勤而无所，必有悖心。且行千里，其谁不知？"公辞焉。召孟明、西乞、白乙，使出师于东门之外。蹇叔哭之，曰："孟子！吾见师之出而不见其入也！"公使谓之曰："尔何知！中寿，尔墓之木拱矣！"
>
> 蹇叔之子与师，哭而送之曰："晋人御师必于崤。崤有二陵焉：其南陵，夏后皋之墓也；其北陵，文王之所辟风雨也。必死是间，余收尔骨焉。"秦师遂东。

当秦军要出兵的时候，蹇叔预料到会出问题，待到秦军出发的时候，他就去哭送，秦穆公就很不高兴，骂他说"中寿，尔墓之木拱矣"，就是说你怎么就老而不死，如果像一般人那样的岁数，早就死了，而且墓上面的树都长出来了。从文学的角度，这是一个不祥的预兆。然后说秦军经过周天子的都城时，非常无礼，军队下车致敬以后，马上又跳上去了，完全是一个表面文章，这体现出秦军的无礼和轻佻。

> 三十三年春，秦师过周北门，左右免胄而下，超乘者三百乘。王孙满尚幼，观之，言于王曰："秦师轻而无礼，必败。轻则寡谋，无礼则脱。入险而脱，又不能谋，能无败乎？"及滑，郑商人弦高将市于周，遇之，以乘韦先，牛十二犒师，曰："寡君闻吾子将步师出于敝邑，敢犒从者。不腆敝邑，为从者之淹，居则具一日之积，行则备一夕之卫。"且使遽告于郑。

> 郑穆公使视客馆，则束载、厉兵、秣马矣。使皇武子辞焉，曰："吾子淹久于敝邑，唯是脯、资、饩、牵竭矣。为吾子之将行也，郑之有原圃，犹秦之有具囿也，吾子取其麇鹿，以闲敝邑，若何？"杞子奔齐，逢孙、杨孙奔宋。

> 孟明曰："郑有备矣，不可冀也。攻之不克，围之不继，吾其还也。"灭滑而还。

> 晋原轸曰："秦违蹇叔，而以贪勤民，天奉我也。奉不可失，敌不可纵。纵敌患生，违天不祥。必伐秦师！"……夏四月辛巳，败秦师于崤，获百里孟明视、西乞术、白乙丙以归。

后面因为郑国有了准备，所以秦军返程，被晋击溃，叙述战争的部分，非常简单几句话就完了，"夏四月辛巳，败秦师于崤，获百里孟明视、西乞术、白乙丙以归"。之后写到秦军的将军都被抓住，最后是太后文嬴向晋襄公求情，出于秦晋之好的原因，才把秦国将军放走。

> 文嬴请三帅，曰："彼实构吾二君，寡君若得而食之，不厌，君何辱讨焉？使归就戮于秦，以逞寡君之志，若何？"公许之。先轸朝，问秦囚。公曰："夫人请之，吾舍之矣。"先轸怒曰："武夫力而拘诸原，妇人暂而免诸国。堕军实而长寇仇，亡无日矣！"不顾而唾。公使阳处父追之，及诸河，则在舟中矣。释左骖，以公命赠孟明。孟明稽首曰："君之惠，不以累臣衅鼓，使归就戮于秦，寡君之以为戮，死且不朽。若从君惠而免之，三年将拜君赐。"

> 秦伯素服郊次，乡师而哭，曰："孤违蹇叔，以辱二三子，孤之罪也。"不替孟明，曰："孤之过也，大夫何罪？且吾不以一眚掩大德。"

这个故事仔细去读的话，有非常清楚的段落，按照时间顺序连续写下来，前前后后的因果关系都非常明白，但是真正的战争场面，几句话就交代了，这是一种很有效的叙事方式。

另外还有剪裁的问题，详略得当是中国史书的一个重要传统。比如后代的司马迁，是继承《春秋》传统下来的，所以他写《史记》也非常注重详略。他写孙武的战功只有一句话，而浓墨重彩地写他怎么训练宫女：一开始宫女都不听号令，而且大笑，

他再一次将要求说明白了，宫女还是不理他，最后他要把领头的两个宠姬拉出来杀了；吴国的国君一看非常紧张，因为他特别喜欢这两个宠姬，就阻止孙武，但孙武坚持"将在军，君命有所不受"，就把两个宠姬杀了，宫女就此完全听话了。这个故事写了很长一段，最后很简单地说："西破强楚，入郢，北威齐晋，显名诸侯，孙子与有力焉。"一句话就把孙武的战功概括完了。这种详略剪裁在中国传统中非常之多，略处可谓尺幅千里，而详处则往往会有生动的细节描写。

此外，《左传》对人心也是有窥见的。从文学上来讲，人们都说中国的小说往往不做大段心理描写，不像西方近代以后的那些小说，但这不代表中国小说对人的心理、人性没有了解，它往往是通过动作、事件，去窥探背后人性的动机，让你知道最隐秘的一些心理活动，或者说人的心理取向可能会影响整个历史。比如《左传》中郑伯克段于鄢的故事，讲的是郑庄公寤生和他的弟弟共叔段之间的斗争。二人为什么斗争？其实很简单，因为他们的母亲生郑庄公的时候，不是头先出来的，吃了很多苦，所以一直不喜欢他，而喜欢小儿子段，后来拼命扶植段的势力，导致两个兄弟之间勾心斗角。一开始母亲提什么要求，郑伯都满足，别人劝阻他，他就说"多行不义必自毙，子姑待之"，一直纵容段。后来郑伯待时机成熟，一举灭掉了段，而且说以后不到黄泉，就再也不跟他的母亲见面了。但虽然有兄弟二人的惨剧，母子之间的感情仍然在，郑伯最终还是想见母亲，大臣就想了个办法，给他挖了一个地道，说这是黄泉之下，让他们在地道中相见。《左传》没有讲事情的性质，只是在叙述这件事情，但是你可以从中推测人的心理，包括郑伯的心理、他母亲的心理、后来母子和解的情绪，这里很难判断善恶的问题。后来有一些小说，我当然不是说最好的那些作品，它们的道德判断非常地清楚，我不是说这不好，但总归有些简单化了。实际上人的心理是非常复杂的，人的一生其实是善恶交织的，不能讲绝对的好还是坏。比如说郑庄公的母亲，她因为生产时受的苦而讨厌庄公，这种心理很难做一个价值判断。

我之前提到，桑原武夫曾经和吉川幸次郎讨论中国文学当中什么是"恶的文学"，吉川幸次郎认为是《金瓶梅》，但桑原武夫最后认同民俗学家柳田国男的看法，认为真正代表恶的文学的，实际上是《左传》。柳田国男说自己曾经彻夜耽读《左传》，认为它活灵活现地描写了复杂又富有变化的、为恶所驱使的人的智慧。从这里面我们可以看到，人的心理感受可以直接影响到国家的政治历史。这在《春秋》那么简略的文字里，实际上是没有办法表现的。

此外，《左传》呈现的面貌是一部编年史，因为它是逐年记事的，但如果超越以年为单位的方式，把故事连缀在一起，实际上可以看到事件的长时间发展，其中人物性格是特别重要的。比如"春秋五霸"之一晋文公的经历，他曾在外流亡十多年，然后慢慢成长起来。做个不恰当的类比，近代西方小说的成立实际上就是围绕一个人的成长，比如说近代西方第一部现代意义上的小说，所谓novel，是《堂吉诃德》，讲一个骑士的故事，但是吸取了之前流浪汉文学的因素，讲堂吉诃德在外边的世界中漂泊的经历。堂吉诃德在读了很多骑士作品之后，可能有点分不清现实和文学的边界，他实际上是拿生活当作文学，或者说用生活模仿文学。

▼（南宋）李唐（传）
《晋文公复国图》局部
大都会艺术博物馆藏
全卷共分六段，描绘了《左传》中所记载的晋文公重耳被放逐在外、辗转十九年后归国即位的故事。

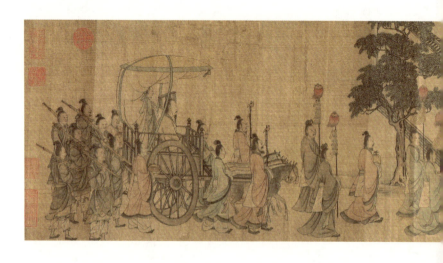

走到外边的世界中去，他有碰壁，也有成功，他渴望去实现自己的价值。其实在很多近代小说中，都有这样一个成长的故事。再比如托尔斯泰的小说也是这样，《战争与和平》是在写什么？当然可以说是在写俄法战争，但这里边实际上主人公的成长也非常重要，一个人出门在外，在一个陌生的世界里探索成长，最后完成自己。当然《左传》没有专门写晋文公，但在形式上是有类似之处的，从他的生平活动中，还是可以看出比较完整的人物形象及其成长。

（三）《国语》

《左传》基本上可以讲是叙事的书，是围绕着记事的《春秋》所作的，但它里边也记载了很多很好的言辞，比如《烛之武退秦师》的有些段落，言说的方式非常好。

如果说记言，《国语》是比较重要的，它的时代跟《春秋》

基本上是一致的，它采用的是国别体，分别记了周、鲁、齐、晋、郑、楚、吴、越八个国家的事情，共二十一卷。各国的记录并不平衡，里面最大的部分是《晋语》有九卷，所以有人认为《国语》是晋国的史官编纂的，但是恐怕也不能绝对这样讲，因为从文字上看，记述各国的风格语气实际上是不同的，可能是把各国的史料收集在一起编纂的。因为有不同的来源，所以在记录各国时，涉及的言行也是有侧重的。比如说《齐语》记得最多的就是管仲和齐桓公，《晋语》比较多的是晋公子重耳的故事，《吴语》《越语》主要记吴越争霸的事情。所以各国的记录在量上并不平衡，在技术上、风格上、语气上也有差别。

一般人们评《国语》，会跟《左传》相比较，认为《国语》的风格相对来讲是比较质朴的，而《左传》比较富艳。什么叫做富艳，什么叫做质朴，都是比较而言的。古人说李白"飘逸"，杜甫"沉郁"，其实也不知道该怎么清晰界定，不过是在比较中得出的结论。钱锺书在文章里就讲到，中国人眼里直着嗓子大喊的东西，外国人一看觉得还是很温柔的。如果把《左传》和《国语》比较来看，也能体会到这样的差别。

（四）《战国策》

还有一部记言的重要作品是《战国策》，它的时代比较晚，不是以春秋时代为主，而是关于战国时代的。这部书是比较特殊的，我们现在所看到的《战国策》，实际上是汉代刘向编就的，他自己有过一篇叙录，说明《战国策》是怎么编起来的，所以我们看到的《战国策》这部书的面貌，实际上到西汉后期才真正形成；但是它里边大量的文献，应该是比较早的。如果泛泛地说《战国策》是先秦的书，恐怕会令人犹疑，因为先秦时代不存在这样一部书，但里面记的一些段落，在先秦时代确实就存在了。

《战国策》一共按十二个国家进行排列，分别是东周、西周、秦、齐、楚、赵、魏、韩、燕、宋、卫、中山。这部书其实是关于纵横家的书，纵横家也可以算先秦诸家之一，但有一点跟其他各家不太一样的地方，纵横家最大的本事其实就是摇唇鼓舌，给国君出谋划策，他们直接介入到当时的政治、军事冲突当中。

从纵横家的代表人物苏秦和张仪来看，他们其实就是要为自己争一世的荣华富贵，这些人是没有"特操"的，就是没有一定的信念、操守、主张。比如说儒家有儒家的主张，孔子说礼崩乐坏，我要克己复礼、恢复天下，儒家对此是很清楚的；道家的主张是各人按照自己的本性去生活，不要搞那么多繁文缛礼：这些都是一定的主张。而纵横家其实没有一定的主张，比如苏秦一开始跑到秦国去，多次上书秦王，希望秦王采纳他的"连横"主张，结果秦王不理他，他没办法就回去了。回去以后，他就用锥刺股，刻苦读书，再出来游说关东六国的国君，主张"合纵"，最后佩六国相印，达到富贵荣华的顶点。所以到底是"连横"还是"合纵"，对他来讲是没有关系的。只要能够取得国君的信任，只要得到钱和地位就可以了。再比如张仪，他有一次跑出去游说，结果在一次宴会上被人家怀疑偷东西，打得遍体鳞伤，抬回家去以后，太太当然就埋怨他，说"子毋读书游说，安得此辱乎"，张仪回答说："视吾舌尚在不？"你看看我的舌头还在吗？他的太太笑着说"舌在也"，张仪就说"足矣"，这是《史记》里记载的故事。这些纵横家的职业就是摇唇鼓舌，是没有一定之规、没有"特操"的。

当然现在有很多人从这个角度去批评纵横家，说他们没有道德，但是我觉得对他们也要有同情的理解，他们尊奉的实际上是乱世的伦理。虽然现在讲"春秋无义战"，但你看看《左传》里面的战争，其实还是要搬出一个道理的，但到战国时候就不讲道理了，取消了这种冠冕堂皇的理由。纵横家当然是时代的弄潮儿，他们造就了历史，但实际上他们也是被历史所造就的。读《战国策》里的一个故事就可以知道：苏秦落魄地从秦国回到家里以后，父母都不搭理他，妻子在那里织布，嫂子也不给他烧饭，他就感到非常窘迫，他说我一辈子读书，读书如果不能够给自己带来世俗所认可的荣华富贵，有什么用？所以他就"锥刺股"，刻苦读书，最后终于取得了成功。后来他佩六国相印又回到老家的时候，父母郊迎三十里，嫂子匍匐在地，"妻子侧目而视"，我们现在讲目不斜视，是心无旁骛、不为所动、不被诱惑的意思，在当时讲是"不敢仰视"，这表示特别的尊重，因为直接看人是很不礼貌的。苏秦看到这样觉得很奇怪，就问"嫂何前倨而后卑也"，嫂子就赤裸裸地回答，"以季子位尊而多金也"。可以知道，实际上苏秦、张仪这些人，也是被时势所造就的。照中国过去的一个讲法，这叫"市道"，充满了交易关系。

如果读《史记·廉颇蔺相如列传》，可以看到类似的例子。廉颇得意的时候，门客都围着他，他一旦失意了，门客就全跑掉了，等他又重新当上大将军，门客就又回来了。廉颇就觉得你们这些人怎么这个样子，他的门客就理直气壮地讲，当然是这样的，你有权有势的时候，我们就依附你，无权无势的时候，我们为什么要依附你？这样的"市道"实际非常普遍。"市道"也就算了，苏秦的故事中最让人惊讶的，其实是这个"市道"已经渗透到血缘关系，渗透到亲情里面了。如果在家庭内部"市道"都能盛行，这个时代恐怕真的不是一个好的时代。所以苏秦实际上是非常惨痛地体会到，读书、学问之用，得是能够卖与帝王家的。我们对他，或许也可以有同情的理解。

《战国策》出自纵横家是一个定位，还有一个特别重要的，是《战国策》的文学性。以前南京大学的罗根泽教授对《国语》和《战国策》有一个说法，他认为《国语》里边所记叙的那些口头言说，基本上还是史官执笔记录的，但是《战国策》的大部分文字，实际出自那些纵横家的笔下。在某种程度上，可以把《战国策》里边的游说之词，看成各位纵横家的文章，所以和《国语》比起来，《战国策》的文字更加铺张扬厉。我们所说的文学，一个重要的特点是有高度的修辞性，而纵横家因为要用文词来打动人，就要用一些特别的语句，比如用排比来增加气势，用不同局势的对比来说服在上者，用很多的比喻让君王理解。所以出自《战国策》的成语非常之多，比如画蛇添足、狐假虎威等，因为这些比喻在游说国君的时候可以起到很大的作用，能够打动人。而且你可以看到，纵横家的文词里面实际上也有洞达人情的地方，比如《邹忌讽齐王纳谏》，邹忌说家里的妻子、小妾、他的朋友都说他比徐公美，因为这些人都是利益相关者，都是仰仗于他的人，所以当然会放弃客观性，倾向于他这边说话，这个例子显示出他对人情的通达。这是修辞性的方面。

还有一点，《战国策》中有很多很好的场景描写。比如《唐雎不辱使命》中，唐雎向秦王慷慨激昂地说了一段话，来描述士之怒：

> 夫专诸之刺王僚也，彗星袭月；聂政之刺韩傀也，白虹贯日；要离之刺庆忌也，仓鹰击于殿上。此三子者，皆布衣之士也，怀怒未发，休祲降于天，与臣而将四矣。若士必怒，伏尸二人，流血五步，天下缟素，今日是也。

这段话有很生动的场景性。还有记荆轲刺秦王的文字，跟《史记》里的文字非常之相近，描述的场景非常惊心动魄，所以有的人就提出问题，说《史记》里的这段话到底是谁写的？如果是司马迁写的，当然说明他的技艺非常高超；如果是《战国策》里原来就有的文字，司马迁只不过把它拿过来略作点化而已，那么对他这段描写的评价就要大打折扣了。也有人认为，由于《战国策》成书比较晚，所以这段实际上是从司马迁那里抄的。

（五）文史之辨

与先秦的历史散文相关，有一个问题要略做说明，即文史之辨，也可以说是文史之间的关系。中西方早期的很多著作当中，都有这样的问题。在西方，古希腊希罗多德的《历史》和修昔底德的《伯

▼ 战国时期的雷纹匕首
故宫博物院藏

罗奔尼撒战争史》，也引起很多讨论。

人们讨论这个问题，首先关注的就是所谓历史中的虚构。比如钼麑刺赵盾的故事，当时晋灵公无道，赵盾不断劝谏他，国君因此非常恼火，就派刺客钼麑刺杀赵盾。钼麑跑去赵盾家，发现天还没亮，他就穿好衣服，坐在堂上恭恭敬敬地等待上朝了，于是钼麑陷入激烈的内心冲突当中，一方面不能违背国君的命令，另一方面赵盾是个贤人，杀他很不好。最后没办法，这位刺客一头撞在树上死掉了。这个事情不知道是真是假，如果真是这样的话，刺客倒是个很了不得的人物，他身上有激烈的伦理冲突，然后用一种特殊的方式做了化解。但后来很多人就问，钼麑既然一头撞死了，他心里想什么，你是怎么知道的？史书里面有很多类似的虚构、夸张的情况，所以大家首先很关注这个方面。

但如果要讲得更深入一点，我们实际上要理解其中关于叙述的问题。所谓叙述，或者说 narrative，在很大程度上是有意向性的，跟记事不一样。记事往往是可以证实，或是可以证伪的。比如说某某人某年某月某日生，这就不是一个叙述，而是记事，如果说对了，那就证实了，如果说错了，当然可以用很多其他的证据来证伪。但叙述实际上并不是简单地把事实连缀在一起。很多的史书，包括《左传》《史记》，还有西方早期的史书，实际上是要做一个梳理的，把事实按照时间的顺序整理，而且还要做诠释，往往会告诉你因为什么，导致了什么，因为之前发生了一件什么事情，所以后来就发生了一件什么事情。它要把一系列的事件，按照人们能够理解的方式连缀起来，形成整体。在这个过程中，史家的意向、意念实际上是不能完全排除在外的，当中并不存在绝对的客观性。如果要说绝对的客观性，能够证实或证伪的，那就只是某个具体的事实。

当你要把历史理解成一个过程，按照人们能够理解的方式，把它连缀起来的时候，这里边本身就含有主观性的东西。比如《史记·封禅书》里边有一句话，讲秦始皇泰山封禅："始皇封禅之后十二岁，秦亡。"就这么简单一句话，钱锺书在《管锥编》中提到过这样的情况，他讲这个叫"搭天桥"，就是上一句讲始皇封禅，后面紧接着说十二年后秦朝就亡了，两件事摆在一起，就暗示了二者之间有一种关系。两件事当然都是事实，但当你暗示这种关系的时候，实际上就有主观的判断，构成一种理解，表达了一种态度。

再举一些例子。《左传》里面有对召陵之盟的记载，非常有意思。当时齐桓公率领齐国的军队南下，跟楚国的军队对峙，最后两方在召陵这个地方会盟。齐桓公当时在管仲的支持下，是春秋五霸的第一霸，有"九合诸侯，一匡天下"的功绩。管仲也非常重要，孔子曾讲"微管仲，吾其被发左衽矣"。当时北方有戎狄，南方有楚国，可以说是南北夹击，中原文化到了很危急的程度，所谓"不绝如缕"。在这种情况下，齐桓公挟天子以令诸侯，起了重要的作用，召陵之盟就是抑制楚人力量北上的重要事件。这么说，是我们现在的理解，我们从当时历史的整个动向，结合各种各样的民族文化、军事政治情况给出的解释。但《左传》的解释是非常有意思的，它叙述这件事情是怎么来的：

> 齐侯与蔡姬乘舟于囿，荡公。公惧，变色；禁之，不

可。公怒，归之，未之绝也。蔡人嫁之。四年春，齐侯以诸
侯之师侵蔡，蔡溃，遂伐楚。

说的是齐侯与蔡姬在宫苑当中坐船，蔡姬坐在船上摇船，齐侯害
怕了，禁止她摇，蔡姬还是继续摇，齐侯就生气了，让蔡姬回娘
家。但"未之绝也"，说明齐侯并没有想决然地断绝关系，可能
只是想要她回娘家而已。但蔡姬回去以后，蔡人就把她嫁给别人
了。于是齐侯就恼火了，带诸侯的军队攻打蔡国，攻下以后就接
着去讨伐楚国。这就是说齐国跟楚国对峙的事情，始于夫妻摇晃
船儿的游戏，可以看到《左传》作者对历史的理解，跟我们现在
是非常不一样的。

　　这是一件虚构的事吗？真的说不定，齐侯跟蔡姬之间可能
真的发生过这样的事情，但作者把这个事情放到齐楚签订召陵
之盟的背景当中叙述，在我们今天的立场上，实在是太不能理解
了，但它就构成了一个叙述的始末，形成一条连续的线索，当时
人就是从这个角度去阐释的。所以怎么理解这件事情？我看雨果
的《悲惨世界》，他说滑铁卢大战失败的重要原因，是战争的前
一天下雨，法国的大炮湿掉了，所以攻击力下降，如果欧洲上空
的那一片云早一点或者晚一点飘过，整个欧洲历史就会不同。当
时我读了很兴奋，觉得很有趣，有可能真的就是那片云发生了作
用，写在小说里你就觉得很有趣，完全能够接受。而史书当中这
样写，其实也是一种叙事。叙述者在描述事件时，是带有特定的
文化观念的，它其实不是一个简单的虚构的问题，实际上把真实
的事情放在一起，都会造成一种特异的效果，作者的主观情志都
会渗透在里面。

所以在这个意义上，很多早期的历史作品本身就有文学性。包括《史记》也继承了这样一个传统。鲁迅评价《史记》是"史家之绝唱，无韵之《离骚》"，司马迁自己在《报任安书》里面讲，"《诗》三百篇，大抵圣贤发愤之所为作也"。如果照我们现在讲，历史书把事实记下来就好，跟发不发愤有什么关系？而且要尽量排除主观的好恶，但古时候的史书著作态度不是这样的，从孔子开始，就基于自己的思想在史书中做褒贬，司马迁也是要"成一家之言"的，秉持发愤著书的精神来写《史记》。"发愤"的因素，实际上是构成我们今天看到的文学趣味、文学性的非常重要的方面。早期历史著作的写作方式本身，就包含着文学的可能性。

　　早期史书的文学性，实际上并不是通过虚构来实现的。前面讲到孙武的故事，就是一个例子。再比如与孙武合传的吴起，他是个非常重要的政治家、军事家。《史记》中记载了一个故事，说他爱兵如子，对士兵非常好，去吸士兵身上的痈疮，然后大家都非常感动。但这时候有一个人在哭，是这位士兵的母亲，大家都很惊讶，说大将军对你儿子这么好，为什么要哭？这位母亲就说，我的丈夫以前也在吴起手下，也受到了吴起的恩惠，结果为他卖命而死；现在吴起又对我儿子这么好，不知道我儿子会死在什么地方。这件事很可能真的发生过，但司马迁就特别厉害，他把它写在《史记》里，实际上是代表着他对吴起的看法，这里面有非常复杂的意味。历史里边真正能引起我们深思的，或者说特别具有文学性、能够真正打动我们的部分，其实并不在于这件事情是真的还是假的，是想象出来的还是实有其事，而是在叙述里面怎么来选取、剪裁、安置这件事情。

　　西方有一个谚语：历史比小说更有趣。我早先看到没有什么特别的感觉，后来的经验让我印象特别深。米兰·昆德拉写过一部小说《笑忘录》，开头是说1948年捷克斯洛伐克成立新政权、举办典礼仪式的时候，领导人站在一个阳台上发言，那是一个冬天，当时一位官员出于对领导的敬爱，把自己的帽子摘下来，戴在他的头上，为他御寒。然而过了几年，参加典礼仪式的人一个个被否定、被清洗了，也在照片上被涂掉。涂掉之后，最吊诡的一件事情，就是这顶帽子没办法涂掉。面对消失的人物和那顶无法去除的帽子，经历过这事的人会怎么想？会啼笑皆非吧？后代人不知道这顶帽子的来历，这对他便不是一个问题，但帽子里面包含了太多的意思，经历过的人可以体会其中的复杂意味。昆德拉作为一个小说家，选择这么一个情节，这和司马迁或者《左传》作者的叙事方法非常相似。一个小说家很难想象出这么妙的情节，来浓缩当初的友谊和后来的清洗，浓缩个人和整个国家的层面。所以在这个意义上，历史真的比小说更有趣、更生动。

二　诸子思想与文学

　　前面着重讲历史与文学之间的关系，那么诸子思想与文学，着重的是思想和文学之间的关系。先秦时代，在《庄子·天下》篇里说是一个"道术将为天下裂"的时代，但实际上各个方面的学问，在某种程度上还是整合成一体的，或者用现在的话讲，是文史哲不分的。

　　那么关于诸子思想和文学，重点是要放在思想和文学的关系上。当然现在有很多人讨论诸子著作的文词、结构、论说的条理等，这都是对的。比如，就先秦诸子前前后后的著作来看，多少显示了古代文章逐步演进的过程，可以说我最推重《庄子》的文采。《论语》作为记录孔子言行为主的语录体著作，《老子》作为显示古代智慧结晶的经典，固有诸多精彩的言辞、隽永的语句，后者且多韵文，但终究是珠玉的缀合，文章气脉难以呈现；《墨子》言说条理，可惜质朴无华；《孟子》雄辩而有气势，但未脱语录和对话的气息；《荀子》《韩非子》言论滔滔，只是以说理为主。唯有《庄子》，既有散布全书各处的名言警句，也有洋洋洒洒的长篇展开；既有传统的对话性，如《秋水》中河伯与北海若的七番问答，以及书中多处出现的庄子与惠子的对话论辩<small>（《逍遥游》论有用、无用，《秋水》的"濠梁之辩"）</small>，也有成篇的锐利的辩说，如外篇最初的《骈拇》《马蹄》《胠箧》等篇批评儒家社会政治观念的文字；既有理，且含情，情理兼备；更具有想象奇特、变化莫测、绵延漫衍、意味悠长的特点，鲁迅说《庄子》"*其文汪洋辟阖，仪态万方，晚周诸子之作，莫能先也*"<small>（《汉文学史纲要》）</small>，确为的论。

　　但是我并不想太多地强调这一方面，我觉得看一件事情还是

▼（明）周臣《北溟图》纳尔逊-阿特金斯艺术博物馆藏

图中所绘北溟浩瀚、波涛汹涌，北溟之鲲，“不知其几千里也”，正合庄子《逍遥游》之意境。

要看大的方面，看最重要的那一点。诸子的著作当然有艺术上的技巧，但最重要的还是在思想上。比如《论语》，它是一部语录体的作品，后代的很多文人，当然也有以语录的方式来进行写作的，但是绝对不是一个强大的主流，很少有人来模仿这样一种方式，但是讲到中国文学，其实没有办法离开孔子，为什么？最主要的还是他的思想。导论部分我讲到过，中国文学最高的美学理想是什么？实质上就是美善兼备、尽善尽美，这就是孔子的思想，这一点对后来的影响非常之大。每一个后世的文人，在精神、思想上都深受先秦诸子的影响，不管是儒家还是道家，孔子、孟子还是老子、庄子，这些思想进入他们的整个精神世界，使他们的创作呈现出自己的面貌，这可能是了解先秦诸子时需要把握的最重要的一点。

先秦时代是中国思想的原创时期，后代的许多思想观念都是在这个时候发源、形成的。这当中有所谓诸子百家，实际上绝对没有一百家那么多。司马迁总结所谓百家学术的时候，除了代表儒家经学的《孔子世家》《仲尼弟子列传》，对于其他诸子，用了两篇传来概括，一是《孟子荀卿列传》写孟子和荀况，一是《老子韩非列传》写老子、庄子、申不害和韩非子，这两篇传代表着他对于先秦时代思想界的把握，重点就在儒家和道家。对于韩非这样的法家，其实他是放在老庄这个脉络下来谈的，这个把握非常到位。

我这里想简单介绍一下孔孟和老庄，这儒道两家，是相对而存在的。

▼ （唐）吴道子《先师孔子行教像》拓片

（一）孔子

首先讲孔子，大概介绍一下《论语》，我很喜欢这本书。

1. 孔子其人

孔子是中国历史上一个实实在在的人物，在中国文化史上据有圣人的地位，但特别有意思的是，他是野合而生的。野合当然有不同的解释，有人愿意照着字面理解，但还有一种解释，就是说他可能是不合礼而生的，因为他父亲和他母亲的年龄差得非常大，而这也不是最大的问题，最大的问题是不合礼。孔子自己也承认，后来他父亲葬在什么地方，他都不清楚。追溯上去，他当然是贵族出身，祖先是从宋国来的，宋往前推是殷人，但是从他个人来讲，实际上是破落的，他父亲葬在哪里他都不知道，可见是被抛置在家族之外的，孔子自己也讲："吾少也贱，故多能鄙事。"所以孔子身上实际上有一个强烈的反差：从血统上讲，从他愿意承认、追溯的血缘，或者从文化的根源上，可以一直推到殷人。殷人的文化实际上是非常高的，西周武王灭商的时候，大家都承认，商的文化实际上比周的文化要高，周征服商，整体上来讲是相对野蛮的文化征服一个更文明的文化，野蛮征服文明，这在历史上恐怕也是一个通则；但从个体来讲，孔子的出身实际上是非常卑贱的，他自己也承认这一点。

这个关系其实很有意思，胡适在1934年写过一篇四五万字的长文《说儒》，那是很特别的一篇文章，他认为，孔子的定位在某种程度上和耶稣一样，实际上是代表弱者、被征服的种族、被征服的文化，但最后他综合了三代的文化。他在政治上，或者说现实的历史当中，是一个失败者，但最后在文化上，他是一个包容三代文化、把整个周文化都融入自己的思想精神世界当中的成功者。所以某种程度上讲，孔子虽然是殷人文化的继承者，但他综合了周的文化，在文化上成为胜利者，可以比拟成基督。这是比较有意思的一个说法，孔子对自己的认同、给自己的定位，实际上是有这个因素在里边的，他虽然破落了，但觉得自己是一个文化的传承者，他对于传统有这样一种贵族的意识。

当然他最后成功是在民间，因为那个年代是一个礼崩乐坏的时代，是一个乱世，周天子的政治权威急剧坠落，孔子最大的功绩就是讲学。在古代，用法国福柯的说法，实际上权力和文化是结合在一起的。马克思也讲过，一个时代的统治性的思想，就是统治阶级的思想，是在经济上、政治上占有优势的阶级的思想，这实际上揭示的也是权力和文化的关系。所以早期是"学在王官"的，大部分人都不识字。一定要有相当的社会地位，有一定的身份，才能够识字、读书、了解过去的历史经验。孔子可能是最

▼（唐）阎立本《孔子弟子像》
首都博物馆藏

早打破学在王官、进行私人讲学的人物，他顺应了当时的历史潮流。据说他有3 000弟子，其中贤人有72人，现在确实也有几十个可考的人物。

我们现在看孔子是一位教育家，但实际上他首先的目标、对自己的理想定位，是在政治上获得成功。他一直是想做官的，简单讲就是"学而优则仕"。他当然不是追求战国时代纵横家想要的富贵荣华，他可能觉得这叫重整河山，在礼崩乐坏的乱世，寻求"克己复礼"。孔子一直到大概五十岁才出来做官，某种程度上获得了一定的成功，但也就是短短的几年。后来他被鲁国的国

君疏远，就开始带弟子周游列国十几年，在卫国待的时间比较长。他到过很多地方，最主要的目的也还是实现他的政治抱负，希望有一个国君能够支持他，能够让他重新整顿社会秩序，当然最后是不成功的。在这个过程中，他的弟子慢慢从他门下离开，看周润发演的电影《孔子》就可以知道，这些人后来获得了各种各样的成功。孔子最后回到鲁国，年纪已经非常大了，晚年又收了一些弟子，做了很多整理文献的工作。

回过头去看孔子的整个生平，他在很大程度上代表着中国读书人最基本的理想，基本上就是两个方面：一是事功，在现实当中完成政治方面的抱负，但不成功的时候就转入文化、教育。用近代龚自珍的讲法，就是所谓"青山青史"两个方面。他在《己亥杂诗》里面写"青山青史两蹉跎"，就是说自己在这两方面都不成功。"青史"当然是青史留名，做出一点业绩，这是事功的方面；"青山"是文化的方面，就是留下著作，然后"藏之名山，传之后世"。当然孔子本人很难说有什么著作，因为他只是编撰，今天有一个成语就叫"述而不作"，"作"是创作，孔子自己并不写，但是他"述"。我们现在把知识产权看得很重要，但古时候不在乎这个，最主要的是真理，用马克思的话说，真理占有我，而不是我占有真理。是不是别人说过的，关系并不大，只要我认同了真理，把握了真理，说出的是真理就行了。孔子一生的奋斗，就在为官和为学这两个方面，后世的文人基本都是这样的。

但我们现在可以看到，孔子在政治上的所作所为是微不足道的，短短几年从政，对当时鲁国的政治是有影响的，但长远来看没有什么用处。他真正重要的功绩是文化、教育，把当时的一些文献，作为课本整理出来，像《诗》《书》《礼》《乐》《易》《春秋》等。这个辩证法是非常有意思的，照道家的看法，要看到事情的转化，当世最强的是政治上有权的人，一言九鼎，完全可以把人碾为齑粉，但恒久的力量是在文化人身上。未来怎么样我不知道，但从中国历史的过去来看，文化的力量是越来越强的。像春秋时代那些叱咤风云的政治人物，现在你们能记住几个？反而是当时最软弱的人，现在看起来是最强的。李白有两句诗表达的就是这个意思：

> 屈平辞赋悬日月，楚王台榭空山丘。

2.《论语》其书

孔子在世的时候，已经被弟子高度尊崇，"高山仰止"，我想他很有感召力。子贡就说过，"夫子之不可及也，犹天之不可阶而升也"，也就是说我们没有办法达到孔子的高度，就像不能踩着台阶登天一样。出于对孔子的高度尊重、敬仰，他的弟子、再传弟子就把他的日常言行记录下来，辑成《论语》这部书。这部书面貌的形成实际上有一个很长的过程，它不是一次性形成的，但作为孔子弟子或者再传弟子所记录下来的言行录，《论语》可以讲是了解孔子最直接、最可靠的史料。吉川幸次郎曾经讲过，《论语》恐怕是中国文化当中最迷人，但又最复杂的一部书。我觉得他讲得很有道理，而且你越读越能体会到这一点。

迷人在什么地方？《论语》这部书最重要的成就，当然是记录了孔子的思想。而从文学上讲，当然里面有很多漂亮的言辞，包括一些警句、格言、成语，但它最大的成就，实际上在于孔子这个人。《论语》中的言行记录是片段式的，可以从任何一个地方开始读，但它实质上有其统一性，就在孔子这个人多方面的人格魅力。因为有这部书，我们觉得孔子跟我们非常之近，要远远超过老子，甚至后代很多的人。孔子的时代跟我们差了两千多年，但他可能比一千年，甚至五百年、三百年前的人离我们更近。我们通过《论语》，可以看到他日常生活当中与弟子、君侯、各色人等的交往，整个人就生动地呈现出来了。这可能是《论语》最迷人的地方。

复杂在什么地方？这部书你可能每句话都能读懂，即使不懂，也可以看注释，但实际上却未必能有真切的体会。随着人生经验的增长，有些内容再去读，才能真正了解他到底是在说什么，有些话看起来很简单，但"事非经过不知难"，有了实际的经验之后，才能知道孔子有他的坚持，有他的折中，有他的变通。我就举一个例子，《论语》里面有一段话，我很小的时候就读过，但是不能体会，后来觉得很有道理，你们现在大概也只能体会到某一部分、某一阶段：

> 可与共学，未可与适道；可与适道，未可与立；可与立，未可与权。

第一句话你们大概能理解，你们都在这里读书，我想智商都差不多，有共同的教育背景、共同的学习氛围，但是你们的追求可能很不一样，对道的理解也各有不同。第二句的"立"是指什么？有各种解释，但无论是"立于礼"也好，"立于仁"也好，这个"立"更多是指实践层面，你们都一样聪明，而且有共同的理想，志同道合，但是你们未必可以一起做事。最后这句的"权"是什么意思？是折中、变通，审时度势；一起做事会遇到问题，不是那么顺，碰到困难的时候，有的人能变通，有的人就不能变通。你们最后真会知道，没有一条大道能够直达目的地，都是需要一定的变通，当然不是说随意变通，如果像纵横家那样没有原则就不对了，所以还是要有"道"，在这个基础上变通，这是很不容易把握的——到后来你才慢慢体会到，很多人很好，你跟他们什么都投缘，但不一定能一起做事，即使一起做事，也不一定能做到底。所以孔子讲的很多话，都是要慢慢经历以后才能体会，我想这可能是《论语》迷人而复杂的原因。

关于诸子散文，我想讲的是诸子的文章有它的发展脉络。我觉得诸子对于中国文学最大的贡献，恐怕不是在具体的文词上，而真正是在思想上，后代的文人几乎没有不受这些影响的，特别是从儒、道两家开始。

了解孔子这个人，特别重要的就是《论语》这部书。

3. 孔子思想

（1）人本

孔子思想很重要的一点，就是所谓**"人本"**。这是比较时髦的说法，他实际上是一个现实主义者，现实世界或者说此岸世界，是他最主要关心的地方。

《论语》说：

> 子不语怪、力、乱、神。

对于另外那个世界，孔子并不是没有意识，但是他往往表示不过多地追究，不过多地去讨论。当有人问到另一个世界的时候，他就说："未知生，焉知死。"生的世界是首先要关心的。对于另一个世界的了解，在很多思想家、很多宗教那里，都是一个很重要的话题，但实际上少有人真正搞得清楚。就像《哈姆雷特》里说的，另外一个世界是大家都会去，但是没有一个人回来过，所以到底那是一个什么样的世界？不清楚。

孔子的态度有的时候比较暧昧。比如他说：

> 祭如在，祭神如神在。

这个"如"字很值得玩味。孔子基本上是一种现实的态度，而且这种现实的态度是他始终坚持的，他面对的是人世，他不能够实现他的政治抱负，别人也劝过，但他说：

> 鸟兽不可与同群，吾非斯人之徒与而谁与？

这句话清楚地表示了他的态度：我就是得和人待在一起，鸟兽这些都是非我族类，没有办法。所以他关心的是现实的问题，玄学不是他考虑的中心。当然他对"天"，对超越此岸世界的另外一个世界，实际上是有觉悟的，但这不是他真正想关心的地方。

《庄子》里面有很多批评儒家、批评孔子的话，也有很崇敬孔子的话。庄子是道的代表人物，当然和儒家不同。其实你的对手所讲的话有时候反而是非常真实的，因为可以看到真正的关键所在。《庄子》讲过：

> 六合之外，圣人存而不论。

"六合"指前后左右上下，即我们可以触及的世界，在此之外，圣人是不去做很仔细的分析和研讨的。后来德国博学的大哲黑格尔，在《哲学史讲演录》里提到中国哲学的时候，比较推崇老子，对孔子没有什么太多的好话，他说孔子谈的其实都是一些世间伦常，人间教训，没有什么哲学。在黑格尔之前的西方，孔子的影响是很大的，但到了黑格尔这个时代发生变化了，西方对中国的认识大概在17世纪正面的比较多，18世纪开始有变化，19世纪慢慢就变成非常负面的了。过去西方都认为孔子作为东方的圣人很了不起，但黑格尔说，孔子谈的只是一些日常的教诲、世间的教诲，所以他说为了保持孔子的名声，孔子的著作不应该译成西文。

> 孔子的教训在莱布尼兹的时代曾轰动一时。……孔子只是一个实际的世间智者，在他那里思辨的哲学是一点也没有的——只有一些善良的、老练的、道德的教训，从里面我们不能获得什么特殊的东西。……我们根据他的原著可以断言：为了保持孔子的名声，假使他的书从来不曾有过翻译，那倒是更好的事。

这是非常严厉的批评，他认为孔子代表的中国哲学没有特别的思辨性。

但是我想这可能也就是孔子的特点，也是中国思想主流的特点。

(2) 仁与礼

"仁"可以讲是孔子之学的一个非常中心的部分。人有多样性，孔子强调"因材施教"。孔子就直接表述过"仁者爱人"，表示的是一种人间的关怀。这样的例子有很多。比如说孔子家里的马厩失火了，他回去的时候，问"伤人乎？"，"不问马"。孔子说，"始作俑者，其无后乎"，也表达对人的尊重。

在曾子看来，"仁"除了爱人之外，还有**忠恕之道**：

> 吾日三省吾身，为人谋而不忠乎？

"忠"是正面、积极的方面。"恕"是另一方面：

> 己所不欲，勿施于人。

"恕"就特别有意思。蒋梦麟的《西潮》有对日本的一个批评，他说日本人传承了儒家的文化，但是日本人只学到了孔子的"忠"，不懂孔子的"恕"。什么意思？就是说日本人要把他的意念强加于人，不管是善意和恶意、有意还是无意。这是在实在的生活经验和历史经验的意义上讲的。所以"忠恕"两方面实际上是不能偏废的。"恕"是比较通达而平等的一种态度，或许是更加文明的一种表现。

涉及具体的政治理念，孔子非常重视**"礼"**。

> 子曰：克己复礼为仁。

通过礼来达到仁，仁和礼之间是有这样一种关系的；当然有的时候仁和礼也有冲突，二者关系非常复杂。简单地说，"礼"实际上是孔子的社会观念或政治观念的集中表现。"礼"指周礼，要包容、发挥过去的经验和智慧，周礼实际上是秩序性的。齐景公问政于孔子，孔子说："君君，臣臣，父父，子子。"这包含社会、伦理两方面的秩序。孔子实际上关注的是秩序，因为他认为春秋是一个礼崩乐坏的时代，他讲究礼仪与上下之分，实际上是想让社会恢复到一个合理而合宜的秩序上去。"礼"的精神是落实在各个方面的，比如说孔子所有日常的生活，什么场合穿什么样的衣服，什么场合下他不吃东西，等等，这体现了礼对个人的约束。后代在"礼"之外，发展出所谓"法"，比较而言，"礼"包含的范围更广泛，"法"更加硬性，实际上也更加狭隘。

孔子学说的核心是"礼"还是"仁"？孔子努力奋斗的方向当然是"礼"，但是他观念中最有创造力的还是"仁"。他努力以"仁"的精神来诠说、证实"礼"。"仁"是孔子真正思想的精神所在，"礼"是他建立理想社会的观念和实践路径的体现。

文学都关乎人性。古今最一以贯之的人性是什么？实际上是动物性。人性是不是可以完全自由地放纵展开，这是不是就是人性的解放？很难说。人之所以成为人，而与动物不一样，孟子讲"人之所以异于禽兽者几希"，人有"四端"，会有恻隐之心，会有羞恶之心等，其实就是讲人和动物不一样。反对动物性，就是对人本身欲望的一种约束，或者说人性的结构本身具有这样一种冲突或张力。从心所欲和对自己的约束，二者的关系和矛盾是人性的核心问题。

所以孔子认为礼就需要融入、内化到人本身，孔子讲"从心所欲不逾矩"，将礼仪贯彻到生活之中、举手投足之中，完成内在于个体的礼的约束。

推到整个社会上，当然就是"君君，臣臣，父父，子子"，从个人一直到社会，都是贯通的。但这与"法"当然就有所不同。比如说客人来了，你应该怎么样迎接他，你的一举手一投足，这个可能有一定的礼，我们讲礼仪的规范，但是恐怕没有一个法律规定。后代的人讲法比较多，比如荀子。荀子为什么讲法？这很简单，他对人的基本预设有所不同，孔子没有特别讨论人性到底怎样的问题，孟子讲人性是善的，而荀子讲人性是恶的，所以对人性就需要有约束，否则恶便要发扬开来。要有约束的话，就需要强制性的法给你规定，限制你的行动。但是这个问题对孔子来讲不重要，他主要讲的是礼，礼在某种程度上是更加温暖、更加软性的。

4.《论语》之文学

《论语》这部书在文学上有其重要性。

《论语》有些话讲得很好：

> 岁寒，然后知松柏之后凋也。
>
> 三军可夺帅也，匹夫不可夺志也。
>
> 子在川上曰：逝者如斯夫，不舍昼夜。

这样的话当然都是文学上的成绩，但是我觉得最重要的是《论语》这部书塑造了孔子这个人的人格、形象。通过读《论语》，我们可以了解**孔子这个人**，这个人是非常迷人的、非常有意思的一个人。

读《论语》，可以是开卷有益的，你可以从任何一章读进去，这恐怕是因为它编辑的方式跟后代是不太一样的。它当然有一个篇名，但那个篇名里，有一些篇目相对来讲，涉及的内容材料比较集中，有一些则并不集中，是散的。比较集中讨论一个问题，基本上大概从《墨子》那里开始，《墨子》的文章是一篇篇比较完整的论说文，一篇的主旨是统一的；《论语》《孟子》并不统一，一篇里面可能有不同的内容。《墨子》以下开始比较严谨，《荀子》《韩非子》大抵都是这样。《庄子》就比较特殊，内篇基本上是有中心的，每一篇有一个中心；外、杂篇不一定，有些是没有中心的，也是散的，一篇里面可能包含很多意思，而有些篇意思是比较连贯的，比如《秋水》。可以由此去了解文章发展的情况。但是《论语》是将各种不同的言行记录缀合在一起，所以你从哪里都可以读进去。

那《论语》最后的统一性在哪里呢？最后，是归到孔子这个人的人格。孔子的形象非常鲜明，他是一个"极高明而道中庸"的人。从他日常生活当中的言行举止，你可以看到孔子是有非常丰富的知识，有很高的精神境界的一个人，同时他也是日常生活当中的人，是一个很有趣的人。这可能是中国古代那种最理想的人格——在非常平易、非常具体的现实生活当中，体现了真实的觉悟、超越的境界。孔子不是整天舍弃世俗的生活，或者舍弃那些具体的、琐碎的日常，去专心追求那种脱离此一世界的另外一个世界的生活。有一种说法，认为孔子是在此岸世界实现他彼岸的理想，这个说法实际上是在分割此岸和彼岸的情况下说的，其实我不太喜欢这样说。我觉得最好的还是说，他在最平凡的、最具体的生活当中，实践他自己觉悟的境界，实现他自己理想人生的意义。

所以读了《论语》以后，你能体会到什么是中国古代圣人的典范。比如说你可以看到孔子这个人非常博学，教了很多的学生，知识的范围非常广。在当时礼崩乐坏、"王官之学"下坠的过程当中，孔子开始讲学，所以他非常博学，而且非常好学。子路不知道怎么形容自己的老师，孔子自己形容：

> 其为人也，发愤忘食，乐以忘忧，不知老之将至云尔。

他也说过：

◤ （明）佚名《孔子圣迹图·退修诗书图》孔子博物馆藏

鲁定公时，季氏僭越执国，孔子遂不仕，退而修诗书，定礼乐。

三人行，必有我师。

这些都是孔子博学的基础。

孔子的学问虽然很好，但是他的人生并不是一条坦途，有很明显的失意的时候。他说过：

道之不行，乘桴浮于海。

就是说我的这一套行不通，那就出海浮游吧，后来李白的诗句"人生在世不称意，明朝散发弄扁舟"也是演绎这个意思。孔子有很多不如意的、理想不能够实现的地方，所以会讲这样的话。

但是最重要的是，孔子有失意，但他能够自我调节。人生不如意事总是多的，后来文学家里面很多人基本上都这样，比如陶渊明也是官场过不下去，自己跑回家了，回去以后日子也过得并不好，要问人去借点吃的东西，但他觉得田园生活是符合他的理想的，所以还是有乐趣的。苏轼的官场道路，后来也是一路失败，越贬越远，一直贬到海南去了，但他尽量将日子过得开开心心，他有失意，而他会调节。孔子很喜欢颜回，颜回乐在求道，过的日子是很苦的，但是《论语》里面有一个形容：

曲肱而枕之，乐亦在其中矣。

所以孔子非常欣赏他。《论语》里面有很著名的子路、曾皙、冉有、公西华侍坐孔子的记叙，它里边讲"浴乎沂，风乎舞雩，咏而归"，孔子非常欣赏这样有超然意味的人生乐事。

孔子自己也有很多矛盾的地方，其实一个人的矛盾是最有趣的，值得窥探、体会。孔子说：

> 士志于道，而耻恶衣恶食者，未足与议也。

但是孔子也曾讲过：

> 富而可求也，虽执鞭之士，吾亦为之。如不可求，从吾
> 所好。

"执鞭之士"显然不是孔子该做的事，但若"富而可求也"，他老人家还是愿意试一试的。孔子"待价而沽"的典故大家也都知道，他也不忌讳说这样的话。

孔子这个人也是有脾气的，《论语》记到他有脾气的地方很有趣。比如说孔子喜欢骂人，他骂宰予：

> 朽木不可雕也，粪土之墙不可圬也。

很过瘾，我就没有勇气这么骂学生，这么骂涉嫌侮辱学生人格。他曾骂原壤"老而不死是为贼"，然后"以杖叩其胫"，一边骂人，一边拿手杖去敲他的胫骨。

孔子不喜欢阳虎。他原来十几岁的时候自以为是贵族——但他一生的生活其实根本算不上贵族——他要去参加有身份人的聚会，结果被阳虎赶出来，所以他对阳虎很不满。但阳虎后来送他小猪作礼物，要和他见面。孔子把礼物收下来，但是找了一个机会，打听到阳虎不在家的时候，去拜访，阳虎自然不在，他就很高兴地回去，没想到在路上碰到，很尴尬。你可以看他生活当中

也不是始终很严肃的样子，他也会弄点小的技巧。

我觉得特别重要的是，孔子是一位能自嘲的人。《史记·孔子世家》里面记载郑国的人跟子贡讲，我看到一个人像丧家之犬，孔子欣然笑曰：

> 形状，末也。而谓似丧家之狗，然哉！然哉！

他自己也承认了。我觉得这个自嘲是很重要的，有时候自嘲实际上是心智健全的一种表现，如果一个人始终把自己太当一回事，就很讨人厌。你看看《论语》，就可以知道真正的圣人是怎么样的。孔子这样的圣人，他也有落魄的时候，他一方面自己可以调适，另外一方面，他自己可以承认倒霉。

孔子是一个有自己的坚执，也很近情的人。大家知道他很喜欢颜回，颜回死了以后，其父颜路说要借他的车给颜回做棺椁，他这时候就摆身份，所以你这时候看他很有意思，当然他实际上是很悲伤的。后来人家问他现在还有没有好学的人，他说我有一个弟子颜回他很好学，但他已经死了，我也不知道谁好学了。所以他对颜回还是很欣赏的，但这个时候他就要摆架子，我是有身份的人，没有车怎么行，所以不肯借。这些地方实际上是最有趣的。

《论语》描述孔子，都是各种的片段，但是你将这些片段整合在一起，就可以看到，《论语》成就了孔子这样一个真正的圣人的形象。我觉得，这是真正近人情、合理性，有喜怒哀乐的一个人。这恐怕是《论语》最了不起的成就。

（二）孟子

1. 孟子人格

　　孟子是战国中期的人，比孔子时代晚。孟子是邹人，与孔子的家乡曲阜很近。有一点特别有意思，就是孟子的父亲很早就死了，实际上也是母亲将他抚养长大的，和孔子一样。中国传统里面有很多这样的人，比如说阮籍，他父亲阮瑀也是很有名的，早死，母亲将他抚养长大，所以阮籍当时说过，一个人不管父亲不要紧，如果对母亲不好，那就禽兽不如，因为禽兽都是只知其母不知其父的。当时曹丕还为此领着一批人专门写《寡妇赋》。这些人都是父亲很早死的，不知道对心理上有什么影响，现在研究精神分析或者研究心理史学的人可以以之为个案。孟子由母亲抚养长大，"孟母三迁"

▼（清）康涛《孟母
　教子图》
　故宫博物院藏
《三字经》中有"昔
孟母，择邻处。子不
学，断机杼"。"孟母三
迁""孟母断机"的故
事至今仍是美谈。

这个故事大家都知道的，他母亲对他下了很大的教养的苦心。

孟子当然也有一些弟子，我们从《孟子》这部书里是可以看出来的；他也周游列国，据说他是孔子的孙子子思的门人，所以从这个意义上来讲，孔孟是一路传下来的。但孟子从人格上来讲，跟孔子有非常大的不同。我相信如果和孔子做朋友会是一件非常愉快的事情，因为孔子有他的坚持和他的执着，他是一个比较温和、比较有包容性的人，他有缺点，有时候也会有小脾气，但他是一个比较亲切的人。孟子则不是，孟子是脾气很大的人，当然也可能因为身在那个时代，所以他讲"予岂好辩哉？予不得已也"，因为战国各家在争论，他一定要骂人骂得很厉害，有时候就不太讲道理。

《孟子》里面有很多不讲道理的话。比如说杨朱很有名的话就叫"杨朱取为我，拔一毛以利天下，不为也"，以自身最小的损失能有利于别人，这事我也不干。这个说法给人印象那么深刻，实际上就是孟子骂出来的。其实杨朱原来的话是说了两个方面：一方面是让我有再小的损失以利天下，我也不干；另一方面是说如果这个东西不是我的，一毫一厘我都不要。《列子·杨朱》篇说：

> 古之人损一毫利天下，不与也；悉天下奉一身，不取也。人人不损一毫，人人不利天下，天下治矣。

实际是说得坚守住自己的界限，属于我的，我什么都不出让；不是我的，我也什么都不要。所以如果人人都能守住自己，人人都不谋利于他人，这世界就太平了。但孟子"断章取义"，骂杨朱是"无君"。"无父无君"就是孟子骂出来的。

"无父"是骂墨子。墨子讲"兼爱"，主张普遍的无差等的爱。孟子讲：

> 老吾老以及人之老，幼吾幼以及人之幼。

这是一个有远近亲疏的网络，由身边的人开始，推己及人，比较近乎通常的人情。但是"兼爱"也没有什么不好，有些人愿意做，为什么不好呢？他就骂墨子：这样讲，你将自己的父亲置于何地？这是"无父"。所以孟子有的时候骂起人来是非常厉害的。大家也知道，他和农家辩论的时候，就骂人家是"南蛮䴔舌之人"。

如果他是你朋友的话，如此"头角峥嵘"，可能不是太舒服，我们远看当然不错，如果隔壁住着，或许就是灾难。而且他非常自负，比孔子有更多的棱角，他讲尧、舜、禹、汤、文王、孔子，一路排下来，意思是接着差不多应该是他了。

中国有一个传统，有些人将自己置于文化的传统之中，相信过去的文化承载在自己身上。过去说"人能弘道，非道弘人"，"道"是靠"人"来弘扬的。"道"很崇高，是超越每一个个体的，我们当然可以这样去理解。但有些人强调这是中国的传统没有对自我主体的肯定，那就未必。"人能弘道"非常重要的意思，就是说"道"是要通过"人"来弘扬的，那些传统中更有自信的，或者说更有文化承担感的人，可能觉得整个文化就在他身上。

有如此想法和自觉的人，在历史上不少，孟子可能是最明确

表达出这样的意思的一位。后来的中国文学史上，韩愈"文起八代之衰"，他宣扬所谓"道统"很厉害，一路排下来，从尧、舜开始，到周公，到孔子，然后到孟子，之后像扬雄这种人就不行了，言下之意，也是就轮到他自己了。他们都持有这种自觉，近代的章太炎也很明确，说中国文化就在我身上，我死了以后中国文化就结束了。这些人都是非常有承担的。

孟子，他在战国那个时代，说得不太好听，也就是一些嘴上的功夫，不像孔子那样多多少少做过官，虽然非常短暂，但还是实践了一些想法，当然最后没有成功，没能坚持下去。孟子可能比孔子更惨，嘴上的功夫很厉害，但是现实中完全没有得到施展的机会。

所以最后孟子跟孔子一样，退而著书。孔子述而不作，编定文献，但是孟子有所著述，司马迁《史记》为孟子写的传里说："退而与万章之徒序《诗》《书》，述仲尼之意，作《孟子》七篇。"现在传下来的《孟子》七篇，三四万字，以记言为主。但它与《论语》有所不同，虽然也是记言为主，但不仅仅是片言只语，是有大段的、往返的论辩，有理有据。要了解孟子的话，《孟子》这部书还是最基本的。

2. 孟子思想

孟子的思想，对于孔子来讲，是承接着发展的。

（1）社会理想

社会政治观念上，孔子讲在"礼崩乐坏"的时代要恢复周礼，孟子讲得更加明确，提出了一个社会理想的模式，《梁惠王上》曰：

> 五亩之宅，树之以桑，五十者可以衣帛矣。鸡豚狗彘之畜，无失其时，七十者可以食肉矣。百亩之田，勿夺其时，数口之家可以无饥矣。谨庠序之教，申之以孝悌之义，颁白者不负戴于道路矣。七十者衣帛食肉，黎民不饥不寒，然而不王者，未之有也。

基本上是小农社会的这样一种图景：有房子住，有田地耕，前后有树，养点猪、养点鸡、养点狗，老人们穿得好，吃得饱。过去批评老子讲"小国寡民"社会，我想老子的"小国寡民"在很大程度上与孟子的理想是相通的，也是这样的一种小农社会。

但是，孟子与老子不同的是什么呢？儒家更加强调文教，所以它下面就要"谨庠序之教，申之以孝悌之义，颁白者不负戴于道路矣"。为什么"不负戴于道路"？就是有人帮他干，老人不用自己去干活了。所以要求在农村生活那种自然经济的状态之下，有一些教养，这是一个基本的社会理想，而这其实是中国绵延非常久，有一千多年甚至两千年历史的农村社会的基本的理想。孟子给出了这样一个比较清晰的社会理想的图景，对后来有很大影响。中国文学传统之中所表现的乡村有几类：一类会写乡村生活的艰苦，环境和劳作的苦困；另外一类则书写理想的农村生活的场景；再有一类是从陶渊明开始的，将农村生活作为实现理想的精神家园。在传统中，孟子的农村生活理想，非常重要，有相当的典型性。

（2）民本思想

孔子强调所谓的"人本"，孟子相对来讲有更多的"民本"思想。孟子说：

> 民为贵，社稷次之，君为轻。

民是最高的，社稷和君在后，是这样一个次序。一般人可能以为君应该是最重要的，或者社稷是最重要的，民无论如何不会摆到第一位，但孟子将民放在最高的地位。而且他认为君王不好是可以更换的，他这个想法是一贯的，不是偶然的表露。比如他讲"君有大过则谏"，如果国君犯了大过，当然就要劝谏他，"反复之而不听则易位"，几次反反复复劝他，他不听的话就把他换掉。

孔子有"尽善尽美"的说法，因为武王伐纣，"武乐"是"尽美矣，未尽善也"，这是孔子基于他的伦理秩序观念而来的评价。孟子在这点上就不同于孔子。他认为君臣之间，是有权利和义务两方面的，互相要尽到各自的责任和义务，所以，对于武王灭纣，孟子的说法就是：

> 贼仁者谓之贼，贼义者谓之残，残贼之人谓之一夫。闻

诛一夫纣矣，未闻弑君也。

"诛一夫纣矣"，我就听说把纣这么个家伙杀了，没有听说"弑君"这回事。这话其实是比较厉害的。包括"君有大过则谏，反复之而不听则易位"，这些话都是非常刺耳的，对后代的君权有很大的破坏性。

从这里面可以看出来，因为时代不同，孔孟之间的儒家是有所不同的。比如说孔子对于君臣的关系，曾经讲到过：

君使臣以礼，臣事君以忠。

你君侯对我以礼相待，那作为臣下的我就回报以忠——这实际意谓着是有条件的，君臣关系不是绝对的，孔子的话其实已经包含了这个意思。孟子就讲得绝对、彻底，他讲：

君之视臣如手足，则臣视君如腹心。

你把我当手足，我就把你当心腹，手足和心腹的关系自然是相关相应的。

君之视臣如犬马，则臣视君如国人。

你把我当犬马，我也不把你当什么，不过普通人而已。

君之视臣如土芥，则臣视君如寇雠。

如果你国君将大臣看成尘土、草芥，不拿我当回事，我则将你视为敌人。孟子的说法，显然比孔子更厉害，他将话说到彻底。这样，当然后代有些人就不太满意。

（3）心性观念

孟子主张"性善"。

他的论证非常有意思。传统论证的时候，并不用很严密的推断。孟子论证"性善"是从"心"开始的，由"心"来论证"性"的。他说人本来有种种的心，比如恻隐、羞恶、辞让、是非，这是所谓"四端"：

> 恻隐之心，仁之端也；羞恶之心，义之端也；辞让之心，礼之端也；是非之心，智之端也。

《梁惠王》篇里大家都知道的故事，国君对于将成为祭品的牛，"不忍其觳觫"，于是说换头羊，孟子就从这里开始，他说你实际上有不忍之心、恻隐之心，这就是善端。在古代的语境之中，"心"是动的，而"性"相对来讲是静的。人性怎样？你的本性怎样？既然碰到即将成为祭品的牛这样的情境，当下会有一个反应，会生出恻隐怜悯之心，而在别的情境下会有羞恶羞耻之心等，那就可以说明你的本性是善的，你天生就具有善的取向。孟子就是从这个角度来论证人性本善的，"善"是先天就已赋予你而本来就具有的。与孟子相反，荀子讲"性恶"，但是相当一部分儒家是认可性善之说的。

但是"性善"之说，不是孟子由四端做了论证就罢了。孟子所谓的"性善""人皆可以为尧舜"，其实仅是指人所具有的原来的禀赋，或者说在人的一生中只是一个基点，是一种可能性，否则怎么解释世上很多人并非善类？"性善"的禀赋，可能会有变化，受到后天的熏染发生变化。所谓"人皆可以为尧舜""人无有不善""圣人与我同类"都可以说是一种趋势，一种实现的可能性。孟子除了讲"性善"，还讲"集义"，讲"养气"，"养吾浩然之气"，然后和天地之气贯通一体，这样才能够最后实现你自己。说到"集义"，什么是"义"？就是你应当做的事情。我们说的"义不容辞"，就是说你应当做的事，最后你才能够发展你的善端，完成你的善性，实现你的性善。

当"生"和"义"发生冲突的时候，孟子主张"舍生取义"。舍生而取义，实际上是体现了一种自主的选择，这里面含有很强的一种勇气。对"义"的取向，以前好像孔子不太谈，而这对后世中国人的影响，可以讲非常之大，就是说你认定了什么是应该做的，就勇敢地去做，哪怕牺牲自己的生命。

这里可以看到孟子或者说儒家传统里面，对人的一个看法。除了物质的形体的生命之外，有一个更高的意义、更高的价值在，当两者发生冲突的时候，为了实现更高的价值，你可以舍弃你的肉体——形体的生命是可以舍弃的。这是对人生的一种界定，对人的一种界定。法国哲学家福柯讲人的历史只有200年。怎么会只有200年？他的意思实际是说我们现在所理解的人的那些特质、那些定性，人应该遵循及所体现出来的那些价值，实际是西方200年来形成的。人与其他的动物非常不同的一点，就是人除了是一个形体的生命之外，人是自我界定的，它不是完全限于形体的或者物理的这样一种存在。人应该是什么样的？其实每个人都会有自己的想法，很多的思想家提出了自己的观念。在孟子看来，生命的意义除了形体的生命之外，有一个更高的价值，这是他对人的一种界定。孟子曾经说过："人之所以异于禽兽者几希。"人与禽兽的差异其实很小很小，关键就在于那点善端、性善，有时候为了保持你作为人的本质，你得舍生取义，消灭自己的生命，否则你活着也不再是人而是禽兽了，也就是说，有时候为了确保你是人，你得结束你作为人的生命。

这样的悖论，与孟子同时代的庄子，就不能同意。舍生而取义，生命都没有了，意义在哪里呢？所以庄子说保全你的生命是最重要的。庄子实际上是在乱世当中随时会丧失生命的情境之下，讲生命是最重要的。所以孟子这样的信念，庄子就给予了批评，他说圣人为了义而死，盗贼为了利而死，不管为了义还是为了利，都丧失掉生命，就此而言，圣人与盗贼一样都是不对的。

我不是在站队庄子对或者孟子对，他们对人的界定、对人的理解本身就不一样，所以会造成这样的不同。人其实是自我界定的，人不仅仅是一个形体的物质的存在。

所以从这个意义上来讲，孟子以性善为基础，他对于社会的政治观念当然是走另外一条路，强调他所谓的仁政，所谓的王道。荀子讲性恶，所以就要讲法，用法来约束，赏罚分明。后来的法家基本上就走了一条与孟子不同的路。

孟子非常重要的一点，是天性观念。孟子对于人的界定、对人性的理解，实际上是置于天地之间的，或者说是置于一个天人关系的结构当中的，对后来的影响也非常之大。

他为儒家的伦理构建了形而上学的依据。孟子在《尽心》篇的上篇里面讲有这样一段话：

> 尽其心者，知其性也；知其性，则知天矣。

"心""性""天"，有这样的三个层次，如果你真正能够了解"心"的话，就能够达到"性"，达到"性"之后就能够了解"天"，"天"是一个更高的存在。

那么为什么会从"心"到"性"然后就可以到"天"呢？我们现在讲"天人合一"，好像完全变成一种生态思想、环保理念，这当然有道理，但不是本意。古人认为在人世之上有另外一个世界，孔子是意识到的，但是孔子不去做太多正面的讨论，对他的弟子来说，"夫子之言性与天道，不可得而闻"，但孟子是讲的。为什么这么讲呢？因为古人以为一切都是天赋的，《中庸》开始就讲：

> 天命之谓性。

"天"所赋予的叫做"性"，人性、物性都是上天所赋予的。因为上天赋予人以人性，那么你回过头去，便能够由"性"而溯回到"天"。这层意思，在庄子那里也是这么讲的，《天地》篇里有一段我认为很重要的话：

> 泰初有无，无有无名。一之所起，有一而未形。物得以生，谓之德；未形者有分，且然无间，谓之命；留动而生物，物成生理，谓之形；形体保神，各有仪则谓之性；性修

反德，德至同于初。

这段话很清楚地讲从最初的"无"，也就是"道"，老子讲"有生于无"，又讲"道生一，一生二，二生三，三生万物"——到"德"，再到"命"，最后落实到有"形"有"神"两相结合的"物"，形成"物"内在的"性"，这大抵就是《中庸》所讲的"天命之谓性"的意思；以此为前提，你回溯回去，由"性"就可以回到"德"乃至最"初"的"无"也就是"道"那里去，这与孟子所讲的"尽心""知性""知天"的路径大体是一致的。

孟子谈到"心"，然后从"心"返回去到"性"，从"性"返回去就可以到"天"，"人""天"可以沟通。这一观念对后来的影响非常大，它将伦理和宇宙统合起来，现实的"人"与形而上的"天"统合在一起。"天"赋予世间万物各自的"性"，"天"的基本精神就落实在万物当中了；若是"天"在万物当中体现于万物之"性"，那么如果反省自己的心性，就可以了解自己，在了解自己的同时也就可以了解宇宙的奥秘。所以后来所谓人可以"反求诸己"，就是回到自身，回到自身也可以通达天地之大道——它是内含这样一个脉络在的。后世特别是宋代以下的思想界对此发挥得非常充分，孟子的地位也越来越高。

3.《孟子》文学

谈到文学，《孟子》的文章当然比《论语》要大大地发展、丰富了，它呈现的是一个战国时代的儒士形象。孟子这个人，相比于孔子来讲，更加英气勃发，更加有棱角，这些都是通过文章塑造出来的。

仔细读孟子的文章，可以看到他非常善于取譬，然后发挥得特别有气势。他有许多基本的办法，比如重叠排比。孟子的论证不是逻辑的严密，而是一路讲下来，气势撼人。比如《公孙丑下》：

> 天时不如地利，地利不如人和。三里之城，七里之郭，环而攻之而不胜。夫环而攻之，必有得天时者矣；然而不胜者，是天时不如地利也。城非不高也，池非不深也，兵革非不坚利也，米粟非不多也；委而去之，是地利不如人和也。
>
> 故曰：域民不以封疆之界，固国不以山溪之险，威天下不以兵革之利。得道者多助，失道者寡助。寡助之至，亲戚畔之；多助之至，天下顺之。以天下之所顺，攻亲戚之所畔；故君子有不战，战必胜矣。

读得很顺。你仔细去想它的逻辑是什么呢？其实他的前提也未必是所有人都公认的，但是他就是这么有气势。他的排比非常之多。我觉得孟子的文章很重要的一点，是气势非常充足。

然后孟子有很多很精辟的话，比如说成语，他说"有不虞之誉，有求全之毁"，"人之患，在好为人师"等，后边这句话我一直记着，因为自己做老师，所以我很少说你们应该怎么样，有的人很喜欢讲你们该如何如何，我不敢这样讲。

孟子这个人，从文章里是可以看出来的。他与人辩论，比如与淳于髡辩论，淳于髡问他，男女"授受不亲"，"礼"是不是这样的？孟子说"礼也"，肯定这是"礼"。然后淳于髡讲，"嫂溺则援之以手乎"，嫂子溺水了，你要伸手去救她吗？意思是嫂子掉到水里，照理讲男女不能那么亲密接触，那是不是伸手救她便成为一个问题？孟子就回答："嫂溺不援，是豺狼也。"嫂子掉到水里的时候，你该不该用手去救？孟子说当然应该，如果不救的话，就是豺狼了。

> 男女授受不亲，礼也；嫂溺援之以手者，权也。

这是权变。然后淳于髡讲："今天下溺矣，夫子之不援，何也?"天下都已经在水深火热当中了，你现在不拯救，为什么这样？孟子的回答也很厉害：

> 天下溺，援之以道；嫂溺，援之以手。子欲手援天下乎?

天下无道要用道来拯救，救溺水的嫂子则伸手救，你是说要伸手去救天下吗？孟子回应的话似乎没有说出什么大道理来，但可以看出来孟子很机智，反应很快，而且咄咄逼人。这种地方，我觉得特别能看出孟子能言善辩的特点。

（三）老子

1. 其人其书

道家，我们自然先讲**老子**。

老子是一个非常聪明、非常有智慧的人，这个人的情况究竟是怎么样的，我们现在其实并不清楚。《史记》的老子传记里，司马迁提及了老子（李耳）、老莱子、周太史儋三个人物，可见他也有些闹不清楚。与孔子和孟子作为儒家的代表人物不同，很大程度上，孔、孟的生活经历我们都是可以大概知道的，但老子和庄子的生活经历我们实在都不清楚。孔子和孟子，基本上可以做出他们的年表；老子和庄子，是没法编写出他们的生平年表的。《史记》里司马迁固然为老子和庄子写了传，但要和《孔子世家》来比的话，根本没法相提并论。当然，因为儒家和道家的取径有所不同，儒家要入世，所以在这个世界上会留下诸多痕迹；道家基本是出世，在这世界上留下的痕迹越少越好，所以我们不太能够知道吧。

老子的时代大概推断，应该是生在孔子之前，是孔子上一辈或者起码是上半代的人。因为在儒

▼（东汉）孔子见老子画像砖拓片

孔子见老子是思想史上的伟大相会，该题材屡见于汉画像。

家和道家的典籍里面都记载了孔子曾经向老子问礼的事。孔子为什么要向老子问礼？因为老子是周"守藏室之史"，非常有知识有文化，他能读到很多文献。古代的时候，最重要的知识就是历史，所有人类经验和智慧的成果都在里面，老子坐拥书城，能够读那么多书，他当然就是非常有智慧的。于是，孔子就去见老子，向老子问礼。

《史记》里面那段记述非常有意思，老子对孔子说，你问我的那些人都已经死了，他们骨头都烂掉了，没有什么好问的。然后老子讲了一大通话，主要的意思是你这些骄气、自得应该去掉，"良贾深藏若虚"。孔子那时候可能还年轻，气比较盛，所以老子就跟他讲了一通答非所问的话。按照司马迁的记载，孔子去见老子根本没有问出一个结果，孔子晕头转向地回去了，他的弟子就问是怎么一回事，孔子说，天上飞的鸟我可以用箭把它射下来，水里的鱼我可以用网把它打上来，老子这人是条龙，神龙见首不见尾，我不能了解他的究竟。后世称赞高人的"人中之龙"之说，就是从这里来的，是孔子对老子的一个赞扬。可以看到，老子是很有学问的，是可以为孔子之师的。

《老子》这部书，是集体智慧的结晶。

根据司马迁的记载，老子见周之衰，西出关而去。儒家的孔子说"道之不行已知之矣"，但是他就是要"知其不可而为之"，偏要努力去做；老子就不这样，老子眼见得周快不行了，他就跑了，骑着牛出关，关令尹喜拦住他，说你那么大的学问，"强为我著书"，于是他就写下五千言，然后一去不知所踪。

留下的《老子》五千言，充满格言警句。这里面恐怕不完全是老子一个人的想法，早有研究指出，《老子》里的话与其他文献存在诸多相似、对应。至少有一个例子可以说明，《老子》书里边引述了前人的意见：

> 曲则全，枉则直，洼则盈，敝则新，少则得，多则惑。……古之所谓"曲则全"者，岂虚言哉？

这一章非常清楚地注明了出处，说"曲则全"云云这是古人的话，而不是我的。这段充满辩证意味的思想，是"古之所谓"，即以前的人讲的。如"曲则全"这样的句式整齐乃至用韵的话语，在《老子》是屡见不鲜的，而我们知道，韵文是早期口语文化时代传承前人知识和文化的一种非常基本而普遍的形式。所以，大胆一些，或许可以说《老子》是一个集体智慧的结晶。老子是周守藏室之史，读了很多过去的书，汇聚前世的丰富经验，《老子》这部书呈现了这些经验和思想，也是很自然的。

2. 老子思想

但是老子的思想到底如何？实际上很难讲。《老子》一开篇就是：

> 道可道，非常道。名可名，非常名。

今天我们打开《老子》就看到这句话，其实这不是最早的《老子》的面貌。《老子》也名为《道德经》，但最初大概应该是《德道经》，因为原来是"德经"在前"道经"在后的，20世纪出

土的汉初马王堆帛书本和战国郭店竹简本，都
是如此；传世的文献里边，《韩非子》的《解
老》《喻老》是解说《老子》的早期文献，它排
列《老子》的文句也是如此。所以当时人打开
《老子》这部书，先看到的是"上德不德"之类
的话。

"道可道，非常道。名可名，非常名。""道"
是无法言说的，一旦讲起来，那就已经不是真正的
"道"，不是恒常的"道"了。所以"道"非常玄

虚，是难以把握的。

但有一点对老子来说是非常明确的，就是所谓"反者道之动"："道"在世上呈现的是一个"反"的运作。"反"，首先是反向的变化趋势，反到对立面之后，又反回来，所以最终可能是"返"。老子认为世间万物都是相对、相反的，都会向相反的方向运动。照老子的意思，成语"南辕北辙"就不是错的了，因为向北去，最后还是可以到达南面的，往北极走，一直走，最后走到了南极。

将世界看成二元对立的观点，实际是人类一个最基本的思维模式。法国人类学家列维-斯特劳斯就提到过，原始部落的人，都偏向于将这个世界看成是二元的，比如特别着意于区分白天黑夜、生食熟食，冷热等；抽象的概念，比如说好坏、善恶、美丑等，都是二元的。《老子》八十一章本的第二章就讲：

> 有无相生，难易相成，长短相形，高下相盈，音声相
> 和，前后相随。

所谓前后、上下、长短、难易、有无，这些都是相对而存在的。在老子的视野之中，这个世界基本上可以用二元对立区分开来；关键是区分开来之后，它又有相互转化的趋向，《老子》讲：

> 祸兮福之所倚，福兮祸之所伏。
>
> 飘风不终朝，骤雨不终日。

福与祸之间不是绝对对立的关系，可能转化，《淮南子》里"塞翁失马，焉知非福"的故事，很好地诠说了这一点；很猛的

风雨，不会持续长久，会骤然来而骤然去，会有一个转移。这样一种向对立面的转化，用老子的话来讲，就是"反者道之动"。

这是不可抗拒的一种自然的规律，人能做的只是依顺它，或者利用它。老子对此，表露得非常充分。他认为"反者道之动"贯穿于宇宙、自然界和人世，第七十六章讲：

> 人之生也柔弱，其死也坚强；草木之生也柔脆，其死也枯槁。

草木是植物，人是动物，一开始都是柔弱的，到死的时候都是枯槁僵硬的。所以老子要说：

> 坚强者死之徒，柔弱者生之徒。是以兵强则灭，木强则折。强大处下，柔弱处上。

最后占据上位的是柔弱而不是坚强。

实际的情况，与通常所观察的表现，都是相反的。最为形象的比喻就是水，许多思想家都有一个形象性的象喻。老子讲：

> 天下莫柔弱于水，而攻坚强者莫之能胜。

水最柔弱，但是它最坚强，水滴石穿，最后胜利的是柔弱。老子特别强调柔弱的方面。读到《老子》的这一思想，就不免要想起《哈姆雷特》的那句话："柔弱，你的名字就是女人。"莎士比亚大概认为女性是柔弱的，但从老子的观点看，柔弱反而是强者。

老子为什么要持弱？他持弱是甘居柔弱吗？其实不是。他是说我处于柔弱的地位，最后能够柔弱胜刚强，最后能够成功，能居于上位。当然你也可以讲，老子是有机心的，他清楚地意识到，你要达到目的取得效果，就要站在事情的反面，要想达到坚强、居于上位，反而要处在柔弱的一面。所以其实老子不是完全客观地在谈论一个世上的道理，它可以运用到很多人间事务当中去，比如：

> 将欲歙之，必固张之；将欲弱之，必固强之；将欲废之，必固兴之；将欲取之，必固予之。

老子的做法，不是直接奔向他所要追求的目标，而是退后一步，从所追求的反面着手，依循着"反者道之动"的趋势，因势利导，达到目标。这与儒家不同，儒家是做加法的，是进取的，道家其实是做减法的，让你不要太冲动，不要一路向前，你要知道问题所在，你要约束你自己。所以道家是一个减速器，让你留下一定的空间，不要过度，顺势而为，用这样的一种做减法的方式来看待和应对世间各种事务。

老子的思想，对后世的文化发展有很多重要的启示，特别是艺术上的启示。我们的传统，不仅是文学，还包括绘画、音乐等，都深刻了解蕴含在艺术之内的二元对立关系，比如所谓"虚实"、所谓"形神"，最好的文学，不能完全是"形"的"实"，也不能完全是"虚"的"神"，要以"虚"驭"实"，"形神兼备"而以"神似"为尚，包括所谓"意境"，它本身就是虚实两方面都要兼有的。刘禹锡说过"境生于象外"，在"物象""意象"之

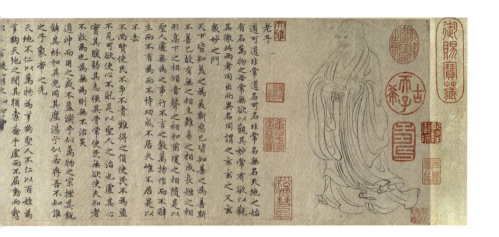

天地不仁以萬物為芻狗聖人不仁以百姓
為芻狗天地之間其猶橐籥乎虛而不屈動而愈
之子象帝之先
出多言數窮不如守中
道沖而用之或不盈淵兮似萬物之宗挫其銳
解其紛和其光同其塵湛兮似若存吾不知誰
不見可欲使心不亂是以聖人之治也虛其心
實其腹弱其志強其骨常使民無知無欲使夫知者
不敢為也則無為則無不治矣
不尚賢使民不爭不貴難得之貨使民不為盜
生之不有為而不恃功成而弗居夫唯弗居是以
不去
天下皆知美之為美斯惡已皆知善之為善斯
不善已故有無之相生難易之相成長短之相
形高下之相傾音聲之相和前後之相隨是以
聖人處無為之事行不言之教萬物作而不辭
其徼此兩者同出而異名同謂之玄玄之又玄
有名萬物之母常無欲以觀其妙常有欲以觀
道可道非常道名可名非常名無名天地之始
眾妙之門
老子

▶（元）赵孟頫《小
楷道德经卷》局部
故宫博物院藏

外别有虚涵的意蕴。此类艺术上的辩证理解，实际
上都是从老子的思想里得到的启示：《老子》爱谈
"有""无"之间的关系，这两者是相生相成的，但
追究起来，在老子的观念之中，"无"比"有"似
乎更要紧，"有生于无"，"三十辐共一毂，当其无，
有车之用；埏埴以为器，当其无，有器之用；凿户
牖以为室，当其无，有室之用"，前一句讲了"无"
先于"有"的地位，后一句肯定世间种种事物因
"无"而具有价值。

（四）庄子

庄子跟老子一样，是道家的代表人物。庄子
的形象比老子的形象要更加全面、丰富一些。我
们是通过书去了解作者的，《老子》五千言全是
格言式的，所以你读了《老子》，可以看到他是

一个很聪明的人，有智慧的人，但没有
日常生活的痕迹、很少感情的流露。老
子到底是怎样的人，我们没有办法知道。

1. 其人其书

《庄子》这部书，司马迁所见的有
十万余言，现在传下来七八万字，是晋
代郭象整理而成的本子。七八万字跟
五千字就完全不一样了，它里面包含了
很多的信息，我们今天津津乐道的关于
庄子其人的各种事情，都在《庄子》这
本书里。比如说司马迁的《史记》第一

次为庄子写了传记，但很多都是评论，所记载的
实实在在的事仅有一件，就是楚国的国王派人来
请庄子去做官，庄子在河边垂钓不愿意去。我们
在《庄子》的《秋水》篇和《列御寇》篇里能找
到两处类似的故事。《庄子》这部书比《老子》
其实呈现出更多作为人的丰富、圆满，不仅能看
到他的思想，而且经常看到他的感情，看到他的
行动。所以，我们今天所知的庄子形象比老子要
丰富得多。

但也不是说《庄子》记叙的所有庄子的生平言
行事迹，都能当成真实的事情来看。比如说庄子受
楚王的聘请这件事情到底是真的假的？过去也有怀
疑，比如宋人就不信，因为按照记载他只做过漆园

吏;"吏"就没什么地位，就是小官而已，怎么楚王凭空就请他了呢？认为这是夸饰的结果。

《庄子》书中的记叙，基本上我们不必将之看成绝对真实的事情，那些事可能发生也可能没有发生，但在某种程度上都可以看作是庄子的"寓言"：事情可能是不真实的，或者与实际是有出入的，也就是说没有真实发生过，但《庄子》讲述此事所要表达的意图是真切的。庄子不想进入官场，不想进入红尘之中，他觉得会有莫大的危险，会扭曲自己的个性，甚至会丧失掉自己的生命，所以他不愿意进入官场，这一点是真的。

这样的记叙是什么呢？实际上，这就是文学。文学不是讲真实发生的事情，文学是讲情理当中的意愿。小说里边的故事，都是作者虚构的，如果是实在发生的，那就不是文学，而是如今所谓的"非虚构"文本了。在文学里面，作者的意愿是真实的，看法是真实的，他是这样理解这个世界的——这些是可以肯定的。在这个意义上，事件本身真实不真实，没有太大关系。

《庄子》书里很多的表达方式，基本是文学的方式，是采取了文学家的方式。比如说他很穷，这个故事可能大家都知道，他跑去贷粟于监河侯，监河侯却说等我从采邑收了金子以后，再来借你。庄子一听当然脸就变色了，不高兴了。但他没有直来直去地开骂，而是马上编了一个故事，说昨天我来的路上，在车辙里面看到一条鱼，然后我就跟鱼说我要救你，但等我到南方去，激西江之水来救你。鱼说你还不如到枯鱼之肆来找我，我肯定早就死掉了。

庄子实际上很不高兴，但他的回应是另外编一个故事，这个方式就是文学的方式。而且庄子这个人，穷，但是有尊严，你给他的压力和他的反应，所谓作用力和反作用力是匹配的，你对他怎么恶劣，他也怎么对你，而且甚至比你更厉害，他基本上是这样的。曹商那个故事就可以看出这一点来。

　　曹商代表宋王去见秦王，秦王赏了他一百辆车乘。这个人很恶劣，他跑去跟庄子讲，住在穷街陋巷，面黄肌瘦，以织草鞋为生，人很憔悴，这些都不是我擅长的，我的长处是"一悟万乘之主而从车百乘"——这是很挖苦的话。庄子的回应是说，我听说为秦王"破痈溃痤者得车一乘，舐痔者得车五乘，所治愈下，得车愈多"，治一个痈疮就赏一辆车，舔他的痔疮，赏五辆车，你得了一百辆车，你到底干了些什么啊！你看，庄子就是这样，你对他怎么刻薄，他也回怼你同样的甚至更严厉的刻薄。

　　庄子很多时候说话的方式，真的都是一种文学家的方式。那两位楚国的大臣来见他，代表楚王请他去做大官，庄子也是讲故事回应，以楚国的神龟为例，问两位楚国大臣是宁愿死了受到尊重好还是活着曳尾于涂中好，让他们做选择题。那两位说还是活着好，然后庄子便说：你们走吧，我还是"曳尾于涂中"——意思就是我不去你们那儿当官。

　　再比如惠子死了，庄子经过他的墓地，非常感慨，回头就讲起了"运斤成风"的故事：郢人鼻子上沾上了薄如蝇翼的白灰，他的伙伴匠石一斧头下去便将白灰去掉了——这好像是杂耍表演一样。宋元君听说了，就请匠石来表演，匠石说不行，因为郢人

▼（南宋）李唐《濠
　梁秋水图》局部
　天津博物馆藏
《庄子·秋水》篇中记
述了庄子与惠子在濠梁
之上的一场论辩。惠子
的"子非鱼，安知鱼之
乐"和庄子的"子非
我，安知我不知鱼之
乐"，简单的对话蕴含
精妙的哲理，也反映出
二人亲近自在的交往
状态。

已经死了，失去了互相之间高度信任而能密切配合
的伙伴，"运斤成风"是没法重演的。随口讲了这
个故事，庄子最后说："自夫子之死也，吾无以为质
矣，吾无与言之矣。"这是相当伤感的话，如今我
无人可以对话了。庄子先讲一个故事，而后对应地
感慨自己与惠子的关系，这是非常典型的文学的表
达方式。

　　如果放到整个诸子的著作里面看，《庄子》的
文学性，是非常与众不同而突出的。我们打开一
部书，开门见山便可以了解它的风貌。《庄子》的
《逍遥游》一开篇就是天空、大海、鱼和鸟：

　　　　北冥有鱼，其名为鲲。鲲之大，不知其几
　　千里也。化而为鸟，其名为鹏。鹏之背，不知其几千里也。怒而飞，其翼若垂天之云。

我们现在读来，可能觉得没什么，实际上如果读其他诸子的书，会觉得很奇怪：《孟子》往往是孟子去见梁惠王之类的人物，要在人世间推行他的政治主张；《论语》开篇是"学而时习之""有朋自远方来"，孔、孟呈现和关注的，都是人文的世界；《庄子》这部书一开始有鱼有鸟、有天空有大海，就是没有人，呈现的是非常特别的一个世界。

《庄子》对后代思想和文学的影响，非常深远。郭沫若曾经说过，大半部中国文学史都是在《庄子》的影响之下的。

庄子，大概和孟子是同时的，但是在孟子和庄子的著作里面互相都没有提及过。可能孟子基本上是入世的人，他和孔子一样会周游列国，推行他的主张。庄子只做过非常小的官，楚国的国君要请他去做官，他也推辞了，所以他是非常自觉地不入官场的人，可以说是洁身自好，是和乱世保持距离的人。所以庄子不为世人所了解，其实也是很自然的一件事情，是他自己的处世方式、他自己的生活选择造成的。

所有关于庄子这个人的故事，都是《庄子》这部书里有的。如果不是《庄子》这部书里有的，我们可能很难去认定。比如隋唐之际的陆德明在《经典释文》里说庄子字子休，这不太好相信，因为产生这个说法的时候距离庄子生活的公元前4世纪到公元前3世纪，差不多七八百年了。所以在《庄子》书之外的很多说法，是不能让人相信的。

我们要了解庄子的思想，了解庄子这个人，还是要通过《庄子》这部书。但现在看到的《庄子》这部书的面貌，其实并不是庄子那个时代的，而是晋代郭象编定的文本。当然这也涉及那个著名的公案，《世说新语》说他注的《庄子》剽窃了向秀的注，我不下断语，但他确实很有才学。

郭象编定的这部《庄子》，共三十三篇，分内篇、外篇、杂篇三个部分。内篇大家都知道是七篇，标题都是三个字的，逍遥游、齐物论、养生主、人间世、德充符、大宗师、应帝王；外篇有十五篇，杂篇有十一篇。《庄子》从汉代一直到西晋，最多的篇目曾经有五十二篇，郭象重新做了调整，形成了现在的三十三篇。除了这三十三篇之外，有约十篇的篇名我们是知道的，但是文字已经没有了。所以，我们现在读的《庄子》并不是先秦的《庄子》，是后代郭象编定的《庄子》。

这话好像说起来有点危言耸听，实际上中国古代的文献很多都是这样的，比如《老子》。《老子》现在有1970年代初的马王堆帛书本，后来1990年代的郭店竹简本，乃至21世纪的北大本，都是不一样的。我们现在读的八十一篇的《老子》，是王弼注释之后流行的本子，这就到了汉末三国时代。古时候的书实际上是处在不断编辑、改订过程之中的。

《庄子》有很多独特的地方。

《庄子》的最后一篇是《天下》篇，里面评议庄子说"以天下为沉浊，不可与庄语"，庄子认为在一片混乱的世界上没办法讲正经话，所以他有很多话是正话反说的，听着是反话，但实际上是正面的意思。历来的读者，都觉得《庄子》的文章出人意表，跟别人的想法非常不一样。庄子的话貌似不太好了解，但是实际上他是有经验为据的。比如《胠箧》篇说一般人的箱子要用绳子捆起来，用锁把它锁好，以防小偷；庄子却说来了一个大盗，将整个箱子端走，还唯恐你捆得不牢，锁得不好。通常人们不会这么想事儿，但我读了以后，住宾馆就再也不把东西放在房间的保险箱里了，因为觉得如果真的来了偷盗的人，好像是可以将小小的保险箱整个端走的，一点保护作用都没有。

那么庄子讲的这么一个情况，是凭空玄想的吗？其实不是，《胠箧》篇里说得很明白，他是有感于历史经验而生发的。儒家讲要进行制度建设，要克己复礼，社会要有秩序；庄子则认为所谓秩序、所谓制度不一定是好的。比如说他举齐国的例子，田成子经过好多代的努力，取代了齐国原来的国君，窃取了整个国家，但四境之内很安逸，不仅国内很稳定，国外的其他诸侯也不去讨伐他，或者不敢去讨伐他，因为齐国是个大国。这么看，当制度被坏人一锅端的时候，这个制度就发挥坏的作用，制度越是完善，国家越是安定，越是成为一个整体不易动摇，反而就越坏。所以从齐国的例子回过头来看，你就可以知道庄子讲用绳锁将箱子束缚得很牢固是只能防小偷不能防大盗，他实际上是意指什么。庄子奇异言说，其实都是从历史经验里面来的：你要建立的那套制度，那套秩序，不一定就绝对是好的。庄子常常会这样从问题的反面来考虑，提出出乎意表的想法。

2. 思想面向

庄子思想，扼要地谈几点。

（1）天道自然

庄子最根本的思想实际上是"自然"，或者用中国过去的话来讲，是"天"。

"天"是"天然"的"天"。中国古代的"天"其实是有神格、有意志的，它并不是我们现在讲的自然界的天。但在道家这里，从老子到庄子，开始把天和自然放在一起来看。《老子》说"人法地，地法天，天法道，道法自然"，这里"天"与"地""人"并举，是等齐层级的概念，是自然界的天、地这一层级的了，而不是超越的神格的"天"了。但在"天法道，道法自然"的意涵里，"天"与"自然"是贯通、契合的，结合上古的观念，万事万物都是"天"所赋予的，那就不是神格的"天"所赋予，而都是"自然"形成的，是自然而然自己生成的；天赋而自然生成的就是好的，所以要保有自己的天赋。孟子说"尽心、知性、知天"，也因为是天所赋予，所以能从心、性逆推上去到天道；《中庸》里面讲"天命之谓性"，天赋予的就叫做"性"。所以上天所赋予的，落实在每个物种那里，就是"性"。对人来讲是人性，对物来讲是物性。所以庄子说天所赋予你的，你就要保有它，这个是最自然的、最根本的。

那么怎么来实践？保有你的本性，尊重你的本性，这是最重要的。比如说他讲到"百年之木"，被人拿去做成牺尊，"青黄而文之"，涂上各种颜色，有青有黄，"其断在沟中"，"断"就是抛弃不要的那一部分，被扔掉了。所以一棵大树分成两个部分，一是已经做成牺尊的部分，一是被舍去的断弃的部分。这两个部分在世间的观念里，看起来是美、恶有别的，但对庄子来讲，都属于失"性"一端，在失去本性的层面上，二者都是一样的。不管是做成很漂亮的牺尊还是被抛弃，在世俗看起来是不同的，但实际上它们都失去了本性。大树就应该好好地长在那里，它的生机就是它活着，在那里生长，春天、夏天、秋天、冬天，有繁荣，有凋零，就是它的本性，这是最好的。庄子很多时候都是从这个角度去讨论问题的：要保守你原来的本性，如果你失去了本性，这是不对的。

庄子很多的故事都要从这个角度去理解。比如浑沌的故事：南海之帝叫儵，北海之帝叫忽，这两个称号，都是南方楚地的方言，是形容时间非常之快的意思。他们在中央之帝浑沌那儿得到很好的招待，就想要报答他，浑沌是没有七窍的，于是儵、忽开始为他日凿一窍，"七日而浑沌死"。对这个寓言故事，我们可以做很多的引申，但是最简单地说，就是破坏了本来面貌，就会趋向末路。浑沌本来好好活着，但用一个普遍的标准"人皆有七窍"强加到浑沌身上，它就丧失了本性，于是就死了。所以庄子特别强调保守原来的本然。

比如说东施效颦。其实《庄子》的原文里只有西施，没有东施，叫"里之丑人"，为什么庄子要批评她？西施"颦"而美，可她为什么会皱眉头（"颦"）？《庄子》原文说得很清楚，西施"病心"，也就是说她有心脏病，所以她皱眉头。你东施没有心脏病却去学着皱眉头，庄子就要摇头了。反过来，如果"里之丑人"也有心脏病，我想庄子是不会嘲笑她的，因为她是表里如一，皱眉头是发自内在的。可以说，庄子很多故事的旨意，都是在强调依循本然。

除了强调本然本性之外，还有一个就是"自然"。自然就是自己如此，是自然而然的一个过程，或者用庄子自己的话来讲，就是"自化"，"化"就是变化。中国古人讲大化流行，也是说任何事情发生，都有一个自然的过程，所以你要遵从这样一个自然的过程。庄子对于生命的看法，就是认为生命是一个自然的过程。从出生、年轻到壮年，然后到老，这个过程实际上就是一个自然过程，这是一个不可抗拒的过程，所以不要去执着。神仙家说你要追求活着不死，庄子就认为这是不对的。

庄子鼓盆而歌的故事很有名。他太太死了，他在那儿鼓盆而歌，结果惠子来了，他说你跟你太太一起过日子，把儿子抚养长大，现在她死了，你不哭也就算了，你怎么在这里鼓盆而歌，这也太过分了。庄子于是说，世间万物都是一团气——古人都是讲气的，人是由清、浊二气组成的，人死了以后清气上升到天上去，浊气下降到地下，人重新归于天地之间，所以人就是一个器具——他说我太太刚死的时候我也很难过，很伤心，"我何独能无慨然"，但是后来我一想我太太哪里来的，原来什么都没有，后来慢慢开始有气了，慢慢开始有形，变成了一个人，跟我一起过了这几十年，然后她又回到天地当中，又没有形了，回到她原初的状态去，这是很自然的过程，所以不必太过悲伤、痛哭流涕。庄子将生死完全看成是一个自然的过程。

庄子也讲到过几位相视一笑、莫逆于心的朋友，他们对于生命问题是达成共识的。怎么说呢？他们共同认识到对于生命而言，"以无为首，以生为脊，以死为尻"，就是从无到生到死，这是一体的，不能割裂。这个看法在《庄子》书里很多地方都有提到。庄子把整个生命的过程看成一个自然的过程，不要执着于生而拒斥死亡。

后代《庄子》也被纳入道教的经典里，但在对于生命的看法这很根本的一点上，作为道家的庄子和道教是完全不一样的。道教追求长生，但庄子如果从地下醒转来看到道教徒，会说你们这些人是反自然的，因为道教徒基本的理想就是要长生不老不死，要活得长，要活得好，最后不死，最好登仙。庄子觉得完全不对，人生百年，到时候就要结束，把生命看成是一个自然过程。所以这一点上，后来的人有些能与庄子沟通，有些则是完全对立的。

比如说王羲之。《兰亭集序》直接批评庄子"一死生为虚妄，齐彭殇为妄作"，活了七八百岁的彭祖和没成年的夭折小孩等同看待，这是胡说八道，将死生视为一个连续的整体过程，也是胡说八道。王羲之为什么这样讲？因为他是个道教徒，在这关上他是过不去的，所以他完全不能够接受庄子的生命自然的观念。

谁真正能接受？比如像陶渊明："纵浪大化中，不喜亦不惧。应尽便须尽，无复独多虑。"将自己整个的生命都投放到大化流行当中，"不喜亦不惧"，是因为他完全通达了整个生命、整个宇宙变化的奥秘，把握住了生命的根本。

道教要改变这样的自然过程，人生百年得长寿且最好永远不死。庄子并不尝试改变这个过程，从鼓盆而歌的故事里面，你就可以知道他的基本态度是什么：人有感情，有喜怒哀乐，面对不可改变的自然过程虽也有情感的起伏波动，但人还有理，把握了理之后，就可以以理化情，用理来转化喜怒哀乐之情。

所以"不喜亦不惧"，不是说陶渊明对世间的万事万物没有任何心理的变动或者心理的感应，他之所以能够不喜亦不惧，是因为他了解大化流行。"应尽便须尽"，就是说到了生命的尽头就坦然走去，"无复独多虑"，老是在那纠结干嘛呢？所以起码在对生命的理解这方面，陶渊明跟庄子实际上是非常契合的，他真正能够了解庄子的真精神。而作为道教徒的王羲之是非常不一样的，是不能接受这样一种态度的。

回到"天道自然"，一是要保守你的本然，保守你的天然，二是要看到世间的万物包括生命，都是自然消长的过程——这当然是人生最后一个大关，要看破、勘破这一关，才能通达最后的通达。

把世间万物都看成一个自然的过程，其实这也是道家一个普遍而基本的看法。老子讲的所谓"反者道之动"，任何事物都会逆转，后来可以居上。其实都是面对且尊重这样一个过程的。

（2）超越我执

对于庄子思想，提的第二点，是**超越我执**。就是说你真正通达和了解天道自然以后，你当然要超越有限的、基于自我立场上的这种执着。因为你既然已经认识到人是天地之间的万物之一，人活着的百年只是自然变化的一个阶段，所以你当然就可以认识到人生是有限的。

而且特别是对人来讲，人的所谓知性其实是有限的，是要给予限制的。所以庄子讲要"止乎其所不能知"，知识的边境是无穷的，庄子在《养生主》讲"吾生也有涯，而知也无涯，以有涯随无涯，殆已"，生命是有限的，知识是无限的，用有限的生命去追求无限的知识，这事很危险。

所以最重要的是，你要懂得在什么地方止步。这实际是中国传统或者道家里面非常重要的想法，不是要那种无穷的追求，而是要反省到自己知性的界限，人不是万能的。人的生命，人的这一生，是最重要的。一生当中你会遇到很多事情，但在这一过程中，如果和生命本身发生冲突，危害到生命，那所有这些都是可以抛弃的，都是可以放下的。这在儒家，比如孟子是不会同意的，"生亦我所欲"，"所欲有胜于生者"，所以可以舍生取义。但在庄子看来，义怎么能超过生？匈牙利诗人裴多菲有名句"生命诚可贵，爱情价更高。若为自由故，二者皆可抛"，两座大山，一个是爱情，一个是自由，为它们可以舍弃生命，庄子也不能接受。生命才是最重要的。

庄子举过很多例子，比如说圣人为了天下舍弃自己的生命，强盗是为了利而死的，好像君子为义小人为利，有高下之别，但最后不管什么原因，都是死了，都丧失掉自己的生命，放弃掉自己的生命，这都是不好的。与前面讲的"百年之木"一样，其于失"性"一也，不管是为了义还是为了利，都是不正当的。所以回到《养生主》最初的那段话，"知"当然是好的，但是当它和你的生命本身发生冲突，或对生命产生伤害的时候，就是应该抛弃的。

庄子非常清楚地看到，人所有的争执，都是因为有自己的立场，而自己的立场实际上往往都是一偏的，而不是全面的。庄子说"此亦一是非，彼亦一是非"，特别是他面对战国时代各家的争论的时候，其实他非常清楚地知道，这些都没有从全面的立场上来看问题，这种喋喋不休的争论都是由于某一种特定的偏见。

《齐物论》里面讲的"朝三暮四"就是这样。养猴者告知猴子，早晨提供三个果子作为食物，晚上四个，猴子都不高兴；养猴者马上表示，早晨四个果子，晚上三个，猴子都很高兴。我觉得养猴者表现的，就是庄子的态度，他站在更高的立场上看这件事情，反正一共是七个果子分给你们吃，无论早上和晚上是如何分配的，总数是一样的，把握住最根本的总数，怎么分都可以。动物和人很大的一个区别在于，人是有时间概念的，动物则没有，它是看眼前利益的。朝三暮四还是朝四暮三，在长远的总体的立场上看，都是片面、偏执的。站在一个更高的立场上，争执就不存在。要意识到很多的争论都是因为你的立足点不同。就像甘蔗，有的人从甜的一头开始吃起，有的人从苦的一头开始吃起，这两者之间有什么可争的呢？反正人生的甘苦都要尝过的。所以对庄子来说，天下本无事，如果能超越片面的立场，不必去执着。

认识到限制是很重要的，要站在整体的立场，或者一个更超越的立场上去看问题。特定的立场实际上对人生都是一种限制，你的执着实际上就是对你的一种限制，所以你要超越限制。

《庄子》中意识到多重的限制，因而也涉及多重的突破。

一个所谓空间的突破，打破空间的局限。《逍遥游》就显示了对空间限制的突破，鲲鹏"抟扶摇而上者九万里"，九万里实际上已超出大气层，完全是非真实的，讲的是一种心灵世界，是一种心灵的打开。而后鲲鹏从北冥一直飞到南冥，空间非常之辽阔。

庄子也意识到时间的局限。《秋水》里面有三句话讲得非常好。"夏虫不可以语于冰者，笃于时也"，是说夏虫没有办法与它谈冰，因为它不知道有冬天。秋蝉鸣叫一段时间就死了，冬天是蝉无法跨越到的。然后"井蛙不可以语于海者，拘于虚也"，井底之蛙的存在，显而易见是因为空间的局限；与上边的"夏虫不可语冰"，一个时间的局限，一个空间的局限，都有待超越。

特别重要的是文化的局限，第三句我觉得特别了不得："曲士不可以语于道者，束于教也。"我们现在一般讲的所谓的教养、知识、文化都是正面的。这些东西帮助你成长，帮助你提升自己，帮助你在社会上立足，帮助你发展。但是庄子说，文化也可以是一种局限。当给你一种教养，给你一种知识，给你一种信念，你在一种特定的文化当中成长起来，你就执着或者局限在这种文化当中的时候，你对世界上很多其他的不同的文化，不同的知识，就没有办法去接受。这对你造成一种局限，一种破坏。这样的说法，在现在全球化的时代很好理解，但庄子怎么能认识如此透彻呢？

庄子在《逍遥游》里讲过一个故事："宋人资章甫而适诸越，越人断发文身，无所用之。"越人不留头发，帽子可能就不合适；身上有纹身，根本不用礼服。我们知道所谓衣冠，就是帽子、衣服在中国传统当中都是有文化意义的。宋人是殷商的后裔，是有悠久的文化传统的。所谓"章甫"之类，可以视为文化学上的一个隐喻，是说宋人到越地去推销它的文化，但是那个地方的人断发纹身，不穿礼服、不戴礼帽，所以宋人的衣冠文化对越人没有用。我们不知道庄子是从真实的宋人经商的经验出发得到启示的，还是借"宋人资章甫"来谈文化的差异和接触问题，但庄子认为要打开眼界，跳出你自己的文化，看到你自身所属的文化之外其他那些精彩的地方，则确实是非常了不起的先见之明。庄子在《天下》篇里讲到最高的境界是"独与天地精神往来"，实质上，就是完全打破各种局限性，提升到最高的天地自然境界来面对整个世界。

（3）乱世存身

庄子的第三个理念，是要**保守住个人的本真，维护个人的自由**。

庄子面对的是一个混乱的世界，他讲"方今之时，仅免刑焉"，刑是什么？主要是说造成肉体残损的刑罚，比如孙子膑脚，这是非常惨痛的。庄子是在一个乱世当中发出他的声音，所以庄子对于世间的很多话也很偏激。讲到庄子，我经常想到诸葛亮的那句话："苟全性命于乱世，不求闻达于诸侯。"庄子既然"苟全性命于乱世"，他觉得能活着免于刑戮就不错了；"不求闻达于诸侯"，所以楚王来请他去做官他也不干。从某种角度上可以讲，这种生活姿态是对乱世的真实感受的结果。

作为个体来讲，本身要保有自己的自由，怎么做？庄子说"材与不材之间"。庄子带着学生走到山林里面，看到一棵大树，长得很高大，而周边别的树都被砍掉了，让他觉得很奇怪，匠人就跟他讲，这棵树枝干弯曲，虽然长得很大，但是没用。他的弟子得到的教训就是说一个人要没用，在这个世界上才能够保全，能够活得长。然后出了山林，他们到一个朋友家里，为了招待他们，主人跟仆人说，把我们家鹅杀一只准备餐食，仆人就问他，两只鹅一只不能叫一只能叫，杀哪一只？主人说，那只不叫的有什么用，把它杀了。于是，庄子的弟子就糊涂了：鹅是因为能叫所以有用活下来了，而大树是因为无用而没被匠人砍掉，那么到底是该有用还是没用，才能保全自己的生命呢？庄子就讲要处于"材与不材之间"。这话模棱两可，如何理解呢？

《论语》里谈道："宁武子，邦有道则知，邦无道则愚，其知可及也，其愚不可及也。"孔子有他的立场，觉得哪怕世上再乱，自己也得努力，尽力恢复崩坏的秩序，所以他觉得宁武子在邦国混乱的时候装糊涂，实在是学不来："愚不可及"。而我们看宁武子的态度，什么时候知（智），什么时候愚，什么时候材，什么时候不材，是需要审时度势的，不是说在任何情况下都是一种表现，在不同的情况下要有适当的表现，从而适应形势，保全自我。我想庄子大概就是这个意思，所以"材与不材之间"其实就是"邦有道则知，邦无道则愚"，要审时度势。

所以庄子实际上对在乱世当中怎么保存自己，保存个性，保全自己的本性，保全自己的自由，是有他自己的想法的。

（4）社会理想

对于社会，庄子也有他的理想。

他说这个世间很多东西，如儒家所提倡的仁义礼法，都是应该抛弃的，因为仁义礼法有时候就像前面讲的齐国的例子一样，都被坏人拿去利用了，未必一直都是好的，如果被坏人利用，看似好的东西就可能造成很坏的后果。所以应该打破这些，返回到最原始的最朴素的生活状态当中去。所以他把一切的所谓的制度，所谓的仁义礼法这些东西都放弃掉，回到人的自然状态。庄子的社会理想实际上是建立在自然人性基础之上，所谓制度礼法都可能对人造成束缚，都应该放弃。

这么说，庄子跟老子在某种程度上是一样的，他们认为人性本来是非常朴素的，吃饭穿衣而已，要让它完全在自然状态当中发展，标举仁义会造成人心大乱，如果本来有人并不是这样的本性，叫天底下人都按仁义的标准去做，有些人就够不到，还要努力扭曲自己的本性，这是不好的。扭曲自己的本性以后就造成伪，造成天下大乱。老庄的这些主张基本上是做减法，把这些东西都拆掉，都破坏掉。最好就是把社会制度都取消。

后来庄子如此设想的很好实践者就是阮籍，他到一个地方去做官，将官署全部给拆掉了，"使内外相望"。以前衙门官署要保持神秘感，要有威严，他全部拆掉，使得里里外外一眼就能望清楚。阮籍也不管正事，天天喝酒，可以讲是一种无政府的状态，或许这是庄子理想的社会状态吧。

3. 简说文学成就

最后简单提一下庄子的文学成就。

《庄子》毫无疑问是诸子里面最有文采的一部著作。首先，它里面有大量的成语。成语，是过去的语言、过去的思想活到今天的一个证据。《庄子》的成语，包括庖丁解牛、螳臂当车、井底之蛙、邯郸学步、东施效颦、朝三暮四、螳螂捕蝉黄雀在后、识其一不识其二等，数不胜数。

其次，《庄子》有《寓言》篇，今天所谓的"寓言"这个名号，就是来自《庄子》。先秦是古代寓言繁荣的时代，其中《庄子》是一大渊薮。而且《庄子》有一些篇章基本就是寓言故事缀合起来的，比如《养生主》，除了第一段以外，后面都是一个个寓言故事连缀起来的，形成整个篇章的脉络，它完全不是用理论性的表述来贯穿的，完全是寓言性的，可谓独一无二。

再次，《庄子》的文采很华丽，词汇非常丰富，现在有不少词其准确的含义是什么还闹不清。

最后，《庄子》的文学手法非常之多。比如它会很客观描述事物，《齐物论》描述风声，先描述地上的各种各样孔窍的形状，而后刻画不同孔窍造成的种种不同的声音……用赋的方法非常仔细地来描写。当然最要紧的是庄子思想的自由，想象力的丰富和开放，这在那个时代是空前的，其他诸子的著作恐怕不能与之相比。

　　当然，如之前谈过的，包括庄子在内的诸子，我觉得最重要的是抓住他们的思想观念。他们的文学手法对后世当然有很大的影响，但真正深刻在中国文学史上的还是他们的思想观念。

第四讲　历史与现实之反思续：
秦汉帝国的政论与史传

　　进入秦汉时代，这一讲我们的主题还是：历史与现实之反思。

　　秦始皇的统一当然是中国历史上的一个重大事件，但是从文学上来讲，或者从思想上来讲，在它的前后实际上还是有很大的承续性的。如果我们整个来看秦汉帝国时代的文学的话，实际上很大程度上还是延续着春秋战国时期关于历史与现实的政论文章、史传文章、子书等，这是文章的部分；至于辞赋，汉赋可以讲是汉代非常具有特点的文学样式；还有乐府诗，以及后来的文人诗。汉代文学，基本上最重要的就是文章、辞赋、诗歌三个方面。

一　政论与子书

　　从文章方面来讲，秦汉对先秦有很大的延续性，这表现在什么地方？

　　一方面，在主题上，表现在关注历史和现实。史传其实是对历史的总结，一些政论比如贾谊的《过秦论》就是对过往历史经验的总结，此外也有对当前的看法。

　　另外一方面，从文学风格上也可以看出这种延续性。晚清一个很有名的学者刘熙载，有一部书叫《艺概》，里面包含很多门类，专门有一个讨论文的《文概》，在这个部分他曾经谈到汉代，他说："贾长沙、太史公、淮南子三家文，皆有先秦遗意。""贾长沙"就是贾谊，"太史公"指的是司马迁，"淮南子"指《淮南子》这部书的主持编写者淮南王刘安，这三家的文章有先秦的味道。贾谊我想不用多说，《过秦论》的第一篇大家都读过，当然它本来有三篇，前后讨论到秦始皇、秦二世、子婴。我们讲秦汉帝国和隋唐帝国有很大的相似性，秦和隋都是非常短就灭亡了，所以到了汉初和唐初的时候，都要总结历史经验，很多人讨论前代为什么那么短，一下子分崩离析。特别是在汉代初期的时候，比如陆贾跟刘邦讲"居马上得之，宁可以马上治之乎"，所以后来写了《新语》献给刘邦，反省历史经验。贾谊的《过秦论》既是对历史经验的总结，也蕴含了对当前政治的态度。后来大家都公认，贾谊的文章非常有纵横家的风格，慷慨论天下事，以气势取胜，除了《过秦论》，还有《陈政事疏》这篇名文。从文章、辞赋创作上来讲，贾谊很大程度上是连接战国时代到汉代前期文学走向的重要人物。

所谓纵横家的风气一直往下，到汉代中期以后开始变化。汉武帝罢黜百家、独尊儒术，儒家经学的地位开始上升，董仲舒、刘向都是非常重要的经学家，他们的文章都趋于典雅醇厚，而且注重引经据典。董仲舒有《春秋繁露》《天人三策》，刘向也有很多文章，刘熙载《艺概》里面有讨论："汉家文章，周、秦并法，惟董仲舒一路无秦气"。"秦气"当然有比较多的含义，但从这里面可以看出来，到董仲舒这里显然是一个变化，他在中国儒学史上是个非常重要的人物，在文章上也是一个趋于变化的代表人物。刘向比他略晚一些，文章就更趋于典雅。总的来说，汉代文章大师早期还是继承战国时代的文风，到了中期，随着整个思想界的变化，文章风格也开始有所变化。

东汉以后，当然又发生了一些变化。但要讲东汉以后的变化，又要说子书这条线索，因为东汉大量精彩的文章，其实都是以子书的面貌出现的。子书是后来定的经、史、子、集四部之一，也是先秦战国时代开始流行的著述方式。像贾谊的文章，后来被辑起来叫《新书》，但是这些文章恐怕并不是作为一个系统、完整的著作来写的，而是一篇一篇的。比较系统、完整的子书，在汉代来讲，其实主要是《淮南子》，这是刘安召集门客编写的。从体制上讲，它是杂家的著作，有几十篇，包容了许多部分，如果往前推，实际上与《吕氏春秋》有共通的形式，从内涵上说，它们都可以讲是当时所谓的"道家"——这不是我们今天所理解的老庄道家，而是富有政治意涵的。汉初所推行的黄老之学，当然有个人修养、天道自然的层面，但也有政治的层面。先秦时代实际上不存在哪一家的说法的，我们现在讲百家争鸣，这个是后代的说法。第一，当时没有百家这么多的思想流派，第二，不存在哪一家的说法，都是叫某子的。如果去看《庄子·天下》篇，评议到各家思潮，都是直接讲人名。作为一个群体来称呼的，只有儒、墨两种，后来叫儒家、墨家。但实际上这两家是什么？儒是一种职业，是讲究礼的人，礼学专家；墨是一个团体，有很严密的组织。所以先秦时代从来没有道家，道家的名称在汉初的时候才出现，而汉初出现的道家，其实就是"黄老之学"。

黄老之学有讲天道的部分，有讲个人修为的部分，也是当时统治者的政治哲学，所谓"文景之治"就是黄老背景下出现的。《庄子》这部书中，还有很多这样的痕迹。比如我们现在说道家讲"无为"，但什么叫做道家的无为？其实不是什么人都可以无为的，我们现在理解的"无为"，就是说比如不要拔苗助长，应该依顺于自然，不要违背自然的规律去有所作为，但在政治哲学上的"无为"，基本上是上无为而下有为的，是有分层的。如果上面的人无为，下面的人也无为，就什么都不要做了。这里面有很清楚的政治格局，说的是在上者不该有为，如果有为的话，就可能干扰在下者，造成种种问题。我们知道陈平是非常聪明的人，是大谋士，据说曾经六出奇计，他自己回顾平生的时候曾经讲过："我多阴谋，是道家之所禁。"他这里讲的道家，实际上就是当时的黄老之学，他对黄老之学是非常精通的。有个很有名的故事，陈平和周勃他们平定诸吕，汉文帝当了皇帝以后，陈平谦让，使周勃因功当上右丞相，他自己则担任地位略低的左丞相。有一次汉文帝问，天下一岁决狱几何、钱谷出入几何，周勃一句都答不上来，浑身冒汗，汉文帝看右丞相不行了，就问左丞相陈平，陈平回答说，决狱应该问廷尉，粮食应该问治粟内史。文帝就问陈平，那么要你这个丞相干嘛？陈平说我就是辅助皇帝，把底下这些官一个个管好就行了，我的责任就是一人之下万人之上。可见陈平有非常清楚的分层负责、各有执掌的概念。退朝出来以后，周勃就怪陈平怎么不早点教我，陈平说你在宰相的位置上，怎么不知道宰相的职责呢？如果皇帝问长安城里有多少强盗，难道还要勉强回答吗？什么事情由什么人管，皇帝有皇帝的职守，丞相有丞相的职守，底下人有底下人的职守。这套主张在当时是非常清楚的。

包括韩信跟刘邦的对话其实也是如此，他们谈论为什么得了天下，刘邦自己也承认："夫运筹策帷帐之中，决胜于千里之外，吾不如子房；镇国家，抚百姓，给馈饷，不绝粮道，吾不如萧何；连百万之军，战必胜，攻必取，吾不如韩信。此三者，皆人杰也，吾能用之，此吾所以取天下也。"刘邦曾经问韩信，我可以带多少兵？韩信说你带十万兵了不得了。刘邦又问你能带多少？韩信讲多多益善，越多越好。刘邦就说那为什么是我得了天下？韩信回答，你不善将兵，但善于将将。这些故事实际上都带有当时所谓道家即黄老之学的政治意涵。

▼ 明人画韩信像
故宫博物院藏

这种上无为而下有为的思想，往上推实际上来自《吕氏春秋》。《吕氏春秋》是在秦始皇统一六国之际，吕不韦提出的一个方案，实际上他是要包罗诸子百家各种学说，提出一种比较包容性的主张，当然最后秦始皇没有听他的，吕不韦也被流放了，但是这样的一种主张实际上一直影响到《淮南子》。从西汉初一直到东汉，这类有意结构而书写的不少重要著作都是子书。我们现在讲东汉重要的那些文章，像王充写的《论衡》，篇章是有意安排的，而且写了几十年，再晚的比如王符的《潜夫论》之类，也是子书，都是表达作者自己的思想，都对现实有一种理性的、批判的精神。拿《论衡》来讲，大家知道"疾虚妄"的思想。王充据说家里很穷，但是学问很好，他到市场上去看书，可以过目不忘，而且有很多对社会的批判。《论衡》实际上包含了很多方面的内容，时代较晚的仲长统的《昌言》、王符的《潜夫论》，对当时的现实有更多的批判。

二　太史公的《史记》

司马迁的《史记》，毫无疑问是汉代散文的最高成就。不仅现在这样看，古代的文学传统当中已经有这样的认识。

（一）《史记》的开创性

《史记》当然是很重要的历史书，也是有开创精神的一部历史书。

1."成一家之言"

司马迁有所谓"成一家之言"的宏愿："究天人之际，通古今之变，成一家之言"。

"成一家之言"其实体现了周秦汉时代中国史学的一个基本精神。孔子通过修撰《春秋》，寄寓了他的理念，表达了他对历史和现实的认识和态

▶ 司马迁像

度；和我们今天所要求的历史著作首先要真实不同，真实不是唯一的追求，甚至说得极端一点，不是最重要的。

司马迁所谓"成一家之言"就包含着这个意义。"成一家之言"有很多的阐释，我想首先最重要的可能是，一部史书必须是有它的理念的，不仅仅是记述而已。司马迁自己非常清楚地表示过，他要继承孔子修《春秋》的精神。这种精神是上古时代开启的著写史书的非常重要的精神脉络。不仅是求真，而且要求善求义，寄寓自己的理想。

《史记》这部书也不完全是司马迁一个人的创作，司马迁的父亲司马谈就开始修撰了。司马迁写《史记》，一方面是他有"成一家之言"的志愿，另一方面很大程度上是与他父亲有关的，他要完成父亲的遗愿。

司马谈曾经提到过："自周公卒五百岁而有孔子。孔子卒后至于今五百岁，有能绍明世，正《易传》，继《春秋》，本《诗》《书》《礼》《乐》之际？"这样的话，大家比较熟悉，中国传统里边这种大抱负的口气，基本上是这样的。所以我们要了解司马迁父子有这样的一种宏愿，不仅仅是要把历史做一个整理和记录而已。

2."通古今之变"

所谓"通古今之变"，是它的一个根本的方向。

从历史的时段上来讲，《史记》是一部通史，是采取《本纪》《世家》《表》《书》和《列传》这样的五种体式互相配合，从而完成了一部从上古以来的历史。司马迁从《五帝本纪》开始一直往下写，写到他自己的时代。这当中最核心的部分当然是《纪》

《传》。班固《汉书》接续了这样的体式，但将《世家》去掉了，主要保存《纪》《传》，《表》将事实排列得比较清楚，所谓的《书》，后来班固把它改叫成《志》，主要讨论一些特别的制度及其历史沿革，所以班固基本上承继了司马迁创立的史书体式，从文学上来讲，《纪》《传》特别重要。后来中国历史上所谓的"二十四史"，基本上都是用这样一种体式，追溯起来，这是司马迁非常重要的一项创造。

要重申的是，《史记》是一部通史。后来的史学史上，关于通史还是断代史的争议非常之大，为此有些推崇通史的人，以为相比司马迁而言，班固一钱不值。我们要注意，这个所谓的"通"，是从整部书的书写体现出来的，它本身不是一个依照历史年代贯通下来的编年史，但从它表现的内容来讲是从古而今通贯的，而且实际上越是晚近的历史，写得越丰富、越具体。

所以也可以说，《史记》是比较侧重司马迁那个时代的所谓近现代史的，这中间当然也有上古部分保存材料比较少，能够掌握的各方面文献有限的因素。但司马迁确实对当代有很强的情感的投入，特别是汉代以下那些《纪》《传》，真是非常地丰富，且写得非常生动。

"通"，一是就时间维度而言的，另外也可以从空间上来讲。近代大学者梁启超反省中国史学传统的时候，就讲《史记》实际上是一部社会史，而《汉书》基本上是一部政治史。梁启超说从《汉书》以下中国过去这些所谓的"正史"都是为帝王家做家谱的，都是围绕着君臣来写的，所反映的面比较有限，而《史记》展现的面非常宽阔，各色的人物、各类的历史事件、社会的诸多层面都有，不仅是政治的方面，而且其他各种人生百态都有非常丰富、宽广的表现。

3. "无韵之《离骚》"

《史记》按照鲁迅的说法，是"无韵之《离骚》"。

其实，早期的史书本身就包含了文学性的因素，不是因为它里边有我们今天所理解的一些所谓文学的要素，而是它本身就蕴含着文学的性质。如果对于历史不仅仅是记述事件，而且要叙述其起承转合、前因后果，赋予历史的人、事以著史者的理解，叙事者就要建立起自己的理解角度和立场判断，这个时候他主观的情感和他的价值观念就会渗透到历史的书写之中。

司马迁的《史记》很显然有他强烈的情感性，特别是他写到战国中期以后一直到秦汉时代的历史，时时会表现出他的情感取向。鲁迅评说它是"史家之绝唱，无韵之离骚"，说它是"史家之绝唱"，因为《史记》是历史上的开创性著作，和以前的体例都不同，糅合了以前的各种的方式，创造了"纪传体"的形式，很了不起；"无韵之离骚"则是讲他的主观情感性。对此，司马迁本人有非常明确的表述，《史记》的《太史公自序》谈到历史上"发愤著书"的情形：

> 昔西伯拘羑里，演《周易》；孔子厄陈、蔡，作《春秋》；屈原放逐，著《离骚》；左丘失明，厥有《国语》；孙子膑脚，而论《兵法》；不韦迁蜀，世传《吕览》；韩非囚秦，《说难》《孤愤》；《诗》三百篇，大抵贤圣发愤之所为作也。

司马迁著名的《报任安书》，收在《汉书》的《司马迁传》里，更在回顾历史先例的基础上，非常清楚地表示，《史记》是他继承前贤"发愤著书"而成的：

> 盖文王拘而演《周易》；仲尼厄而作《春秋》；屈原放逐，乃赋《离骚》；左丘失明，厥有《国语》；孙子膑脚，《兵法》修列；不韦迁蜀，世传《吕览》；韩非囚秦，《说难》《孤愤》；《诗》三百篇，大抵圣贤发愤之所为作也。此人皆意有所郁结，不得通其道，故述往事、思来者。乃如左丘无目，孙子断足，终不可用，退而论书策，以舒其愤，思垂空文以自见。仆窃不逊，近自托于无能之辞，网罗天下放失旧闻，略考其行事，综其终始，稽其成败兴坏之纪。

实际上司马迁直接公然地承认了他写书是有情感的投入的。

司马迁的生平，这里就不细讲了。简而言之，司马迁从家族而言，有这样一种史学的传统，他一方面读万卷书，另一方面行万里路，青年时代就走过很多地方，《史记》里他经常会提到自己到过哪里，比如讲曾经到孔子的墓地去看过，《信陵君列传》说他到大梁，在那里听到当地人讲谈往事，他也曾经去到韩信的家乡看韩信早年生活的环境等，当时汉帝国的东南西北许多地方他都走过，这从《史记》的行文里是可以看出来的。

司马迁撰著《史记》的过程中，发生了他一生中非常重大的一件事：李陵兵陷匈奴而投降，司马迁为李陵说了几句话，引起汉武帝大怒，司马迁由此遭受了对他来说是奇耻大辱的宫刑。《报任安书》里谈到他活下来的原因，他说生命是有限的，如果为了生命本身的话，应该就死；但他还有《史记》的撰著没有完成，此后他将自己的整个生命都转到了文字之中，他觉得在文字当中，在他的这部书里边，他所有的一切，他生命的精神和意义都可以得到传承，留传到后代，所以他忍辱苟活下来。

在这个意义上，司马迁可以说是一位现代主义者。一位现代主义的作家基本上是一本书主义，用一本书囊括他对整个人生、整个世界、整个宇宙的看法，所以他把他的整个生命投注到这部书里面。司马迁之所以忍受奇耻大辱活下来，是因为要完成这部《史记》。由此，你可以想象，在这样的情形之下，司马迁的书绝对不是一项纯粹客观的，或者仅仅是进行史料收集、梳理的工作，而是带有强烈的自我情感的。

（二）《史记》的文学性

《史记》的文学性到底应该怎么来看待？

从文学上来讲，最重要的是，《史记》这部书是以人物为中心的。

1.《史记》的文辞

其实在早期，文史是不分的，甚至到后来也是这样的。你可以把有些史书看成是文学的著作，有些文学著作本身也具有历史书的性质。《荷马史诗》是包含着文史两方面的：它是一部史诗，有很真实的一面；我中学时候读《战争与和平》，拿破仑入侵俄罗斯的战争，最早就是通过阅读这部小说知道的，很多重要的战役在《战争与和平》里面都写到过；《三国演义》是"讲史"性质的书，通常讲七分史实三分虚构，记得柳存仁教授还专门写过《罗贯中讲史小说之真伪性质》。至于历史书的文学性，如之前讲到的《左传》，包括西方历史当中希罗多德的《历史》，实际上都是具有很充分的文学性的著作。《史记》当然也是这样的。

《史记》的文学性怎么来表现？

一方面从文辞这个角度来讲是文章好，也就是说司马迁的文章好。中国传统的散文，特别是明清以后的很多散文家都提到这一点。中国的古代文学长期是重修辞的，从汉代到后来的文章、诗歌都是非常重视文字的。《史记》里面确实也有

▶《史记·项羽本纪》书影，南宋建安黄善夫家塾刊本 日本国立历史民俗博物馆藏

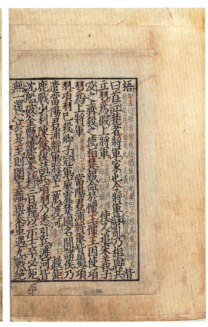

非常好的地方，比如说项羽破釜沉舟、乌江自刎那些段落。我们现在写文言的文章，很多人就爱用虚字，其实不是每一个时代都是这样的，感觉基本上是宋代以降喜欢用虚字来调节文章的节奏。清代桐城派大家刘大櫆的《论文偶记》，谈到使用虚字的时代差异，我早先读了，很有启发。《史记》的虚字并不多，比如说《项羽本纪》里面写到破釜沉舟这一段，项羽当时引兵渡河：

> 皆沉船，破釜甑，烧庐舍，持三日粮，以示士卒必死，无一还心。于是至则围王离，与秦军遇，九战，绝其甬道，大破之，杀苏角，虏王离。涉间不降楚，自烧杀。

汉人的文章其实是非常紧凑的，司马迁的文章就很紧凑，读下边这段便可以知道，几乎没有什么虚字：

> 当是时，楚兵冠诸侯。诸侯军救巨鹿下者十余壁，莫敢纵兵。及楚击秦，诸将皆从壁上观。楚战士无不一以当十，楚兵呼声动天，诸侯军无不人人惴恐。于是已破秦军，项羽召见诸侯将，入辕门，无不膝行而前，莫敢仰视。项羽由是始为诸侯上将军，诸侯皆属焉。

在秦末各路起事的义军之中，项羽原来并不是一个特别重要的人物，但是破釜沉舟这一仗击溃秦军，在各路反秦的军队中一举确立了他自己的地位，这是关键性的一仗，项羽完全以他的勇气赢得胜利。所以司马迁在《项羽本纪》里特别写到这一段，连用了三个"无不"；打胜了之后，项羽开始召见诸侯，当初各路军马的营盘扎在那里，谁都不敢去与秦军接战，但是项羽打赢了以后，那些诸侯将入辕门，"无不膝行而前"，都是跪下来往前走，莫敢仰视。如果你放声读出来的话，能体会到文字非常紧凑，非常有气势，确实是很好的一段文字。

后来班固的《汉书》，很多地方是利用了司马迁的文字进行删改、调整而形成的。像项羽被他列入传里面，是《项籍传》，而不是《本纪》了，因为从汉朝的立场上来讲，项羽不能列入《本纪》，只能是刘邦作为高祖列入《本纪》。对比一下，此处的三个"无不"，班固就去掉了两个，只保留了一个：

> 羽乃悉引兵渡河。已渡，皆湛船，破釜甑，烧庐舍，持三日粮，视士必死，无还心。于是至则围王离，与秦军遇，九战，绝甬道，大破之，杀苏角，虏王离。涉间不降，自烧杀。
>
> 当是时，楚兵冠诸侯。诸侯军救巨鹿者十余壁，莫敢纵兵。及楚击秦，诸侯皆从壁上观。楚战士无不一当十，呼声动天地。诸侯军人人惴恐。于是楚已破秦军，羽见诸侯将，入辕门，膝行而前，莫敢仰视。羽由是始为诸侯上将军，兵皆属焉。

"湛船"即"沉船"。《汉书》的文字相对来讲就比较严谨，比较客观，但是司马迁文章的气势就没有了。

《史记》的文辞，还只是它文学性的一个方面，并不是最主要的方面。

还有，有些人注意到《史记》里面的虚构，指认这具有文学性。比如刚才提到的写信陵君即魏公子无忌的一篇，非常生动，钱锺书先生在《管锥编》里面也特别提到过这一篇，说写得很精彩。但是有意思的是，司马迁写到战国时代的很多事，我们可以对比其他史料比如《战国策》，可信陵君的故事在《战国策》里完全没有这么丰富生动，那么细节是从哪里来的？司马迁在《魏公子列传》的最后讲，"吾过大梁之墟，求问其所谓夷门"，他曾经到大梁那里去，在夷门那里听闻过人们的传言，也可以说是实地采访过，所以可以依据民间的传说，生动地加以敷衍和发挥。

你如果从这一方面去强调《史记》的文学性，当然可以，毫无疑问信陵君这一篇传记确实很生动。但如果就整体来谈《史记》这部书的文学性，我想这不是最根本的。最根本的恐怕在于司马迁是以人物的书写为中心的，由种种的人物而展现人生的百态。

2. 以人为中心

通常都说"文学是人学"，人是文学的非常重要的中心对象，从这个意义上来讲，对人的关注，对人性、人情、人的行为的关注、同情、理解甚至愤怒、批判，这些都属文学题中应有之义。而在某种程度上，这不是史学的真正中心。史学当然要理解人，也有关注人的史学，但是从分科之后的史学观念来讲，恐怕它并不以人为中心，特别是对具体的个别的人的理解，并不是史学的焦点所在。

《史记》聚焦于人，司马迁对于人抱有很深切的兴趣、了解和关怀。《史记》涉及各种各样的人物，上层的帝王将相，底层的贩夫走卒，乃至刺客、侠盗等各式人物，而且不管对这个人物是喜欢还是不喜欢，是批判的还是同情的，司马迁都能够尽力去理解，发现有意思的方面。

（1）对人性的透视

《史记》中记叙的一些事，特别好玩。商鞅是秦国的改革家，他主导了秦孝公时代的改革，使秦国走上了富强的道路，为秦国后来壮大、统一天下打下了很好的基础。司马迁是很不喜欢商鞅的，篇末"太史公曰"，司马迁评价这个人刻薄少恩，很明显不喜欢。

但是司马迁对这样一个他并不喜欢的人，实际上是有同情的了解的，而且能发现他确实有过人之处。商鞅早先的故事非常生动，他原是卫国人，叫公孙鞅，少好刑名之学。他当时在魏国重臣公叔痤门下，公叔痤知道商鞅很贤能，但是他很年轻，还没有来得及提拔，公叔痤就生病了。古书里用"病"这个字，常常比较严重，不是一般的生病，而是重病。魏惠王就去问疾，他说："公叔病有如不可讳，将奈社稷何？"万一你不行了，社稷和天下怎么办？国君名义是探病，说到底还是为自己考虑啊。公叔痤就说我这里有一个叫公孙鞅的，年纪虽然小，但是有奇才，愿王举国而听之，以后国家都交给他；魏惠王听了没答应，然后要走的时候，公叔痤就拉住他说悄悄话，如果大王你不听我的建议，不用公孙鞅的话，那就把他杀掉，不要让他出境。魏惠王听了以后，就答应了。魏王走了之后，公叔痤很有意思，就把公孙鞅找来了，将事情的原委都讲给公孙鞅听，说我向魏王推荐了你，但王不许我，作为臣下，我得优先考虑国君的事，所以我已经跟他讲了，如果他不用你，我就建议他杀了你，现在我告知你这事，你赶快逃吧，别被魏王抓住！公孙鞅很冷静，说："彼王不能用君之言任臣，又安能用君之言杀臣乎？"魏王不听你的话重用我，也不会听你的话杀了我的。果然魏惠王离开公叔痤之后就跟左右讲，公叔痤实在是病得太重了，"欲令寡人以国听公孙鞅也，既又劝寡人杀之，岂不悖哉！"

这一情节特别值得关注。我一直讲早期史书里面有许多很有意思的内容，事情应该是真的，不是虚构出来的，在这些真的事情里边能深切地看出具体的人。在这个故事里，我们可以看到多种多样的人的性格——魏惠王的性格，公叔痤这种官场上混的人的性格，公孙鞅作为年轻而有能力的人，极其通透人情，非常了解人心。由此开篇，公孙鞅呈现了智慧的正面形象。即使是司马迁不喜欢的人物，他还是会将对象的特色、优长和多面性展示出来。

所以，我想说司马迁对人的理解是非常透辟的，如果一般地说你只看到这是一个好人，或只看到这是个坏人，就不可能有如此对人物的把握。

（2）人物的细节

司马迁书写人物，有一些特别的方式。他会用一些典型的情节，如人物的语言来写人，非常具体、生动。秦汉之际是一个天下大乱的时代，《史记》记述了三个人的话语，他们都是后来翻天覆地的人物。

第一位是陈涉。陈涉早先帮人耕田，在田埂上休息的时候，与伙伴讲："苟富贵，勿相忘。"别人笑说你算什么东西，他回应说："燕雀安知鸿鹄之志哉。"所以，他后来在大泽乡起事的时候才会讲："王侯将相，宁有种乎！"这意思就如同孙悟空讲皇帝老子轮着做，明天就轮到我了。从他最初为人帮佣时的一句话，就可以看到他的性格和志向。

第二位是项羽。秦始皇巡游到会稽，驾大船渡浙江，项羽与项梁一起观看，项羽对项梁说："彼可取而代也。"项梁一听赶快就把他的嘴捂住了："毋妄言，族矣！"项氏对于赢秦是有家仇的，项羽是楚人，他的家族里很多人在秦楚战争的时候被杀，那时候有一种说法："楚虽三户，亡秦必楚。"家仇国恨交织在一起，所以有心"取而代也"。

第三位是刘邦。刘邦也见过秦始皇，他的感想是："大丈夫当如是也。"这三位气势都不小，都有很大的雄心也好、野心也好，但是语气里面还是不一样的。很重要的一点，项羽是楚之贵族，刘邦只是一介平民，两个人非常不一样，所以他们说的话不能换位颠倒，刘邦的"大丈夫当如是也"虽然气魄也不小，但是多少有一点仰望的口气，说真正的英雄应该是这样的啊；但项羽就直说这有什么了不起，我可以取而代之。

我想强调，这样的话语，不一定是虚构的。

我一直在想这件事，中国的史书里边，一直到后来中国文学传统之中所谓的志怪、所谓的传奇，这里面到底有多少属于"虚构"？一段话语、一个故事是凭空创造出来的吗？我们知道，志怪乃至传奇，都一再表示是纪实的、是真的，写《搜神记》的干

（明）张宏《史记君臣故事图》
旅顺博物馆藏

宝被人称为"鬼之董狐"，就是说他记叙那些神神鬼鬼的事，如同古代史家董狐一样，而唐代传奇不少篇什在最后要交代故事的来历，比如是谁告诉我的或我听谁说的，甚至是我亲历亲见的，对读者表示这是有来历的，是真实的事情。

但不是说因为它是真实的，所以就不够文学了。司马迁的《史记》里边那些话语、事件可能都是真实的，放在史书的文本里面，对于突显人物非常之精彩，有没有这些，对人物形象的塑造，是完全不同的。

可以举很多这样的例子，比如《廉颇蔺相如列传》记载廉颇因为秦国的反间计而被免职，赵王派赵括领军对抗秦军，结果招致长平之战的大败；廉颇回来之后就失势了，门下的这些门客都跑光了：

> 廉颇之免长平归也，失势之时，故客尽去。及复用为将，客又复至。廉颇曰："客退矣！"客曰："吁！君何见之晚也？夫天下以市道交，君有势，我则从君，君无势则去，此固其理也，有何怨乎？"

后来廉颇得到重新起用，那些门客又来了，廉颇当然就不高兴了，门客就跟他讲，天下以市道做交易，你有势力就跟你，你无权无势当然就离开你，这是常理啊，你有啥好抱怨的——就像《战国策》里苏秦的嫂子说的：你有权位有钱了，我当然就匍匐在地，对小叔子你目不斜视、恭敬有加了。所以，由这一情节就可以看出那个时代究竟是怎样一个状况，同时也反衬出廉颇其实还是一个比较端直的人。

比如司马迁写韩信也写得非常好，有很多是通过细节来写出这个人物的。韩信身材高大，但他早年什么都干不了，漂母接济他，对他很好；但淮阴当地一个少年屠户就侮辱他，当路拦着他说，你要不就跟我拼命把我刺死，要不就从我胯下爬过去。司马迁怎么写的？"信熟视之"，端详了那屠户一会儿，然后就俯身从他的胯下匍匐过去了。大家都笑话韩信，以为韩信这个人很怯懦。其实是因为韩信所挟持者大，有很大的雄心，有很大的志向，所以他不愿意在这么件事情上跟无赖纠缠。《淮阴侯列传》篇末的"太史公曰"讲，司马迁到韩信故乡淮阴去，"淮阴人为余言，韩信虽为布衣时，其志与众异"，他的志向就和别人不一样，"其母死，贫无以葬，然乃行营高敞地，令其旁可置万家"，韩信母亲死了没钱，没办法下葬，他却为母亲找了高处很开阔的地方作为墓地，旁边的空间可以安置很多守墓的房子。司马迁去看了，韩母的墓果然如此。为母亲寻找墓地这事，也是韩信年轻落魄时干的，他那时什么都没有，却找了一个很开阔的地方，可知他料定自己未来是要发达的。"胯下之辱"是《淮阴侯列传》开篇就讲的故事，而为母亲寻找高敞的墓地这事是篇末才讲的，但这两件事情放在一起，就可以清楚，韩信面对少年屠户实际上不是真的胆小，而是"其志与众异"，落魄无名的时候就有很大的雄心，所以不愿意纠缠而已。

（3）对照的刻画

《史记》的人物书写，擅用对比的方式。比如张良和陈平是刘邦手下两个非常重要的谋臣，这两人又非常不一样，张良是韩国的公子，是贵族，而陈平是平民，两人在乱世之中都怀有大志，却各有特点。

张良对于嬴秦有家仇国恨，要报仇，所以他一开始就要行刺秦始皇。失败之后，只好逃亡。他经过一座桥，遇见一位老人，老人将鞋子踢到桥下，说你给我捡上来，张良就把它捡上来了；捡上来以后老人又叫张良帮他穿上；穿上后老人说你还不错，约在某一时刻见面，可前几次张良都晚到，最后赶在半夜去守候，老人才授给他一卷兵书，说你好好读。后来苏轼写过一篇《留侯论》，提到这个故事，说老人就是来磨炼张良，让他能忍耐而成就大事的，"古之立大事者，不惟有超世之才，亦必有坚忍不拔之志"。所以，在这个意义上张良和

▼（明）李在《圯上授书图》
台北故宫博物院藏

韩信是一样的，后者也是当侮辱降临眼前的时候，不是马上就跳起来拔剑争斗，而是能忍住。天下有大勇者，"卒然临之而不惊，无故加之而不怒。此其所挟持者甚大，而其志甚远也"。所以韩信也好，张良也好，都具有这样相同的特点。

陈平出身平民家庭，家里很穷。但是他也有大志。司马迁说有一次乡里进行祭祀，祭祀以后由陈平来分肉，父老们都说陈平分得很好："善，陈孺子之为宰。"陈家这小子做得不错。陈平的回应是："嗟乎，使平得宰天下，亦如是肉矣！"宰治天下就是安排天下，跟分肉差不多啊。从陈平的这句话，就可以看出这是一位非常之人。陈平身材很高大，相貌堂堂，人家就问他：你这么穷，吃什么东西长得这么肥大啊？他嫂子很不喜欢陈平，便发牢骚："亦食糠核耳。有叔如此，不如无有。"他哥哥听说了以后就把老婆给休了。

后来，陈平要讨老婆，有钱人觉得这个人徒然长了一副好相貌，不实在，不事生产，很穷，没有用，不肯将女孩嫁给他；而穷人家的女孩，陈平也不愿攀亲。所以，高不成低不就，婚姻就成了一件麻烦事。结果有一位叫张负的，孙女嫁人五次都把老公克死了，所以没人敢娶，张负看上了陈平，一次陈平帮人办丧事，张负就跟着他回家，看陈平家处在穷街陋巷，"负郭穷巷，以弊席为门，然门外多有长者车辙"，靠着城墙省一面墙搭了房子，用一破席子当门，但是门外有很多长者的车辙——古时候的泥地，一旦有车辆经过，一定会压出车辙的痕迹来，陈平家门外多车辙印，说明他来往交接的人都是坐车而有点身份的。所以张负就回去对儿子说，要将克夫的孙女嫁给陈平，"吾欲以女孙予陈平"，他儿子自然不乐意，这么个又穷又好吃懒做的人，自己的女儿虽然当了好几回寡妇，也不合适跟了陈平啊。张负的头脑很清楚："人固有好美如陈平而长贫贱者乎？"事情就这么定下了，可陈平连讨老婆的聘礼都出不起，张负就把钱给他，聘礼也赔上了，还特别跟他孙女讲："毋以贫故，事人不谨。"不要看他穷就对他不好，你还是要好好服侍他。陈平娶了张氏女之后钱多了，交游更广，生活的路变宽了。

从张良和陈平，你可以看出平民和贵族差别在什么地方，比如贵族有些事他是不会做的，身份高的人往往有诸多禁忌，但是身份低的人就无所谓，无不可为。陈平一开始在项羽手下做官，得不到发展，于是要离开，路上渡河，碰到"浪里白条"张顺之类的角色。船夫"见其美丈夫"，即看到陈平形象很好，怀疑他是逃亡的将领，料想他身上肯定有宝贝，总是不自觉地看他。陈平意识到了，坐在船上很恐慌，但他有他的办法：他将衣服都解开来，打着赤膊，对船夫说我来帮你划船吧。船夫看陈平脱了衣服，也没有什么金银财宝，自然也就没有动手害他。这种智慧，我想只有陈平这样的人才会有，你很难想象张良会这样。《史记》中的这一类对比，读起来，很能分别人物之不同个性。

张良、陈平是一对典型，更直接而精彩的对比

▶ 张良像
选自南宋《八相图》，
故宫博物院藏

在刘邦和项羽之间。这两位秦汉之际翻天覆地的人物，司马迁是交错对比着来写的。

刘邦是一介平民，时时流露出乡间游民的无赖气。他当然有他特别聪明的地方，比如有一次两军对垒，项羽向刘邦建议，我们不要这样打来打去了，我们干脆单骑独斗，看谁打赢就完了；刘邦不理他，当然刘邦也打不过他，于是列数项羽十大罪状，表达天下共诛之的意思。项羽一怒之下，让人一箭射中他的胸口，刘邦马上弯下腰摸着他的脚，说射中我脚趾了。其实刘邦受伤挺重的，回到兵营里面，张良说这不行，虽然伤势很重，但是要赶快安定军心，扶着他勉强在军营里面走了一圈，因此军心就安定了。刘邦确实有过人之处，这一段情节，写在《高祖本纪》里。

司马迁写《史记》有所谓"互见"的手法，人、事可能分在不同的地方写。《高祖本纪》是以刘邦为主的，文字之间对刘邦当然也会有微意，有批评讽刺的意思，但是比较隐晦，基本上是呈现刘邦的正面形象，将一般认为好的那方面突显出来；而在别的部分就会写出这个人物的糟糕之处。互见法具体来说，可能有两种：一种是因为要突出某一线索，所以那些属于枝节的部分就放到别处去写；还有一种是将正面和反面分开来写。

结合《史记》别处所书写的，刘邦这人真的是非常之糟糕。《项羽本纪》里记载，当时项羽与刘邦大战，刘邦打败了以后就逃，"汉王乃得与数十骑遁去，欲过沛，收家室而西；楚亦使人追之沛"，刘邦自己是沛人，他经过沛县，就召集家室一起跑，但紧接着项羽的军队也追来了，结果刘邦的家人被项羽的军队给掳去了，包括他的太太吕雉、他的父亲都被掳去了。但有两个孩子在走散的途中，被刘邦碰上，就是后来的孝惠帝和鲁元公主，于是赶快带上马车；结果楚军紧追，刘邦急了，就动手将孝惠和鲁元推到车下去，随车的滕公看不过去，就下车又将这一双儿女救上车，"如是者三"——我不知道这是不是真实的具体数字，如果是具体数字，就是刘邦推了三次，滕公救了三次，这样才保下这两个小孩。或许，在刘邦这里，他这么做是"留得青山在，不怕没柴烧"，危难时刻自己活命是第一位的，什么老婆、父亲、儿子、女儿都不重要。这在我们看来是很糟糕的，但刘邦遵循的是乱世的伦理。

刘邦继续表现他的无赖。后来两军相对，项羽将刘邦的父亲推出来，对他说：你赶快投降，你不投降我就把你的父亲烹掉。刘邦怎么回应呢？他说："吾与项羽俱北面受命怀王，曰'约为兄弟'，吾翁即若翁，必欲烹而翁，则幸分我一杯羹。"他狡黠而无耻地将关系转换了，当初我们结为兄弟，那么我的父亲是你的父亲，你现在如果一定要把你的父亲给烹了，到时候做成肉酱，一定分给我一杯。项羽当然很恼火，就要杀了刘邦的父亲，还是他身边的人将他劝住了。

这副嘴脸，不是说《高祖本纪》里就没有，只是相对来说比较委婉一点，别处则直露很多。刘邦后来得了天下，大宴群臣，向他父亲祝酒的时候，当着大家的面问他父亲："始大人常以臣无赖，不能治产业，不如仲力。今某之业所就孰与仲多？"那时候你觉得我不如兄弟，现在看看满天下都是我的家业，与兄弟比到底是谁多啊？于是众臣都高呼万岁。刘邦原来不被他父亲看好，父亲觉得他这个人游手好闲，如今他就回过来向他父亲讨一个说法，在他父亲面前显摆一下。司马迁记下这么一个场面，自然是挖苦刘邦，勾勒出他的流氓嘴脸。

（4）剪裁的手段

由以上的例子，我们大概可以明白，司马迁对于人物的生活故事的择取，带有自己的强烈情感与价值意图。《史记》剪裁真实的历史事实，构成了它文学性的很重要的一个方面。

孙武是春秋时代著名的军事家，可是《史记》记叙的孙武事迹出乎意料地简单，主要写他在吴王阖闾面前训练宫女。

> 孙子武者，齐人也。以兵法见于吴王阖闾。
>
> 阖闾曰："子之十三篇，吾尽观之矣，可以小试勒兵乎？"对曰："可。"阖庐曰："可试以妇人乎？"曰："可。"
>
> 于是许之，出宫中美女，得百八十人。孙子分为二队，以王之宠姬二人各为队长，皆令持戟。令之曰："汝知而心与左右手背乎？"妇人曰："知之。"孙子曰："前，则视心；左，视左手；右，视右手；后，即视背。"妇人曰："诺。"约束既布，乃设铁钺，即三令五申之。
>
> 于是鼓之右，妇人大笑。孙子曰："约束不明，申令不熟，将之罪也。"复三令五申而鼓之左，妇人复大笑。孙子曰："约束不明，申令不熟，将之罪也；既已明而不如法者，吏士之罪也。"乃欲斩左右队长。
>
> 吴王从台上观，见且斩爱姬，大骇。趣使使下令曰："寡人已知将军能用兵矣。寡人非此二姬，食不甘味，愿勿斩

也。"孙子曰："臣既已受命为将，将在军，君命有所不受。"遂斩队长二人以徇。用其次为队长，于是复鼓之。妇人左右前后跪起皆中规矩绳墨，无敢出声。

于是孙子使使报王曰："兵既整齐，王可试下观之，唯王所欲用之，虽赴水火犹可也。"吴王曰："将军罢休就舍，寡人不愿下观。"孙子曰："王徒好其言，不能用其实。"于是阖庐知孙子能用兵，卒以为将。西破强楚，入郢，北威齐晋，显名诸侯，孙子与有力焉。

这些宫女一开始根本不听他的指令，再三申明军令之后，孙武不顾吴王的劝止杀了两位领头的宠姬，然后她们"左右前后跪起皆中规矩绳墨，无敢出声"。于是孙武就报告吴王，这些宫女"唯王所欲用之，虽赴水火犹可也"，阖闾很不高兴，说"将军罢休就舍"，你回去休息吧，我不想看了。讲完这个故事，一句"西破强楚，入郢，北威齐晋，显名诸侯"，就算是交代了孙武在军事上的功业了。

与孙武合传的吴起，也写得非常好。传中连写了三个事件。

一是杀妻求将：吴起是卫国人，当时他在鲁做事，这时齐国来攻打鲁国，齐、鲁之间经常有摩擦，鲁国国君要拜吴起为将，但是吴起娶齐女为妻，所以鲁国方面就很犹疑，结果吴起就把妻子杀了，顺利得到任命，率领鲁国的军队把齐国打败了。如此行事，你可以体会吴起是怎样的一个狠人。

第二个故事，吴起离开鲁国，跑到了魏国，作为将军他似乎爱兵如子：

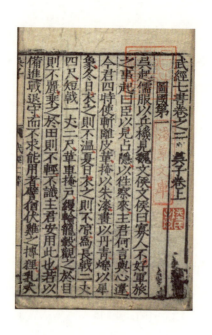

与士卒最下者同衣食。卧不设席，行不骑乘，亲裹赢粮，与士卒分劳苦。卒有病疽者，起为吮之。卒母闻而哭之。人曰："子卒也，而将军自吮其疽，何哭为？"母曰："非然也。往年吴公吮其父，其父战不旋踵，遂死于敌。吴公今又吮其子，妾不知其死所矣。是以哭之。"

吴起为士兵吮吸疽疮，大家都被感动了，只有士兵的老母亲哭了，因为当初吴起也这样对待士兵的父亲，结果士兵的父亲打仗的时候一往无前，死于阵前——这哭声回荡在历史之中，令人怀疑吴起的爱兵如子是否有深潜的意图。

最后一个故事，吴起后来又离开魏国到楚国去，他内变法，外攻伐，可以说很成功，得到楚悼王的重用，但他触怒了楚国贵族的利益，等到悼王死的时候，那些宗室大臣就作乱，都来攻击吴起：

> 及悼王死，宗室大臣作乱而攻吴起，吴起走之王尸而伏之。击起之徒因射刺吴起，并中悼王。悼王既葬，太子立，乃使令尹尽诛射吴起而并中王尸者。坐射起而夷宗死者七十余家。

吴起逃到悼王的尸体旁，往上一扑，虽然被杀，但因为他伏在悼王身上，悼王尸体也中箭了，所以这事不算完，新的国王追究此事，命令将当时射杀吴起时射中悼王尸体的人都杀掉，灭门的有七十余家——这可谓是吴起的死后报仇。

这三件事，各有意思。可以看出吴起究竟是怎样的人：他可以忍情而杀妻求将，他对士兵显示出爱心但后面可能有利用的动机，生命的最后时刻他知道自己要完蛋了，但从他的反应来看，他简直是一个不得了的人物，他的举动为自己死后的复仇埋下了伏笔。

当然，吴起有他了不起的功业，他是个军事家、政治家，是当时变法潮流中非常重要的一个人物。但通过司马迁的这些故事，他的性格特点就显示出来了。这种对人的表现乃至透视，今天来看，是超出一般的历史的兴趣之外的。这种对人的兴趣，实际上是《史记》文学性的一个特别重要的表现。

（5）场景性书写

《史记》的文学性，还突出地表现在场景性的书写，也就是透过特定的场景来表现特定的人物及性格。人物在场景之中的行为，在多重的人物关系中的表现，能很好地凸显这个人物的特点或者某一方面。对此，司马迁往往会给予非常细致的刻画。这如果放到后世比如小说的文学叙事之中来看，好像并没有什么特别之处，但司马迁是公元前的人，放到那个时代来说，其实是很了不得的。

《项羽本纪》最后，从霸王别姬到乌江自刎那一段很长的叙述，如果细读，真是一个场景接着一个场景，大致可以分为三幕，霸王别姬、溃围刈旗、乌江自刎：

> 项王军壁垓下，兵少食尽，汉军及诸侯兵围之数重。夜闻汉军四面皆楚歌，项王乃大惊曰："汉皆已得楚乎？是何楚人之多也！"项王则夜起，饮帐中。有美人名虞，常幸从；骏马名骓，常骑之。于是项王乃悲歌慷慨，自为诗曰："力拔山兮气盖世，时不利兮骓不逝。骓不逝兮可奈何，虞兮虞兮奈若何！"歌数阕，美人和之。项王泣数行下，左右皆泣，莫能仰视。
>
> 于是项王乃上马骑，麾下壮士骑从者八百余人，直夜溃围南出，驰走。平明，汉军乃觉之，令骑将灌婴以五千骑追之。项王渡淮，骑能属者百余人耳。项王至阴陵，迷失道，问一田父，田父绐曰："左。"左，乃陷大泽中。以故汉追及之。项王乃复引兵而东，至东城，乃有二十八骑。汉骑追者数千人。项王自度不得脱。谓其骑曰："吾起兵至今八岁矣，身七十余战，所当者破，所击者服，未尝败北，遂霸有天下。然今卒困于此，此天之亡我，非战之罪也。今日固决死，愿为诸君快战，必三胜之，为诸君溃围，斩将，刈旗，令诸君知天亡我，非战之罪也。"乃分其骑以为四队，四向。

汉军围之数重。项王谓其骑曰："吾为公取彼一将。"令四面骑驰下，期山东为三处。于是项王大呼驰下，汉军皆披靡，遂斩汉一将。是时，赤泉侯为骑将，追项王，项王瞋目而叱之，赤泉侯人马俱惊，辟易数里，与其骑会为三处。汉军不知项王所在，乃分军为三，复围之。项王乃驰，复斩汉一都尉，杀数十百人，复聚其骑，亡其两骑耳。乃谓其骑曰："何如？"骑皆伏曰："如大王言。"

于是项王乃欲东渡乌江。乌江亭长檥船待，谓项王曰："江东虽小，地方千里，众数十万人，亦足王也。愿大王急渡。今独臣有船，汉军至，无以渡。"项王笑曰："天之亡我，我何渡为！且籍与江东子弟八千人渡江而西，今无一人还，纵江东父兄怜而王我，我何面目见之？纵彼不言，籍独不愧于心乎？"乃谓亭长曰："吾知公长者。吾骑此马五岁，所当无敌，尝一日行千里，不忍杀之，以赐公。"乃令骑皆下马步行，持短兵接战。独籍所杀汉军数百人。项王身亦被十余创。顾见汉骑司马吕马童，曰："若非吾故人乎？"马童面之，指王翳曰："此项王也。"项王乃曰："吾闻汉购我头千金，邑万户，吾为若德。"乃自刎而死。王翳取其头，余骑相蹂践争项王，相杀者数十人。

直到最后，英雄落寞，项羽还是架子不倒。

《项羽本纪》真是一部非常好的文学作品，括而言之，整篇里面，几幕关键性场景，都得到极好的渲染。比如"破釜沉舟"，是项羽显示其勇气和军事能力的一战，通过这一战他确立了自己在诸侯军中的地位，众人就此臣服。还有当然就是"鸿门宴"，写得非常仔细，各色人物聚于一处，充满动态，交错变化，刘邦、项羽、范增、张良，包括樊哙。最后，就是前边讲的霸王别姬到乌江自刎这一段。

这三个场景，显现的是项羽一生当中最重要的几个关节点。鸿门宴上，如果当时他听了范增的话，将刘邦杀掉，后来的楚汉之争的历史是不是就没有了？刘邦脱险走了，此后的一切就不同了，这对项羽来说是命运的一个转折点。所以在这样的关键时刻，司马迁特别详尽、特别生动地写来；最后，项羽作为英雄末路的悲剧人物，必须要有一个高潮，那就是最后的霸王别姬、乌江自刎。

所以场景性在《项羽本纪》里面特别地明显。《项羽本纪》自然是按照时间的顺序一路写来的，但到关键的地方，时间线索的发展会停下来，然后司马迁用浓墨重彩来描写这几个特别关键的时刻。这几个关键时刻都是场景性的，很多的人物错综复杂交汇在一起，发生各种各样的关系甚至冲突。

这样的场景，在《史记》中还有很多。比如《廉颇蔺相如列传》，蔺相如在秦王的宫廷上"完璧归赵"的那个场景，永久地留在历史上了；比如荆轲刺秦王——当然这一段在《战国策》里也有，文本的相互关系如何有不同的看法，但不管怎么样——这也是非常生动的场景，如在眼前。

列述了那么多，如果所有这些都放在一起来看，或许我们就可以理解《史记》的文学性。这一"文学性"并不仅是因为文字好，或者文学的虚构性，《史记》其实载录了很多真实的事情，通过细节、语言、典型的情节，通过对比的方式，通过场景性的

▶ 荆轲刺秦王汉画像

山东嘉祥出土

▶ 完璧归赵汉画像

选自（清）冯云鹏、冯云鹓辑《金石索》，双桐书屋藏板，清道光十六年（1836）跋刊。

表现等，将所书写的人物勾勒、刻画、描摹出来，对于人物的种种言行，对其人心、人情、人性，都有透彻的了解和很好的展现，这才是司马迁《史记》文学性最主要的方面。

三　班固的《汉书》

司马迁的一生大致与汉武帝一朝相始终，他的《史记》写到武帝时代，当然不可能再写下去了。今天我们看到的《史记》里有一些内容，是后代补入的。班彪也曾经写过几十篇《史记后传》，他的儿子班固，如同司马迁继承父亲司马谈的事业，也继承父亲班彪的志向，写成《汉书》一书。《汉书》里边有些部分，其实出自班彪之手。

《汉书》一开始是作为一部续书写的，后来才以汉代为中心断代成书，所以它的体例大体是依循《史记》的，《史记》的"五体"之中去掉了"世家"，把"书"改称"志"。从此以后，历朝历代的正史基本上都遵循着《汉书》的体式撰写而成。中古时代，很长的一段时间里，《汉书》的地位比《史记》高。但后来有些人，特别到宋代，如郑樵著《通志》，他特别强调"通史"的意识，就痛斥班固说"迁之于固，如龙之于猪"。以《史记》与《汉书》对勘，从内容看，《汉书》的记述到武帝时代大体沿用《史记》很多，当然也有不少改动。

和《史记》相比，《汉书》在体例上更加严整，叙事也更为周密。《汉书》中的人物形象，因为写法的不同，与《史记》比较，是有变化的。比如从文学史上来讲，我们都知道贾谊，他在

《史记》里边与屈原合传为《屈原贾生列传》，篇中对贾谊其实没有写太多，录了他的《吊屈原赋》和《鵩鸟赋》，更多呈现的是一个文人的形象，形成人物的基本定位。但是在班固的《汉书》之中，就补录了贾谊的《陈政事疏》《请封建子弟疏》等，这些文章体现出他对当时的社会政治有很清楚的看法，因此，贾谊的形象就显得更加完整了。

司马迁对一个时代的大势，把握和判断是非常准的。比如对于诸子，除了有关孔子的《孔子世家》和《仲尼弟子列传》，战国的"百家争鸣"，他用两篇传就写完了，一是《孟子荀卿列传》，一是《老庄申韩列传》(即《老子韩非列传》)，他认为这两个流别是最重要的，实际上一条是儒家的线索，还有一条是道家到法家的线索，其他的似乎不用多说。司马迁对一个人，也是抓住他最主要的特点，或一生最主要的事业，所以他将贾谊和屈原放在一起给贾谊定位。但实际上贾谊不仅仅是这样的，贾谊有他对于当时现实的观察和建言，他的思考与整个汉初政治紧密结合在一起。从这些方面来讲，班固《汉书》的补录非常重要。

文学上，司马迁的文学成就，今天看来，比班固要高。班固的文字相对来讲比较谨严、客观。比如之前我们提到"破釜沉舟"之战时，司马迁的文字中连用三个"无不"，读下来非常有气势；到了班固笔下，就删掉了两个，文字上是比较严谨了，但没有司马迁那么浓墨重彩，文气纵横。《汉书》也有写得很好的地方，比如苏武和李陵的传记，我以前编注"前四史"文章的选本，便采录了。《汉书》有显著的文学成就，当然比较而言，整体不像《史记》的成就那么高。

《汉书》在文学上，公认其文字已经开始有骈对的趋势，《史记》基本上还是散句多，两者之间就形成了对比。《汉书》的骈对趋向，有学者就认为是因为班固是赋体文学的大家——朱自清《经典常谈》就这么说——赋的文句比较整齐，容易形成骈对。《汉书》比较古奥，文字上比较雅。《汉书》在当时，很多人不能通解，马融就专门跟班固的妹妹班昭读《汉书》。

《史记》与《汉书》，后代评价是有不同的，地位之高低也有起伏。一般文士大多是偏爱《汉书》的，专门有人来研究它、传习它，但是《史记》的传习者就比较少。一直到唐代为止，有崇尚骈文的风气，唐代以后散文（狭义的，中国古代单句散行的散文）渐成主流，大家才提倡起《史记》来。二者地位之起伏，其实是随着时代而转变的。历史上这两部书地位的升降，除了文学，当然还有很多其他的原因，思想上的原因、史书的撰写方式等，也都造成不同的评价。

文学上来说，就是崇尚典雅和崇尚平散的区别。唐代以后《史记》的地位越来越高，但是还是有很多散文家仍然非常重视《汉书》。比如说柳宗元精熟《汉书》；苏轼自己有一个读书法，叫"八面受敌"，他读一部书要读很多遍，但是每一遍都从不同的角度去读，因为一部书可能包含多方面的内容，从不同角度读多遍，能更好地把握书的各方面，"八面受敌"读书法就是他读《汉书》的体会。黄庭坚也说："三日不读《汉书》，便觉俗气逼人。"

四 《三国志》与《后汉书》

简单提一下《三国志》和《后汉书》。这两部书与《史记》《汉书》合在一起，称"前四史"。《三国志》和《后汉书》的文学成就，当然不能与《史记》和《汉书》比肩，但也各有特点。

从史学上讲，《三国志》与《后汉书》记载了很多重要的历史文献。特别是写《三国志》的陈寿本来是蜀国人，对他来讲实际上是在写当代史，很多事情他可能都是亲历或者亲闻的，所以详实可信。范晔写《后汉书》的时代比较晚，隔得比较久，但他当时看到的很多材料，我们现在已经看不到了，所以书中也包含了非常多的史料。有时候我们比古人看到的他们时代的文献要多，比如我们比任何一位唐人读李白或杜甫的诗都要多，即使像元稹和白居易这样的好朋友，经常抄自己的诗给对方看，我们看到的双方的诗也比他们两位多。我不知道范晔看到的东汉文献是不是比东汉人多，但东汉的文献或者当时很多人修的东汉史书，他比我们今天能看到的要多得多。

读"前四史"，有一个重要的方法，就是对读。《史记》和《汉书》对读，就可以体会它们有怎样的异同和特点，你可以有很多具体的感受。《后汉书》和《三国志》也有不少篇目是相重的。我之前对读过十几篇，各自的风格或特点就非常清楚地凸显出来了。

总体来讲，《三国志》比较真实，因为陈寿是写当代史，不少人、事是他亲见亲闻的，但他的文字比较简洁。如果借用过去所讲的"文""质"的区别，《三国志》比较倾向于"质"的这方面，比较质实。陈寿也有写得非常好的地方，比如说《诸葛亮传》，全篇的安排组织非常好，内容非常丰富，《关羽传》也写得非常生动，这些都不可多得。

相比较而言，《后汉书》更加倾向于"文"的这方面。对读下来，我觉得《后汉书》实际上全篇文字组织得更好，条理清晰，非常流畅连贯。就文字而言，范晔已经到了南朝，这是一个崇尚文辞华美的时代，所以他对自己的文章有充分的自觉，自觉去追求文辞之美，达到了相当的成就。范晔对自己的文章是颇为自负的，特别是《后汉书》的那些"论"，常常写得非常好，他自诩为"天下之奇作"，"尝共比方班氏所作，非但不愧之而已"，意思说我起码是等于或者高于班固的。后来萧统编《文选》的时候，就将《后汉书》的一些"论"单独选进去，我们知道，萧统编《文选》，对于史书是不收的，但《后汉书》里的"序"和"论"，他是选的，因为觉得这些篇章写得美。

▼（明）商喜《关羽擒将图》
　故宫博物院藏
《三国志·关羽传》记载："（关）羽率众攻曹仁于樊。曹公遣于禁助仁。秋，大霖雨，汉水泛溢，禁所督七军皆没。禁降羽，羽又斩将军庞德。梁、郏、陆浑群盗或遥受羽印号，为之支党，羽威震华夏。"此图所描绘的即为关羽斩将之英姿。

第五讲　从质朴到华丽：秦汉帝国的文学意识

一　文学的意识

从质朴到华丽，讲的是秦汉帝国逐渐凸显的文学意识。

我们在这个脉络上来看汉赋。怎么理解汉赋？现在恐怕一般不太有人去读这些赋了，作为"一代之文学"，它与唐诗、宋词在今天的地位完全不能同日而语。硬着头皮去读，你会越来越觉得赋很重要。不仅这些赋对汉代本身很重要，而且赋的发展对整个的六朝，甚至一直到初唐、盛唐那个时代，都非常重要。要了解六朝乃至唐代文学，我们以前对赋的重视是不够的。

大家可能都熟悉，鲁迅先生讲魏晋是"文学的自觉时代"，他引的论据有曹丕的《典论·论文》，里面讲文章是"经国之大业，不朽之盛事"。这个说法现在很多人都耳熟能详，其实日本学者早于鲁迅先生就提到过，而且鲁迅先生在他的文章里提到的时候是加了引号的，所以有些学者就怀疑这一说法是从日本那边传过来的。究竟如何，我们且不多说，魏晋以后文学的意识大大加强，发生了很多重要的变化，这是没有问题的。但是，这种文学的意识是不是到魏晋突然发生的？当然并不是。其实从汉代开始，文学的意识或者美文的意识已经越来越凸显，与先秦时代有很大的不同。先秦时代，文学是与其他诸多艺术样式缠绕在一起的，比如与音乐的关系最为密切，所以对于文学的讨论，往往与有关音乐的观念不能分隔，论文学、论诗基本都是结合着甚至依附着对音乐的讨论。到了汉代，延续先秦儒家传统的"诗三百"的阐释，音乐与文学还是缠绕在一起的，《诗大序》说：

> 诗者，志之所之也，在心为志，发言为诗。情动于中而形于言；言之不足，故嗟叹之；嗟叹之不足，故永歌之；永歌之不足，不知手之舞之足之蹈之也。情发于声，声成文谓之音。治世之音安以乐，其政和；乱世之音怨以怒，其政乖；亡国之音哀以思，其民困。

所谓"嗟叹"大概与吟诵相关，"永歌"当然是歌唱了，至于"治世之音""乱世之音""亡国之音"，应该首先都是指音乐了。只有到了汉代，"不歌而诵"的赋脱离了音乐，对赋的特质的认识，才渐渐显示出与乐论分离的文学之论的面目来。最令人瞩目的就是认定"赋"体现了"丽"的特质，从西汉扬雄的"诗人之赋丽以则，辞人之赋丽以淫"，到东汉王充的赋、颂"弘丽"，一直到汉魏之际曹丕的"诗赋欲丽"——这一对赋乃至诗赋的文学的"丽"的美学认知，成为六朝以下文学思想的主导观念之一。

先秦时代的《诗经》《楚辞》虽然是最早的韵文，但最初并不显示文学的功能，史书和子书一开始也是根本不作为文学来写的，但到汉代有一些不同了。

第一，当时出现所谓"文章"和"文学"的区别，"文学"这个词最早出自《论语》所谓孔门四科"德行""言语""政事""文学"，主要指的是古代的文献，包含比较广。

但是到了汉代，根据很多学者的研究，像郭绍虞先生——郭老研撰《中国文学批评史》非常重要，因为"五四"以后的一个很重要的努力，就是要用比较现代的文学观念来梳理中国过去的传统——特别讲到，汉代的所谓的"文章"这个概念慢慢凸显出来，而且"文章"或者"文辞"这两个概念某种程度上和"文学"的概念有所区别。"文章"和"文辞"更多倾向于我们今天讲的文学，即那种文字连缀成篇的文章，而"文学"包含的范围就比较广，包括了经学等诸多学术的内涵在里边。

所以"文学"和"文章"在使用的概念上的区别，实际上体现了文学意识慢慢地独立或发展，这是在汉代出现的。

第二，从当时的目录学著作也可以看出来，对于我们今天所讲的文学，汉代也有特别的意指。比如说将诗赋并列，《汉书·艺文志》依据西汉末刘向、刘歆父子校书形成的《七略》，将各种典籍分了六类，第一是六艺略，第二是诸子略，第三就是诗赋略。"诗赋略"里面包含了一些歌谣和诗，特别包含了赋的作品。由此，可以说这一类作品的地位相对独立出来了。

目录学按照清代章学诚的说法，具有所谓"辨章学术，考镜源流"的意义，它不仅仅是列一堆书名，实质上是对知识系统的重新整理，来判断有哪些重要的学科或者哪些重要的知识，将各种书籍分门别类归入其中。所以，目录的意义不仅仅是将书放在哪里的问题，后边有一个知识、学问系统的概念。以前传统讲经史子集的四部之学，到现代分文、史、哲、政、经、法，都是体现了知识的系统及这些知识系统的时代转换，体现了背后的观念变化。

所以"诗赋略"独立出来，实际上是意识到这些作品有其特殊性，汉代认为赋是"丽"的，近似于我们今天讲的美的特点。

第三，文人和学者之间渐渐有了分别。

以前的知识系统和一个有知识的人，大概是包罗万有，像老子坐拥书城，好像什么都懂，孔子也是以博学著称的。但慢慢有所不同了。《史记》和《汉书》里面都有《儒林传》，后来《后汉书》有所谓《文苑传》，但《史记》《汉书》里面还没有《文苑传》，只有《儒林传》。《儒林传》基本收录的都是学者，另有些人显然就没有放在其中，比如说司马相如就单列一篇传，他的《子虚赋》《上林赋》录载在里面。这表明当时著史的人显然认为司马相如这样的人与"儒林"不是一回事。

到了南朝刘宋时代的范晔写《后汉书》的时候，就单独列出《文苑传》和《儒林传》，这一区别，意味着范晔认为到后汉的时候，这两类人已然不同，得分别看待了。范晔的年代虽然晚，但"儒林"和"文苑"的分别，起码说明，后汉的时候确有一批人可以归入"文苑"，文人和学者确实有所不同了。这一批文化人努力的主要方向并不是经学或者学术，他们的长处是在所谓连属篇章，就是能够将文字排列、连缀起来，形成文章，他们的真正长处并不是在学问上。

从这几个方面来看的话，汉代的"文学"其实已经和先秦有所不同，已经有以文字为基本方式的文学乃至文学具有美文特质这一类文学意识在里面了。

二　汉赋的鸟瞰

非常简略地从文学史的发展线索来观察汉赋和主要的作家、作品。

（一）赋的涵义

"赋"的涵义非常多，现在我们所看到的中古时期对"赋"的表述大概有这么几种，简单地做一排比：

不歌而诵谓之赋。（《汉书·艺文志》）

早期像《诗经》，大部分可能是可以和音乐结合在一起的；《楚辞》一部分也还是合乐的，像《九歌》，有一些可能无法合乐演唱，只能诵读了。当时在社交场合或外交场合当中，有所谓"赋诗"，赋的意思就是不歌而诵，重点在诵。那么"诵"当然跟所谓的歌和音乐的关系略远一些。当时确实有很多赋是诵读的，在这里"赋"显然是一个动词，其实就是诵读的意思。

班固还有一个对于赋的说法：

赋者，古诗之流也。（《两都赋序》）

从字面上去理解，赋是延续诗的，"古诗"的"诗"是指以《诗经》为主体的过去的作品，赋是继承着诗的精神下来的。回头看

"不歌而诵谓之赋"，所赋的实际上就是诗，不歌而诵就是赋诗，所以赋当然是跟诗有关系的。

再后来，汉代的经学家开始讲"赋比兴"，这里边的"赋"，是所谓铺陈。南朝刘勰的《文心雕龙》里边，有一篇叫《诠赋》，就明确了"赋"的这一特点：

　　　　赋者，铺也，铺采摛文，体物写志也。

▼《文心雕龙·诠赋》
明万历时期闵绳初刻五色套印本

赋所表现的对象"物"和"志",相对而言是两个不同的方面,物当然是物象;汉儒解释《诗经》就说"在心为志","志"是说内在的主观的情感和思想。将赋作为一个文类来看待,无论是写"物"还是写"志",艺术上的一个基本特点即铺陈。

(二)赋的缘起

赋到底是怎么产生的?它的源头是什么?以往的讨论非常多,也非常复杂。

有的讨论似乎包罗万象,要将《诗经》《楚辞》,将之前的战国文章,都放在一起来讨论,好像汉赋是将之前的所有文学都集中在自己身上了。但我想如果要比较清楚地来讲的话,可能须分别来看,赋从早期不同的文学传统中分别吸取了经验。

当然,从源头来讲,《楚辞》传统是非常明显的。"辞"和"赋"之间本就有非常复杂的关系,"辞"是跟音乐相关的,是可唱的。到了《汉书·艺文志》里面,屈原的作品被命名为"屈原赋",有二十五篇,所以辞、赋之间关系是非常紧密的。早期的汉赋有所谓骚体赋,骚当然就是指"楚骚"、《离骚》,贾谊的《吊屈原赋》不完全是骚体,但一部分是楚骚的句式,可见关联性非常强,"辞""赋"之间很明显存在前后的源流关系。

再就是《荀子》的《赋篇》,直接用了"赋"的名字。它涉及不同的对象,比如"箴"是比较具体的,而"礼"就比较抽象,荀子都以之为对象来写《赋篇》。

还有比较重要的相关文学传统,就是《战国策》那样的策士文字。这些文字是铺张扬厉的，因为那些纵横家要去游说当时的君王，所以他们的言辞要铺张开来，尽量从多方面去铺展，造成气势。《战国策》记载的策士言说，很多是对话式的，分宾主展开，一方要劝说对方、说服对方，所以假设两人在回环往复地对谈。这在整个汉赋，特别是其早期发展中是非常明显的。比如贾谊的《鹏鸟赋》实际上是与猫头鹰对话，枚乘的《七发》是太子和客人的主客对话，司马相如的《子虚赋》《上林赋》则更是假设了三方的对话。

我们如果要为赋溯源的话，不能笼统概括地讲，而是要分析不同的赋所具有的不同特征——就好像现在朗诵，可以是抒情诗，也可以是叙事诗，甚至是多角色的戏剧诗——看到不同的特征与之前的文学传统之间存在怎样的一重关系，比较具体地加以分疏，不必笼而统之地给出一个截然的结论。

（三）赋的背景

汉赋的发展有其历史背景。

汉初经过大乱之后，基本稳定，从文景时代开始逐渐发展，武帝时代达到顶峰。司马相如所作的大赋，实际上和当时政治社会发达程度是有关系的。这时存在着一批作家，存在着一个赋家群体。汉赋可以说是一种宫廷的文学，大部分的汉赋作品，都依附于一个诸侯国的国君，而后则是作为天子的汉武帝，从藩国到朝廷，赋的发生与活动的场域是以宫廷为中心的，而且可以清楚地看出来，是与当时的政治局势相关的。

秦始皇统一中国之后有一个很大的争论，就是说到底应该用什么样的制度来确立新的帝国的构架，到底应该是"封建"式的，还是"郡县"制的？秦始皇时代最后采取的是郡县制，而秦帝国很快就瓦解了；秦瓦解之后，汉初重新面对这个问题，而大致是两种体制并存，有"封建"的诸侯国部分，也有直接由天子朝廷控制的郡县；再后来慢慢就将那些诸侯王的力量削弱下去，所谓"削藩"；最后是汉武帝的"推恩"，才最终解决了国家体制的问题。在这样的一个过程当中，那些汉赋作家的活动场域，很明显地呈现出从游走各诸侯国到最后归于天子朝廷的趋势。

宫廷文学的一个重要特征，就是政治、文化包括文学是合而为一的，所以对于这些赋家不能不考虑他们身处的政治环境。

汉代最初几位重要的诸侯王势力比较大，比如说吴王刘濞，后来酿成"七国之乱"，吴王麾下有当时非常有名的一些赋家，比如枚乘。

爱好文艺的梁王麾下也有很多人，包括因吴王叛乱之后转移过来的一些人，像枚乘曾经劝说吴王不要与中央对抗，但吴王不听，他就投靠到梁王这里来了；像庄忌，几乎没有什么作品留下来，一般不太被注意，但《汉书·艺文志》记载他作了二十四篇赋。这里面还有一个非常有名的人物就是司马相如。司马相如原在天子朝廷里做个小官，汉景帝的兄弟梁孝王到长安来，司马相如可能觉得在长安前途渺茫，就跟到梁王身边，待过一段时间。

还有一位很重要的淮南王刘安。刘安做了非常多的文化事业，比如他召集门客编写了《淮南子》，我们现在看到的还不是全篇；比如他可能也做过《离骚》等楚辞作品的编集工作，且注过《离骚》；淮南王门下应该也曾编辑过《庄子》，最早将一部书分内、外篇来编，就是从淮南王这儿开始的。淮南王自己作了几十篇赋，门下也作赋，共有四十几篇，他们作赋的数量实在是相当之大的。

当藩王们的势力消歇、瓦解之后，诸侯王宫里边的文学就消散了。

经过"文景之治"到汉武帝时代，汉帝国达到了一个非常鼎盛的时期，各方面的力量都汇聚到宫廷里边来。在赋的历史上，一个具有象征意义的事情，就是汉武帝用蒲草包住车轮，载着年纪已经很大的枚乘，前往长安，但那时枚乘太老了，经不起路途上的折腾，半道上就死掉了。而其他人，包括司马相如，都汇聚到汉武帝的朝廷上了。

经济发展到一定程度以后，就自然会倾向文化建设。汉武帝当时被批评为"外仁义而内多欲"，就是说这个人表面上是讲仁义的，但其实内心充满各种欲望。文学艺术实际上也是他欲望的一个方面，据说他看了司马相如的《子虚赋》，非常高兴，说恨不得和作者同时；结果他身边的狗监杨得意，是司马相如的同乡，就说这是我的老乡，是当代人，还活着。于是汉武帝就把司马相如找来了。这些赋家、文人最后汇集到汉武帝的朝廷，形成了一个非常壮大的文人群体，这一时期创作的赋数量巨大，据说有四百篇，为整个汉代之最。

所以，我们得清楚，汉赋的发展存在着一个非常关键的天子朝廷的背景。

（四）赋的发展

我们可以大致勾勒汉赋演进的基本线索。

汉赋的发展，在汉初值得注意的，是前面提到过的"骚体赋"，最有代表性的作家当然是贾谊。他的《鵩鸟赋》和《吊屈原赋》，都是非常有名的作品，都是他在政治上失意或者人生路途当中失意背景下的作品，从语句和内容上，显然都可以看到《楚辞》的影响。

贾谊是西汉初年非常著名的学者，二十几岁的时候就被文帝"召以为博士"，成为皇帝身边的顾问。一个人二十几岁时，正是想法特别多的时候，于是就招来了许多非议。汉文帝听人们讲他的坏话，慢慢地当真了，就疏远了贾谊，派他去给长沙王做太傅。贾谊在长沙待了三年，一直适应不了，心情也不太好，觉得自己活不长了，就写了一篇《鵩鸟赋》，说一只猫头鹰飞到他的屋子里来，于是就开始对话。赋中用了很多典故，比如这一段：

> 且夫天地为炉兮，造化为工；
>
> 阴阳为炭兮，万物为铜。
>
> 合散消息兮，安有常则；
>
> 千变万化兮，未始有极。
>
> 忽然为人兮，何足控抟；
>
> 化为异物兮，又何足患！

小智自私兮，贱彼贵我；

达人大观兮，物无不可。

……

其中，"天地为炉兮，造化为工"，其实就来自《庄子》的内篇之一《大宗师》。《大宗师》中说："今一犯人之形，而曰'人耳，人耳'，夫造化必以为不祥之人。今一以天地为大炉，以造化为大冶，恶乎往而不可哉？"庄子认为，人是万物之一，和万物是平等的，没有什么特别，因此，当人成为人，突然大叫"我是个人啊，我是个人啊"，天地造化一定会觉得很奇怪。在庄子看来万事万物都有其自然形成的动力，人变成人，又回归自然，是很自然的事情，不必大惊小怪。接下来一句："小智自私兮，贱彼贵我；达人大观兮，物无不可。"这句话又来自《庄子·秋水》，贾谊认为仅有小智慧、小聪明的人，都觉得自己的才是好的，别人的都不好；而在有大智慧的人看来，没有什么事是不可接受的。《秋水》中，庄子说："以道观之，物无贵贱；以物观之，自贵而相贱。"在庄子看来，"道"和"物"是两个不同的层面，道是更高、更抽象的，而物则是较低的、具体的。从道的角度来看，事物没有贵贱之分。其实，老子也是这么想的，在他看来："天地不仁，以万物为刍狗；圣人不仁，以百姓为刍狗。"天地对万物是没有感情的，因此也是一律平等的；真正的圣人，也就是好的统治者，对于百姓也是没有感情的，平等对待、雨露均沾。这跟儒家思想相比就很不一样了，儒家像孟子就讲求"老吾老以及人之老，幼吾幼以及人之幼"。儒家认为爱是有差等的，但也要推己及人。如今我们看来，好像儒家的思想更有人情味，道家的有些不近人情，但实际上也有它的道理，道家追求的是万事万物的平等。

枚乘的《七发》，在文学史里边都是将它看成从骚体赋到汉大赋的一个中介。我们现在看来，根据《七发》里面所表现出来的文学上的特点，确实可以把它看成向后来司马相如所建立的大赋这种标准模式发展的中间标志。

《七发》讲当时楚王的太子身体不好，吴客就去见他，分别向他讲说各种救治的办法，谈到了音乐、饮食、乘车、游宴、田猎、观涛，听了之后，楚太子都无感，没什么反应；最后吴客向他谈起"要言妙道"，楚太子一下子出了一身大汗，病马上就好了。这篇赋，全篇都是主客之间的对话构成的。

《七发》开始了一种书写传统，形成一种特别的文类，叫做"七"，这对后代是有影响的。古代中国，有些数字是有特别意义的。

《七发》特别值得留意的是那种铺陈性的描写，比如第六段观涛，描写得非常细致，非常铺张：

> 江水逆流，海水上潮；山出内云，日夜不止。衍溢漂疾，波涌而涛起。其始起也，洪淋淋焉，若白鹭之下翔。其少进也，浩浩溰溰，如素车白马帷盖之张。其波涌而云乱，扰扰焉如三军之腾装。其旁作而奔起也，飘飘焉如轻车之勒兵。六驾蛟龙，附从太白。纯驰皓蜺，前后络绎。颙颙卬卬，椐椐强强，莘莘将将。壁垒重坚，沓杂似军行。訇隐匈磕，轧盘涌裔，原不可当。观其两旁，则滂渤怫郁，闇漠感突，上击下律，有似勇壮之卒，突怒而无畏。蹈壁冲津，穷曲随隈，

逾岸出追。遇者死，当者坏。初发乎或围之津
涯，荄轸谷分。回翔青篾，衔枚檀桓。弭节伍
子之山，通厉骨母之场，凌赤岸，篲扶桑，横
奔似雷行，诚奋厥武，如振如怒，沌沌浑浑，
状如奔马。混混庉庉，声如雷鼓。发怒庢沓，
清升逾跇，侯波奋振，合战于藉藉之口。鸟不
及飞，鱼不及回，兽不及走。纷纷翼翼，波涌
云乱，荡取南山，背击北岸。覆亏丘陵，平夷
西畔。险险戏戏，崩坏陂池，决胜乃罢。澌汩
潺湲，披扬流洒。横暴之极，鱼鳖失势，颠倒
偃侧，沈沈湲湲，蒲伏连延。

可以很显然地看出来，赋所谓铺陈的特点在这里得
到发展。而如果去读贾谊的作品，是看不到这一特
点的。赋后来被认定的最重要的一个功能、最重要
的一个艺术特点，就是铺张、铺陈。

▼（明）仇英（传）
《上林赋图》局部
弗利尔美术馆藏

司马相如是汉大赋最重要的作家，是一个标志性

的人物。他最主要的作品就是《子虚赋》《上林赋》，合在一起，有时就叫《天子游猎赋》。这一篇作品实际上是有一点复杂的，说当时有一位子虚先生，还有一位乌有先生，一是楚国的，一是齐国的，楚国的这位跑到齐国去，齐国国王就带他参观游览，给他显示齐国的气势。然后这两位先生碰在一起了，子虚便开始讲楚国，楚王在云梦泽如何如何，非常之夸张；乌有很不服，就反驳他。最后出来一个亡是公（子虚、乌有、亡是公，都是讲没有这个人），说真正了不起的是天子的上林苑，然后他就极尽铺陈之能事夸饰天子上林苑的情景。

司马相如这篇赋展开的基本构架就是这样。它是对话式的，但这个对话是在三个人之间展开的。《战国策》里面很多说辞，基本上在主客两人之间展开，《七发》里面也是在两人之间。

这篇赋里边可以看出很多有意思的地方。亡是公最后夸饰天子的上林苑，其实是在强调天子对于各个藩国诸侯的超越性，这可以非常清楚地看出来。这时，汉赋建立起它的典型，就是高度的铺张，铺张到了极点，堆砌各种各样的文字。它给你提供各方面的描写、刻画，从不同的方位排序展开，然后形容树木如何，石头如何，飞禽如何，走兽如何……林林总总都堆砌在一起。描写植物的时候，用了很多相应的字，很多都含有共同的木字偏旁，"卢橘夏熟，黄甘橙榛，枇杷橪柿，楟柰厚朴，樗枣杨梅，樱桃蒲陶"；写鸟的时候则取了很多含鸟字偏旁的，"与神俱。蹁玄鹤，乱昆鸡，道孔鸾，促鵔鸃，拂鹥鸟，捎凤凰，捷鹓鶵，掩焦明"。很显然是花了很大的心思来把这些字选出来，然后堆砌在一起的。

所以后来扬雄有反省，他说赋实际上是"雕虫篆刻"，"壮夫不为"。他讲赋的"雕虫篆刻",确实是非常花心思、费心力地进行文字上的精细雕琢。

但从整个文学史的发展来看,这不妨是正面的,赋在脱离了音乐之后,对于文字本身有了一种重视和关注。说的夸张一点,可以说是一种美文的意识。赋家开始诉诸文字对于视觉的冲击力。你看到那么多字琳琅满目排列在那儿,非常富丽,非常繁复。所以,某种程度上可以讲,这是一种修辞意识的体现,或者一种追求美文的体现。

赋家如扬雄后来反省,觉得过度的奢华是不好的,所谓"劝百讽一";这些过度的刻画和描写破坏了原初的正面的主张:因为写得太铺张了,所以读来感觉非常之好,引致读者心向往之。表现的手段与表现的目的之间,呈现得完全不成比例,且相互之间矛盾冲突,这在中国文学里是经常有的现象。中国人的意识里都是追求好与善的,直接说我要做恶人、我就要做坏人之类,是不大有的。但是"劝百讽一"的效果常有,诸如《肉蒲团》《如意君传》等,作品最后所表达的主旨都是正面的,但铺排为作品主体部分的故事叙述和描写,其效果恰是反面的。

不过,无论如何,司马相如确立了整个汉代大赋的基本样式,这是非常惊人的一个成就。

司马相如之后,汉大赋的传统还在发展,最重要的是扬雄、班固、张衡等,后两位已是东汉时的人物。最能代表汉赋的,其实就是大赋的传统。

扬雄写了很多篇赋，比如说《甘泉赋》《河东赋》《羽猎赋》《长杨赋》，这些作品基本都是围绕天子的宫苑、巡游、狩猎展开。到东汉时，班固的《两都赋》和张衡的《二京赋》，都是都城赋，书写当时的长安和洛阳两座都城。

对于大赋的苦心经营，扬雄后来表示了悔意，他也不再作赋了，而是追步《论语》《周易》，开始写《法言》《太玄》这样的著作。

汉赋到了东汉中叶后有一个变化，在张衡这里显示出来。他的赋作有两方面，一方面他铺写《二

► 《选赋》中收录的班
固《两都赋》与左
思《三都赋》书影
明末吴兴凌氏笙凤阁朱
墨套印本

此本《选赋》取南朝梁
昭明太子萧统《文选》
所选诸赋，自班固《两
都赋》以下至曹植《洛
神赋》，约32人59篇。

京赋》这样的大赋，另一方面他开始有像《归田赋》这样的小赋。小赋不再是写那些重大的内容，比如说宫苑、都城之类关乎大帝国的重大内容；而是重新回到写志、抒情，写情感和怀抱，形式也随之发生变化，原来的长篇巨制变成短篇作品。张衡《归田赋》是非常有代表性的作品，文学史常常会提到的还有赵壹的《刺世嫉邪赋》，它有很强的批判性，有非常强烈的愤激的情绪。

所以，汉代的赋最简略地来说，经历的过程是从骚体到大赋确立，而后分化；大赋的传统其实一直延续，一旦整个政治比较稳定，社会比较富庶，文化开始昌盛起来，便会有大赋的书写。

南北朝时期，赋有了非常多元的发展，抒情小赋和大赋都有，后者比如左思的《三都赋》是鸿篇巨制，花费很多年才写成，一旦完篇，风行传抄，洛阳纸贵。

三　诗赋之消长

至此，我想提一下文学史上赋的地位。

在整个中古时期——从汉代一直到六朝，某种意义上甚至可以说从汉代开始的宫廷文学一直到初唐时期——赋在整个的中古时代，是一个非常重要的核心文类。《北齐书》的作者魏收，是所谓"北地三才"之一，学问很好，能著史书，也有很多文学的作品，他都还说："会须能作赋，始成大才士。"就是说一位有才之士，必须会作赋；如果仅仅能作诗，怕还不够。可以看到，整个中古时期，赋的地位几乎是最重要的。

有很多的例子。比如说《世说新语·文学》一共一百零四条，前六十五条都在讲经学、玄学、佛学，这时的"文学"还是一个传统的概念，主要指学问、学术。但是从第六十六条记载的曹植七步成诗故事开始，后边涉及的"文学"基本上便都是我们今天所讲的文学了。将这后一部分谈论文学的内容，从文体上做一个梳理，涉及的文体以赋最多，要超过诗。这是一个小小的例证，可以看到当时赋的地位在整个文学范畴之内，实际上是非常重要的。

我们今天关注六朝，赋可能不太读了，而愿意更多读诗，或者读骈文一类的美文。但是从汉魏之际开始，中古时代的那些重要诗人，几乎没有一位是不作赋的。比如说王粲有《登楼赋》，曹植有《洛神赋》，陆机作了包括《文赋》在内的很多赋，潘岳作有《西征赋》《秋兴赋》，左思有《三都赋》，谢灵运有《山居赋》，一直到庾信的《哀江南赋》——这是一篇很了不起的作品——数下来，那些重要的诗人几乎没有一个不写赋的。赋在当时确实是一个非常重要的文类，与诗并列，有过之而无不及。

接着要谈的，是在南北朝时期发生了诗赋之间地位起落升降的问题。诗的重要性越来越上升，赋的重要性慢慢地下降，诗和赋并驾齐驱，乃至发生了两者之间的升降交替。

特别值得注意的是，在文学史上的一些重要转变关头，都会发生文体兴衰交替的现象。比如现代文学兴起，一个重要的现象就是随着向白话文学的转型，小说在文学内部诸多文体之间的地

▼（元）赵孟頫书《洛神赋》
天津博物馆藏

位提升了，而诗的地位相对下降，文章的地位也相对下降。南北朝以下，诗赋之间也是这样，诗的地位越来越重要，赋的地位相对来讲低落了。

赋的文学表达，确实有一定的问题在。赋的功能，一方面是体物，一方面是写志。但至少在写志这个方面，也可以讲写情志这方面，诗是一种非常合适的文学样式。所以在写志这方面，诗和赋就构成相互之间的竞争关系。在写志达情这方面，赋的重要性就受到打压，地位就下降了。

比如你读《别赋》，很仔细地读完之后，或许你的感觉会很奇怪，会觉得读这篇赋与读诗不太一样。江淹实际上在《别赋》中描摹了七种场景下的七种别情，比如要去求仙，比如要远赴绝国，比如情人将生离死别等；每一场景下的别情都写得很漂亮、很动人，如果割裂开来，七种场景下的七种别情的每一种，都可以作为诗的表达对象来渲染。但作为一篇赋，《别赋》的基本态度是怎样的呢？实质上，这是一场模拟，而不是直接的投身情感。江淹是特别会模拟的一个人，他自己写过"杂体诗"三十首，模拟前代诗人的风格非常之像。而赋从汉大赋以下，就是一种特别长于描摹的文学体式，直截了当地说，《别赋》其实是设置了七种虚拟的场景，然后来分别抒写七种别情。

情感是出自主观的，但是《别赋》对情感的描写，却以模拟而显示偏向客观的态度，所以《别赋》表现的对象和书写的态度之间，是存在冲突的。我们假设，如果直接换以诗的形式来抒写，直面主观的情绪，投注其中而宣写出来，感情的呈现会显得更加直接、更加充沛，更加能够对人造成冲击力。而以赋书写，每一个场景和场景中的感情好像都写得很好，但你最后发现它其实是平列了七种场景及情感，作者没有真切地置身于任何一种场景和情感之中，便会不由生出一种间隔的感觉。由《别赋》这一例子，可以看出，赋在处理情志上确实有其缺憾。

这是诗赋交替的一个方面。到唐代，诗的重要性超过了赋。越来越多的人喜欢作诗而不是赋。当然赋还是要写的，因为唐代诗赋取士，且有所谓律赋的发展。我们知道，到宋代有所谓文赋的说法，这样的赋作与传统已渐行渐远了，欧阳修的《秋声赋》、苏东坡的《赤壁赋》，跟汉赋已差得很远；如果一定要说有相关，或许如《赤壁赋》里还保留着一种主客问答的形式吧。赋在文学上的活力，大概唐代以后，真的渐渐衰减了；过去有人说唐之后无赋，这或许有点夸张、绝对，实际上还是有许多人在写，但就文学史的重要性而言，它的地位确实无可挽回地在下降。

（北宋）苏轼书
《赤壁赋》局部
台北故宫博物院藏

第六讲 从民间到文人：汉魏诗歌

汉代诗歌，大致分三个方面。第一个是所谓"楚歌"，第二个是乐府，第三个即古诗。

一 楚风的流波

汉赋可以追溯到《楚辞》，而实际上整个汉代文化、文学，受到楚文化的影响都是非常之深刻的。

从**楚歌**这个角度来讲，它实际上也是楚文化发展下来的一脉相承的一种诗歌样式。这一点以前重视得不够，当然作品保存下来也不是那么多，但我们还是要从文学史、诗歌史的发展脉络上给予充分的注意。鲁迅先生在厦门大学上"中国文学史"课，编过一部《汉文学史纲要》，非常简要，但里面有很多很有意思的见解。它里面就专门列了一篇叫"汉宫之楚声"，讲的就是所谓"楚歌"这样一个诗歌传统，现在看汉初留下来的所谓诗歌作品，多属这一类楚歌。

比如项羽的《垓下歌》，刘邦的《大风歌》，还有后来《汉武故事》里边所记载的汉武帝的《秋风辞》(当然，这篇因为文献载录的时代比较晚，是否真属于汉武帝那个时代有疑问，但起码风格是非常之像的)，正史里记载的李陵和苏武分别时唱的也是楚歌体。

特别值得注意的一点，就是楚歌在文学上有非常重要的意义。

汉代尤其早期，表达个人在特定情境下的感受，最主要的一种韵文样式就是楚歌。

楚歌整个来讲篇幅都不长，都具有场景性，如史书里记载：《垓下歌》是项羽兵困垓下，与虞姬诀别的时候唱的；《大风歌》是刘邦平定叛乱之后回到沛县，和他的家乡父老一起唱的；苏武将从匈奴归汉，告别时，李陵慷慨悲歌。用后世的话来说，这些楚歌都是有"本事"的，在具体的场景之下被歌唱出来。

▼（清）黄慎《苏武牧羊图》
上海博物馆藏

力拔山兮气盖世，时不利兮骓不逝。

骓不逝兮可奈何，虞兮虞兮奈若何！ （项羽《垓下歌》）

大风起兮云飞扬，

威加海内兮归故乡，

安得猛士兮守四方！ （刘邦《大风歌》）

秋风起兮白云飞，草木黄落兮雁南归。

兰有秀兮菊有芳，怀佳人兮不能忘。

泛楼船兮济汾河，横中流兮扬素波。

箫鼓鸣兮发棹歌，欢乐极兮哀情多。

少壮几时兮奈老何！ （刘彻《秋风辞》）

径万里兮度沙漠，为君将兮奋匈奴。

路穷绝兮矢刃摧，士众灭兮名已聩。

老母已死，虽欲报恩将安归？ （李陵《别歌》）

值得注意的是，这种脱口而出的楚歌，往往表达的是一种悲哀的
情绪，刘邦、项羽、李陵、汉武帝的作品都是如此；再细读这些
楚歌，虽然它们通常篇幅短小，但却内含着一种表达和情感上陡
然的转折：项羽的《垓下歌》在第二句"时不利兮骓不逝"，刘
邦的《大风歌》在第三句"安得猛士兮守四方"，刘彻《秋风辞》
在倒数第二句的"欢乐极兮哀情多"，李陵的《别歌》在第三句
"路穷绝兮矢刃摧"——这种陡转造成的前后变化，使诗歌本身
具备充分的张力，这样在短篇中造成变化的诗歌技巧，在后代的

绝句中也往往能看到。

二　两汉乐府民歌

（一）乐府的名义

接着，谈到乐府。谈汉代诗歌必定要讲到乐府。

"乐府"这个名词相当复杂。首先"乐府"最初并不指一种诗体，而是机构的名称。音乐与歌诗是汉代礼乐文化的一个部分，由不同的官署来管理，有的专门管郊庙这类特定场合的音乐，而乐府官署主要是到民间去收集歌词的一个机构。这个乐府机构的历史可能更长些，因为考古发掘显示大概在秦代就已经有所谓乐府的机构了，但是具体情况不太清楚，现在比较明确的是汉代特别是汉武帝以后的乐府的状况。乐府变成了一种诗歌类型的名称是更后来的情形。

汉代，乐府诗都是入乐的，相当一部分是从民间采集来的，汉武帝的时候曾大规模地派人到各地去采集民间的歌谣，然后再进行修饰。所以有些学者不认为《诗经》那个时代有所谓"采诗"一说，"采诗"被认为仅仅是汉代的事，我们现在看到的所有关于《诗经》通过"采诗"收集的说法都是汉代的。无论如何，至少到汉武帝这个时候，乐府诗歌有一部分确是从民间收集的，然后再进行调整加工，跟人们认为的早期《诗经》从民间收集作品的认识，有一点相关性。余冠英先生既研究《诗经》也研究乐府，他编过《诗经选》和《乐府诗选》。他有一个说法："诗三百"是先秦时代的乐府诗，而汉代的乐府是周代之后的"诗三百"，在某种程度上这表示了汉代乐府诗和早期《诗经》的相关性。

但是乐府这个名词，不仅是讲入乐的诗歌，而且范围不断扩展。比如说到后来，词也可以叫乐府，比如《东坡乐府》；元曲散曲也可以叫乐府，比如元代张可久《小山乐府》。但有一点是共通的，它们是入乐的。所以从这个意义上来讲，乐府是一种音乐文学。

当乐府歌诗脱离音乐，不再入乐可歌之后，就是所谓"古诗"——脱离音乐以后，仅能诵读的诗。

（二）乐府的类别

乐府的分类非常复杂，类别很多。

我们现在看到的最完整的当然也是后代的分类，是《乐府诗集》。它分了非常多的类别，比如说它里边有"郊庙歌辞"，就是祭祀天地祖先的乐曲。照余冠英先生的讲法，我们要跟《诗经》来做比对的话，恐怕和《诗经》里边的那些"颂"类似，是祭祀祖先神灵的。这些作品有不少是由具备一定身份的人，比如说宫廷文人来进行创作的，司马相如就作过《郊祀歌》。比如说"鼓吹曲辞"，是吹打乐，后来有人说就是军乐，声调比较雄壮，情绪可能也比较激烈。比如还有"相和歌辞"，它们原来都是合乐的，现在仅是文字了。相和歌辞原来是管弦乐，具有娱乐性，所以里面有不少是民间的作品，像我们都非常熟悉的汉代乐府《陌上桑》，就属于相和歌辞。还有一些叫"杂曲歌辞"，就是不知它

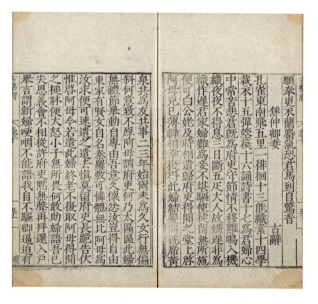

《古乐府》中收录的《焦仲卿妻》书影 明代新安王文元校刊本

元末左克明所编的《古乐府》，是继宋代郭茂倩《乐府诗集》之后又一部影响深远的乐府诗选本。《孔雀东南飞》在此本中题为《焦仲卿妻》。

所属的乐类了，甚至我觉得可能有的就是没法唱的，比如说《孔雀东南飞》就收在杂曲歌辞里面，那么长，恐怕是唱不了的。乐府还有很多的分类，这只是略举若干。

很显然，乐府是一种音乐文学，是入乐的诗。我们今天看到的只是辞，我们看到的所谓的诗就是当时的这些能合乐而唱的歌辞，曲调已经失传了。如果光看文字，有时候读起来是很麻烦的，可能不太明白。因为原来它是配合音乐的，合乐的时候里边会有一些衬字，这从音乐角度就非常好理解了，这些衬字未必有非常实在的意义；你要是不理解这是因音乐而来的，一定去追究这是什么意思，没

280　文脉的演进——中国古代文学史讲录

有意识到音乐的背景，读的时候就会觉得很奇怪。比如说《有所思》，是在"鼓吹曲辞"里的：

> 鸡鸣狗吠，兄嫂当知之。妃呼豨！秋风肃肃晨风飔，东
> 方须臾高知之！

这当中"妃呼豨"就属衬字，不好追究其确切的意思。因为要配合音乐的需要，就要加衬字在句子里边。音乐有一定的长度，歌辞不够怎么办？就要把它撑长，或者从别的地方借几个句子来，但是你看的时候就觉得前言不搭后语。有些人认为这是传抄失误或者传抄错字，但从音乐上来讲，不过就是添一两个字、拉一句凑过来；有些句子还会一再地出现，比如说"青青河畔草"，就在不同的诗里面都出现过，不是说像这样的一句诗只有一首诗能用，别的就不能用。所以，从音乐角度去理解这些问题，就比较好了解、认识了。

（三）乐府的艺术

然后，想谈一下乐府诗的艺术。

乐府诗也会有司马相如这样的文人的作品，但是相当一部分是民间的作品。现在文学史上许多精彩的篇什，实际上是来自民间的。

第一，这些来自民间的乐府民歌，对于现实生活有非常具体和质朴的表现。这种质朴性和具体性是民间文学的特质，跟《诗经》一脉相承。乐府当中有不少作品是非常原生态的。比如说会

写到生活的贫困，对现实的表现比较直接，而且是比较质朴的一种表现。

第二个特别要提到的是五言诗逐渐兴起。五言是乐府诗在诗歌历史上一个很重要的收获，丰富了五言诗的创作经验。因为是音乐文学，乐府诗有不少是杂言的，句式并不整齐，但总体来讲趋向于五言。这样一种五言诗的写作经验，在乐府当中是得到了锻炼的，所以到了东汉就成为很多古诗的形式。

第三个值得注意的是叙事性的发展。《诗经》当中已经有一些叙事类型的诗，但是汉代乐府当中的叙事要更加成熟，结构相当完整，比如《十五从军行》。《诗经》的《采薇》书写了征戍的主题，但似乎不能说是叙事性的，基本上还是抒情的品性。《十五从军行》则在事件的始末和主观感受两方面都涉及了：

> 十五从军征，八十始得归。
>
> 道逢乡里人，家中有阿谁？
>
> 遥看是君家，松柏冢累累。
>
> 兔从狗窦入，雉从梁上飞。
>
> 中庭生旅谷，井上生旅葵。
>
> 舂谷持作饭，采葵持作羹。
>
> 羹饭一时熟，不知贻阿谁！
>
> 出门东向看，泪落沾我衣。

"十五从军征，八十始得归"，远望家乡，松柏围绕着坟头，一片破败，走近一看，野兔野鸡进进出出，四下杂草丛生。老翁面对这样的景物，不由得触发情感。做饭做羹，辛苦一番，只有自己独食，孤寂之感油然而生。出门东向看，泪落沾衣——诗的最后非常细致具体地将老翁的形象刻画、呈现出来。

（四）《孔雀东南飞》与《陌上桑》

乐府诗成熟的典范当然就是《孔雀东南飞》。根据诗前的序说："汉末建安中，庐江府小吏焦仲卿妻刘氏，为仲卿母所遣，自誓不嫁。其家逼之，乃投水而死。仲卿闻之，亦自缢于庭树。时人伤之，为诗云尔。"所以应该是汉末建安时代的作品。但实际上现在大家对此不太认可。这个作品最早出现是在徐陵的《玉台新咏》里，郭茂倩的《乐府诗集》编在"杂曲歌辞"当中。

从乐府叙事诗的角度来讲，《孔雀东南飞》是非常重要的。叙事诗很多最关键的因素在里面都有充分的表现。比如说写一件事情，必须要有主人公，诗中最重要的是焦母、刘兰芝和焦仲卿这三位；叙述的结构要清楚，一点点向前推进：诗中焦母对刘兰芝不满，很不高兴，表现的时候得有场景性的描写，须写得生动，诗中焦母"槌床便大怒"，最后刘兰芝离开之前梳妆打扮，刻画得也非常细致。

> 鸡鸣外欲曙，新妇起严妆。着我绣夹裙，事事四五通。足下蹑丝履，头上玳瑁光。腰若流纨素，耳着明月珰。指如削葱根，口如含朱丹。纤纤作细步，精妙世无双。

直到最后焦、刘的悲剧结局：

> 揽裙脱丝履，举身赴清池。府吏闻此事，心知长别离。

徘徊庭树下，自挂东南枝。

诗中的人物、叙述的结构与故事的推进，以及具体场景的描写，叙事所需的最重要的那些要素，在《孔雀东南飞》里都很完备。可以说，《孔雀东南飞》的艺术成就是空前的。

在当时的环境下，这篇长诗的成就非常令人惊讶，它的前前后后几乎没有这样类似的作品。这篇诗还有一点比较特别，故事的展开往往通过对话来推进。在另一名篇《陌上桑》那里，也是这样，通过两人的对话展现事件的发展。但《陌上桑》篇幅比较短，假设作为戏剧来讲，只是一幕而已，而《孔雀东南飞》故事的长度远超《陌上桑》，真可以说是一部完整的戏剧了。正因为它的出现非常突兀，恐怕是空前的，而且几乎没有能与它相比的作品在，所以梁启超曾有一个很有趣的说法，《孔雀东南飞》的成篇受了佛经翻译的影响，因为佛经里面这样的篇章及形式是很普遍的：通过对话来推进故事，而且有充足的故事的长度。

《孔雀东南飞》之外，《陌上桑》也是叙事性诗歌当中的一流作品，有非常高超的技巧。特别是一开始的部分，为大家津津乐道：

> 青丝为笼系，桂枝为笼钩。头上倭堕髻，耳中明月珠。缃绮为下裙，紫绮为上襦。行者见罗敷，下担捋髭须。少年见罗敷，脱帽着帩头。耕者忘其犁，锄者忘其锄。来归相怨怒，但坐观罗敷。

对于罗敷之美，有正面的描写，也有侧面的描写，侧面的描写以别人对她的态度来烘托，这与荷马史诗里写海伦之美的手法是

▶ 罗敷小像
选自清代陆昶评选《历朝名媛诗词》，清乾隆三十八年刊本

一样的，海伦出现的那一刻，美得让老人们肃然起敬。

《陌上桑》写罗敷之美与荷马史诗写海伦之美，都极具场景性；叙事的展开不能平铺直叙，一定要有形象性，这与说理或者抒情不一样。从这些方面，我们可以看到叙事诗的发展。

《陌上桑》得到人们相当高的评价，其实未必能完全这么看。很简单的道理，《孔雀东南飞》主角之间的三角关系之冲突是非常清楚的；《陌上桑》里边罗敷与使君之间当然是对立的，但罗敷的表现在道德伦理上有其不完满性，某种程度上，他们的行为在道理上或许并不构成明确的对立。使君问罗敷："宁可共载不？"罗敷拒绝了，但她的理由是我的"夫婿"比你更好：

> 东方千余骑，夫婿居上头。何用识夫婿？
> 白马从骊驹，青丝系马尾，黄金络马头；腰中
> 鹿卢剑，可值千万余。十五府小吏，二十朝大
> 夫，三十侍中郎，四十专城居。为人洁白皙，
> 鬑鬑颇有须。盈盈公府步，冉冉府中趋。坐中
> 数千人，皆言夫婿殊。

除了外在的派头，"夫婿"的履历很完美，人也很帅——言下之意，你这位"使君"算不了什么。所以，如果来的"使君"比"夫婿"强，你是不是

就可能随他走？确实有人就是这样批评罗敷的，我觉得有一定道理：罗敷拒绝使君的伦理道德基础是不完美的。但我想这么批评罗敷也未必就对，因为这是虚构性的作品，是虚构了一个场景，所以它实际不过是民间文学的一种基本类型，这种情况屡见不鲜。法国学者桀溺曾研究过，西方文学传统当中，也有很多这样的情节，我记得《堂吉诃德》里面也有这样类似的故事：一个男子遇到一个陌生的女子，然后去调戏勾引，有的可能会被接受，有的则会反抗，这一类故事情节非常之普遍。

所以《陌上桑》这一类作品里边的表现，其实不完全是由作者主导的。如果是某一特定文人作为个人的有意创作，他得寻求作品意旨的完整性，它的逻辑或者道德基础必须是完整的；但是，《陌上桑》这种类型性的作品并非如此，可能这篇诗的书写者根本不在意这里边的逻辑，它只是一个基本的成规、套数，所以最直接的反应就是说我拥有比你更好的人，故而完全去批评它也不恰当。罗敷基本上不是真实的人物，而是在文学传统的套路中形成的一个人物。"罗敷"本来就是一个通称，在《孔雀东南飞》里面，焦母就有意在刘兰芝之后为焦仲卿另求佳人，"东家有贤女，自名秦罗敷。可怜体无比，阿母为汝求"，所以"罗敷"不过是当时美女的通称，与现在常说的"美女"大概一样吧。

所以这些早期叙事诗，跟后代的作品可能不完全一样。比如唐代白居易的《长恨歌》，在主旨上实际也是有冲突的，一方面白居易对杨贵妃和唐玄宗两人的情感有很大的渲染，或者说是有相当的肯定和推崇；另一方面，诗也透露了传统的观念，就是说对他们之间情感所导致的后果是要批判的，这种批判是作为一个文人站在基本的道德、社会理想的立场上持有的态度。而李、杨之间的爱情故事，其实很大成分是流传世间而被诗人听来再加以渲染敷写的，民间流传的李、杨故事本身包含着不胜艳羡或者赞美推崇的情感色彩，这与白居易作为士人的基本道德、社会立场之间构成了冲突。在这个意义上，我们可以说白居易作为一个诗人，将民间传说的素材取来，在素材所包含的那种情感取向或者思想取向，与自己的士人取向之间，没有很好地融合、疏通。我们可以如此分析和批评白居易，但是对《陌上桑》这样的作品，恐怕很难这样去批评。因为它本来就是民间文学的一个基本套路，包含着那种观念或意识形态倾向。它不是非常自觉地反省、非常自觉地梳理之后的结果。这类典型的情境，在民间性的作品当中是非常多的。

《孔雀东南飞》读到最后，当然是非常感人的：

> 徘徊庭树下，自挂东南枝。两家求合葬，合葬华山傍。东西植松柏，左右种梧桐。枝枝相覆盖，叶叶相交通。中有双飞鸟，自名为鸳鸯。仰头相向鸣，夜夜达五更。行人驻足听，寡妇起彷徨。多谢后世人，戒之慎勿忘。

分别种下的松柏与梧桐，枝叶却交融在一起，上有鸟儿互相啼鸣，这个情景好像真的很美，但这实际是有普遍性的，后来的白居易《长恨歌》最后记录了李、杨的誓言："在天愿作比翼鸟，在地愿为连理枝。"而晋代干宝《搜神记》里记述的韩凭夫妇故事，最后也是树枝交织在一起：

> 宿昔之间，便有大梓木生于二冢之端，旬日而大盈抱。屈体相就，根交于下，枝错于上。又有鸳鸯雌雄各一，恒栖树上，晨夕不去，交颈悲鸣，音声感人。宋人哀之，遂号其木曰"相思树"。"相思"之名，起于此也。南人谓此禽即韩凭夫妇之精魂。

这一类文本其实将很多不同的情节因素糅合在了一起。民间性的作品，它表达出来的情节、情境和思想感情，通常含有相当套路化的因素。

（五）情感的直接与强度

我想特别强调乐府民歌的情感强度，和它民间诗歌的特性是相关的。

乐府诗对于生活经验的表现是非常具体的，观念和情感比较类型化，它不是个别性的。比如说曹雪芹《红楼梦》讲女子是水做的，男人则是泥做的，女的就是比男的好，这完全是他个人的想法，是高度个性化而不是类型化的；至于说《水浒》《三国》讲究忠孝节义，还有女人是衣服、兄弟是手足之类，这都是普遍的一般性的观念表达。

但有时候，这种类型的文学也有它的魅力。类型化的情感和观念，好像没有个性，但可以是有力量的，有魅力的，值得体会的，因为它涉及最基本的人的情感和思想。这在现代人的心里面不太容易引起回应，因为它太基本，大家都或深或浅经历过，觉得好像没有什么特别，但实际上它是非常有力的，它的力量你须要去体会。这种力量不在于情感的婉转曲折和深至细微，而是对那种最基本的情感的充分表现。

《饮马长城窟行》：

> 青青河畔草，绵绵思远道。
>
> 远道不可思，宿昔梦见之。
>
> 梦见在我傍，忽觉在他乡。
>
> 他乡各异县，展转不可见。
>
> 枯桑知天风，海水知天寒。
>
> 入门各自媚，谁肯相为言。
>
> 客从远方来，遗我双鲤鱼。
>
> 呼儿烹鲤鱼，中有尺素书。
>
> 长跪读素书，书中竟何如？
>
> 上言加餐食，下言长相忆。

诗的最后讲到"加餐食""长相忆"，用最直白的话来讲就是：你要好好活着，要记得互相思念——生活和爱，这是人生两个最基本的东西。

这种类型的作品，就是将最基本的东西凸显出来，它们把握了人生及文学的最基本的要素，是非常有力量的。而且因为它们把握了最基本的要素，所以乐府诗中，比如说情诗的基调，是非常健康、坦率、明朗的，没有后来那种太微妙婉转的东西。比如据说是卓文君写的《白头吟》：

> 皑如山上雪，皎若云间月。

▼ （明）杜堇《听琴图》
图中弹琴者为司马相
如，屏风后听琴者为卓
文君。一曲《凤求凰》，
成就千载佳话。

闻君有两意，故来相决绝。

你如果三心二意的话，好，我就自己主动来跟你彻
底分了吧。《有所思》最后也是这个态度：

有所思，乃在大海南。何用问遗君，双
珠瑇瑁簪，用玉绍缭之。闻君有他心，拉杂摧

烧之。摧烧之，当风扬其灰。从今以往，勿复相思，相思与
君绝！

你有了别的心思，那好，以前准备的信物都毁了吧。

这种简单明朗，我们现在好像不太能够理解，但是我想这类
作品实际上处理的是一些最基本的感情要素，表达得非常充分，
乐府诗的力量有时就在这里。这与后代的唐诗、宋词整体上大有
不同。

三 "古诗十九首"

（一）名义与作者

汉代文学从文类上来分，最重要的有三种文类：一是散文，
包括史传、政论，二是汉赋，三是韵文的诗歌。诗歌这部分包
括：一楚歌，二乐府诗，三古诗。

古诗一般现在认为是不入乐的，这是它和乐府诗的一个差
别。但是这事也比较难说，因为在相关的一些历史记载里，也有
将今天所认为的古诗称作乐府的。所以五言乐府和五言古诗，在
今天离开了当时的音乐环境的情况下，有时很难做区分。不入乐
的，我们可能就认作古诗，它们与音乐的关系远一些。

当时的古诗，历史上留存的有数十首，而其中最有名的就是
"古诗十九首"。

为什么是十九首？那是因为昭明太子萧统编《文选》，从古

诗里面选了十九首，成为当时几十首古诗的代表。所谓"古诗十九首"的作者，我们是不清楚的。现在的概念认为一个作品必须要有作者，但当时怕未必如此。南朝后期徐陵编《玉台新咏》，"古诗十九首"里面有八首，标明的作者是枚乘，就是那位非常有名的汉赋作家。但这一说法争论非常之大，有一些人是坚决不相信的，认为西汉的时候恐怕不太可能有这样成熟的诗。所以，比较为大多数人所接受的看法，是"古诗十九首"大概产生于东汉的中后期，因为里面有一些诗句比如"游戏宛与洛"，显然可以看出来是东汉的；也有人力图去证明西汉时代是可以有这样的作品的。这些恐怕都难成定论。

之前我上研究生课，曾有几次专门讨论古诗，相关材料读下来，发现作者问题在早期基本上不成其为一个问题，没有人会很关心这些诗背后是哪一位作者。这些古诗的作者问题，大概是在晋宋之际提出来的。钟嵘《诗品》说："'去者日以疏'四十五首，虽多哀怨，颇为总杂，旧疑是建安中曹、王所制。"提到是曹植、王粲写的，差不多就是建安时代的作品了。当然，这也不是一时的定论，如我们前边提到的，后来《玉台新咏》从里边指认出枚乘的手笔。毫无疑问的一点，这些作品应该都是汉代作品。为什么？因为吴、晋之际的陆机有《拟古诗》十余首，里边相当一部分可以非常清楚地看出来所摹拟的"古诗十九首"的内容。所以从这个意义上来讲，这些作品肯定是在陆机之前的。不过，那时候没有一个明确的作者概念，很长一段时间都是这样的。到晋宋之际的时候，特别从刘宋以后，各种各样的说法就出来了，试图要确定作者是谁，有的说是"曹、王所制"，有的说是枚乘，等等。

这意味着什么？其实在中国古代，这种情况是非常之多的。当时有一篇作品存在，但作者到底是谁，最初的人并不是那么在意，随着时间的推移，观念也在变化，后来人会试着认定作者；有很多文本的作者是被后代认定的，被认定为某一特定文本的作者。所以，"古诗十九首"的作者问题，各种说法都有，恐怕也很难下定论。

古人最初的时候并不在意这些古诗是谁写的，但它的时代大概是清楚的，应该东汉时就已经存在了。现在主流的看法认为这些古诗不是一人一时的作品，而是一批所谓无名文人的作品。

（二）人生的基本主题

"古诗十九首"在中国文学史上有很高的地位。

"古诗十九首"讲了什么？沈德潜曾经概括过，他说："大率逐臣弃妻，朋友阔绝，游子他乡，死生新故之感。"简单说，就是写君臣、夫妻、朋友分离，游子他乡漂泊，生命短暂而有限——基本上可以用一句话来概括，就是写人生当中的种种缺憾和不如意事。

这些诗所书写的，是文学的永恒主题。比如说写到分离：

> 行行重行行，与君生别离。
>
> 相去万余里，各在天一涯。
>
> 道路阻且长，会面安可知？

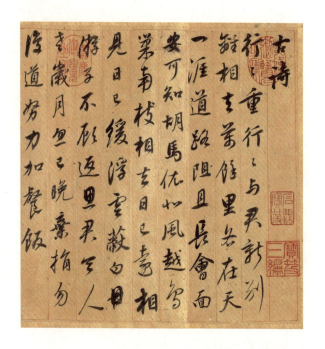

胡马依北风，越鸟巢南枝。

相去日已远，衣带日已缓。

浮云蔽白日，游子不顾反。

思君令人老，岁月忽已晚。

弃捐勿复道，努力加餐饭。

"道路阻且长"，《诗经·蒹葭》里面就有；"相去日已远，衣带日已缓"，也是非常典型的；"浮云蔽白日，游子不顾反"，两人分离，总不归返，然后有相思，有忧伤。

沈德潜讲到所谓"死生新故"，就是指生命的短暂。"古诗十九首"中有一首非常有名：

回车驾言迈，悠悠涉长道。

四顾何茫茫，东风摇百草。

所遇无故物，焉得不速老。

盛衰各有时，立身苦不早。

人生非金石，岂能长寿考？

奄忽随物化，荣名以为宝。

可以看出来所谓"死生新故"的感觉。树犹如此，人何以堪？一切都在变化，在这个变化的世界之中，人当然会变老，这是生命的无奈。金石对于人的肉身来讲当然是长久的，人又不是金石，怎么能够长寿？生命是非常短暂的。所以"生年不满百，常怀千岁忧"。

基本都是这样的作品。不管是离别的思念也好，还是生命短暂的感觉也好，"古诗十九首"所处理的都是人生的不如意和缺憾。

面对人生的困境，当然是要有应对、解决的办法的。"古诗十九首"的应对，有几种方式：一是建立世俗能够见到的功名。比如说《回车驾言迈》里面，当面对"人生非金石，岂能长寿考"时，抓住的是"奄忽随物化，荣名以为宝"。"物化"是《庄子·齐物论》里边的话，"荣名"是世间的功名。这是说，当你面对人生有限这样一个问题的时候，就要去建立世俗的功名，在有限的生命当中建功立业。

还有一种方式就是及时行乐。比如"不如饮美酒，被服纨与素"，不如吃得好穿得好；"昼短苦夜长，何不秉烛游""为乐当及时，何能待来兹"，及时行乐，这话说得最直接了。我想这个时候恐怕还没有受到佛教的影响，佛教讲轮回，当你生命有限的时候，佛教的一个办法是说这个没有关系的，你现在好好地行善事，下一生就会好的。中国人可能不是这样想的，因为生命很短暂，还是赶快抓住这个眼前吧。

"古诗十九首"是对于人生当中的一些最基本的主题或者说是永恒的那些问题，对于人生的缺憾和不如意的一种表达和应对。

（三）"意悲而远"的艺术

从艺术上来讲，"古诗十九首"一向在中国的诗歌史上占有非常崇高的地位。我们现在讲唐诗是中国诗歌的黄金时代，哈佛大学宇文所安教授著有《盛唐诗》，原来的英文书名是 *The Great Age of Chinese Poetry: The High T'ang*。但是在中国古人看来，唐诗实际并不属于最高境界。唐宋人回顾诗歌史的时候都会说，最高的诗歌典范是《诗经》，而其后的诗作越来越差，汉魏古诗下一等，唐诗更下一等，至于当代的，那就更不好了。比如朱熹就说过：

> 顷年学道未能专一之时，亦尝闲考诗之原委，因知古今之诗，凡有三变。盖自书传所记，虞夏以来，下及魏、晋，自为一等；自晋、宋间颜、谢以后，下及唐初，自为一等；自沈、宋以后，定著律诗，下及今日，又为一等。然自唐初以前，其为诗者固有高下，而法犹未变。至律诗出，而后诗之与法，始皆大变。以至今日，益巧益密，而无复古人之风

矣。(《答巩仲至》)

在他看来，汉魏古诗实际上是要比唐诗更高的。在中国诗歌史上，古诗属于品级非常高的作品。

怎么来理解"古诗十九首"的艺术？大家常会引钟嵘的评价：

> 文温以丽，意悲而远，惊心动魄，可谓几乎一字千金。

以《诗品》的评论来说明"古诗十九首"艺术境界之高超。"文温以丽"，我的理解，实际上是说诗的字面上不是那么剑拔弩张，读过去是比较浑成的，不那么尖锐，这是"古诗十九首"一般的风格。"意悲而远"指对于人生的缺憾的看法，"远"实际上是看得远，看的是根本，所以较为开阔——如果简单概括的话，是"情深"和"意远"这两个方面。

"情深"讲的是它的语句看上去是比较平易的，但感情其实是非常深细的。比如说"相去日已远，衣带日已缓"，对情感在身体上的表现，有真切的体验，有细致的体察，然后将其书写出来。所谓"思君令人老，岁月忽已晚"，讲在情绪之中的时间，心理上的时间跟物理的时间并不是完全一致的，这种感觉是主观和客观结合在一起，有细致的体察之后才能写出来的。"古诗十九首"表达的很多感情可以说是一往情深的，比如《孟冬寒气至》这一首：

> 孟冬寒气至，北风何惨栗。
>
> 愁多知夜长，仰观众星列。
>
> 三五明月满，四五蟾兔缺。

> 客从远方来，遗我一书札。
>
> 上言长相思，下言久离别。
>
> 置书怀袖中，三岁字不灭。
>
> 一心抱区区，惧君不识察。

整个诗读来，情感非常深切且执着。

"古诗十九首"的主旨是把人生的一些根本性的大问题提出来，说得非常彻底，非常透辟。我们体会汉代诗歌的力量，体会它的魅力，其实要从这个角度去理解。它不在于辞藻怎么漂亮或者构思怎样巧妙，而是把人生最基本的问题提出来，然后加以充分地表现，这才是它的力量之所在。所以古诗的情和意这两方面都是兼备的，这些是人生里面经常可以碰到的。

举一首作品，它不在"古诗十九首"之列，但属于那个时代的古诗，我个人相当喜欢，即托名苏武和李陵的一组诗歌中的一篇：

> 结发为夫妻，恩爱两不疑。
>
> 欢娱在今夕，嬿婉及良时。
>
> 征夫怀远路，起视夜何其？
>
> 参辰皆已没，去去从此辞。
>
> 行役在战场，相见未有期。
>
> 握手一长叹，泪为生别滋。
>
> 努力爱春华，莫忘欢乐时。
>
> 生当复来归，死当长相思。

研究者指出，基本上可以肯定这样的诗不是他们两个人写的，特别应该不是苏武写的，因为我们现在看到的所谓苏武诗，早期多归属于李陵名下，后来可能因为苏武、李陵两人的关系非常有名，所以有一些李陵的作品便被分到了苏武的名下。

这首诗写夫妻临别前夜的场景。"结发为夫妻，恩爱两不疑"，他们两人的感情是非常之好的；但因为第二天丈夫就要出征，所以对他们夫妇来讲，这一晚实际上是离别的前夜。"欢娱在今夕，嬿婉及良时"，虽然面临生离死别，但起码眼前的这一刻是美好的。"征夫怀远路，起视夜何其"，是说因为第二天要出发上路，所以就起来看看这天色到底怎么样了。天渐渐要亮了，马上就要告别了。诗到这里，看起来都很平易。

"行役在战场，相见未有期"，读到这里我们可以知道男子是要去征战，吉凶未卜。唐诗有"醉卧沙场君莫笑，古来征战几人回"的句子。这两句诗点出两人分别的缘由，可能的未来前景，比较残酷的真相就显露出来了。"握手一长叹，泪为生别滋"，到底生离还是死别都不知道，此刻只有悲伤的情绪涌起，长叹，流泪。我觉得诗的全部力量就在最后：

> 努力爱春华，莫忘欢乐时。
> 生当复来归，死当长相思。

出征前夜，夫妻二人面临分别，这里面当然有悲哀，但是萦绕在两人之间的好像没有特别强烈的悲伤，用儒家的话来讲，是"哀而不伤"，我觉得这也是"温以丽"的一个表现，甚至可以讲是"温柔敦厚"。"努力爱春华，莫忘欢乐时"，仿佛是对前面流露的悲伤感的一个转折。正在悲伤的情绪之下，他们两人对欢乐有一番回味：无论如何，当下两人还在一起，对现在的欢乐还有体验，而且隐隐有一种护持之意；不管怎么样，我们有过欢乐的时候，在生离死别的这样一种整体来讲是悲伤的情境之中，提醒自己要记住过去和现在的快乐，爱惜现在的春华或者说青春时光——这是非常坦然、非常健康、非常明朗的一种情绪，恐怕是后人很难体会的。

诗的最后两句非常有力量："生当复来归，死当长相思。"字面上非常平易，但实际上我深感这里面是一种强烈至无以复加的情感的表达，照大白话说，就是活着便要回来相见相聚，死了就要长久地思念——死了的话，两人不能见面了，但得思念着。我们很难想象还有比这更强烈的情感表达了。

所以汉人的诗，它的力量就在这儿。它没有那种特别婉转、特别复杂、非常细腻的一面，它不在这些方面见长；它是将人生当中最基本的问题摆出来，然后将情感、态度讲到最充分，讲到最根本。

这种风格是汉代诗歌的一个特点。汉代诗歌总体来讲不及后代的诗那么多，但是那种魅力在唐诗里是很少能读到的。它非常朴素，但也非常庄严。

四　"建安风骨"

讲"建安风骨"，不仅仅是解释这个名词，实际上是讲汉末的文学。"建安"是汉献帝的年号，属于东汉一代；但是"建安"在整个中国文学史上有非常重要的地位，它和之后的魏晋文学是一脉相承的，具有里程碑意义。

因为在这个时代，五言诗逐渐开始成为诗人非常重要的表达方式，变成一种表达个人情思的媒介。这个功能在汉初的时候，实际上是由楚歌来承担的。楚歌非常短小，在史书的记载里，基本上都有一个具体的场景，在某种特定的情境之下有所反应，然后歌咏成篇，表达出自己的情感。而到了"建安"之后，五言诗便具有这样的一种功能，来取代楚歌，逐渐成为诗人表达个人情思的一种最主要的媒介。

（一）文化背景

首先想提一下背景，即经学解体和个性化的表现。

整个两汉的思想世界有一个对称性，在汉初的时候是对历史现实的反思，诸子学非常地发达，承继着战国时代的风气，除了儒、道之外，还有法家等，都很活跃，儒、道两家有非常激烈的竞争。文景之治，核心的政治哲学就是黄老之学。从汉武帝时代开始，经学定于一尊，以后很长一段时间里，经学成为最主要的思想潮流，多元的思想潮流呈现了收束的趋向。到了两汉后期的时候，即东汉中后期，思想界发生了很大的变化，社会也发生了很大的变化。诸子百家的许多学术又重新复兴了。那时有人重新开始研究墨学、研究兵家，曹操就注过《孙子兵法》。道家又重新兴盛起来，经学与道家结合，发展出玄学。统观两汉的思想史，一开始延续着战国余绪，是诸子并起的；然后有所谓独尊儒术，经学成为主导的学术；到了东汉末的时候，诸子百家又重新盛行起来。

另外一方面，因为是乱世，乱世的伦理和治世是不一样的，以前的太平世道的许许多多规范都已经打破了。曹操标举所谓"唯才是举"，明确地讲，只要有才，品行是不重要的。所以各色各样的人都涌现出来，匪夷所思的情况都出现了。这好像是社会的纷乱或者说思想的纷乱，但是从另外一个意义上来讲，它实际上重新打开了很多人进行选择和发展的空间。因为原来给你规定了你大概应该是怎么样的，你如何行为是合理的、正当的，而现在你行为的规范或者空间全都打开，有多样的选择和发展的可能性，人的个性自然也就突显出来了。

这里不妨举孔融为例。他是孔子的后人，在当时是一个非常有特点的人。孔融是一个多情的人。蔡文姬的父亲蔡邕是个大文人，写赋写碑都非常有名。孔融和蔡邕是好朋友，蔡邕死后孔融很伤心，看到有一士兵跟蔡邕长得很像，就经常把这个人拉过来跟他一起喝酒，好像又可以与老朋友在一起；他有两句诗叫"座上客常满，樽中酒不空"，一天到晚就喜欢喝酒。这种对于友情的尊重，在乱世当中是非常有意味的。

曹丕也非常有意思。他应该是比较厉害的一个人，因为他最后真正完成了父亲曹操的大业，代汉而立；而且他对弟弟也很厉害，不仅在嗣位的争夺中将曹植压倒，而且一直压制后者，令曹植感到苦不堪言。曹丕确实是有多面性的，他的诗其实写得非常好，对朋友也非常好，他是当时所谓邺下文人集团的首领。王粲是当时很有名的一个文人。王粲死后，曹丕去送葬，学驴叫。为什么学驴叫？因为王粲生前喜欢学驴叫，这事记在《世说新语》的《伤逝》篇里边：

> 王仲宣好驴鸣。既葬，文帝临其丧，顾语同游曰："王好驴鸣，可各作一声以送之。"赴客皆一作驴鸣。

相对于曹丕政治上的作为，这是一种完全不同的场景。那时对情感的表达非常有意思，孔融有首《杂诗》（虽然这有争议，或许并不就是他写的）：

> 远送新行客，岁暮乃来归。
>
> 入门望爱子，妻妾向人悲。
>
> 闻子不可见，日已潜光辉。
>
> 孤坟在西北，常念君来迟。
>
> 褰裳上墟丘，但见蒿与薇。
>
> 白骨归黄泉，肌体乘尘飞。
>
> 生时不识父，死后知我谁。
>
> 孤魂游穷暮，飘摇安所依。
>
> 人生图嗣息，尔死我念追。
>
> 俯仰内伤心，不觉泪沾衣。
>
> 人生自有命，但恨生日希。

"闻子不可见，日已潜光辉"，说儿子没了，日月都失色，这种感觉骤读上去，好像是让人吃惊，但也可以看出作为父亲的那种深情；这种深情在乱离世道的映衬之下，显出特别的光泽。

深情之外，这时候的人都非常地聪明，非常地有智慧，但有的时候甚至可以说拥有一种过度的智慧。像孔融就是这样，他很小的时候要去见闻名天下的李膺，求见李膺的人太多，他排不上号，就声称与李膺有"通家之好"。为什么呢？因为当年我的祖上孔子曾见过你的祖上，也就是孔子问礼于老子的故事——所以，这种地方显得他确实非常机灵。但有些话就过度了，超出了一般的认知规范。比如孔融说子女是父母情欲的产物，父子之间是情欲所致而已，母子之间不过是瓶子和瓶中物的关系；孔融甚至说饥饿之年，如果父亲很坏的话，饿死他也没什么不可以。后来的阮籍进一步表示杀了父亲也不是不可以，但对母亲则不能这样，《晋书·阮籍传》里记了他的话：

> 　　有司言有子杀母者，籍曰："嘻！杀父乃可，至杀母乎！"坐者怪其失言。帝曰："杀父，天下之极恶，而以为可乎？"籍曰："禽兽知母而不知父，杀父，禽兽之类也。杀母，禽兽之不若。"众乃悦服。

杀了母亲，禽兽不如，因为动物是只知其母不知其父的。孔融、阮籍的这些话都是非常可异的。当然，我们知道阮籍的父亲阮瑀很早就死了，他是被母亲抚养长大的，据说曹丕同情他们孤儿寡母，带了王粲等一帮文士一起写《寡妇赋》。照嵇康《与山巨源绝交书》的自述，他也是早年丧父的。现在材料不够丰富，没有办法做心理分析，像阮籍、嵇康这样早年丧父，由母亲带大，这与他们性格的形成，包括他们走上文学道路，有没有关系？

　　这些非常奇怪的言行，都出在那个乱世里；乱世之中有些方面会放大，人会脱出常规地放纵，超出了正常的度。这个度，孔融其实没有掌握好，如果比较的话，阮籍掌握得比较好。阮籍也讲对父亲不利的话，这在当时属惊世骇俗，因为人们都讲究孝，但阮籍基本只在伦理的范围里胡说八道，还能机智地自我解说，而在政治上从来不胡说八道，从来不超越这个界限。孔融就过了这个界限，招致杀身之祸。阮籍严守界限，在乱世当中他非毁的范围限于伦理，所以能保全生命；孔融太聪明了，却超越了度，所以就丢掉了性命。

那时曹操下禁酒令，说喝酒不好；孔融就说酒有什么不好，你禁酒实际上不过是想节省粮食，因为你要囤积粮食，而酒要用粮食酿；他说历史上酒是好东西，如果没有刘邦趁醉斩白蛇，也就没有后来的汉家天下了，如果当年汉景帝不是喝醉了酒宠幸唐姬，也就不会有七世孙刘秀的"中兴"，所以酒是好东西，你不能说酒是不好的。他还说：

> 徐偃王行仁义而亡，今令不绝仁义；燕哙以让失社稷，今令不禁谦退；鲁因儒而损，今令不弃文学；夏、商亦以妇人失天下，今令不断婚姻。而将酒独急者，疑但惜谷耳。

仁义、谦让、儒学、女人，都曾导致邦国衰亡，那是不是都能禁断呢？可是我们知道，不管曹操的禁酒令目的如何，就算他是想囤积粮食，也不能揭穿了，你翻了他的底牌，问题就大了。

孔融经常这样。曹操打败袁绍之后，曹丕将袁绍的儿媳妇收为己有，于是孔融就对曹操说，武王灭纣后把妲己赐给周公了。曹操也是读书人，闻所未闻，就问怎么回事。孔融回应了一句很好的话："以今度之，想当然耳。"我今天看到你们父子打败了袁绍以后，把人家的儿媳妇占为己有，我想当时武王伐纣，大概也就是这么回事，把妲己抢过来，赏给周公了。这种话等曹操回味过来，一定非常恼火。孔融在这些地方，可谓是过度放纵。他的情和他的智，都很充分，而又无度地发挥出来，显示了突出的个性。

在太平盛世里，这些可能不会充分地表现出来，但在乱世当中，就非常突出了。因为有这样一个乱世，所以有这些情、智、个性的表现，当然在文学当中也就会有体现，个性的发扬导致了文学当中个性的突出。所以在汉魏之际，文学发生了关键性的变化。

（二）文学变趋

1. 从类型化到个性化

首先，五言诗从类型化向个性化的转变。古诗的作者是没有办法确定的，它所表现的情感和思想，指向的是人类那些最基本的主题，分别的悲哀、爱情的破灭、生命的有限等。到了建安时代，诗歌当中还是有那种类型化的表现，但我们开始听到诗人充满个性的声音，比如曹操，他的乐府诗里面会写到当时生灵涂炭，战争的惨烈。

在曹植的作品里边，他前期、后期有不同的生活和经历，在诗歌当中就体现出不同的风格和面貌。如果你不知道曹植这个人，不了解这个人的经历，对理解他的作品多少是会有一些影响的。所以你就必须要了解这个人，了解他的个性，因为他的个性在文学当中是有表现的。这些都是所谓从类型化到个性化的体现。

追究"古诗十九首"这一类古诗到底是曹植写的还是王粲写的，我颇不以为然。因为关系不大。这些古诗写的是基本的主题，人们都会碰到的普遍的问题。但是到了建安时代，很多诗你必须要结合人的个性、经历去理解，这是一个非常大的变化。

2. 逐渐脱离音乐

其次，诗歌开始脱离音乐。乐府诗基本都是合乐的。曹操、曹丕到曹植，他们的作品非常明显地体现出和音乐渐行渐远的过程。逐步脱离音乐以后，诗歌就变成吟诵的、诵读的，乃至于案头阅读的文本。

（三）"三曹"

1. 曹操

首先，曹操是喜欢音乐的，他"登高必赋，及造新诗，被之管弦，皆成乐章"，所以他的作品都是入乐的。可以说，乐府还是建安诗歌的一个基础，建安诗歌延续乐府的脉络向前发展。

其次，虽然是延续了乐府的旧题，但曹操在诗中已经呈现了个人和时代的印记。比如说《蒿里行》是乐府挽歌，但曹操的《蒿里行》里面写到"白骨露于野，千里无鸡鸣"，到处都是死人的白骨，千里之内鸡犬不留。他用这样一种挽歌的形式，书写当时战争的惨烈。整个中原的破坏，在当时的史书里是可以得到印证的，所以曹操的诗句显然是这个时代的一个痕迹。如果打一个比方的话，我们知道唐代的诗歌里边有所谓新题乐府，自己创造出以前没有的，而曹操的作品基本上都是沿用过去的乐府旧题，但他是用旧瓶装他自己的酒，他延续了乐府的传统，但是里边有他个人和时代的影子。

第三点值得提出来的，就是他的四言诗成就非常之高。比如说《步出夏门行》"东临碣石，以观沧海。水何澹澹，山岛竦峙"。一方面诗的气魄非常之大，可以看出他一世之雄的形象，这是他个人的印记；另一方面，这也是四言诗的一个很重要的成就。

第四点，对曹操来说，他的诗体现了时代精神，或者说体现了时代主题。

曹操的诗也跟"古诗十九首"一样，写到了生命的有限，和对生命有限的焦虑，也写到了他建功

▼（明）程嘉燧《月明星稀乌鹊南飞》台北故宫博物院藏
曹操的《短歌行》意境深沉，有深沉的生命哀感意识，与"古诗十九首"基调相合。

立业的意愿。《短歌行》大家都非常熟悉，他讲"对酒当歌，人生几何？譬如朝露，去日苦多"，又讲"神龟虽寿，犹有竟时；腾蛇乘雾，终为土灰"，生命是有限的，神龟当然是能活很久，但神龟、腾蛇都有终结的时候，更不用讲人生了。这些都是对于生命有限性的充分的认识。

但是，曹操代表了建安时代积极努力的精神。在人生有限这样的宿命面前，他不是一无所为的，他要用不朽的功业和豪情来赢得生命的长久的存在。他自己讲过，不仅希望在精神上有长久的影响，而且希望在肉体上也能够长久地存在。所以他的诗句说："老骥伏枥，志在千里；烈士暮年，壮心不已。""盈缩之期，不但在天；养怡之福，可得永年。"要在有限的生命当中，通过自己的努力，创造出长久的生命，不仅指生命的意义，而且指向生命本身。在这个意义上，曹操体现了当时的时代精神。

2. 曹丕

曹操之下是曹丕。曹丕是非常有趣的一个人，他现在留下的诗大概有四十首，大部分也是乐府。比起他的父亲曹操，曹丕风格上要柔一些。从个性上来讲，曹丕当然不像曹操。从文学上来讲，曹丕实际上是当时所谓邺下文人集团的真正的领袖人物，曹丕本人跟曹操一样对于文学是非常爱好的。他自己有尊贵的地位，所以和一批文人在一起，能够带动当时的文学风气。所谓"建安七子"，是曹丕在《典论·论文》里首先提出的。里面除了孔融年纪比较大之外，其他人实际上都是邺下文人集团之中非常重要的人物。

当时基本的格局大概是这样，《诗品》说"曹氏父子，笃好斯文；平原兄弟，郁为文栋"，"平原"是指曹植，因为曹植封过平原侯，这是钟嵘在《诗品》当中对建安文坛的一个描述。所谓"三曹""七子"里边，他于后者特别推重的是刘桢和王粲，所以在钟嵘的诗歌史视野中，建安诗坛主要是"三曹"父子，以及刘桢和王粲，后二者是"七子"里面成就最高的。

"建安七子"这几位成就不同：阮瑀和陈琳两位主要长于作文，像陈琳也有著名的诗，当然是乐府的作品，如《饮马长城窟行》；徐幹基本上是个学者；应场的作品，现在看到的就觉得少，佳作并不是太多；孔融年纪大一些，辈分略高；最重要的就是刘桢和王粲。

相对而言，刘桢的诗体现出刚健之气。在后代的文学评论当中，经常有两个人并称的，一为"曹刘"，一为"曹王"，"曹"当然是指曹植；至于或"刘"或"王"，不同的时代、不同的批评家有不同的看法，基本上"曹刘"并称的时候，都在强调诗歌内在的那种力量，那种骨气。

王粲相对来讲比较全面，刘勰《文心雕龙》里将王粲称作"七子之冠冕"。王粲是有多方面著作的，比如他很有名的《登楼赋》，也有《七哀诗》，诗和赋都非常擅长，而且王粲本人的经历也是比较具有典型性的：当时北方大乱，他逃到南方，跑到荆州刘表那里；但他长得很难看，刘表也不怎么特别待见他，所以他当时心情非常之糟糕，《登楼赋》就留下这方面的印迹；后来曹操击败刘表，王粲归到曹操麾下，成为曹氏父子文学集团当中非常重要的人物。王粲的个人经历和创作，都可以说是当时乱世文人中的一个典型。

所以，首先可以说，曹丕是包括王粲等在内的邺下文人集团的领袖人物。

第二个要提到的是曹丕七言诗的成就。他的《燕歌行》很长一段时间里被认为是第一首成熟的七言诗：

> 秋风萧瑟天气凉，草木摇落露为霜。
> 群燕辞归鹄南翔，念君客游思断肠。
> 慊慊思归恋故乡，君何淹留寄他方？
> 贱妾茕茕守空房，忧来思君不敢忘，不觉泪下沾衣裳。
> 援琴鸣弦发清商，短歌微吟不能长。
> 明月皎皎照我床，星汉西流夜未央。
> 牵牛织女遥相望，尔独何辜限河梁。

之前东汉的张衡有《四愁诗》："我所思兮在太山，欲往从之梁父艰，侧身东望涕沾翰。美人赠我金错刀，何以报之英琼瑶。"第一句夹了一个"兮"字，"兮"前面三个字和后面三个字这样的句式，是非常典型的《九歌》体句式，不算特别。在曹丕的《燕歌行》里面完全没有这样的虚字了，所以很多人认为这是七言诗发展过程中的里程碑。但是我想指出来特别有意思的一点，就是说如果《燕歌行》在形式上是文人创作的七言诗的一个成熟的代表的话，整个诗歌在情调上却完全是传统的。"秋风萧瑟天气凉"，这样的场景从宋玉《九辩》以下就能看到，而空房独守、月夜鸣弦，所谓"明月皎皎照我床，星汉西流夜未央""牵牛织女遥相望"等，也都是过去有过的。所以《燕歌行》在形式上是新的，但从整个内容情调上来讲，其实并不是新的，倒是跟传统更加接近。这与曹操的旧瓶装新酒不太一样。

第三，当然得提到他的文学观念，最主要就是《典论·论文》这一篇。文中特别讲到"盖文章，经国之大业，不朽之盛事"。"文章"和"文学"这两个概念并不完全一致，曹丕强调的是"文章"，这与我们今天所理解的文学更加相近，所以鲁迅先生提出所谓"文学的自觉时代"，这是很要紧的一个论据。

3. 曹植

曹植是建安诗坛上留存诗歌最多的一位，现在能见到的大概有八十多首。当时的诗人的重要程度，跟他留下的作品有一定的关系。曹植留诗有八十多首，曹丕有约四十首，王粲和曹操存下来的差不多都是二十多首。所以，曹植是作品存世最多的，地位也最高。后来钟嵘《诗品》说"陈思之于文章也，譬人伦之有周孔"，说文学天地当中有曹植这个人，就像人伦当中的周公和孔子，抬举到这么一个地位，就非常之高了。所以，曹植在中古时期，他的文学地位可能是最高的，谢灵运也曾说过："天下才共一石，曹子建独得八斗，我得一斗，自古及今，共用一斗。"谢灵运是高门贵族，非常狂傲的一个人，他将曹植的地位看得很高，可见曹植在当时地位之高。

对曹植的了解有几个方面。

第一，他人生前后的分期。曹植早年过的是贵公子的生活，年少轻狂，有很多的作品表现了当时的生活状态，比如说"名都多妖女，京洛出少年"。后期因为受到父兄的压抑，他的诗歌风

貌有很大变化，现在一般也都是这样去理解的。比
如他会悲叹自己的命运，也希望建功立业。《野田
黄雀行》中，他用少年"拔剑捎罗网，黄雀得飞飞"
来表达自己想冲破种种的束缚，施展抱负的愿望。
前后期生活和精神的差异，使得曹植诗歌呈现出不
同的表现风格，这是现在一般文学史上了解他的一
个非常重要的方面。

　　第二，他的文人化。这与当时整个的诗歌趋向
是一致的。他有些诗，比如《七哀诗》：

▼（东晋）顾恺之《洛神赋图》（宋摹）局部

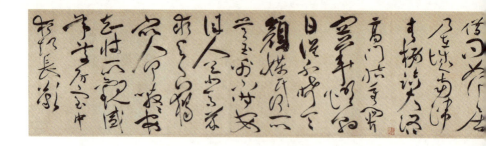

明月照高楼，流光正徘徊。

上有愁思妇，悲叹有余哀。

借问叹者谁？言是宕子妻。

君行逾十年，孤妾常独栖。

君若清路尘，妾若浊水泥。

浮沉各异势，会合何时谐？

愿为西南风，长逝入君怀。

君怀良不开，贱妾当何依？

大致是一种普遍的表现。但是这种题材会发展，后
来曹植有《美女篇》：

美女妖且闲，采桑歧路间。

柔条纷冉冉，叶落何翩翩。

攘袖见素手，皓腕约金环。

头上金雀钗，腰佩翠琅玕。

明珠交玉体，珊瑚间木难。

罗衣何飘飘，轻裾随风还。

顾盼遗光彩，长啸气若兰。

行徒用息驾，休者以忘餐。

借问女安居，乃在城南端。

青楼临大路，高门结重关。

容华耀朝日，谁不希令颜？

媒氏何所营？玉帛不时安。

佳人慕高义，求贤良独难。

众人徒嗷嗷，安知彼所观？

盛年处房室，中夜起长叹。

题材似乎还是旧有的，但诗的最后，仔细体味的话，曹植很可能是在以这位美女盛年不嫁的遭际来表达自己怀才不遇的情绪，他是在借题发挥，希望能够施展自己的才能。

曹植的《赠白马王彪》，是非常有名且非常重要的作品。诗作相当之长，写当时曹植与白马王曹彪、任城王曹彰到京城去，结果曹彰据说是被曹丕毒死了，就剩下曹彪和曹植离开京城，临分手的时候，曹植就写了这首诗，传达了他悲愤沉痛的心情：

黄初四年五月，白马王、任城王与余俱朝京师、会节气。到洛阳，任城王薨。至七月，与白马王还国。后有司以二王归藩，道路宜异宿止，意毒恨之。盖以大别在数日，是用自剖，与王辞焉，愤而成篇。

谒帝承明庐，逝将归旧疆。清晨发皇邑，日夕过首阳。伊洛广且深，欲济川无梁。泛舟越洪涛，怨彼东路长。顾瞻恋城阙，引领情内伤。

太谷何寥廓，山树郁苍苍。霖雨泥我涂，流潦浩纵横。中逵绝无轨，改辙登高岗。修坂造云日，我马玄以黄。

玄黄犹能进，我思郁以纡。郁纡将何念，亲爱在离居。本图相与偕，中更不克俱。鸱枭鸣衡轭，豺狼当路衢。苍蝇间白黑，谗巧令亲疏。欲还绝无蹊，揽辔止踟蹰。

踟蹰亦何留，相思无终极。秋风发微凉，寒蝉鸣我侧。原野何萧条，白日忽西匿。归鸟赴乔林，翩翩厉羽翼。孤兽走索群，衔草不遑食。感物伤我怀，抚心长太息。

太息将何为，天命与我违。奈何念同生，一往形不归。孤魂翔故域，灵柩寄京师。存者忽复过，亡殁身自衰。人生处一世，去若朝露晞。年在桑榆间，影响不能追。自顾非金石，咄唶令心悲。

心悲动我神，弃置莫复陈。丈夫志四海，万里犹比邻。恩爱苟不亏，在远分日亲。何必同衾帱，然后展殷勤。忧思成疾疢，无乃儿女仁。仓卒骨肉情，能不怀苦辛？

苦辛何虑思，天命信可疑。虚无求列仙，松子久吾欺。变故在斯须，百年谁能持？离别永无会，执手将何时？王其爱玉体，俱享黄发期。收泪即长路，援笔从此辞。

我们通过这首诗，去追究里面究竟写的是什么、表达了什么情绪，那就说明这完全是一种文人的创作，它不再是把过去的题材接续下来进行写作的了。诗的前面还有一篇小序，似乎提供了写作的背景，对于这样的作品，显然要将其放到曹植受压抑的这样一个处境当中去读解。曹植这时写的不是那种像"古诗十九首"所处理的人类的基本情感，而是非常典型的个体文人创作的诗，抒发了在某种处境之下，个人的心境和情感。《赠白马王彪》这样的作品，表现出五言诗到那个时代，开始成为文人用来书写自己的思想和情感、自己的生活经验的一种最重要的文类形式。

这种文人化所导致的，就是一种美的趋向。因为诗歌脱离了音乐演唱之后，就会注重文词，出现非常典型的对偶句，而且符合后来声律上的要求，平仄调谐。脱离音乐以后，诗本身文字上的修辞性加强，字面的华丽包括对偶等都逐渐凸显出来，构成文人化的重要趋势。概而言之，五言诗变成文人表达自我的一种媒介，最重要的就是写个人的情感和思想，同时向着趋于美的路上走去。

钟嵘对曹植的评价是"词采华茂"。因为是写个人的，所以它跟音乐要脱离，这是诗歌史的常态。屈原的《九章》及《离骚》，都不能合乐歌唱，是脱离音乐的，这与要表达的内容是相关的，否则音乐对属于个体的复杂的生活经验和情感、思想会造成一种限制。脱离音乐之后，从形式上来讲，你就可以看到诗歌追求文词的美，这也是非常清楚的一个趋向。

（四）"文学自觉"

最后，谈一下"建安风骨"和"文学自觉"。

建安文坛最主要的是"三曹"和"七子"，所谓的"建安风骨"是指什么？这是后代标举出来的，特别是到唐代的时候，比如李白的诗中有"蓬莱文章建安骨，中间小谢又清发"的句子。"建安风骨"讲的就是那种刚健明朗，又具有力度的文学表现和文学风格，它成为后代的一种理想的文学模式，一种文学风范。

而且唐人经常把建安对应于六朝，他们认为六朝是过于漂亮的。李白诗里面说"自从建安来，绮丽不足珍"，实际上是把建安和它之后的时代作为一个对立的路向来看待的，他强调的是那种刚健明朗、有力度的文学风格和表现。

同时，建安以后的魏晋时代，鲁迅曾称之为"文学的自觉时代"。其实，汉代已经有很多的迹象表现出逐渐清晰的文学意识，但建安时代确实也是一个非常重要的时代。照鲁迅先生的想法，一方面是文章的地位提高，"盖文章，经国之大业，不朽之盛事"，曹丕在《典论·论文》里的话是最典型的一个代表；另一方面，也可以说对文学的认识更加清晰，《典论·论文》还提出了一个非常重要的看法，所谓"诗赋欲丽"，曹丕举了很多不同的文体，每一个文体有其特质，他谈到诗赋的时候举出的是"丽"。诗和赋放在一起，《汉书·艺文志》"诗赋略"就已如此，曹丕提出它们共同的特质是"丽"；再发展到后来，陆机《文赋》里说"诗缘情而绮靡，赋体物而浏亮"，诗和赋分而言之，二者的特征提得更加具体了——诗是缘情的，即因情感而发的，艺术方面是绮靡也即美的；赋是体物的，即书写描绘外物的，艺术上是所谓浏亮即清明爽朗的。不同的文体所适合的表现方向、表现特点，乃至使命和风格，各有不同。

从曹丕到陆机，一开始还是诗、赋合论的，陆机进一步分而言之，这是对于文学文体认识的深入。汉魏六朝时代，人们的文体意识非常强，对文体有更细致、更充分的认识，这体现了文学意识的发展，他们对于文章的不同体式，对于每一种文章体式有什么样不同的要求、不同的功能、不同的美学风格都更清楚了。所以文体分类好像越分越烦，但实际上这种分类的细致，体现了文学意识的分化和深入，这些都是从建安时代开始的。

第七讲　思理、景致与形式：六朝诗歌

所谓的"六朝"，过去有不同的说法。一般来讲，六朝指的是以今天的南京或者当时的建康为中心的前后六个王朝——东吴、东晋、宋、齐、梁、陈。所以现在有时候指称魏晋南北朝，也有汉魏六朝的说法，不过这样讲，西晋好像不太好摆放。

序说　六朝诗的三大成果

六朝阶段，我们主要讲诗。这一时段从汉魏之际开始，整体来说，诗的地位越来越凸显。赋虽然还是最重要的，但诗的相对地位确实是在不断提高，甚至可以说是处于从赋到诗的这样一个转换过程之中。诗慢慢变成了主流文体，或者说成了时代的核心文类。

我不准备按照严格的朝代次序来谈，而是抓住三个大的方面展开论述，以期呈现一个历史的发展线索。

其一，是哲学思考的深度。

这条线索上，有几个重点：首先是阮籍，接着是陶潜。从阮籍到陶渊明的思想的发展，可以代表六朝诗在哲学上的深度。阮籍是一位非常重要的诗人，如果从整个文学或者整个人的思想角度来说，嵇康恐怕不弱于阮籍，但是从诗这个角度来讲，嵇康的表现远远没有阮籍那么充分。嵇康是一个非常能够写文章、写辩难性的"论"的人；他有一些非常重要的文章，如《与山巨源绝交书》，这既是文学的文章，又代表了当时思想的高度，但这样的文章不是诗。从诗的角度来讲，代表这一时代诗的哲学高度和深度的，是前有阮籍后有陶潜的这样一个脉络。

其二，在景致方面，主要是对山水的描摹，山水诗在这时候成立。

这一脉络上最重要的就是所谓的大、小谢，即谢灵运和谢朓，山水诗是此一阶段诗歌中很重要的收获。而在六朝之后，山水诗在整个中国文学史上可谓一种非常重要的文学文类。山水诗的传统是悠久和强大的，包括山水在内的对于景物的描摹，是这一时期非常重要的文学成果。

其三，在形式上，最重要的就是诗的格律化。

最初究心着力于此的要数陆机，而主要成就无疑在齐梁时代，特别是齐永明年间，以沈约、王融为代表的一批诗人，使中国诗歌走上格律化的路。到初唐，近体诗完全成立了。

就诗而言，上述的三个方面是最重要的，而每个方面都有一些代表性的人物典型，他们代表着六朝时期诗歌所达到的高度和取得的成就。我们姑且列表示之。

哲学的深度	阮籍、陶渊明
山水的描摹	谢灵运、谢朓
声律的严整	陆机、沈约等

当然，具体到每一位诗人，他们可能不是单一的，而是包含了多个方面。比如谢灵运，他是使山水诗最后成型的一位代表性诗人，但他的诗中也有很多玄理乃至佛理，也有哲学上的思考。比如谢朓，一般也是放在山水诗一脉中来理解的，但他在永明年间，与沈约、王融等是当时文坛上最重要的诗人，他本身也是用对诗歌形式的新认识，用所谓的"永明体"来写诗的——所以像大、小谢这样的诗人，在我所谓的三个重要脉络中，具有他们的兼容性。

大概来看，上述的三个脉络相互之间是可以交错的，是有兼跨的。将其他的诗人放置在这样的一个认识框架当中，大致可以衡量其在诗史上的地位。有些人物与这样的主流脉络隔得远，恐怕就存在于支流之中了；有些诗人确实有重要的成就，比如左思，大家会认为他是一位重要的诗人，他的咏史诗代表了当时难得一见的激情，但这些在当时的诗歌主流映衬之下，并不是最具有代表性的，虽然也重要。

一　阮籍与汉魏诗的精神走向

在对六朝诗歌做了如上的概述之后，我们来谈阮籍和汉魏诗的精神走向。

"建安文学"之下就是所谓"正始文学"，"建安"还是汉献帝的年号，但到了"正始"，就是魏的年号了。"正始文学"诗歌方面的代表毫无疑问是阮籍，他有八十二首《咏怀诗》，代表着当时诗歌发展的主要潮流。

当时另外有一些作品，特别是嵇康的四言诗创作，可以说是一个旧传统的老树新芽，也有相当高的成就。不过，从汉末开始，以"古诗十九首"为代表的诗歌潮流发展下来的五言诗传统之中，阮籍才是当时诗歌成就的主要代表。

阮籍是一个非常有个性的人。《世说新语》中的很多故事都是关于他的。如我们之前提过的，很大程度上，阮籍可以和孔融合在一起来看，他们代表着汉魏之际的特异人格。他们都貌似有点特别，比如不守礼法，比如对父母惊世骇俗的看法，比如都有充沛的情感——阮籍对母亲非常深情，因为父亲阮瑀很早就去世了，母亲抚养他长大；孔融对于失去儿子的形容是"日已潜光辉"。

阮籍有一点特别值得注意，他不守礼法的方面是有的，但他在政治上的态度非常暧昧，或者说他在政治上不太直接表露。孔融颇有智慧，但是他智慧过度，直接冒犯到曹操的政令。但阮籍基本上没有，他在必要的时候可以妥协，甚至可以合作，当然这并不表示他政治上的所作所为就是他认同的，其实他自己内心很痛苦。阮籍是有很大抱负的人，你看他那些奇奇怪怪的举动，有时候说出话来让人大吃一惊，很有名的故事是他登临楚汉相争的古战场，发出"时无英雄，遂使竖子成名"的浩叹。但在那个时代，他能如何呢？他偶尔泄露自己的内心情绪，但通常都隐藏得很好。

后来人们评价阮籍的《咏怀诗》是"百代之下，难以情测"：你不知道他内心到底在想什么，但是你确可以知道他有深切的悲哀。《咏怀诗》的第一首诗：

夜中不能寐，起坐弹鸣琴。

薄帷鉴明月，清风吹我襟。

孤鸿号外野，翔鸟鸣北林。

徘徊将何见，忧思独伤心。

吉川幸次郎在他的《中国诗史》里认为《咏怀诗》的第一首，是中国诗歌当中境界最高的作品。你知道他伤心，但他为什么而伤心？他并没有跟你明说。所以他是这样一个人：他内心是有很多怀抱的，但是他未曾清楚地表现出来。比如他的政治态度到底是什么样的，有各色各样的说法。应该说，他的现实作为和他自己内心的想法未必是一致的，在严酷的情势之下，有时候他会妥协，但并不是心里就没有痛苦，没有矛盾，他做的某些事，恐怕和他自己的内心意念是相反的。比如在魏晋易代的过程中，阮籍被要求执笔劝进，当时他喝得酩酊大醉，却操笔一气呵成，这篇《为郑冲劝晋王笺》后来被昭明太子萧统收录在《文选》中，《世说新语》的《文学》篇记叙：

> 魏朝封晋文王为公，备礼九锡，文王固让不受。公卿将校当诣府敦喻。司空郑冲驰遣信就阮籍求文。籍时在袁孝尼家，宿醉扶起，书札为之，无所点定，乃写付使。时人以为神笔。

谁也不晓得阮籍喝醉是有意还是无意的，而扶起即能命笔，大概他早就看清了形势，打好了腹稿吧。他就是这么一个矛盾的人，但他又很好地掌握了这个度。他有很多反礼教的言行，表现出不孝，但是他对于不忠从来没有表示过什么不同的意见，他在政治上其实是非常谨慎的。所以当时曹氏和司马氏的斗争里面，司马氏对他还是相当宽待的。

阮籍在中古时期是一位非常重要的有思想深度的诗人。他将古诗以来的整个精神历程做了集中的表达，而且给出了他自己的回应。

"古诗十九首"将人生的诸多缺憾展现出来，所提出的解决办法就是及时行乐，抓住眼前的快乐，建立世俗的功名；建安时代的精神也是建功立业，曹操在很大程度上正是这样做的。在阮籍的诗中，这些都有，写得非常细致，他在诗里边也会感叹青春的易逝和生命的短暂，比如他说"朝为美少年，夕暮成丑老"，生命流逝得非常之快；"人生若尘露，天道邈悠悠"，和天道相比，人生非常之短暂。这种感慨在"古诗十九首"中早就有了。

古诗传统一贯而下，到了曹植，一方面想建功立业，另一方面想活得长久。阮籍也有求仙的举动，但是，他的诗歌里表达得非常彻底，他对这一点是否定的，比如他写到"人言愿延年，延年欲焉之"，对所谓的延年的价值并不认同。他还讲名声没有什么意义，"千秋万岁后，荣名安所之"。其实汉代人就说得非常清楚，名声、荣辱这些东西都是外在的，和你本人没有多少关系，真正能做的只有把握自己，你有才有学，这是你自己可以积累的，而如果你建立名声，百年之后，这样的名声跟你有什么关系呢？所以阮籍对于名声实际上也是否定的。对财富也否定了，他有一句诗就讲"多财为患害"。总之，名声、财富、长生这些东西实际上他都是否定的。

将这些外在的东西都抛下之后，友情会怎么样？他说："交友诚独难"，"险路多疑惑"。他对朋友是怀有疑虑的。亲情会怎么样？他讲："亲昵怀反侧，骨肉还相雠。"亲人之间的关系也不会永远不变。世间能够想到的东西，阮籍都考虑过，但是所有这些，他都打上大大的问号，认为都不能带来长久的安慰或者稳定。可以看到，在那样一个乱世当中，卷入社会和政治的动荡不安，看破人间的名声和情感，阮籍内心的惶恐完全表露出来了。

诗人将各种解脱的方式都否定了以后，便陷入孤独的处境："独坐空堂上，谁可与欢者。……孤鸟西北飞，离兽东南下。"外在世界的空旷感，反衬出他内心精神的苦闷极深。所以他的诗透露的心境就是"一日复一夕，一夕复一朝"，从白天到晚上，从晚上又到了天亮，"终身履薄冰，谁知我心焦"，身处随时塌陷的危境，内心忧苦焦虑，这恐怕就是阮籍将世间方方面面都考虑之后，得出的一个结论。身处此一世界异常孤独，他内心有很大的焦虑感和不安感，精神日夜都受到折磨。他把个体生命的悲剧、内心的悲哀感强烈地表现出来。我们可以说，这是一个苦闷的心灵。

肯定有很多现实的问题，政治上的、具体的人生当中的经历，给予阮籍巨大的压迫，但这些我们都不太清楚。他的诗歌里面所传达出来的，我们可以看到的，基本上就是那些具有普遍性的东西，他的结论都是怀疑的、否定的。这是诗对现实经验的转化。所以从诗来考究阮籍当时的现实政治境遇究竟如何，自可推考；但就诗而言，阮籍所呈现的是强烈的悲哀和痛苦。

我很早的时候读过一位日本人写的《拜伦传》，书中引了英国卡莱尔《论英雄和英雄崇拜》的一句话："未曾哭过长夜的人，不足以语人生。"如果未曾夜不能寐，百思不得其解，痛哭流涕，那这样的人，是没有办法跟他谈论人生的。看到卡莱尔的话，我马上就想到阮籍，想到他"夜中不能寐"的身影。其实当时写到夜不能寐的并不少见，比如说怨妇离人因为思念而无法入眠，可谓普遍的情况，但是阮籍《咏怀诗》第一首，"夜中不能寐，起坐弹鸣琴"，一直到最后的"徘徊将何见，忧思独伤心"，这样一种完整的情境，一个完整的形象，却难以言述他切实的具体的缘由，则是空前的。

《咏怀诗》整个读来，可以认为是阮籍个人形象的写照。他到底在忧心什么，他在现实当中到底遭遇了什么，我们不知道，也没法搞清楚，但是我们知道他内心很痛苦。这是一个非常特别的人。从《咏怀诗》第一首所给出的这样一个形象来看，在卡莱尔的意义上，阮籍对于人生是有真切体会的。

《咏怀诗》都是五言诗，从艺术角度讲，语言是比较直白的，整体的风格与曹植的诗是不一样的。在汉末以后诗歌的发展路向上，曹植、王粲一直到陆机，走的是一条越来越趋向于美的路，从词藻到形式都走向华美。阮籍基本上走的还是比较自然质朴的一条路，他大部分的诗作风格是这样的，但《咏怀诗》最重要的一个成绩，在于这些诗作组合在一起，构成了阮籍这样一种鲜明的个人的自我形象。《咏怀诗》肯定不是一时一地写的，这些作品集合在一起，充分地传达出阮籍自己的精神世界。

阮籍在整个六朝都受到关注，有很多拟阮步兵（阮籍曾为步兵校尉，世称"阮步兵"）的诗，南北朝文学之结穴的庾信就有《拟咏怀诗》，所以他的影响是相当大的。他最重要的成绩是塑造了自我的形象，启发后人可以用这样一种形式来表达自我的情感。

二　太康诗的形式与情感

所谓太康诗的形式与情感，主要是谈西晋时候的诗人。西晋时候有一些重要的诗人，钟嵘《诗品》里提到所谓"三张二陆两潘一左"。"三张"指张华、张载、张协或张亢，"二陆"指陆机、陆云，"两潘"指潘岳、潘尼，"一左"是左思。其中比较重要的人物其实是张华。西晋初年的时候，张华是主持当时文坛的主要领袖；张协《杂诗》："轻风摧劲草，凝霜竦高木。密叶日夜疏，丛林森如束。畴昔叹时迟，晚节悲年促。"通过自然景物变化，感叹时光流逝。钟嵘评张协："文体华净，少病累。"如此对仗，比起陆机较净练，而追求华美是共同趋势。其后成就高的当然是陆机。

陆机出生于吴，是南方人，他的家族当然也非常显赫，是东吴将门。吴灭之后，陆机和陆云曾经闭门读书多年，后来到了洛阳，受到张华的赏识。张华甚至说过，晋得天下灭了吴，"伐吴之役，利获二俊"，就是得到陆氏兄弟这两位才子。

陆机承续的基本是之前曹植、王粲这样一种传统，追求形式的美。在诗歌的文人化和诗的形式美方面做出了很多的努力。曹丕《典论·论文》里边讲到"诗赋欲丽"，陆机真真切切就是在这

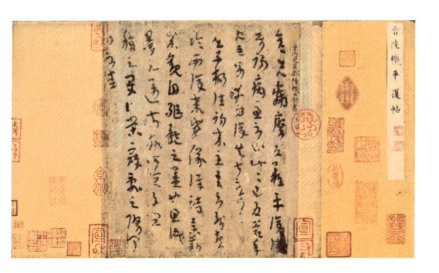

▶ （西晋）陆机《平
　复帖》
　故宫博物院藏
《平复帖》是现存年代
最早并真实可信的西晋
名家法帖。它用秃笔
写于麻纸之上，笔意婉
转，平淡质朴，其字体
为草隶书。

个方向上做出努力的。

陆机有多首拟古诗，所拟的对象基本就是萧统后来选进《文选》的所谓"古诗十九首"的部分。这些拟古诗大都是依照字句来模拟的，如果仔细比对，可以看到诗的长度差不多，原来如果是十句或十二句，他模拟的时候也是十句或十二句，不过将原来的词藻换掉，换上的那些词藻要漂亮很多，文采明显胜于前人。显然他是想尝试在文学技巧和美这些方面和前人进行竞争，体现对文学美的一种自觉追求。比如他在炼字和对偶方面下了很大的功夫，有一些地方是非常着意的，比如说《猛虎行》里面的两句："崇云临岸骇，鸣条随风吟。"用"骇"和"吟"这样的字眼，显然是很刻意的。

那时代有四五十首古诗，往下到阮籍，再往下便是陶渊明，风格上基本是一脉的。而汉代古诗发展的另一脉，到了曹植是一变，走文人化的华美之路，所以他的地位在后世那么重要，南朝诗人那么推重曹植。然后到陆机、谢灵运，这一脉络与前一脉络，风格对照，显得非常清楚。

谢灵运再往下到了南朝以后又有很多变化。谢灵运的诗用字色彩非常浓，而且非常刻意，挑出来的字，读起来有时候甚至显得有点拗口，绝不是大白话，不那么顺。谢灵运之后，沈约、谢朓就不一样了，他们的诗写得也很漂亮，用一个词形容，是"流丽"。之所以如此，有多种原因，一方面是他们自觉努力的结果，另一方面实际有南朝乐府的影响——可以说，南朝齐梁时代的"丽"和之前的"丽"，在表现上是有所不同的。

由这样两种诗歌风格的脉络，回头再来看陆机，"崇云临岸骇，鸣条随风吟"这样的诗句，你去阮籍的诗里是找不到的。阮籍有"孤鸿号外野，翔鸟鸣北林"；陶渊明的诗里面也有"方宅十余亩，草屋八九间"和"狗吠深巷中，鸡鸣桑树颠"——后者在之前的乐府诗里就有类似的表达，《鸡鸣》"鸡鸣高树颠，狗吠深宫中"——的对句，但是你读得很顺，并不感到别扭。而陆机在炼字和对偶上面，是下了很大的功夫的，如"凝冰结重涧，积雪被长峦"。明代人曾说古诗好在什么地方？好就好在古诗是说日常话。陆机雕琢而成的美，自然不是日常话，但同时陆机诗的这种"丽"，也绝对不是南朝齐梁时的那种"流丽"。所以说，陆机在整个诗歌形式的美的追求上，处于一个特殊的阶段。

追求诗歌形式上的美，当然也要付出代价。一般对于陆机的评价，都觉得陆机有一种亡国之恨，他有很多很丰富的个人情感和感受在，但是他的诗在这方面表现得并不充分。可能很大的原因，是他过于注重形式上的追求，造成他真实的情感反而不能够充分表达出来。

清代很有名的评论家陈祚明在他的《采菽堂古诗选》里对陆机有个评价，说他"亦步亦趋，性情不出"。"亦步亦趋"，大概主要是指他的拟古诗，而他的拟古诗实际是将古诗原来那种质朴的文辞换成华美的词藻。注意点在这里，那么情义的传达便成为第二位的了。从这个意义上来说，陆机着力于美的追求，这对于他情感的表达，是有一定干扰和障碍的，使得情感的表达反而变得不够充分，或者形式上的专注反而冲淡了他情感的表达，让情感平缓而不那么有冲击力，或者不是显得那么有激情。

陆机的时代，诗歌对于情感的表达当然是有的，柔情和激情两方面都有。

柔情的代表是潘岳。中国传统强调文学应该是表达心声的，言为心声，诗如其人。潘岳却颇可疑，他依附贾谧，名声很不好，《晋书·潘岳传》说："岳性轻躁，趋世利，与石崇等谄事贾谧，每候其出，与崇辄望尘而拜。"后代的文学史上对他有不少不那么正面的评论，比如元好问《论诗三十首》中谈到他就说："心画心声总失真，文章宁复见为人。高情千古《闲居赋》，争信安仁拜路尘！"但潘岳的作品确有突出之处，诗、赋都有成就。

潘岳的诗整体而言，与陆机比较，要流畅一些。最有名的当然是潘岳的三首悼亡诗，从此之后，中国诗歌当中就有了"悼亡"这样一种亚文类（sub-genre）。悼亡之作很多，比如苏轼的悼亡词、元稹的悼亡诗，都很有名，一直到清代，纳兰性德甚至连着写了二十多首悼亡词。人是复杂的，元稹的作为也有受人非议之处，一般的评价不高，但他对太太确实有感情，潘岳恐怕也是。

潘岳抒写"悼亡"的感情，成为一个传统。后来有人到《诗经》那里追溯悼亡的源始，但这个传统的自觉形成，应该是从潘岳开始的。从潘岳这里，悼亡诗呈现了一种基本的表现特点，它的抒写非常具体，诉诸亲身的经历、真实的情感。什么叫具体的经验、亲身的经历？即睹物思人。我们说情随势迁，如果你心情不好，换一个环境之后或许心情就好了；但悼亡诗不是这样的，往往写的是在旧有环境里的所见所感：

> 望庐思其人，入室想所历。
> 帏屏无仿佛，翰墨有余迹。
> 流芳未及歇，遗挂犹在壁。

人已经不在了，但帏幔、屏风、笔墨仍在，衣服还挂在墙上。睹物思人，是悼亡诗表现情感的最重要的方式。后来元稹的悼亡诗，也是通过呈现特别具体的物件或者场景，令人怀想往昔的："衣裳已施行看尽，针线犹存未忍开""顾我无衣搜画箧，泥他沽酒拔金钗。野蔬充膳甘长藿，落叶添薪仰古槐"。这些物件或场景非常具体，是亲身所经验的，因此我们可以相信这是真情实感的流露。

代表激情的，是左思。左思出身低微，在当时的情形下未必是有发展前景的，但他的妹妹左棻被招入宫，他到了京城，也出入当时的上流文士集团中。他是一个长得非常丑的人，身份很低；形成反差的是他博学能文，确实是有学问的。左思的《三都赋》写了十年，一旦完成，洛阳纸贵，大家纷纷传抄。这样的长篇大赋需要学问，仅仅才情是不够的，就与写长篇小说一样，你有才，或许能写短篇，写一些小的美文，写长篇绝对不仅是才情的问题，要费思量考虑整个的人物关系，考虑叙述的结构、故事的逐次展开，等等。短篇小说可能因为想到一个场景，一个句子，就敷衍成篇，长篇绝对不可能，有的话只怕是神话。我看过罗曼·罗兰讲他写《约翰·克利斯朵夫》，是站在山上望着太阳看到了克利斯朵夫的形象，然后开笔来写，但实际上他写得很苦；而如今，大概也不会有人去读《约翰·克利斯朵夫》那么长的小说了，这是很可惜的。

迎合或者适应一个时代的潮流，往往不是最好的作品。其实文学和很多事情一样，都是要讲性之所近的，这样才会成就最高。左思真正写得好的，在文学史上被记忆的那些作品，都是真正发自他内心感受的。

左思的《咏史》八首，蕴含很多的情绪，写出其不平之气。比如因为自己身份的低微，左思对当时的门阀势力非常不满，他写的诗，其实用的典故是先秦时代的，但在他诗里特别有力量："郁郁涧底松，离离山上苗。""涧底松"虽然很挺拔，但所处的地势比较低；"山上苗"本身非常之短小，但"地势使之然，由来非一朝"，并不是它本身的质地因素，是环境使其居于高处。这层意思，先秦时代就有，《韩非子·功名》篇里说过："夫有材而无势，虽贤不能制不肖。故立尺材于高山之上，下临千仞之溪，材非长也，位高也。"但左思在诗里面写出来，我想是他自己真实情感的表达。左思承受压力，自有他的高傲和激奋，他有名的诗句"振衣千仞冈，濯足万里流"，"千仞冈"和"万里流"显示了超出寻常的气概，是诗人精神上的表达，而不能说是一种现实的行为。左思有非常愤激非常直接的话，"贵者虽自贵，视之若尘埃"，高贵的人觉得自己很高贵，但是我视之若尘埃，"贱者虽自贱，重之若千钧"，所谓的高低贵贱，诗人绝不屈从于世俗的认识。这些诗句表明，他激愤的一面，源自他自己内心的倔强。

文学史上后来有一个说法叫"左思风力"。传统惯于用比较形象化的语词来表达一个文学观念或艺术风格，所谓的"风力""风骨"似乎都难以界定，说不太清，但"建安风骨""左思风力"之间，显然是有关联的。钟嵘《诗品》就将刘桢和左思看成一路，所以我想"左思风力"代表的是当时的一种激情或者一种力度。"左思风力"类似于"建安风骨"，或者说是承继着"建安风骨"而来的。

两晋之际有两个诗人可以一提，一是刘琨，一是郭璞。

刘琨原来也是一位浪荡贵公子，时代的大变动造就了他，使其变成历史上一位慷慨的志士。他亲身参加了当时的军事活动，抵抗北方的入侵。他的诗留下的非常少，几首而已，但这些诗整个来讲都是非常有力的，体现了劲健有力的风格。

郭璞是一位大学问家，注过很多古书典籍。在诗歌史上最重要的是他写了很多游仙诗。游仙的主题，传统非常之悠久，曹植、阮籍、嵇康都多少有涉及，到郭璞这里达到一个高峰，他会描写神仙的境界，表达对神仙境界的追求。郭璞诗歌当中对虚幻的神仙境界的描写，实际上是他对人间的美景或者说他想象中的人间美景的描写。

我觉得在很大的程度上，游仙诗的书写模式对后来的山水诗有影响。郭璞的游仙诗里面有一种类型，先写一个环境，然后突出一位仙人的形象，写他的所见、所为、所感、所悟：

翡翠戏兰苕，容色更相鲜。

绿萝结高林，蒙笼盖一山。

中有冥寂士，静啸抚清弦。

放情凌霄外，嚼蕊挹飞泉。

赤松临上游，驾鸿乘紫烟。

左挹浮丘袖，右拍洪崖肩。

借问蜉蝣辈，宁知龟鹤年。

值得注意的是，当时僧人的诗作也有类似的结构，
支遁《咏怀》：

晞阳熙春圃，悠缅叹时往。

感物思所托，萧条逸韵上。

尚想天台峻，仿佛岩阶仰。

泠风洒兰林，管濑奏清响。

霄崖育灵蔼，神蔬含润长。

丹沙映翠濑，芳芝曜五爽。

苕苕重岫深，寥寥石室朗。

中有寻化士，外身解世网。
抱朴镇有心，挥玄拂无想。
隗隗形崖颓，冏冏神宇敞。
宛转元造化，缥瞥邻大象。
愿投若人踪，高步振策杖。

康僧渊《又答张君祖诗》：

遥望华阳岭，紫霄笼三辰。
琼岩朗璧室，玉涧洒灵津。
丹谷挺樛树，季颖奋晖薪。
融飙冲天籁，逸响互相因。
鸾凤翔回仪，虬龙洒飞鳞。
中有冲漠士，耽道玩妙均。
高尚凝玄寂，万物息自宾。
栖峙游方外，超世绝风尘。
翘想晞眇踪，矫步寻若人。
咏啸舍之去，荣丽何足珍。
濯志八解渊，辽朗豁冥神。
研机通微妙，遗觉忽忘身。
居士成有党，顾眄非畴亲。
借问守常徒，何以知反真。

慧远《庐山东林杂诗》：

崇岩吐清气，幽岫栖神迹。

希声奏群籁，响出山溜滴。

有客独冥游，径然忘所适。

挥手抚云门，灵关安足辟。

流心叩玄扃，感至理弗隔。

孰是腾九霄，不奋冲天翮。

妙同趣自均，一悟超三益。

就人在环境之中所见、所为、所感、所悟的诗歌构架而言，后来的山水诗也大致如是，只不过郭璞游仙诗呈现的环境虽也是山水，但大概是理想中的神仙境界，而山水诗人与那些徜徉在山水之间的僧人笔下的山水，应该是真实世界的景致了。或许，郭璞游仙诗的这一书写方式，不妨也是山水诗写作套式的渊源之一。

三 玄言而田园、山水的趋变

太康之后，主要的诗歌潮流可以概括为玄言、田园、山水的趋变。从东晋一直到晋宋之交，玄言诗、田园诗和山水诗，是最主要的三大诗歌类型，而且大致呈现出一个随时间演进的趋势。

（一）玄言的时代

玄言诗基本上是东晋诗歌的主流。

西晋和东晋基本上都不太安定，特别是西晋的时间非常短，而东晋偏于一隅，那个时代一般意义上是乱世。但那个时代也确实是中国历史上少有的，真正称得上是一个哲学的时代。文学上相应也就有所谓玄言诗，对当时的很多文人来说，他们作为贵族诗人，一方面是在社会上有地位的人，另一方面也是谈玄的人。

其实当时并没有"玄言诗"的概念，它的出现是比较晚的，如今很难确定哪一些诗作属于典型的"玄言诗"。但如果用"玄言"来概括那时很多诗的风格，也还是合适的。

后代有文学批评家试图概括玄言诗的特点。

首先要提钟嵘的《诗品》。六朝时代，文学理论与批评是非常发达的，钟嵘的《诗品》与刘勰的《文心雕龙》是当时文论著作的代表。这些批评文本实际上有不同的读法：如果专门研究文学观念和思想，可以看它们里面的批评概念和范畴，看文学思想是怎样的；另一方面，这些文学理论和批评的著作，是与当时的文学趋向相关的，钟嵘《诗品》是对五言诗发展脉络的梳理，和对各个诗人特点的判断，《文心雕龙》当然有理论的部分涉及创作论、鉴赏论等，但还有文体论、《时序》篇等，是对文学历史发展、文体历史发展的描述和论说，里面有大量文学史的内容。我们在文学史的脉络中对这些理论批评著作的引述，基本着眼于从文学史的角度来观察：

> 永嘉时，贵黄、老，稍尚虚谈。于时篇什，理过其辞，淡乎寡味。爰及江表，微波尚传，孙绰、许询、桓、庾诸公诗，皆平典似道德论，建安风力尽矣。

《诗品》的这段话，是说晋室东渡之后的文学包括诗在内，表达的多是玄学的意旨，即老庄的主张。"理过其辞"，"理"是讲诗文所表现的理，"辞"就是指文章的文词；"爰及江表"是指东渡之后，"道德论"是指这些诗歌犹如对《道德经》加以阐发的"道德论"——这个说法可能与何晏有关，何晏很有学问，研究《周易》《论语》和《老子》，他早先想注《老子》，后来遇到王弼，一旦接谈，觉得王弼才是真正谈天人之学的人物，于是他就放下了注《老子》的念头，"退而著道、德二论"，也就是《道论》和《德论》两篇文章，所以"道德论"意谓着对老子《道德经》意义的阐发——"建安风力尽矣"直指文学风格完全变弃了当初的建安风骨。

《文心雕龙·时序》则说"中朝贵玄"，中朝指西晋，西晋重视玄学；"江左称胜"是指东晋以后这种风气依然鼎盛。

> 因谈余气，流成文体。是以世极迍邅，而辞意夷泰，诗必柱下之旨归，赋乃漆园之义疏。

"柱下"指老子，"漆园"指庄子，诗和赋这两句是互文，意即当时的诗赋多是在发挥老庄道家的思想。所以说，玄言诗是当时玄言盛行的产物，内涵以玄学、老庄为根本；在钟嵘、刘勰看来，玄言诗在诗歌发展的潮流中，相对于建安以来的传统，是一个非常明显的变化。

从《诗经》《楚辞》一直下来的诗歌传统当中，对于生活经验和内在感情的艺术表现是主要的方向。建安诗歌用比较明朗直接的风格来抒写个人的情怀，陆机用美丽的词藻、对偶的形式来书写个人的生活情感和经验，无论怎样，这大致是诗歌表现的基本取向。到了玄言诗就不一样了，它对于情感的表达是非常节制的，风格上相对来讲比较趋向于"质"，而不是趋向于"文"。钟嵘给以"淡乎寡味"的品评，就是说这样的诗歌平淡而没有味道。

可以看一看比较典型，或许也比较极端的例子。孙绰与许询，是两位当时非常著名的名士，精通玄学，而且对佛学有相当的修养，这是因为东晋以后佛教的影响越来越大了。读《世说新语》的话，我们会发现东晋以前，当时有身份的代表主流文化的士人，与佛教僧侣的接触是非常之少的；可是晋室东渡以后，士人和佛教、僧人的接触，逐渐多起来。佛教实际上是在东晋以后进入中国文化的精英阶层，和士人发生较为深切的关系的。孙绰、许询就兼通玄学和佛学，一起谈论过《维摩诘经》，相互问难。

我们看一首孙绰答许询的诗。他们两位虽然一时齐名，但读《世说新语》仔细对比，就能发现，在当时人的议论中，认为许询的道行比较高而且学问好，孙绰的人格则比较受到贬损，不过他在文学上的才能，毫无疑问比许询要高，许询的作品很少留存下来。孙绰的《答许询》诗读上去完全是理语：

> 仰观大造，俯览时物。
> 机过患生，吉凶相拂。
> 智以利昏，识由情屈。

诗句全是在讲理，吉凶交叠、利令智昏之类的道理都不错，但确实与诗的距离远了点儿。

孙绰和许询这两位玄学谈辩的代表人物，相对来说孙绰比许询更能写，在文学上有更高的声誉；但他的这首诗读来完全写成理语，所以玄言诗走向极端的话确实是有问题的。

但所谓玄言诗，也并不是只有这一种样式。玄言诗一直没有一个严格的界定，只是如果说像孙绰、许询这样的作品是所谓玄言诗的话，玄言诗在文学上确实近乎一无可取。好在还有另外的一类诗作，如果将它们视为玄言诗的话，就呈现出了另外一种相对不同的面貌，有其积极的意义，比如说兰亭诗。

兰亭诗就是三月三日，许多士人齐聚兰亭，

（清）樊沂《兰亭修禊图》局部
克利夫兰艺术博物馆藏

"修禊事"（王羲之《兰亭集序》），作了许多诗，像王羲之写有六首兰亭诗，其中一首是这么写的：

> 三春启群品，寄畅在所因。
> 仰望碧天际，俯磐绿水滨。
> 寥朗无涯观，寓目理自陈。
> 大矣造化功，万殊莫不均。
> 群籁虽参差，适我无非新。

"仰望碧天际，俯磐绿水滨"，展现了一个基本的场景，有具体的环境、具体的时间；前面提到的孙绰《答许询》那首诗，是站在一个超越具体场景的普遍的立场上来表达思理的。而王羲之的这首诗有具体的场景。"寥朗无涯观，寓目理自陈"，"天何言哉？

四时行焉，百物生焉"（《论语·阳货》），宇宙的奥秘、宇宙的大道，它是自己在天地之间呈现出来的，所以叫"寓目理自陈"——并不是说只看到眼前的景物，更要看到景物后边的宇宙的奥秘，那更根本的东西。所以诗接着讲"大矣造化功，万殊莫不均"，整个宇宙大道的变化都是一样的，各种各样的事物，都呈现了大道的运转。通过对于自然景物的观察，体会后边所蕴含的道，体会所谓的造化之功——宗白华曾称道这样的诗，呈现了当时人自由而活泼的心灵。

我们可能一时还不能领会到，一时不会有这样的感觉，但这样的诗特别有意思，它实际上在讲一个普遍性的问题，讲天地宇宙的大道理，但又有一个具体的时间，有一个具体的场景，在里面，他看到了天空，徘徊于水滨，在这具体的情境之中体会宇宙的大奥秘。这是兰亭诗的特殊之处。

这样的诗作，在某种程度上是有积极意义的，它立足在一个更广阔的世界，甚至从宇宙的视野来观察我们身处的世界，在具体的环境中，体会广阔的宇宙天地的奥秘。你从这里面看不到特别明显、特别激越的情感表达，也可以讲它比较平淡；但这种平淡，是了解了这个世界的真谛以后的一种平淡，仿佛什么事都看明白、都能看开的这样一种态度。对于所处的春天，对于生命，对于周围的环境，貌似没有特别强烈的欢欣之感，但这里面确实有一种乐观，有一种理解，有一种人和宇宙之间的融合——诗里面确实有哲学的视野。

所以，我们要面对具体的不同作品才能给予评价，一概地说诗含玄理就不好，恐怕不能这样讲。孙绰那样的第一类玄言诗可能在文学上相对来讲，评价会比较低一些；但后边兰亭诗一类，还是有积极意义的，它提供了一个更加广阔的视野来观察这个世界，观察周遭的环境。它多多少少已经涉及所处的具体环境和所见到的景物，如果从景与理的相互关系来观察的话，就可以注意到如果景的部分扩大、增加，似乎就趋向于描画山水的诗了。在景与理的关系当中，山水不是一个孤立的或者说抽象的对象，透过具体描绘的景物、山水，可以进而理解它们后边所蕴含的意义，从自然景物中可以感悟到宇宙之道。

这种天道或者宇宙之道，不是抽象地存在的，它本身就是山水景物的一部分，两者之间是一种交融的关系。从这个意义上来讲，可以说天道在山水当中获得了它的形象性，天道在适时的流转、万物的兴衰和山水的自然当中得到了体现。所以玄言向着这一路发展下去的话，所谓山水其实本身就是玄言，玄言包含山水或者说山水传达玄言都是题中应有之义，这两者实际上是可以结合在一起的。

稍后我们谈到谢灵运就可以知道，谢灵运的诗经常在描绘了景物之后，最后有一个"玄理的尾巴"。将这个尾巴去掉，干脆写山水不可以吗？对当时的诗人来讲，单独描写山水是没有意义的，山水只是一个片段，我们后代的读者可以抽取相关的句子来评赏说这一段有关山水的描写有多好，有多细致生动，但对当时的诗人来说，写山水是必须要有意义的。这意义在什么地方？游仙诗里，在那个神仙的境界，是诗人所追求的理想境界的部分；玄言诗里，由山水景物可以了解这个世界、了解宇宙的奥秘。

在那时候，不可能出现纯粹描写山水的诗。看陶渊明的诗，包括谢灵运的诗，实际上都有景物的描写，而景物的后边都透露着"理"；谢朓的诗里"理"不那么充沛，不是说绝对没有，而是他有名的诗之中，最终的归结不是"理"而是"情"。晋宋之际的山水诗，主要还不是情和景的关系，是理和景的关系，情景关系是后来的变化，从大谢到小谢的变化。

总结一下：

第一，玄言诗本身有一个发展过程，是当时历史文化情况的映现，也就是玄学、玄谈在诗歌当中的留影。

第二，玄言诗里面确实有一些纯粹都是理语，讲的道理不妨是对的，但从文学上来讲，确实不具有我们今天所理解的文学性。而如果是像兰亭诗这样的作品，它里面包含着具体的场景，透过这样的场景，诗要表达一个大的对世界和宇宙的理解、把握，于是在诗歌中就有了一个情和理之间消长的问题：如果"寓目"的部分增加，而"理"的部分减缩的话，也可以导致走向对山水的具体描写和刻画。这样的玄言诗，在文学史的发展中是有正面的意义的，它包蕴着新的诗歌类型出现的可能性。

（二）陶渊明：从玄理到田园诗

陶渊明是我们今天认为非常重要的诗人，但他的地位是在后来逐渐被大家认识而提升的。钟嵘《诗品》里面，对他的评价就不高。到了宋代，陶渊明确立了在六朝诗歌乃至整个中国诗歌史上最高的地位，在那之前，曹植处于至尊的地位。唐代开始对陶渊明有所认识，到了宋代才到顶峰，胡仔《苕溪渔隐丛话》里边收集了对前代诗人的很多评价，其中唐前篇幅最大的就数陶渊明了，这标志着到那个时候陶渊明已经被视为唐代之前最伟大的诗人。

基本上在唐代，大家认为杜甫是最伟大的诗人，这当然也有一个过程。对陶渊明而言，他在自己的时代真可以说是一位主流外的诗人。但事情往往是这样的，如果你处在主流之中，在当时可能有一时的名声；但文学史上许多被认为具有时代界标性的人物，在身前都存在于主流之外。也正因为他是主流之外的诗人，在某种程度上他可以超越时代的局限，成为一位伟大的诗人。英国文学史上一位著名的戏剧家、评论家叫Ben Jonson，他说莎士比亚不是属于一个时代，而是属于所有的时代——也就是说莎士比亚超越了他那个时代。在某种程度上，陶渊明也可以这样讲，真正要理解陶渊明，中国诗歌史花了好几百年的时间。

说到陶渊明，人们都会想到所谓的"田园"。我想说的是，田园不仅仅是陶渊明选择的一个现实的退隐的世界，更重要的是田园寄寓了陶渊明自己的理想——在这个意义上才可以说"田园"构成了一种境界，它不仅是一个实在的空间。

1. 生命的玄理

首先讲陶渊明的玄理。玄言诗可能本身不是最重要的、最高等级的诗歌，但是它确实在当时有很大的影响，对一些重要的诗人都有哺育的作用。陶渊明的很多诗里边可以清楚地看出来，他自有他的思考。陶渊明是中国整个诗歌史上真正有思想深度的诗人。之前谈到过，六朝诗歌的一大贡献，是从阮籍到陶渊明，有一个思想上的深度开掘。

陶渊明的诗歌，在思想和精神方向上最大的贡献就是，他用他的玄理化解了中国诗歌、中国诗人从汉魏以来的那种精神焦虑。之前诗人们的精神历程，陶渊明基本都走过，比如说他在自己的诗里面谈到过生命的有限，从"古诗十九首"开始，我们很熟悉这样的声音：

> 人生无根蒂，飘如陌上尘。
> 分散逐风转，此已非常身。
> ……
> 盛年不重来，一日难再晨。

他说人生飘忽，随风而转，青春美好的时候很快就过去，一天的早晨既逝就不会再回来。所以他讲："及时当勉励，岁月不待人。"这样的意思，我们从"古诗十九首"以来就非常熟悉了。前人用各种各样的方式，比如说用功名、用友情、用爱情、用音乐、用享受等方式试图来应对、来解决；而阮籍对这些应对之策都抱持深刻的怀疑。陶渊明也经历了这样的过程，从他的诗里面完全可以看到有这样一段精神的旅程。

但如果只是走前人的路，没有提出自己的想法，走出自己的路，那就算不上一位有思想的诗人。陶渊明自己的思考，展开在《形影神》组诗之中。这组诗以形、影、神三者的发声、对话，分别表达不同的人生态度。对于这组诗有多种不同的解释，有人以为它们的写出与佛教有关，我虽然对佛教与文学的关系很有兴趣，但恐怕也不能完全认同这种理解；我相信，基本上我们还是要将《形影神》组诗放到整个汉魏诗的发展脉络之中，视为陶渊明对这一精神展开的一个回应。

　　组诗的第一首《形赠影》，讲死亡是不可避免的，不如及时行乐；在之前的古诗里面，大致有过这样的表现：

> 天地长不没，山川无改时。
> 草木得常理，霜露荣悴之。
> 谓人最灵智，独复不如兹。
> 适见在世中，奄去靡归期。
> 奚觉无一人，亲识岂相思。
> 但余平生物，举目情凄洏。
> 我无腾化术，必尔不复疑。
> 愿君取吾言，得酒莫苟辞。

"天地长不没，山川无改时"，人和自然的对照，中国古代讲到人的生命短暂时，非常自然地经常会出现这样的对举。"草木得常理，霜露荣悴之。谓人最灵智，独复不如兹。适见在世中，奄去靡归期。"草木有荣枯，但人虽最有觉智，却没有冬去春来的命运，日子一去不复返；生命是转瞬即逝的，而且它的流逝是不可回转的。一切都在变化，而神仙之术也不可能，"我无腾化术，必尔不复疑"，那能怎么办呢？只能是："愿君取吾言，得酒莫苟辞。"在陶渊明的诗里面，酒是有多重含义的：有时候酒是一种快乐的理由，有时候酒可以提供慰藉、化解哀愁。当有"形"的生命面临人生苦短，无法超脱的时候，诗人希望通过酒去获取世俗的快乐，由此得到解脱。这一观念我们非常熟悉，基本上是汉末以来在面对生死大关的时候，诗人所采取的及时行乐、追求现世快乐的态度。

《影答形》是组诗的第二首，讲的是所谓的事业名声，以事业名声来抵抗生命之短暂的悲哀：

> 存生不可言，卫生每苦拙。
>
> 诚愿游昆华，邈然兹道绝。
>
> 与子相遇来，未尝异悲悦。
>
> 憩荫若暂乖，止日终不别。
>
> 此同既难常，黯尔俱时灭。
>
> 身没名亦尽，念之五情热。
>
> 立善有遗爱，胡为不自竭？
>
> 酒云能消忧，方此讵不劣！

影提出看法时，首先肯定了《形赠影》里有关生命脆弱的观点。"存生不可言"，这是接着形的声音来讲的，形说生命不断在流逝，影同意说："卫生每苦拙。""存生""卫生"的一个重要路径就是修道求仙，但诗中说"诚愿游昆华，邈然兹道绝"，也就是上昆仑山或者华山求仙这条路也是走不通的。

那么还有一条路，建安时人积极进取，希望建立名声事业来充实空虚短暂的生命，《影答形》对此也有考虑。不过这一方向，诗的表达比较复杂，在某种程度上，陶渊明将真实生命和事业名声之间的关系，以形与影来类比，而影子其实是不能脱离形而独立存在的，"与子相遇来，未尝异悲悦。憩荫若暂乖，止日终不别"，影一直是与形同进退的。"黯尔俱时灭"，这样影势必与形同生同灭。"身没名亦尽，念之五情热"，那么当生命终了的时候，事业名声也是长久不了的，将随之灰飞烟灭。至此，《影答形》似乎排除了追求名声事业的意义。但，令人感觉纠结矛盾的是，诗的最后还是不得不表示：相对于形所谓的饮酒消忧，做善事遗爱人间，"立善有遗爱"，建立好的名声终究是一种更好的选择。

影对形的超越在于，饮酒来获得自身的快乐，不如追求身后之名而立善遗爱。由此可以看出，组诗之间环环相扣，互有回应。

> 大钧无私力，万理自森著。
>
> 人为三才中，岂不以我故。
>
> 与君虽异物，生而相依附。
>
> 结托既喜同，安得不相语。
>
> 三皇大圣人，今复在何处？
>
> 彭祖爱永年，欲留不得住。
>
> 老少同一死，贤愚无复数。
>
> 日醉或能忘，将非促龄具？
>
> 立善常所欣，谁当为汝誉？
>
> 甚念伤吾生，正宜委运去。
>
> 纵浪大化中，不喜亦不惧。
>
> 应尽便须尽，无复独多虑。

组诗的第三首《神释》超越"形""影"，这样的三元结构，最后的终了答案必然在第三位出场的"神"这里，就如同同样具有三元结构的《子虚赋》《上林赋》，亡是公的议论一定得压倒子虚和乌有两位先生。这首诗中，对前两首的解脱之道都做了干净利落的斥破："日醉或能忘，将非促龄具？"喝酒当然很好，但也有危险，因为饮酒伤身；立善扬名当然是好事，值得高兴，但名声基于他人，这不是你能掌控的："立善常所欣，谁当为汝誉？"其实古人很早就知道荣辱之类，都是存在于自己的存在之外的，所以在某种程度上可以说，所谓名声、所谓事业，都是个体生命的延续和外设，并不是生命的本体，是不可靠的。

于是，诗人最后得出结论："纵浪大化中，不喜亦不惧。应尽便须尽，无复独多虑。"生命的问题，用酒的方式，用立善遗爱的方式，恐怕都不是好的解决办法，最后取的姿态是"纵浪大化中"，大化流行是中国过去传统的说法，整个宇宙万物始终处在迁变不已的洪流之中，"不喜亦不惧"，理解这一基本态势之后便抱持一种平静的心态。这种态度，我觉得就得自庄子的启示。庄子鼓盆而歌的故事说，庄子的太太死了，他开始也很悲伤，后来想到他太太这个人怎么来的，是从宇宙天地之气凝聚而成的，最后它不过是又回到了原初的状态，在这个宇宙的气聚气散之中来了又去了，至此庄子就不哭了，他说如果我还哭的话，我是不通乎命，不了解人的生命的形成与终了。这也就是陶渊明诗中说的"不喜亦不惧"，达到从容平和地理解整个生命和人生的状态，"应尽便须尽"，到了结束的时候、到了该走的时候就走，"无复独多虑"，无须反复纠结思量。

罗素曾经写过一篇文章"How to Grow Old"，他说人到了晚年应该像一条河流，这条河流越走越宽，最后平缓地融入大海，没有那么多的波澜：

An individual human existence should be like a river — small at first, narrowly contained within its banks, and rushing passionately past rocks and over waterfalls. Gradually the river grows wider, the banks recede, the waters flow more quietly, and in the end, without any visible break, they become merged in the sea, and painlessly lose their individual being. The man who, in old age, can see his life in this way, will not suffer from the fear of death, since the things he cares for will continue.

陶渊明在他的诗里面表达了类似的一种态度，所以我想他最后指出的是人应当皈依自然的变化即所谓大化当中——这是庄子的思想，也是陶渊明玄理思考的成果。

最后陶渊明通过诗的思虑，勘破生死的大关，将过去的种种焦虑情绪、悲观情绪都抛弃了。这是陶渊明对自己和自己的生命展开思考、反省而得出的一个结论。这样的诗在当时乃至历代绝大多数的中国诗人那里，是很少有的。《形影神》组诗是对自己的生命有清楚的了解之后写下来的。它含蕴着玄思，接续并回应着此前诗人们究心的问题。

在这个意义上，陶渊明就是一位玄学诗人，他不仅仅有情感而已。这组诗非常细致地在谈玄，满是理语，没有什么特殊的形象性，在某种程度上可以说它本身就是玄言诗，对人生的大问题做了一个以理化情的回答。

2. 田园的意义

在了解了陶渊明拥有这样一个对于生命的大看法的情况下，

我们可以开始讨论田园对诗人的意义。

拥有了玄理，并不是说所有问题就都解决了。中国传统当中有一个非常重要的信念，就是理念需要结合实践。陶渊明在诗中显示了清楚的哲学思考，这已经非常难得，但他更不可及的地方就是付诸实践，理念上获得解脱之道，还需要现实当中的解脱来确认它。

对陶渊明来说，他的实践就是他的田园生活。所以在这个意义上，田园生活实际上是诗人实践理念的一个场所。对于田园，陶渊明不是客观的描述，不是对生活的客观记录，而是把它作为投入自己、实践自己理念的一个场所。陶渊明的很多诗，都要从这个角度去读。

比如大家非常熟悉的《归园田居》组诗的第一首，非常好地代表诗人的主要形象：

> 少无适俗韵，性本爱丘山。
>
> 误落尘网中，一去三十年。
>
> 羁鸟恋旧林，池鱼思故渊。
>
> 开荒南野际，守拙归园田。
>
> 方宅十余亩，草屋八九间。
>
> 榆柳荫后檐，桃李罗堂前。
>
> 暧暧远人村，依依墟里烟。
>
> 狗吠深巷中，鸡鸣桑树颠。
>
> 户庭无尘杂，虚室有余闲。
>
> 久在樊笼里，复得返自然。

诗一上来就提出本性的问题，诗人的观念是立足于自己的本性，来安排自己的生活，决定自己的生活方向。这是源自庄子的观念，之前的嵇康在《与山巨源绝交书》中提出过"循性而动"的主张，可谓是陶渊明的先声。[1]诗中的"丘山"与万丈红尘是相对的；"误落尘网中，一去三十年"，有人以为该是"十三年"，指诗人中年时断时续出仕的十来年，但反正就是指弃彭泽令而归返田园之前的很多年。读这首诗得与《归去来兮辞》结合起来，"悟已往之不谏，知来者之可追"，猛然觉醒过去的路都是错的，都走错路了。

那怎么办？"羁鸟恋旧林，池鱼思故渊。"到这里为止，诗人表白为什么要归隐田园，因为自己的本性就是喜好自然的丘山的，所以要归隐田园，回到原初的生活场所。下边一大段都在写田园生活的场景。"方宅十余亩，草屋八九间。榆柳荫后檐，桃李罗堂前。暧暧远人村，依依墟里烟。狗吠深巷中，鸡鸣桑树颠。户庭无尘杂，虚室有余闲。"诗人的田园生活或乡居生活，有十余亩的宅地，八九间草屋，然后种些树，有狗有鸡，时有余闲。诗的最后总结说："久在樊笼里，复得返自然。"诗人复归他的本性，复归他的本初生活。

我们看，这首诗包含的是一个非常理性的考虑。陶渊明的很多诗都在解说他为什么要回到田园

1 参见《"循性而动"：庄学与中古文学的一个侧面》，载拙撰《文学传统与中古道家佛教》，复旦大学出版社2015年。

去，这样一个选择的理由何在？他总想倾诉：我这
样选择是有道理的，是对的。这首诗与《归去来兮
辞》一样，都是这样自我辩说的文学表达：我要回
到田园去，因为这是符合我本性的。那么这一本性
导致诗人回到田园，田园的乐趣在哪儿呢？诗的中
间一大段的描写，就是具体的回应，最后点出"久
在樊笼里，复得返自然"，回应了诗开篇的"误落
尘网中，一去三十年。羁鸟恋旧林，池鱼思故渊"。
回到"自然"，这个词实际上有两重意义：一重可
以说是我们今天讲的大自然的意义，但更重要也更
切近诗人的意义是老庄道家的"自然"的原来的
意义，就是合乎万物本性的自然而然的状态，所
以"自然"在当时是一个有理论含义的词。由此可
以看出来，这首诗不是一首简单的诗，这是诗人对
于他认为有意味的人生态度的一个表达。陶渊明写
田园的趣味，这样一种趣味是适合于他的本性的；
这样来看，诗不是简单的对田园生活的描写而已，

而是与诗人整个对生命的看法、对自己生活的理解和规划有关系的。

　　理性选择这种田园生活，里边有非常重要的涵义。诗人在这里讲到了"开荒南野际"，他劳作的意义是什么？过去很多人分析陶渊明的劳作，有的说他真的像一位老农一样劳作，有的则说不是的，他有很多僮仆，因而他自己不一定是切实参与劳动。实际上我们不太清楚陶渊明的生活状态到底是怎样的。

　　但重要的其实不是他到底是怎样真实生活的，重要的是他的诗当中所呈现出来的他对田园生活的选择、他的生活姿态。在文学史上乃至对于后来整个的中国文化史，陶渊明留下了什么？影响是什么？这一形象及其影响在历史上是很真实的，而这一形象与陶渊明自己的真实生活相关，但未必是完全吻合的，很可能是有差距的，不过，即使有差距、不那么吻合，它仍然是很真实的。

　　读陶渊明的诗，他提到自己的劳作，他是有具体实践的。"种豆南山下，草盛豆苗稀"，他肯定不是一个好的劳作者；"晨兴理荒秽，带月荷锄归"，可见很辛苦，早晨就出去了，晚上才回来；"道狭草木长，夕露沾我衣"，回去的时候，晚间小径草木的露水将衣服都沾湿了；但最有意思的是最后，诗人表示"衣沾不足惜，但使愿无违"。我就特别看重这个"愿"字，"草盛豆苗稀"不要紧，"夕露沾我衣"也不要紧，最主要是"愿无违"。"愿"就是诗人的主观心愿、意愿。按照本性去生活，在田园当中完成自己的"愿"，这是诗人真正在意的。陶渊明特别有意思之处，就是兼具情感和理智，诗当中有情感的表达，也有很大的理性的选择。自然环境中的生活、田地里的劳作，最后是要实践他自己的人生理想，实践他自己的人生哲学。他之所以要投身田园、投身劳作，实际是出于这样的目的。

《饮酒》其五：

> 结庐在人境，而无车马喧。
> 问君何能尔？心远地自偏。
> 采菊东篱下，悠然见南山。
> 山气日夕佳，飞鸟相与还。
> 此中有真意，欲辨已忘言。

诗人采菊东篱，仿佛给出了在田园之中悠然生活的场景，而最值得体味的是黄昏倦归的飞鸟，"山气日夕佳，飞鸟相与还"，早出晚归的飞鸟，在某种程度上应和、暗示着"晨兴理荒秽，带月荷锄归"的诗人，与日夜晨昏同一节律，自然而自在。对诗人来说，从这幅画面之中，清楚地透露出田园是他安置自己生命意义的所在，他抛弃了世俗红尘官场的那条道路之后，归返原初的生活，在田园之中获得自然而自在的境界。

所以回过头来看，起码在陶渊明诗当中所呈现出来的田园，首要的意义就不在于求生，从这个意义上来讲，"草盛豆苗稀"对诗人来说不是一个问题。在田园生活当中，他要的是实现他自己的理想。在这一点上，我觉得陶渊明是非常了不起的，很好体现了中国文化当中一个非常重要的特点：理念和实践两者之间必须结合为一。高远的理想，要在最普通的具体的生活当中去实现。陶渊明归隐田园，他的劳作，看起来跟一般农人似乎是一样的，但实际上是有所不同的，因为陶渊明内心里面有他的觉悟，他是在努力实践自己的生活哲学，把握自己生命的意义——这一点上，诗人与一般的同样在田野劳作的农人是不一样的。因为有了高远的理想，劳作的行为不再是简单的，而是具有意义的；而通过这些行为，理想也不是虚幻的，而是切切实实可以把握的。就此而言，陶渊明非常了不起。

3. 陶诗的艺术

我们当然要谈陶渊明诗的艺术。

用最简单的话来讲，是淡而有味；或者用后来苏东坡的话："质而实绮，癯而实腴。""质"是传统所谓的文与质的质，看上去很简单，很朴素，但实际上是很漂亮的，是有绮丽的感觉的。所以陶渊明诗歌的风格，就是淡而有味或者说质而实绮。

陶渊明的诗，如我们之前勾勒过的，不属于六朝诗歌追求绮丽之美的主流，显然是比较朴素自然的，没有过度的外在的修饰。当然也不是毫无修饰，比如"羁鸟恋旧林，池鱼思故渊"，"方宅十余亩，草屋八九间"也可说是对偶的，但即使如此，也不脱整体的平易、单纯、流畅，起码他的诗是这样的。陶渊明诗歌的美是自然的，美是植根于他自己的，你可以看到他整个生活实践的那种美，不是在一个字一句诗上刻意雕琢修饰，这是完全不同的另外的一种味道，所以淡而有味确实可以概括陶渊明的诗歌风格。

从中古诗歌演进的大势来看，陶渊明是一位主流之外的诗人，他的诗标志着区别于曹植、陆机这条路发展的追求美、追求丽的方向，趋向另外的自古诗以来的质朴的方向，质朴的地方有它的美，而且非常流畅。陶渊明在这一点上非常有意思，他在风格上的淡，很大程度上跟过去的古诗是相联系的，他思考的问题也是接续着过去而来，然后提出自己的理解，用冯友兰先生的说法，陶渊明不仅仅"照着讲"（《形影神》组诗的前两首），而且"接着讲"（《形影神》组诗的第三首《神释》），讲出他自己的新的意思来，他得出的结论是面向未来的，为后人开辟了一条道路。

诗学上，还可以讲的一个大问题，是情、理、景的结构。前面说到像《形影神》这样的组诗，很大程度上表现出陶渊明是有深刻的思考能力的诗人，延续着前人对于人生和宇宙的思考。这样的思考，固然有《形影神》那样玄言诗式的呈现，但其他的诗里边，诗人表达理并不是完全赤裸裸的，而是跟景、物结合，构成一定关系的。诗人会写景、写物、写事，让理在景、物、事里面得到呈现；这样的时候，景、物就是有意构设的了。

比如前面讲到的《饮酒》第五首："山气日夕佳，飞鸟相与还。此中有真意，欲辨已忘言。"黄昏时分，飞鸟返巢的景致，很简略地提示出来，这中间是有理的。择取勾勒这一画面，陶渊明有他自己的理解在里边；而有意思的是，他直接告诉读者这一画面内含"真意"，但是"欲辨已忘言"，不知道诗人是真的讲不出来，还是不想"碎碎念"，反正他只是告诉你这里边有意思。诗仅仅通过一个景象来告诉读者，却不点出其中的道理，如果硬做解释，所谓"飞鸟相与还"，大约鸟儿们早晨飞出去、晚上归来的日常生活节奏，这样一个自然的状态里边就含蕴了自然之理——陶渊明没有用理性的话语直接表达，而是呈现这样一个包含理的景，让读者去观想、体悟。

附：走向田园的陶渊明

一

想起陶渊明，"采菊东篱下，悠然见南山"的形象大概立刻就会浮现出来：这是一位遵从自己心愿而归隐田园的诗人。

不过，就一定是这样的吗？一般，人们记忆之中，诗人的归隐，与"不为五斗米折腰"的故事不可分割：陶渊明正在彭泽令任上，督邮来巡视，县吏告诉诗人"你得整衣束带去见他"；诗人一听，叹曰："我不能为五斗米折腰向乡里小人！"于是挂印而去。可这个生动的场景，出现在后代史书《宋书》里，陶渊明自己可不是这么说的，他的那篇名文《归去来兮辞》的序里只说自己出来做官是因为家里穷，要钱，可有了钱的官场生活与自己的本性不合，所以也很难受，"深愧平生之志"，这时恰好他嫁到武昌程家的妹妹死了，他急着去吊唁，所以就离职而去了。如果我们相信诗人的自述，那他不是挂冠直接回家的，而是首先从今天九江那儿的彭泽，溯江而上跑到武昌去了。一件事，不同的说法，道理其实简单：人们最熟知的，未必就是事实，而事实是什么，真得多想一想。

一想，就有许多可议。其实诗人之率性而不负责任，不是头一回了。陶渊明也不是只做了彭泽令这一任官，他最早出仕，是任所谓"江州祭酒"，这官名很可能是"祭酒从事史"的省称，据《宋书·百官志》这是"**分掌诸曹兵、贼、仓、户、水、铠之属**"，职事琐屑得很。加上这时候的江州刺史是王羲之的儿子王凝之，诗人与这个傲慢的王家子弟大概也不投缘，《宋书》里记载他"**不堪吏职，少日自解归**"，"**少日**"就是没多久的意思，虽然我们不知道究竟有没有短过彭泽令的八十多天。诗人之所以能一再地一不高兴就甩手而去，当然有他的资本，可想而知，他有一定的依凭，是有些家底的，即使到最后他归隐田园的时候已很落拓，也还有"**方宅十余亩，草屋八九间**"（《归园田居》其一）。而另一方面，诗人熬到差不多三十岁出来做官（陶渊明的年寿有许多不同的说法，从五十多到七十多都有；这里就照最早也最通常的六十出头计，生年在公元365年），担任的却是事务琐杂的职位，在当时他只能算是地位不高的寒素之士，大约也是可以肯定的。

前面提到的还有一节也值得稍加留意：陶渊明丢开彭泽令的位子跑去武昌吊唁妹妹，诗人的家不是在庐山脚下吗？他的这位程氏妹（过去一般认为他们是同父异母的兄妹，可也有学者认定他们就是亲兄妹）怎么远嫁到武昌了？说起来，武昌当时属于长江中游的荆州地界，那里可是陶家早先尽显荣光的地方。

荆州在中古时代具有极重要的地位，东晋一代，更可谓举足轻重，以其踞长江中游之势，往往与下游建康的中央形成对峙。那个时候，曾任荆州刺史的，前后二十余人，东晋最后那些年的乱局时期不计，大抵都是秉执权势的世家大族，如琅琊王氏占有该位置十年，外戚庾氏兄弟连着据有十年，桓氏更断续有四十余年。这些人物里面，除作为外戚的庾氏兄弟，在某种程度上代表了皇室的势力，与时据中枢的名相王导形成抗衡，其余的王敦、桓温、桓玄等，皆有抗衡中央，乃至不臣之意。陶氏家族的历史上，陶渊明最崇敬的曾祖陶侃，也曾是东晋荆州历史上举足轻重的人物，在王氏和庾氏之间，他任刺史差不多十年。可以说，荆州曾是陶家势力甚大的所在。虽然我们不清楚陶渊明的这位妹妹嫁在武昌程家的原委，但很可能并不是偶然的。即使是陶渊明本人，荆州也是他一生经历中非常之重要的一个地方。这就得说到诗人的第二次出仕了。

二

陶渊明的第二次出仕，即他在当时的枭雄桓玄手下任职的经历，过去人们留心得不多。桓玄是文韬武略都十分了得，在东晋晚期历史中扮演了翻天覆地的重要角色的人物。他的发迹不妨从公元398年说起，当时青、兖二州刺史王恭与荆州刺史殷仲堪联合对抗朝中摄政的司马道子，结果北府军名将刘牢之倒戈，致使王恭兵败被杀，桓玄和殷仲堪本来就是玄学辩友，这次事变他们是站在一边的，此时乘机成了江州刺史；第二年（399）桓玄又攻杀殷仲堪，再一年（400）为荆州刺史，兼领了江、荆二州。而大约就在桓玄先后据有江州和荆州期间，诗人陶渊明进入桓玄麾下任职。

对此，最确实的证据是陶渊明自己的几首诗。公元400年的《庚子岁五月中从都还阻风于规林》诗二首，其中有"自古叹行役，我今始知之"的句子，表明诗人当时人在仕途无疑；诗中的"都"指东晋的都城建康，而"规林"应在寻阳附近，由此可知，这两首诗写于诗人"行役"赴都城建康之后返回西行，在离家乡不远处遇风停留之时。那么诗人"从都还"，是要"还"哪里呢？当然不是回"规林"附近的家，哪有当官出差完事之后便回家的道理？得销差。去哪儿销差呢？他在第二年也就是401年有一首《辛丑岁七月赴假还江陵夜行涂口》，里面出现了"怀役"二字："怀役不遑寐，中宵尚孤征。"这与诗题中"赴假""夜行"显然是相应的，那么，诗题透露的信息乃是诗人在休假之后返还江陵，经过距武昌不远的涂口。这回销假返回的江陵，理应就是前一年"从都还"的目的地，这也正是前面提到的399年攻杀原荆州刺史殷仲堪而此刻正据有该地的桓玄的府中。鉴于桓玄398年开始领江州刺史，或许有理由推测，陶渊明早在399年桓玄攻灭殷仲堪之前据江州时就已投身桓玄麾下。无论如何，由诗人的这三首诗可以肯定，大约在401年及之前的两年甚至三年，陶渊明便在桓玄处任职。

毫无疑问，这该是陶渊明一生中最久的仕途经历了。那么，在桓玄手下，诗人有何作为呢？我们已经知道，400年的《庚子岁五月中从都还阻风于规林》显示他为桓玄担任了赴京使者，然而使命是什么呢？现代研究陶渊明最深入的学者之一逯钦立先生觉得，诗人很可能是在为桓玄上疏朝廷请求领兵讨伐孙恩而奔走。孙恩家世奉五斗米道，399年乘乱起事，为被司马道子所杀的叔叔孙泰复仇，一时声势浩大，攻入会稽，杀了当时的会稽内史王凝之，吴地诸郡动荡不已。这次孙恩虽然被刘牢之率军击退，回据舟山一带的海岛，但第二年的五月又卷土重来。在这样的背景下，桓玄请求讨伐孙恩，固然有正当的理由，然而事情往往也是复杂的，背后未必没有隐藏着桓玄借机东下的意图和野心。如果陶渊明承担的是代桓玄请求东下的使命，那还真是颇关紧要的。

　　陶渊明结束这段为时最久的仕途经历，倒不像第一次担任江州祭酒那样是自行一走了之的，而是他母亲孟氏401年冬天去世所致，这在诗人的《祭程氏妹文》里说得很明白："昔在江陵，重罹天罚。"可见，陶渊明是在江陵桓玄荆州刺史门下得到母亲去世消息的。

　　或许会有疑问，诗人生平最久的这段仕途经历，何以千年以来颇为隐晦，少受留意呢？了解随后的情势变幻，大概可以悬揣一二。

　　就在陶渊明离开桓玄返回故乡为母亲守孝之后的两年半

时间内，整个形势发生了巨大的变化：402年晋安帝下诏罪桓玄，桓玄因此率军东下，几乎有反复倒戈习惯的刘牢之再次重演老把戏，投降桓玄，桓玄顺利攻入建康，杀司马元显，总揽朝政；次年（403）桓玄篡晋，改元建楚；接着的404年年初，这一时代的另一位枭雄、后来代晋而立的刘裕起兵讨伐桓玄，双方在寻阳附近便有战事，而与刘裕站在一边的就有当时的江州刺史、刘牢之的儿子刘敬宣。最后的结果，桓玄兵败伏诛。在这一连串的变故之中，前半场，诗人是看客，后半场，则进场扮演了一定的角色。陶渊明在这时候有一首诗《始作镇军参军经曲阿作》，写诗人虽怀着留恋，但还是告别故乡，一路向东，担任镇军将军的参军去了；这位镇军将军，如今的研究者大致确定，就是刘裕，他当时驻京口，陶诗题中提及的曲阿与之相距不远。

陶渊明在刘裕处不久便离开了，因为第二年（405）年初，他留下一首《乙巳岁三月为建威参军使都经钱溪》已表明他担任了建威将军刘敬宣的参军。从刘裕麾下转往刘敬宣那里，究竟是出于什么原因，我们弄不清楚，但从刘裕和刘敬宣当时合作密切的关系来看，也并不很奇怪：刘敬宣乃是刘牢之的儿子，402年桓玄东下进攻建康之时，刘牢之反戈投降了桓玄，但反复之人随即又与儿子刘敬宣蓄意袭击桓玄，事败自经，而刘敬宣则奔窜到北方去了；过了两年（404），作为刘牢之旧部的刘裕起兵讨桓玄，正是刘裕"手书召敬宣"的。陶渊明在这首诗中有"园田日梦想，安得久离析"的诗句，已表示他要归去田园了。确实，404年被桓玄废黜的晋安帝恢复了帝位，刘敬宣稍后在405年三月上表解职，陶渊明这次"使都"大约就是为此而去的。离开刘敬宣之后大约半年，才有了诗人为人熟知的八十多天彭泽令的最后一段仕途。

大致明白了陶渊明就职桓玄、刘裕麾下的始末，或许便能了解这些曲折何以有意无意被隐晦的缘故了。诗人之服务于桓玄，在刘裕这里，是绝对不该被提及而是应竭力忽略、掩埋的事，甚至他投身刘裕可能也是不得不有的姿态；而诗人与桓玄、刘裕的这些瓜葛，在后世大多数认定陶渊明忠于晋室的人那里，实在也是难以面对的——这两位虽是敌手，可在颠覆东晋王朝方面，则并无二致，可谓前赴后继的枭雄。

回顾陶渊明这些年的经历，知晓他曾在东晋晚期桓玄和刘裕两位大枭雄手下谋事，见证了他们翻天覆地的所作所为，我们应该能够了解和想象诗人的内心波澜。他会是对现实政治毫无深切感知的凡夫吗？他会是乐天知命、简单纯粹的田园诗人吗？

毫无疑问，诗人是有用世之心的，在他的诗中或隐或显有所表露；然而这种用世之心，不是空泛的意念而已，必得有落实之处。对陶渊明来说，用世的理想，如果曾经有过一个真正实现的机会，当然不是最初的江州祭酒，也不是最后的彭泽令，甚至刘裕和刘敬宣的参军也谈不上——如前边谈到的，这或许是他曾效力桓玄而不得不付出的努力，想在其中获得抒展的可能，未免太天真了——而是在桓玄麾下，在诗人一生最久长的那一段仕途。

三

回到陶渊明投身桓玄麾下的那一刻。诗人为什么会这么做的呢？

其实，为诗人设身处地来想，有很充分的理由。首先，我们已经知道，桓玄当时据有江、荆二州，势力之大，人所瞩目；而荆州正是诗人最崇敬的曾祖陶侃曾经生活和战斗的地方。

其次，从陶渊明的切身感受而言，他于桓氏当有相当的亲切感。东晋是所谓门阀时代，陶渊明与桓玄的关系，似乎也很有必要从这样一个视野中加以观测。桓氏家族，如历史学家田余庆先生所考，东汉大儒桓荣为其先人，中经曹魏时代曹氏与司马氏之间的激烈斗争，桓范被杀，此后家族力单势弱；桓彝渡江，为东晋功臣，其子桓温权倾一时，为桓玄最终代晋为楚确立基础。虽然如此，桓氏当初仍很受高门世族的鄙视，《世说新语》里记载桓温为儿子向当时在自己手下为官的王坦之提亲，王坦之不敢自主，答应回家去问问自己的父亲，也就是桓温相中的儿媳的爷爷王述。王述就是那位著名的脾气急躁的王蓝田，曾想吃鸡蛋，筷子夹不住，扔下地用鞋跟踩，还踩不着，于是就地抓起来，直接放进口里咬开再吐出来。这回，王述还是很暴躁，本来他是很喜欢王坦之这个儿子的，儿子虽然是大人了，还抱着靠在自己的膝盖上，但一听桓温求婚的事，便大怒，一把推开儿子，骂道："你犯浑了吗？怕桓温吗？他不过兵家出身，怎么可以将女儿嫁过去！"王坦之于是回报桓温说："卑下女儿家里已为她定了婆家了。"桓温当然是明白人，说："我晓得了，这是你爹不答应啊。"王述以桓温为"兵"，当时这是强烈蔑视的表现。至于陶氏家族，陈寅恪先生认为本来出自溪族杂处地区"业渔之贱户"，因而士族胜流视同异类，只因东晋初年以军功致显，但仍受到歧视。《世说新语》里记有一则故事：王胡之住在会稽东山的时候很穷，当时陶侃的儿子陶范送一船米给他，结果竟然被拒绝了，王直截了当地说："我王家的人没米下锅，自会去找谢家的谢尚讨，不要你陶家的米。"研究《世说新语》极为精深的余嘉锡先生对此分析道："因陶氏本出寒门，士行（陶侃）虽立大功，而王、谢家儿不免犹以老兵视之。"最值得留意的是《世说新语》的这条记载：

> 袁宏始作《东征赋》，都不道陶公（陶侃）。胡奴（陶范）诱之狭室中，临以白刃，曰："先公勋业如是，君作《东征赋》，云何相忽略？"宏窘蹙无计，便答："我大道公，何以云无？"因诵曰："精金百炼，在割能断。功则治人，职思靖乱。长沙之勋，为史所赞。"

但对这条文字，刘孝标为《世说新语》作注的时候引了另外一本史书《续晋阳秋》的记载：

（袁）宏为大司马（桓温）记室参军，后为《东征赋》，悉称过江诸名望。时桓温在南州，宏语众云："我决不及桓宣城（桓温之父桓彝）。"时伏滔在温府，与宏善，苦谏之，宏笑而不答。滔密以启温，温甚忿，以宏一时文宗，又闻此赋有声，不欲令人显问之。后游青山饮酌，既归，公命宏同载，众为危惧。行数里，问宏曰："闻君作《东征赋》，多称先贤，何故不及家君？"宏答曰："尊公称谓，自非下官所敢专，故未呈启，不敢显之耳。"温乃云："君欲为何辞？"宏即答云："风鉴散朗，或搜或引。身虽可亡，道不可陨。则宣城之节，信为允也。"温泫然而止。

显然，这两则记述极为相似，我们不必追求两者之间究竟是张冠李戴了，还是都曾发生过，桓、陶两家故事可以有这样的纠葛，透露出两家在彼时高门世族视野中彼此地位相侔。就陶渊明而言，其家族从曾祖陶侃开始，为国家勋臣，到诗人这代已然衰落，作为旧家子弟，陶渊明的自我认同或许是很以祖先为傲的，但实际环境之中则远非如此，其不受高门世族之尊重，与桓氏颇为类似。这或许是陶渊明与桓氏之间的一种精神合契基础吧。

　　说到家族，更进一步的关系，在陶渊明仰慕的家族人物中除曾祖陶侃外排名第二的外祖父孟嘉。孟氏为武昌地方望族，乃当时名士，陶侃镇荆州时将自己的第十个女儿嫁给他，他们所生的第四个女儿即陶渊明的母亲孟氏。孟嘉在桓温手下做事，两人关系亲密，陶渊明为外祖父写的传记里有不少涉及，比如非常有名的逸事："温尝问君：'酒有何好，而卿嗜之？'君笑而答曰：'明公但不得酒中趣尔。'又问听妓，丝不如竹，竹不如肉，答曰：'渐近自然。'"这篇传写在陶母孟氏去世诗人居忧期间，如前所述，正在此前后局势发生巨大变化，桓玄挥戈东下，直至最后代晋立楚；以此为背景看，曾仕于桓玄的诗人走笔书写外祖孟嘉与桓温的往事，除了显示他对自己家族与桓氏家族关系的了解和关切，有没有别的意思，真不那么好说。即便我们不做过度揣测吧，以这样的关系来看，当初陶渊明投身桓玄，至少属于一个颇为自然的选择：在诗人，桓玄是自己崇敬的外祖父的主官桓温的儿子；在桓玄，这是父亲早年一位僚属的外孙。

再次，陶渊明与桓玄之间，也不是仅有故旧亲属之类的关联，说得堂皇一些，可以说他们之间也有思想和信仰上的共同语言。陶渊明比桓玄大几岁，作为同代人接受了大致类似的教育，拥有类似的文化教养。陶渊明诗里说，自己是"少年罕人事，游好在六经"；而桓氏家族初以儒学立身，作为幼子的桓玄甚受桓温宠爱，传统之教养可想而知，如果要举出例证，不妨看桓玄与当时庐山高僧慧远的交往。《高僧传》记载399年桓玄从江州出发攻击荆州殷仲堪之前，曾入庐山与慧远见面，当时他就佛教徒削发出家，依据《孝经》"身体发肤，受之父母，不敢毁伤，孝之始也"问难道："不敢毁伤，何以剪削？"慧远早先也是熟读儒书、"博综六经"的，随即以《孝经》下文"立身行道，扬名于后世，以显父母，孝之终也"作答："立身行道。"显然，他们之间的论辩都基于儒家经典。

除了这样以传统儒家立场对佛教提出异议，桓玄与慧远的争辩，也运用到玄学论说，他本就是一位善文能辩的玄谈高手。观察佛学史上慧远的许多论说，其实都与桓玄有着关系，没有桓玄的挑战和刺激，《沙门不敬王者论》《明报应论》等名篇或许都不会产生、传世。要了解桓玄的玄学立场及其对慧远的辩难，除了传世的桓玄的文章，还可以从慧远那些论著的问难部分来看，《沙门不敬王者论》等著作的结构是问难和回答相结合的，问难部分代表的是一般的流俗之见，而回答的部分则是慧远正面阐发的观点。如果比对当时数量不少的相关文献，可以了解《沙门不敬王者论》中有些问难与桓玄密切相关。而慧远在论中明确写道："达患累缘于有身，不存身以息患；知生生由于禀化，不顺化以求宗。"慧远的意思是说，佛教认识到人生之患累在于人身，因而不能以保养身体的方式止息患累，而万物之生由于自然之化，故此便不能顺随自然大化去求得最后的宗极。"顺化"与否，是慧远展示给桓玄的非常关键的双方分歧所在；而"顺化"即顺应、依循自然的流衍变化，不仅是桓玄质疑慧远的要点，也是陶渊明思想的核心："纵浪大化中"的自然主义是陶渊明基本的人生态度，也是他人生乐处的根本，所谓"聊乘化以归尽，乐夫天命复奚疑"。在慧远看来，陶渊明与桓玄应该是一样的，是固执顺化观念而没有佛教信仰的凡夫俗子。

最后，在陶渊明和桓玄的关系中，诗人如何看待桓玄的篡晋，是一个很敏感的问题。向来许多学者认定陶渊明反对桓玄的行径。这大概也符合相当的事实。不过，或许也可以稍微多体察一下当时的情势，其实不必以其他时代的忠君观念来看待魏晋以来的观念和风习，自魏晋易代以来，"忠"就不是最突出的价值高标，门阀世族并不以忠君为极则，而东晋门阀政治的格局中皇家与门阀世族共治，皇权之神圣性更不可与异代同观。当时几乎所有门阀豪强，都有觊觎皇位的心意。当年桓温之心，可谓路人皆知，以至于后来佛教文献《冥祥记》中也留下了如下的故事：

> 晋大司马桓温，末年颇奉佛法，饭馔僧尼。有一比丘尼，失其名，来自远方，投温为檀越尼。才行不恒，温甚敬待，居之门内。尼每浴，必至移时。温疑而窥之：见尼裸身挥刀，破腹出脏，断截身首，支分脔切。温怪骇而还。及至尼出浴室，身形如常。温以实问。尼答云："若遂凌君上，刑当如之。"时温方谋问鼎，闻之怅然。故以戒惧，终守臣节。尼后辞去，不知所在。

有"问鼎"之心，而"终守臣节"的不止桓温，即如诗人的曾祖陶侃，《晋书》里也有记述：

> 或云侃少时渔于雷泽，网得一织梭，以挂于壁。有

顷雷雨，自化为龙而去。又梦生八翼，飞而上天，见天门九重，已登其八，唯一门不得入。阍者以杖击之，因坠地，折其左翼。及寤，左腋犹痛。又尝如厕，见一人朱衣介帻，敛板曰："以君长者，故来相报。君后当为公，位至八州都督。"有善相者师圭谓侃曰："君左手中指有竖理，当为公。若彻于上，贵不可言。"侃以针决之见血，洒壁而为"公"字，以纸裹手，"公"字愈明。及都督八州，据上流，握强兵，潜有窥窬之志，每思折翼之祥，自抑而止。

《晋书》多收载前代传说，这里所载陶侃的故事未必精确，但与《冥祥记》记桓温事一样，透露了当时的一般观感则无疑。在列位据有荆州之豪强中，陶侃或许是其意其行最为隐晦的。不过，他的"每思折翼之祥，自抑而止"与桓温之"故以戒惧，终守臣节"，依稀类似。这些传闻甚至可能的联想，作为陶侃后人的陶渊明不容不知，至少因为陶侃，他似应不会为此对桓温乃至桓玄有特别的恶感吧。

四

这么说，并不是要完全否定陶渊明对东晋末年桓玄、刘裕前赴后继篡晋自立的负面态度，而是想说：对于政治史上的大事件，一个人的反应可以是政治的，然亦或许可以不是纯然政治的，而同时可以是立足于家族的、文化的。

之所以有如此理会，很大程度上可以看陶渊明对桓玄和刘裕的不同态度。相比较与桓玄的关系，陶渊明对刘裕的观感应属不佳，其第三次出仕为时很短，至久不过一年，而其诗中对刘裕素不以之为是。看陶渊明回顾东晋灭亡的诗歌，《述酒》是非常重要的一篇，但据袁行霈先生的辩说，所责难的对象也主要在刘裕而不及桓玄。至于在行动上，归隐田园之后，陶渊明依然与当时的仕途中人保持一定的联系与来往，袁行霈先生排比对照之下，以为较为令人瞩目的几位之中，陶渊明的"**态度颇不相同。陶引为知己的是颜延之和殷晋安，可以接近的是王弘，反感拒斥的是檀道济**"，其中的缘由很大程度上可能是因为他们与刘裕的关系存在疏远亲近之别：远刘者，渊明与之近；近刘者，渊明与之远。这在某种程度上也可窥见诗人对刘裕的恶感。

除了直接涉及政治现实、时代变局的方面，从前边谈到的陶渊明与桓玄的家世和信仰的联系，反观陶渊明与刘裕之间的隔膜，可想而知是甚为显著的：刘裕没有任何门阀社会的家族背景，其崛起完全出自武力及功业，在世族意识上，陶渊明近桓玄而远刘裕是无疑的；在信仰和思想方面，刘裕出身行伍，不存在任何深刻的教养、传统和认同，不提桓玄，就说在桓玄之后与刘裕竞争的主要对手刘毅，当时人对比二刘，一般都认为刘裕武功强而刘毅文雅胜。看着如此一位枭雄的渐行坐大，陶渊明想必渐难接受。诗人的拒斥态度，应该也包含了两个层面，一是基于勋旧家族的政治态度，二是

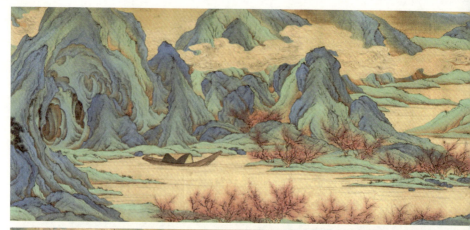

▼（清）萧晨《桃源图》

　扬州市博物馆藏

该卷取材于西晋文学家陶渊明的名篇《桃花源记》，以青绿法绘群山连绵、桃林掩映之景，有村舍

茅屋，人物往来。

虽实出身单微衰落之家族而往往自负高标的文化立场。晋宋之际的变局，即就篡晋者言，从世家桓玄到低级士人刘裕，是整个时代转型的体现。陶渊明作为东晋勋臣的后裔，所受的教育和早年的实践，都是要入世有所作为的；而他与类似阶级的桓玄关系被迫中断，与刘裕则不能投缘，在这两位当时叱咤风云的人物之间，有世族和低等士人的不同，诗人身当此历史转型的关头，对新的历史动向是不合契的：陶渊明对世族至低等士人之转变自是不奈；而以其勋旧家世，对于篡晋的趋向亦难随附，构成双重的不合时宜。由此，进而言之，陶渊明最后终于退出官场，固有家族地位实际不高故而不致显达及对于乱世的厌倦，而眼见刘裕日渐强大，不奈世间阶级与风习的转趋，也是观察陶渊明退隐田园不能不加以注意的大的历史背景。

退隐田园，是诗人做出的人生最大的决断。此后，陶渊明对于自己归隐田园的种种自我诠释，所谓"少无适俗韵，**性本爱丘山**"，是从自然本性来立说的，发挥的是庄子和玄学的观念，高远而超然，这固然是其学问和思想有以致之；但有如上所述的生活轨迹为背景，这些理念的说明和诠释，实在也是现实中挫败的人生经验的转化与提升。陶的自我转化和提升，塑造了他在当时的现实和此后的历史上的自我形象，是他借文字而实现了自我的完成。

不过，陶渊明这样转化和提升的自我论说，多少有些类似嵇康，后者在《与山巨源绝交书》里发挥他依循自然本性乃得自由的玄学观念，描绘了放达不羁的名士形象，而其真实的背景却是曹魏与司马氏之间残酷的政治斗争，嵇康此文的真意是拒绝司马氏集团的招纳。相应地，我们也不能完全听从、认同陶渊明的自我表述，透视他遵从个性、归返田园的话语，窥见诗人所经历的惨淡的世相，再一次体认：没有人能免于他所属时代的重累。

（三）大小谢：山水诗的理与情

1. 谢灵运：山水的景与理

陶渊明之后要谈谢灵运，接上之前的游仙和玄言来谈山水诗。

山水诗的进展，从诗人的角度来看，就是从谢灵运即大谢到谢朓即小谢。概说六朝诗歌的成绩的时候谈到过，中古时期对于山水景物的描写，从谢灵运到谢朓，是非常重大的成果，山水诗在中古时期成立之后，成为后来诗歌史上非常重要的一种类型和传统。

首先是游仙诗。郭璞有多首游仙诗，其中部分诗歌对于山川环境有其描写，这种刻画有时是比较集中、比较细致的。但这与后代谢灵运的山水诗并不一样，因为是讲游仙的，所以那是神仙世界、理想境界当中的山水景观，但我觉得不妨是一个可以考虑的源头。

再有就是玄言诗。因为山水自然景物代表了所谓的天道，是流行天道的呈现，所以在特定类型的玄言诗当中有时候便含有对自然景物的描写。像兰亭诗里边是有玄理的，同时也有山水景物的表现，景与理相结合。一首诗之中，景与理存在此消彼长的关系，当山水景物的部分逐渐增加的时候，也就趋近了山水诗，现在一般学者都乐于肯定山水在玄言诗当中是有一条发展的线索，用刘勰的话来讲，"庄老告退，而山水方滋"，两种诗歌类型之间有这样一种消长关系。

最终，这些因素结合在一起，山水诗慢慢成立，在诗歌传统之中站立起来，最主要是在谢灵运这里，比陶渊明的时代略晚一些，而陶、谢经常被后人放在一起来比较。不过，他们在个人的身份、诗歌的表现上，其实是很不相同的道路。

谢灵运是真正的贵族。所以他一直有以天下为己任的抱负，追逐权力不遗余力，他觉得自己一定要有所作为，而且完全是可能的、是有条件的。但是在当时各种各样复杂错综的政治情势之下，他一直没能实现自己的理想。而且他个人的性格也比较偏躁，反正一直不成功，他出来做官，又被外放到地方上做官，退到自己的家族庄园生活，如是进进出出、起起落落很多次，最后在广州被指谋反而被杀。谢灵运跟陶渊明比较起来，首要的他是贵族，而且非常不安定，你可以看到他生活当中那种紧张感比陶渊明要强烈得多，他是积极入世的，但是没有能够实现自己的抱负，这对他来讲始终是一个问题。

山水诗实际上是谢灵运在政治上失败，离开京城，远离政治中心，在地方上任职及在自己的家族庄园时创作的。在某种程度上也可以说，山水诗是谢灵运整个生活中的某一个部分，是对他人生挫折的一种补偿，构成另外的一种平衡。

比照来看，陶渊明或许也可以这么说。陶渊明放弃了仕途的生活，走向田园；谢灵运被动地离开政治中心，走向山水。但这里面最大的不同是什么？陶渊明非常清楚地一再表达，这种归返田园是他所要的，是他自觉的选择，田园对他而言是好的，是切合他本性的，如他在《归园田居》第一首里那样用乡村生活的诸多境况来呈现田园的乐趣。谢灵运则恐怕不是这样的，他很少有这样的表达。

由此，我们进一步比较陶渊明的田园诗与谢灵运的山水诗，它们内在的质地是有差异的。从陶渊明的诗歌，我们看到的都是那些平常的田园生活，诗人观照到的是田园生活当中日常的场景；而对谢灵运来说，他所追求的是山水的奇异，追求的是奇趣，他到的那些地方绝对不是寻常之处，有记载说他带着好些人在山里探奇寻异，逢山开路，遇水架桥，动静闹得很大，被人以为是山贼。这样的生活经验，是陶渊明想也不敢想的，两人之间真是非常不一样。

很可能也正是因为这一区别，陶渊明在日常的田园生活当中得到了安顿，达到平静的精神状态，"纵浪大化中，不喜亦不惧"这样情、理平衡的坦然心态；而谢灵运始终没有得到满足或者得到平衡，他的内心似乎始终是不宁静的，是有紧张感的。谢灵运游观奇异的山水，写下了新异的山水诗篇，这些诗传回京城，大家都纷纷传写，因为觉得非常好，非常新奇。《宋书》的谢灵运传记述说：

> 灵运父祖并葬始宁县，并有故宅及墅，遂移籍会稽，修

营别业，傍山带江，尽幽居之美。与隐士王弘之、孔淳之等纵放为娱，有终焉之志。每有一诗至都邑，贵贱莫不竞写，宿昔之间，士庶皆遍，远近钦慕，名动京师。作《山居赋》并自注，以言其事。

谢灵运的山水诗有一个基本的套式，诗的开始经常会交代出游的事由，然后描写出游的所见所闻，游览所看到的场景构成诗歌书写山水的主要部分，"林壑敛暝色，云霞收夕霏。芰荷迭映蔚，蒲稗相因依"之类的诗句就出现了，最后往往还有一个理念的尾巴，如"虑澹物自轻，意惬理无违。寄言摄生客，试用此道推"。对谢灵运来讲，山水诗仍存在着景和理的关系。兰亭诗里面，景和理之间如何呈现是一个问题，到了谢灵运，依然如此，玄言的尾巴就是印迹。

艺术风格上，谢灵运的山水诗是雕琢刻画的。像《过始宁墅》"白云抱幽石，绿筱媚清涟"，色彩分明；"崖倾光难留，林深响易奔"，声色的体会很是细致，这些无疑都是锻炼的结果。当然，雕琢刻画是比较而言的，比如说他跟陶渊明比，当然这说法是成立的；而在当时的诗坛上，与其他的一些诗人如颜延之比，

谢灵运甚至被认为自然朴素，同时代的鲍照的评论见于《南史·颜延之传》："延之尝问鲍照，己与灵运优劣，照曰：'谢五言如初发芙蓉，自然可爱；君诗若铺锦列绣，亦雕缋满眼。'"这怕是当时公认的意见，汤惠休也说："谢诗如芙蓉出水，颜如错彩镂金。"（钟嵘《诗品》卷中"宋光禄大夫颜延之"条）谢灵运诗里有名的"池塘生春草，园柳变鸣禽"一联，确实非常自然，不过也真不是谢诗的常态。我们得知道，对一位诗人的评价，后代是在一种变化的不同的视野之下来观察、判断的，随着时代的变迁，当初并不在文坛中心的陶渊明的地位提升了，当后代将谢灵运与进入晋宋之际诗界核心的陶渊明做比较的时候，他就变成风格雕琢刻画的诗人了。

陶渊明当初在诗歌主流之外，与谢灵运属于两种完全不同的诗歌传统，他是古朴的、浑成的。而谢灵运擅长刻画的功夫，往前推溯，这种方式与陆机以下的诗歌艺术追求前后相承，整体读来，与陶渊明完全不同。谢灵运的诗在艺术技巧上，是下功夫的，是刻画、锻炼的。

因为谢灵运的诗特别注意刻画、安排，所以有时候整首诗会显得意脉不够贯通。一首诗须要有一个相对稳定的主旨，婉转衍伸；但如果特别讲究雕琢刻画，每一句都很用心用力，看起来好像很有新创，却很容易出现滞涩而不够贯通的问题，有一点儿像苏东坡讲的一般的画师画竹，没有胸有成竹而一气贯通的味道："节节而为之，叶叶而累之，岂复有竹乎？故画竹必先得成竹于胸中，执笔熟视，乃见其所欲画者，急起从之，振笔直遂，以追其所见，如兔起鹘落，少纵则逝矣。"（《文与可画筼筜谷偃竹记》）谢灵运的《石壁精舍还湖中作》是他的名作：

> 昏旦变气候，山水含清晖。
> 清晖能娱人，游子憺忘归。
> 出谷日尚早，入舟阳已微。
> 林壑敛暝色，云霞收夕霏。
> 芰荷迭映蔚，蒲稗相因依。

▼（唐）张旭《草书古诗四帖》局部 辽宁省博物馆藏

此帖中后两首为谢灵运诗《王子晋赞》《岩下一老公四五少年赞》。

披拂趋南径，愉悦偃东扉。

虑澹物自轻，意惬理无违。

寄言摄生客，试用此道推。

出游、景观，一一道来，中间写景的几句天地、日色、山水、草木都逐一顾及到了，最后突然来一句"虑澹物自轻"，似乎不太接得上。所以谢诗与陶诗读来感觉上有显著的差异，后者很顺溜地就读下来了。陶渊明的诗里，可以看到他非常清楚地流露着自己的情感和观念，而谢灵运，一句一句读来都颇尖新，意思反而不易抓住，就像陆机对于形式的努力追求，有时对于感情的表达反而形成了一种抑制。

晋宋之际的诗歌，清代的沈德潜有一种评论很得要领："诗至于宋，性情渐隐，声色大开。"这一诗歌变化的判断，放在陶渊明和谢灵运之间，也是很合适的。"性情渐隐"，就是诗人自己的感情和思想的表达，原来在陶渊明那里是非常流畅的，到了谢灵运这里有时就被遮覆了；但是"声色大开"，谢灵运对于山水的用力刻画，形成了一种新的美学追求。

耶鲁大学孙康宜教授写过综论六朝诗歌的一部书，采用了两个概念，她自己交代是从法国的文学批评那里来的，一种侧重于description，一种则是expression。南京师大的钟振振教授翻译了这部书，书名就叫《抒情与描写——六朝诗歌概论》。我觉得不妨借沈德潜的语词，实际上expression在某种程度上与"性情"相关，description则与"声色"相关。孙教授的书头两章就是讨论陶、谢的，将他们分别归属于"抒情"与"描写"两个脉络。借沈德潜的话来说，陶渊明的"抒情"转到谢灵运的"描写"，即是"性情渐隐，声色大开"这么一个变化。

2. 谢朓：山水的景与情

山水诗的发展，接着是小谢。谢朓的时代更晚一些，跟大谢相比，他一生也在政治的风云变幻中受到各种各样的波折，最后也被指谋逆被杀，很不幸。六朝时候很多诗人都死于非命，从陆机开始就这样。

就山水诗及其艺术上来说，从谢灵运到谢朓，有一个很大的变化。

小谢提出过一个概念，是"好诗圆美流转如弹丸"。拿他的诗和大谢一比，确实颇为不同。谢灵运的诗当然好，但有用力的地方、刻画的地方，有滞涩的感觉，谢朓相对要流畅得多。谢灵运的诗可以说是那种油画式的，一笔一笔往上涂抹，谢朓则讲究线条的流转。大、小谢之间有这样的不同。

谢朓的诗，有几点须要提出。

一是民歌的影响。南朝乐府对他们这批人的影响，是非常清楚的。南朝乐府的很多作品是五言四句的，就像小小的二十个字的绝句，谢朓就有这样的诗，比如非常有名的《玉阶怨》：

> 夕殿下珠帘，流萤飞复息。
> 长夜缝罗衣，思君此何极。

从主题来讲，就是女子思念男子的情感表达，没有什么特别的，但他写得细致，比较流转。

还有就是声律的讲求。永明时谢朓这一批诗人钻研、讲究声调的调适、和谐。这也是小谢的诗比大谢的诗读来流丽的原因。

整体而言，谢朓的诗清新流丽、干净自然，几乎没有谢灵运那样苦心刻画的痕迹。他有一些诗写得非常近似于后来唐人的诗，唐代诗人对他很认同，对他非常追怀，比如说李白。李白实际上受到六朝诗很大的影响，他对谢朓特别欣赏，曾标举"蓬莱文章建安骨，中间小谢又清发"，认的是建安和小谢的诗。

谢朓非常有名的诗，清新自然圆转是一方面，另一方面是非常细致。这与谢灵运的细致不尽相同。如果认真去读他们的诗，就能知道：谢灵运诗的刻画，新异、锐利，那种细致入微的感觉不太会有；而谢朓则自然流转间又很细致，比如："鱼戏新荷动，鸟散余花落。"这里的荷花、游鱼都是在江南常见的，南朝乐府的影子已然在了，而讲到鸟的飞开，引起花瓣慢慢落下，就有动势，且给人感觉细微的印象。谢灵运可能不太关注这种非常细致的地方。谢朓的名句"余霞散成绮，澄江静如练"也非常之流丽，李白很欣赏，增字为句说："解道澄江净如练，令人长忆谢玄晖。"

有关谢朓的诗，还有一个重要的议题，就是山水诗中的情与景。前面谈到玄言诗，谈到陶渊明的诗，谈到谢灵运的诗，仔细分析的话，都有景和理的关系在。而读小谢的诗，理之外，情的因素在增长，诗歌在景物刻画之后，往往呈现的是情感的反应，因而情与景之间的关系，较之以往诗人们的理与景的关系，成为值得关注的中心，这是一种变化。在读小谢诗的时候，景观之后

情的流露，是可以特别留意的。他的《晚登三山还望京邑》是名篇：

> 灞涘望长安，河阳视京县。
>
> 白日丽飞甍，参差皆可见。
>
> 余霞散成绮，澄江静如练。
>
> 喧鸟覆春洲，杂英满芳甸。
>
> 去矣方滞淫，怀哉罢欢宴。
>
> 佳期怅何许，泪下如流霰。
>
> 有情知望乡，谁能鬒不变？

与前边提及的谢灵运《石壁精舍还湖中作》比，在谢灵运那里，诗最后落到理上，而谢朓最后落在情上。这一点与唐人非常像，唐诗中也有情、理、景三者的错综关系，但总体来讲，是在景与情之间。同样是对山水景物的描写，陶渊明、谢灵运往往落在理上，而谢朓落在情上，这是显著的变化。

如果往大里说，谢朓的山水诗，已经走出了玄言的范畴。很大程度上，我觉得陶渊明、谢灵运那里很多诗还留有显著的玄言影踪，而谢朓走出玄言的笼罩，复归到以情为表达中心的这样一种诗歌传统，这是值得特别提出来的。

四　南北朝乐府民歌及影响

谈谢朓的时候，我们已经涉及南朝乐府民歌及其影响。汉代乐府以后，从曹魏一直到西晋，乐府音乐发生了很大变化，而且这时代中，因为各种各样的原因，基本不再收集所谓的民歌。到了东晋以后重新开始收集民间的作品，对文学的发展产生了显著的影响。之前，汉末到南朝初，从曹植到陆机到谢灵运，我一直强调他们构成了一条文人诗的主流。

文人诗的趋向就是诗歌雅化，文词繁丽，但对诗的流畅，用谢朓的话来讲，对所谓"流美"，是有一定伤害的。很大的一个原因是他们的作品大部分与音乐分离，因而是注重文字的。《文心雕龙》就谈到过："子建、士衡，咸有佳篇，并无诏伶人，故事谢丝管。"什么意思？就是说从曹植、陆机以下，他们的诗是很不错的，但与合乐歌唱渐行渐远。从文学的角度来说，以书面文字为关注重点，当然对文学的发展是关键而有利的，文学的特质就是以文字为媒介方式的，所以文采、对偶等美的形式追求都渐渐盛行了，这当然是有正面意义的。但是从声韵上说，从流美圆畅这方面说，在没有很好解决如何把握文字自身的声韵、节奏之美的时候，确实存在问题。在这样的时候，乐府重新收集民歌，也就有其积极的意义。

南朝乐府民歌的基础，当然是南方经济快速的发展和繁荣。这时，城市生活发展，各色享乐盛行，《南史·循吏传》记载："凡百户之乡，有市之邑，歌谣舞蹈，触处成群。"裴子野《宋略·乐志》也说："王侯将相，歌伎填室；鸿商富贾，舞女成群。竞相夸大，互有争夺……"民间和宫廷都讲究舞乐，艺术趣味颇为浓厚。在文学上，当时最重要、最引起后世关注的作品，包括两方面，即吴声与西曲。吴声在长江下游发达，基本上是以当时南朝的都城建康为中心的，诸如《子夜歌》《子夜四时歌》《读曲歌》《懊侬歌》《华山畿》等二百多首；西曲则流行于长江中游的荆州一带，以江陵为中心，这里在南朝

（南宋）马远（传）
《对月图》
台北故宫博物院藏
月亮是文学作品中常见的意象，可述相思，可叙团圆，亦可慰藉孤单与寂寥，寄托着无数文人墨客的丰富情感。图中一人坐于山间石上，对月而酌，有童子奉酒立于其旁，有李白《月下独酌》之诗意。

是与建康可以并论的军事文化重镇，有诸如《石城乐》《乌夜啼》《莫愁乐》《襄阳乐》等一百多首。吴声与西曲都属于清商曲辞。

概括地说，南朝乐府相当一部分是涉及感情的，多是情诗，形式比较短小，多为五言四句二十个字。这里面有非常多有名的作品，对于今天的读者，我们非常容易体会这些诗作的情调，比如吴声《子夜四时歌》：

> 秋风入窗里，罗帐起飘扬。
> 仰头看明月，寄情千里光。

李白《静夜思》"床前明月光，疑是地上霜。举头望明月，低头思故乡"，基本上就是这一路风格。吴声和西曲略微是有一些差别的，吴声其实更加婉转，更趋于柔。而西曲里边的诗作：

> 闻欢下扬州，相送楚山头。
> 探手抱腰看，江水断不流。

"欢"当然是指情人了，"楚山头"就是楚地，女子送情人下扬州，这与前边那首《子夜四时歌》相比，显得更为爽利。

南朝乐府最有名，能体现南方特点的应该是《西洲曲》，篇幅较长，不是五言四句的短篇，在杂曲歌辞这一类里面。前边谈汉末《孔雀东南飞》的时候，提过那也是属于杂曲歌辞的。

> 忆梅下西洲，折梅寄江北。
> 单衫杏子红，双鬓鸦雏色。
> 西洲在何处？两桨桥头渡。

日暮伯劳飞，风吹乌桕树。

树下即门前，门中露翠钿。

开门郎不至，出门采红莲。

采莲南塘秋，莲花过人头。

低头弄莲子，莲子清如水。

置莲怀袖中，莲心彻底红。

忆郎郎不至，仰首望飞鸿。

鸿飞满西洲，望郎上青楼。

楼高望不见，尽日栏杆头。

栏杆十二曲，垂手明如玉。

卷帘天自高，海水摇空绿。

海水梦悠悠，君愁我亦愁。

南风知我意，吹梦到西洲。

从主题说，《西洲曲》也不过就是女子思念情人，但辞藻流丽，

▼（明）陈淳《采莲图卷》局部
　上海博物馆藏

音韵调谐，乐府民歌的那些基本技巧如谐音、顶真，运用得非常纯熟。南朝乐府民歌的风格基本就是这样，感情非常真挚，文词流丽，有时甚至有一点儿俗艳。

北朝乐府民歌与南朝相比较，显然有差异。南朝作品，特别是出于女性口吻的，比较含蓄，比较婉转，趋向柔；北朝的诗就比较直接，比较豪爽，对照是明显的。关于北朝的乐府民歌，这里仅提两点：

第一，我们今天所看到的北朝乐府文本，有依据当时北方民族语言的诗歌翻译过来的作品，如非常有名可为北朝代表之作的《敕勒歌》就是，它原本并不是汉语的诗歌，这一问题，很早的时候日本京都大学的小川环树教授就写过专门的论文予以讨论。

第二，如果说《西洲曲》可以代表南方的话，集中体现北朝特点的代表大概就是《木兰诗》了；当然《木兰诗》最后的形成时代是有争论的，有学者考究其中唐代的痕迹很重，应是经过唐人修饰的，这其实也没有什么特别，《孔雀东南飞》应该也是经过了后代的修饰。

这里简要谈一下乐府民歌的影响。

首先，我们来看刘宋时代的大诗人鲍照，他是受到乐府明显影响的一大代表。

鲍照出身寒门，某种程度上与左思有相似之处，他的诗作也充满激情，用那种放纵的自由的笔调去书写自己的怀抱。鲍照有许多乐府的拟作，大抵是对过去的乐府的重写，比如他的《拟行路难》十八首，其中有非常劲健有力的句子："对案不能食，拔剑击柱长叹息"，"自古圣贤尽贫贱，何况我辈孤且直"，"泻水置平地，各自东西南北流。人生亦有命，安能行叹复坐愁？"对鲍照来说，他要努力追求功名，积极入世，不愿意被埋没。

鲍照的诗，往往走的是比较艳丽的路数，应该也有乐府影响的痕迹。在诗歌史上，鲍照在七言诗的发展中有他的地位，《拟行路难》中多篇基本上是完全的七言诗，而七言诗实际上是比较俗的诗体，也体现了民间的影响。

其次，当然是之前已提到过的对于文人诗走向的影响。

汉魏以来五言诗的基本方向，是从合乐可歌趋向于不合乐，曹丕到曹植的变化就是典型。在诗歌脱离音乐之后，更多关注文字本身的营构，促进了文学自身特性的丰富和发展。继续往前发展是怎样的情况呢？一条是"古诗十九首"一路，质朴自然；另一条当然是曹植、陆机一路，两条道路中后者是诗歌史的主流，趋向华美，在这一过程之中，受到辞赋的影响，追求高度的修辞性。

但到了宋齐之间发生变化，沈约、谢朓等也是走追求美的一条路，但更自觉地追求流丽，"好诗圆美流转如弹丸"（《南史·王筠传》），一变前代的繁缛的刻意的美。这一变化得益于两种因素：一是南朝乐府的影响，谢朓五言四句的短章与乐府相关，沈约也有类似的作品："可怜谁家妇？缘流洒素足。明月在云间，迢迢不可得。"沈、谢受到的，是同一种影响。二是齐永明年间诗人着力运用他们对声律的新认识来书写新的诗篇。这两种因素，推动了诗歌走向"圆美流转"的境地，形成齐梁诗的新风格。

五　齐之声律与梁之宫体

（一）永明声律

齐梁时代，文学史上重要的是声律和宫体。

沈约、谢朓这一批活跃在永明文坛的诗人，之所以能促成诗歌风格的变化，一方面是有乐府民歌的影响，另一方面是对于声律的追求。

1. 永明声律的要旨

诗歌离开音乐之后，最终是要寻找到文字自身的声韵的协调，寻找自己的音乐美。这所谓的"音乐美"不是合旋律的那种美，而是立足于文字本身的声韵之美。"永明体"的尝试和努力，可以看成这种追求和努力的结果。概说六朝诗歌的时候，我们谈过：形式上的追求、声律的严整，也是六朝诗歌非常重要的成就。这个成就简而言之，是所谓"四声八病"。"八病"到底在什么时候成立有争论，准确的文献实际是唐代才有的；但有关"四声"当时便已经清楚了。沈约等诗人运用相关的知识，进行诗歌写作，诗歌的面貌自然呈现了新的变化。

沈约曾撰写了《宋书》，他是奉命成书的，其中的内容当然不完全都是他自己草创的，集合了以前的不少材料，编写定稿的，所以很短的时间里就完成了。《宋书·谢灵运传论》是对既往整个文学的历史的回顾，可以视为微型的文学史脉络的勾勒。关于诗律，他提出：

> 宫羽相变，低昂互节，若前有浮声，则后须切响。

这是他的夫子自道。当时的永明体就是以这一观念为基础的：

> 一简之内，音韵尽殊；两句之中，轻重悉异。

那个时代流行的是五言诗，一句诗里的五个字当中，乃至上、下两个对句的十个字当中，声调都得有变化、有差异，要有不同，不能一样，也不能杂乱无序地随意变化。中国传统很早就讲究诗得有韵，有各种各样的形式，或者每句押韵，或者隔句押韵，围绕诗歌的韵可以有各色推敲和安排；但中国诗歌过去从来没有人明确地在五言诗一句五个字或者对句十个字当中，讲究字和字之间的声调要有错落变化。

回过头去看，永明之前的诗歌中，也存在合律的句式，比如范文澜在《文心雕龙》的《声律》篇的注里，曾指出曹植《赠白马王彪》"孤魂翔故域，灵柩寄京师"的例子。但那或许是偶合，因为此前从来没有人提及这样的观念。永明年间沈约、王融他们提出来了，在传统的诗歌所讲究的韵之外，还得调谐四声——这是一种全新的观念。提出这一观念，才会有后来的近体诗讲求平仄的格律，意义自然是非常重大。

2. 佛教因素的影响

那么这一观念是从哪里来的？因何而起的？怎么会有这样一

种追求的？我比较相信，很可能是受了佛教文化因素的影响。

陈寅恪先生1930年代写过一篇文章《四声三问》，他认为中国文字之所以明确分四声，是因为受到了随着佛教传入而来的古代印度诵读《吠陀经》的三种声调的影响，再加上中文比较特殊的入声，才导致了"四声"的成立。但这一说法可能有偏差，不少通晓印度语言学的学者是不同意的，比如饶宗颐先生、俞敏先生等，因为非常关键的一点是古代印度诵读《吠陀经》的三种声调，在公元1世纪的印度就暧昧不清了，所以不可能随着佛教传入中国而影响到永明时代的诗人们。

但排除了古代印度诵读《吠陀经》三种声调的影响，并不意谓着佛教在永明声律的发展过程中没有扮演一定的角色。印度佛经从东汉后期就开始翻译，到南朝时已非常成熟，那些大师如鸠摩罗什将译经的技艺推到很高的程度。我们知道，印度文化中存在着悠久的说唱传统，佛经内部也是韵散两种体式结合的，有韵文的部分，也有散文的部分——诗的部分可能翻成五言，也可能翻成七言。汉译佛经是韵散结合的，原来梵文或者原来西域胡文的佛教经典，更基本上都是这样的。关键是在韵文的部分，当时的佛经使用的韵文大多数是一种所谓首卢迦诗体。这种诗体在梵文里面，一诗行八音节，梵文的音节与中文不一样，它不是声调的问题，而是长音和短音的问题，首卢迦诗体的每行八音节，两句十六音节里边，有七个也就是差不多有一半的音节是规定了长、短音的，在这些规定的位置，哪个必须是长音，哪个必须是短音，都是明确的，其他部位的音节则可长可短。

中古时代的中国人对于梵文的了解，其实出乎我们意料地丰

敦煌梵文写经手稿
法国国家博物馆藏

富，谢灵运参与《涅槃经》的修订，他是学过梵文
的，对梵文有相当了解的，刘勰《文心雕龙》的一
些论说也表明他对梵文的字和音是有一些基本概念
的。所以当南朝的诗人们了解到首卢迦诗体两行
十六音节里面有差不多一半音节的位置是规定了必
须是长音或短音的时候，这种错落变化的意识应该
有所启发；当然，汉语的特点不在长、短音，而是
基于四声不同的声调变化，所以永明诗人便开始考
虑在一句诗或诗的对句中各个不同的位置上，规定

采用不同声调的字。这其中的曲折关系，北美的语言学家梅祖麟和文学史家梅维恒（Victor H. Mair）经过多年研究，1989年在《哈佛亚洲研究》（Harvard Journal of Asiatic Studies）上合作发表了长篇论文《近体诗律的梵文缘起》（The Sanskrit Origins of Recent Style Prosody），可以参考。

现在有研究者将永明诗人的诗拿来排比其声律，希望能大致呈现永明诗体的声调模式。我们因此可以了解，受到佛经诗律观念的影响之后，中国诗人们对诗歌声调调谐以构造诗歌格律产生了一种自觉，在一句五字或者对句十字当中，对在特定的位置上该安排怎样声调的字，从而取得声调的错落变化，使得诗诵读起来谐和流畅，有了努力的追求。这是佛教文化深刻影响中国诗歌、中国文学的一个例证。

这一启示，在南朝的文献中也可以见出一些端倪，可以证明，强调诗句中字之间声调的错落变化这样一种意识，是在与梵语诗律比照的前提下清晰起来的。慧皎《高僧传》：

> 东国之歌也，则结韵以成咏；西方之赞也，则作偈以和声。

"东国"就是中国，中国诗歌讲押韵，起码在南朝之前，韵是最重要的形式要求，所以说"结韵以成咏"；"西方"指印度，印度的梵语诗偈的长、短声是要有变化而互相应和的，所以说"作偈以和声"。可以看到，在当时对梵语诗律有所了解的人眼中，中国的"韵"和印度的"和"之间，有非常清楚的对比。沈约、王融这些诗人，正是在这种认识的基础上，对声调的调谐变化产生追求的意愿，这种追求造成了诗歌落实在文字声调上的音乐美，有助于达到"好诗圆美流转如弹丸"的境界，这种境界一方面指字面、文词，另一方面也含有声音上的追求。

这一时代的诗，有不同的称号，或者叫"永明体"，或者叫"齐梁体"，可能表述的时候有所侧重。清代有人说，所谓"永明体"可能更多是就声律特点而言，"齐梁体"或许更多指涉诗歌表现的风格、词藻之美，当然也应包含声韵的方面。这一类型的诗歌，与之前我们讲的晋宋之际的诗，颇有不同。

（二）宫廷与宫体

南朝的齐之后是梁。梁武帝在中国历史上统治的时间算得上久长，梁代的文化非常发达，梁武帝本人也非常爱好文化、文学。

梁代诗歌中最重要的，是宫体诗——当时也并非只有宫体诗，有不同的文学取向、不同的文学团体，什么事情都是相对而言的，宫体诗在文学史上留下的印迹最显著，后世的议论也最多。

1. 宫廷的场域

讲到"宫体"，还有一个相关的概念就是"宫廷文学"，这一点实际上是整个六朝文学非常重要的特点。当时形成的所谓文学集团或者说文人集团，他们的文学创作都具有群体性，往往不是个人偶发的，在特定时空之下有所思、有所感而进行的。从早先的汉魏之际所谓邺下文人集团，曹丕是主要的领袖，还有曹植、除孔融之外的建安七子，当时因为天下大乱，最后曹操扫平北方，很多文人都会聚到他麾下，他们的很多作品都是同题共作。此后的文人集群性活动更多了，比如前面讲到的兰亭集会，参与者中有些是很有名的文人，有些是政治家比如谢安，还有一些僧人及玄学名士，他们在一起饮酒、写作。南朝以后，风气依然非常之盛，一般都是围绕着有权有势的中心——一位藩王贵族甚至可以直接是皇帝，形成不同的文学群体，比如齐竟陵王萧子良门下，就聚集了那时代最重要的一批文人，后有所谓"竟陵八友"的说法，其中谢朓、王融、沈约、范云、任昉等都非常有名，梁的开国皇帝梁武帝萧衍本人，也是其中之一。梁代建立以后，这一批文人很多延续下来，在政治和文化圈子里继续扮演重要角色，比如沈约，他整个的活动跨了宋、齐、梁三代，他在齐的时候已经可以说是文坛的领袖人物了，到梁代，他作为梁武帝政治圈子的人物，重要性也是不言而喻的，可以看出来，齐梁文人群体实际上存在延续性。到陈也是这样，比如梁代的重要作家徐陵，他本就是梁代宫体诗群体里面的重要作家。所以当时齐、梁、陈的文学，很多是同一拨人在不断地发展、延续、交相演替。

梁代文学特别兴盛，萧衍是齐"竟陵八友"之一，他的几个儿子萧统、萧纲、萧绎，也是文学史上非常有名的人物，都是很喜欢文艺、很有学问的人，各方面的知识也非常丰富，经学、玄学、儒学、佛学都相当精通。分别以他们为中心，各有一批文人聚集，比如萧统也就是昭明太子，他身边有刘孝绰等著名文人，一起编了《文选》，这是中国文学史上非常重要的一部总集，注重文学的特点，选集了七百多篇过去的诗、赋、文，推动主流的华丽文风，可谓文人文学的典范。后代很长时间里，人们都以《文选》为了解前代文学的基本典籍，比如唐代的李白就据说曾经三拟《文选》。就诗歌而言，汉魏六朝诗歌里边主流的那一脉，

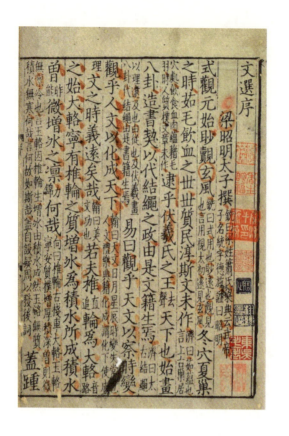

《文选》书影

宋绍兴三十一年建阳崇
化书坊陈八郎宅刊本，
台北"国家图书馆"藏

《文选》是中国现存的
最早一部诗文总集，由
南朝梁武帝长子萧统组
织文人共同编选。唐玄
宗开元年间，吕延济、
刘良、张铣、吕向和李
周翰五位文臣对《文
选》作注释，称为"五
臣注"。此处所选为现
存唯一的宋刊《五臣注
文选》。

从《文选》的选篇里可以非常清楚地看出来，曹
植、陆机、谢灵运、谢朓等，相对来说都是入选比
较多的。文学史在很大程度上是由后代的认同造就
的，是在特定的文学观念的基础之上回溯、梳理而
建构起来的，而《文选》所建构的文学史图景，所
代表的就是中古文人文学那一脉。

萧统早逝，未能即位；接萧衍班的是简文帝萧
纲。他门下的文人有很多非常有名，包括徐陵和庾

信，还有他们的父亲徐摛、庾肩吾。这一批人在文学的回顾、梳理上也做出了很大的努力，其中就有《玉台新咏》的编辑。这个集子向来认为是徐陵编的，复旦中文系的前辈章培恒教授则认为不是，他考证说是陈朝张丽华编的，但一般的认识并没有因此改变。

宫廷文学再往下发展，就是陈后主、隋炀帝，包括唐太宗周边的文人文学。这些帝王有一个共同的地方，就是喜好文艺。一直到唐太宗的时代，以帝王为中心的宫廷文学都是非常发达的，在这个场域之内展开的文学活动及文学生产，有着差不多相近的特征。

上述的这些文学活动，基本都可以归于宫廷文学。"宫体诗"就是在宫廷文人集群这样一种背景之下出现的，是这样一条历史脉络延展的一部分。

2. 宫体诗

这里所谓的"宫体诗"，和宫廷文学有关，但有特定的所指。这里的"宫"实指太子东宫，也就是简文帝还没有当皇帝之前以太子萧纲为中心所形成的文学团体，包括了徐氏父子、庾氏父子这一批人所创作的诗歌。"宫体"的说法最早是在《梁书·简文帝纪》里面出现的，当时对宫体已经有了一个判断，说它"伤于轻艳"，这当然不是一个好的评价。后来也有很多类似这样的说法，从唐代开始，直到现在的文学史中，特别是在正统的文学史家或者历史学家的眼光当中，宫体都不是一个正面的评价，这个评价实际上包含两个负面的意见，一是道德上的批判，一是文学风格上的批判。

其实相对客观地来看，"宫体诗"包含了几种不同的题材。提到宫体，最重要的表现对象，就是女性，包括描写女性的形体容貌、生活环境、使用的物件，可能还有姿态动作等，后世的很多批评也是集中在这一方面的。但实际上它还有一些传统的内容，比如闺怨、边塞的题材。过去谈宫体，主要考虑的是以女性为中心的题材，这确实在以前文人文学的传统当中，不是那么突出。

仔细去看的话，宫体诗运用了永明体发展下来的新的诗歌形式，相对客观地描摹女性及周遭的环境，而这与当时文学追求新意的潮流有关。后来不少批评从文学上说宫体诗没有多少感情，完全把女性作为客观的对象物来描写。但这涉及当时对于文学的理解，他们可能将文学作为一种需要锻炼的技巧、文化的操作乃至艺术的游戏，而所选取的新的表现对象是女性。

这里要提一下的是题材的新异。宫体诗当中，闺怨可能是旧的题材，咏物之前也有过，但描绘女性的题材，似乎在文人文学传统当中是新的，这是怎么来的？实际上是受到当时乐府的影响。之前说过，南朝收集乐府对诗坛有影响，从晋宋到齐梁的转变，从鲍照那里，都可以看到痕迹；齐梁时期沈约、王融这些人都有与乐府相类似的创作，所以齐梁诗风的形成本身就有乐府的影响，宫体诗里边当然也有。刘师培在《中国中古文学史讲义》中就提到过：

> 宫体之名，虽始于梁，然侧艳之词，起源自昔。晋宋乐府，如《桃叶歌》《碧玉歌》《白纻词》《白铜鞮歌》，均以淫

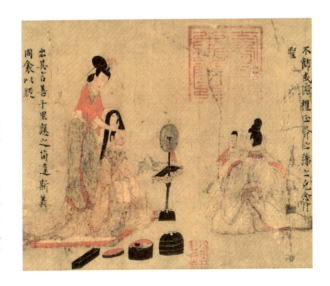

艳哀音，被于江左。迄于萧齐，流风益盛。其
以此体施于五言诗者，亦始晋、宋之间，后有
鲍照，前则惠休。特至于梁代，其体尤昌。

刘师培以为"宫体"这一名目虽然是从梁代开始的，
但起源于晋宋的乐府，到萧齐时候越来越盛，梁时
尤其昌盛。他非常明确指出"宫体"的产生，是有
一个历史过程的，如果要追溯源头的话，是在乐府
当中。这恐怕也是事实。现在看当时的乐府诗，里
面确实有很多涉及男女之情、涉及女性，按刘师培
的说法，可以说是"淫艳"风格的作品。如果比读
乐府吴声中有关女子卧榻的文字和东宫太子的诗作，
后者似乎也谈不上有多过度，不妨理解为客观、细
致的描摹：

开窗秋月光，灭烛解罗裳。

含笑帷幌里，举体兰蕙香。（《子夜四时歌·秋》）

北窗聊就枕，南檐日未斜。

攀钩落绮障，插捩举琵琶。

梦笑开娇魇，眠鬟压落花。

簟文生玉腕，香汗浸红纱。

夫婿恒相伴，莫误是倡家。（《咏内人昼眠》）

所以宫体诗中，除那些传统的题材，即使是争议最大、最敏感的以女性为主要对象的作品，实际上也是渊源有自的，可以上推到早先的乐府。最重要的是，宫体诗是诗人们以新的诗歌形式来描绘、书写其表现的对象；"夫婿恒相伴，莫误是倡家"的宣言，在相当程度上破解了从道德上批评宫体诗的合宜性，对宫体诗人们来说，这更是一种技巧的操练、文化的操作，他们将文学看成是一种艺术的游戏。

六　兼跨南北的庾信

最后简单谈谈庾信。

在整个六朝的诗歌史上，庾信一般被视为是最后一位重要诗人。庾信最了不起的创作，自然要数他的赋，像《哀江南赋》历代传诵，他的很多小赋也很有名，在这个意义上，庾信确实属于中古时代的典型文人。但庾信的诗也非常有特点。

从诗人的生平看，四十二岁是庾信生命前后分期的一年。他最初追随萧纲，侯景之乱后投奔到梁元帝萧绎的门下，在出使北方的时候，北方军队南下灭梁，对他来讲，家国都已沦丧，所以从此羁留北方。关于庾信在北方的生活和仕履是否如意，现在有争论，或者说庾信在北方仕途通达，或者说他有很多不如意的地方，但不管是穷还是通，羁留北方对他来说都是深有隐痛的。后来杜甫的诗中说庾信"暮年诗赋动江关"（《咏怀古迹》），他晚年的故国之思一直是一个重要的问题，在诗赋中多有表现，比如《拟咏怀》中有这样的诗作：

> 摇落秋为气，凄凉多怨情。
>
> 啼枯湘水竹，哭坏杞梁城。
>
> 天亡遭愤战，日蹙值愁兵。
>
> 直虹朝映垒，长星夜落营。
>
> 楚歌饶恨曲，南风多死声。
>
> 眼前一杯酒，谁论身后名？

庾信早年在南方的时候，留下的作品其实并不是那么多，主要的风格就是当时流行的风格，或者说齐梁体，还有一个说法叫徐庾体，"转拘声韵，弥尚丽靡"（《梁书·庾肩吾传》），这在他是南方的风格。四十二岁之后，他羁留北方，诗歌的风格发生了变化，包含了他这位南方诗人的北地生活的特殊经验。在这个意义上，庾信是一个综合南北的诗人。

北方和南方文化的差别非常明显，有北地经验的南方文人也不少，比如徐陵也有羁留北方的经验。但庾信在北方历时既久，而才力最大，所以他的作品中自然有一部分是与南方的齐梁体、徐庾体迥乎不同的。出身南方的庾信、王褒，还有颜之推，后来都终老于北方，所以这一批文人的文学书写有兼综南北的意义。在庾信、王褒之前，北方也有一些文人，比如说"北地三才"邢邵、魏收、温子昇，但他们的文学基本上都是追慕南方的，他们自己也不讳言，颜之推《颜氏家训·文章》记述：

> 邢子才、魏收俱有重名，时俗准的，以为师匠。邢赏服沈约而轻任昉，魏爱慕任昉而毁沈约，每于谈宴，辞色以之。

当时虽然北方很强大，但文化正统大致还是认同南方，大家都有这样的共识。在这个意义上，庾信、王褒是非常重要的，取得了兼综南北的成就。

庾信的赋达到很高的成就，而他的诗，最重要的是《拟咏怀诗》二十七首，呼应了阮籍的《咏怀》八十二首。但跟阮籍相比，并非尽同：阮籍的诗被认为是"百代之下，难以情测"（《文选》李善注），"情寄八荒之表"（钟嵘《诗品》），其意旨难以把握；但庾信的《拟咏怀诗》二十七首，大体都是能够理解的，主要是追述乱离、感慨身世、怀念故乡等庾信晚年最萦绕心际的主题。谈六朝诗的开始，我特别强调了阮籍的重要性，到庾信这里对他有了一个回应。

总的来说，庾信是一位综合南北的人物，他个人的经历是这样，他的文学风格也是这样。"千秋万岁名，寂寞身后事"（杜甫《梦李白》），世间的名声往往是靠后人建立起来的，庾信地位的确认，实际上跟后来杜甫等唐人的肯定颇有关系。唐代文学取得伟

翠管因風颭綺宴臨春
開已喜重茵接又聞高
駟來不惜朱顏酡還期
白日迴遊入竹林逕罰依
金谷杯

▼（清）金廷标《御
制用庾信咏画屏
风体册图·翠管因
风颭》
台北故宫博物院藏
庾信有《咏画屏风诗》
二十五首,乾隆皇帝曾
用庾信诗韵,仿其体例
作诗,并命宫廷画师金
廷标以诗绘图。图中诗
为:"翠管因风颭,绮宴
临春开。已喜重茵接,
又闻高驷来。不惜朱颜
酡,还期白日回。游入
竹林径,罚依金谷杯。"

大成就，很重要的一点，就是将南北文化融合在一起。唐初撰写的史书，包括唐太宗也亲自参与了，他们都非常清楚地抱有一个共同的观念，就是得将南北文化与文学综合在一起。在这个意义上，庾信也堪当一位象征性人物。他早年是典型的南方齐梁体、徐庾体的代表诗人，羁留北地之后拥有了更壮阔的境界和风格，已然在实践南北文风的综合，唐人也是这么看待他的。

综而言之，庾信的地位在于：一方面，在六朝诗歌史上，庾信的《拟咏怀诗》是对阮籍的回应；另一方面，庾信也是未来唐代文学综合南北风格的开始，成为一位具有象征意义的人物。

附录　早期中国文学谈屑·十七则

一

关于过去，我们自然比不过身在其中的古人，像神话，今天的人永远无法理解它对上古人的意义。不过，我们也有貌似强过古人的地方：历史上没有任何人比我们晓得更多的神话了，孔子很博学，然而很大可能读不通屈原诗行里边的神话消息，假如你告诉他盘古开天地，孔子一定目瞪口呆——上古的神话是处于特定时间和不同空间的群体各自信受奉行的，是 local knowledge，如同鲁迅说的"人类的悲欢并不相通"，如今我们所知的所谓"中国古代神话"，是缀合、拼接、重构的产物，一句话，历史上从未存在过。

二

我们读到的古代经典，往往是漫长的时间流程被压制到某个特殊的时间层面而后成型的。比如《诗经》的三百多篇章铺撒开去，空间和时间都很漫延，所以认识作为一部经典的《诗经》，首要的，大概就是它的编集。作为古代礼乐文化的重要部分，"诗三百"编集的过程，自然如今天人们很容易想象的，与文字相关，但更要紧的方面，其实是音乐，《汉书》以为太师"**比其音律，以闻于天子**"，孔子自称"**自卫反鲁，然后乐正，雅、颂各得其所**"——《诗经》经过不止一次的官方编集，以及孔子这样的私家修治，多是从音乐上讲的。这也是上古文学与音乐的常态，音乐与文字结合的时候，文字总是落在下风的，就像现今的流行歌曲，听着很美，看它的词，称得上好的委实不多。

三

如果真有作为诗人的屈原存在，那些归于屈原名下的作品真是他所书写，那么，屈原是中国文学传统中第一位经由文本呈现其人格形象的诗人，要等待许多世代才能遇到后来者。其实，屈原及他名下的《楚辞》文本，是逐渐显露的，人与诗交缠着展开，两者之间构成互相诠释的关系。这种情形延及中古时代，屡见不鲜，曹植、陶潜等第一流的诗人也大抵如是。从文学的立场说，这是文字的力量。试想假若没有《论语》，怎么可能了解孔子这个人？《论语》作为文学，

▼ 傅抱石《渔父图》
故宫博物院藏

最大的成就，不在那些传流久远的格言警句，不在偶尔的生
动场景，而在透过碎拆的七宝楼台，呈现出的孔子的人格形
象。莎士比亚的诗行也不完全是夸海口：

> Nor shall Death brag thou wander'st in his shade,
>
> When in eternal lines to time thou grow'st.
>
> So long as men can breathe or eyes can see,
>
> So long lives this, and this gives life to thee.

四

幼年的时候，有段时间，郝昺衡先生家就在楼下。郝先
生在厦门大学教书的时候，与鲁迅交好，迅翁离开厦门赴广
州前留赠自己的砚台给他，后来据说郝先生将砚台捐给了鲁

迅纪念馆。鲁迅在厦大编写《汉文学史纲要》，大概就是用的这方砚台吧。这部讲义有许多精彩锐利的评断，比如特别列出"汉宫之楚声"，印象极深刻。西汉之"楚歌"如项羽《垓下歌》、刘邦《大风歌》、李陵别苏武歌（"径万里兮度沙漠"）等，都是当时有明确主名的歌诗，有具体的歌吟场景，情感悲哀，《九歌》句式，篇幅短小（《秋风辞》较长，不过它出自《汉武故事》而非史书，所以应该不是原本），中间有情绪的陡转而构成特别的张力（如英国17世纪的诗人马维尔［Andrew Marvell］的《致羞涩的情人》［*To His Coy Mistress*］同样的结构），可谓汉人表达特定境遇之中个体情感的基本体式。教了快三十年文学史，汉代的"楚歌"一直是必定讲到，也喜欢讲的部分。

五

　　三十年前，如今执掌哈佛燕京图书馆的继东兄供职上海书店出版社，本业是编辑张广达、荣新江两位先生《于阗史丛考》等诸多书籍，而由徐文堪先生之介，我们一起合译了梅维恒（Victor H. Mair）教授的《唐代变文》（*Tang Transformation Texts*）；对我更有意义的，是因继东兄而得一整套上海书店出版社影印的原世界书局排印的《诸子集成》。子书之前自然读过不少，那时随缘又整体通读一过，对诸子的脉络确实形成了自己的感觉和看法，贴近理解了此前接触的近代以下章太炎、梁启超、胡适、钱穆等各自把握子学的重点和角度。不过，更要紧的，是实实在在体会到，不能完全抛开司马谈、刘向刘歆父子直到班固"辨章学术，考镜源流"的学派划分，但也必得打破区隔，沿波讨源，因枝振叶，才能体认诸子的真实脉动，不遍读诸子，怕不足以知其中某一子。好比"道家"，在《老》《庄》《列》里边转圈，不及《管子》《韩非子》《吕氏春秋》《淮南子》乃至《慎子》《文子》等相关篇什，那是摸不到历史真相的；再则，诸子互相骂訾，葛瑞汉（A. C. Graham）的书名很贴切，他们都是《论道者》（*Disputers of the Tao*），看人吵架，只听一面之辞，那还有什么味道？

六

古代识字的少，口耳相传，见闻有限，所以老子这样的"周守藏室之史"，既能读书，又有书读，高兴起来，抄抄前人的话到自己的书里（《老子》二十二章"古之所谓"云云，算守学术规范，自道出处），即成经典，早就证明了钱锺书先生的话：要想自己的书被放入图书馆，先得将图书馆的书放进自己的书里。所以传统之中，"史"官了不得，"史"书很重要。不过"左史记事，右史记言"，言、文之间的关系，一起头就是一件大事。口述传统（oral tradition）在古代源远流长，不谈"诗三百"的合乐歌唱，不讲"楚辞"的方音吟诵，且看相与对话，从鲜明的场景性，逐渐转向虚拟，好像后世长篇章回里的"花开两朵，各表一枝""欲知后事如何，且听下回分解"，终属口头言说的留痕。《左传》《国语》，或许是记录实际的意思，成书在汉代的《战国策》恐怕就多纵横家的拟构，否则聪明的怎么总是那些见人说人话见鬼说鬼话的策士呢？子书里边，对话性（往往兼具场景性）的显隐，本身就是体察其演变的一条路径（走出口说时代，不妨是因应文化展开的共通的基本趋向，想想柏拉图的对话录到亚里士多德百科全书式的下笔不能自休便是了）。两汉大赋，对话性可谓要素，《七发》《子虚》《上林》以下，多是篇章的基本构架。这固然与前期赋家犹存纵横家风有关，不过，看《庄子·秋水》河伯、北海若的七番问答与枚乘笔下楚太子、吴客的七回言谈往还，与子书好像也有些许的关联。对话性直到中古时代，仍多显现，文章里的"论"，往往设问以对；诗歌中最著名的可能是陶渊明《形影神》，三方先后出场，逐一言辞碾压，差不多好似司马相如的子虚、乌有、亡是公的轮番展演——不过，这组诗不是言情而是说理的，完全可以算"玄言诗"。

七

古代文本之中的对话、故事，往往与场景相关。所以，一直觉得谈早期文本的"文学性"，不必多究心在语词、想象、人物方面。《论语》"子路、曾皙、冉有、公西华侍坐"，《庄子》"濠梁之辩"，有情节、有对话，都在特定"场景"中呈现。其实古人就明白这一点，能显精彩者一再形诸笔墨，"荆轲刺秦王"在《史记》《战国策》里都有，孰先孰后还会争议不休。史传的叙事传统之中的"场景性"，是追索其"文学"表现的重要路径，从《左传》到《史记》，莫不如是。《项羽本纪》"破釜沉舟""鸿门宴""乌江自刎"几个场景，

何必莊荊坐論舊相
評魚樂立移時我非
子殺不知子子固非魚
魚鑿知馮飛

（清）金廷标《濠
梁图》
台北故宫博物院藏

既是霸王一生重要的关节，也是篇中最具文学性的部分。而文学之虚构，许多也在场景的设置中展开，《左传》钮麑刺赵盾而竟自杀，《史记》蔺相如完璧归赵，都是这样。

八

与楚歌不同，汉赋"**不歌而诵**"。不复合乐，那就往玩文字上走，王朔曾经说文人没啥了不起，不过码字，当时很多人不服，其实读司马相如的大赋，不由你不生此想，而且从王充《论衡》到刘劭《人物志》都认定文人的能事是缀合文字、连属篇章。如今读赋是件很辛苦的事，当初它之于文学演进可是意义重大，因为摆脱了主导性的音乐，真正落足在文字上，这才是文学的本位了。汉魏之际五言诗的突进，大抵也是如此，"三曹"父子的诗中，乐府的比例逐次降低，而个性的表现渐渐凸显，由曹植的文字，似乎已可以构画其人格形象：他是六朝时代公认的诗坛"大神"，钟嵘《诗品》宣称"**陈思之于文章也，譬人伦之有周孔，鳞羽之有龙凤**"，传说傲慢自负的谢灵运以为天下人加起来才好与自己匹敌，而曹子建才高八斗，八倍于己。脱离音乐，诗展现丰富而个性的天地，其实要算常态，后来曲子词的进程也差不多这样，樽前花间纵是唱得你心旌摇曳，也多为类型化的情感的一再搬演，慢慢地才能窥见词人具体情境之中的所遇、所感、所思。

<h1 style="text-align:center">九</h1>

　　曹丕《典论·论文》是古代文学批评的名篇，评说当时文人王粲、徐幹长于辞赋，陈琳、阮瑀章表书记写得好，孔融"不能持论"（这应该说得很精切，他感情充沛，诗里拿儿子比作太阳，又智慧过剩，老揭曹阿瞒的底牌，看来少的就是理性），且概括曰："**奏议宜雅，书论宜理，铭诔尚实，诗赋欲丽。此四科不同，故能之者偏也，唯通才能备其体。**"这是六朝以文体为中心论文的起点。不过，这不是他的独力创见，汉人大抵已有清楚的以不同文体论文的意识。王充《论衡》一再申说文章要写得清晰、明白、让人懂，但那是对实用文体说的，虽然站在功能论的立场表示了不满，他还是认可从西汉扬雄以下所持有的赋、颂"**弘丽**"的观念，这也是曹丕所谓"**诗赋欲丽**"的源头。由文体观照文学、肯定"丽"之特质，在最重要的大方向上，六朝的文学思考可谓在汉人的延伸线上。

<h1 style="text-align:center">十</h1>

　　年幼时，先父协助朱东润先生修订《中国历代文学作品选》，得通读三编六册，让我也看看，说如果能提出问题，可以考虑奖励。看大赋很头痛，读不下去，司马相如《子虚赋》《上林赋》不行，枚乘《七发》也不行。喜欢的是《别赋》，文采好，有情境，反复之，可堪成诵。读多了，渐渐有

异样的感觉，江淹虚拟摹写七种别情（"七"很有趣，《秋水》河伯和海若七番问答，《七发》客对太子也是七回进言），貌似对别情体贴入微（擅长体会可能是他的特点，"杂体诗三十首"便是体会他人的诗而摹写的），越读却越感觉到江郎的冷静，他用一种客观的态度在写主观的对象。陆机的概念里，赋是"体物"的文类，这是很多赋的基本立场（当然也有不少赋抒写情志），江文通（江淹字文通）则以"体物"的姿态写"情"，内含张力或曰困境，这么看，不如干脆将"情"让给诗——这是自己最早感受到诗、赋的关系，再后来才明白，赋与诗的关系是六朝文学演进最重要的问题之一吧。

十一

汉魏之际五言诗应该经过了一场突进，就此成为文人笔下最主要的诗体。此前自然有，班固《咏史》通常还是可信的；但绝对不够主流，写的话算不得很名誉，像北宋初年的名公们写几首小词，有这么回事，也算不上什么大事。"古诗十九首"当然是精彩之至的好作品（喜欢到好些年前开过一学期的研究生课），但诗的作者一开始就弄不清楚，早期人们似乎也不在乎，像陆机，喜欢了，"拟"就是了，管它谁写的（陆机拟古诗的次第与《昭明文选》所录"古诗十九首"不同，可见原初这些诗没有相对固定的结集，陆机随兴拟写，萧统自顾自选编）。包括"古诗十九首"在内的数十首古诗的主名，似乎是南朝之后才引致关注的，"旧疑是建安中曹、王所制"（钟嵘《诗品》），或者更远推到西汉的枚乘（刘勰《文心雕龙》、徐陵《玉台新咏》），好似顾颉刚所谓的"层累地造成中国古史"一般。这一类主名不明，大体表示该文类在文学史上处于早期发展境地或者地位不高，就如明代《水浒传》《三国演义》《西游记》《金瓶梅》四大奇书的作者情况都是暧昧不清的，但《红楼梦》《儒林外史》《歧路灯》就很分明了。一个道理，"古诗十九首"的作者是没希望追究清楚了，曹植、陆机以下的诗人，我们完全可以如数家珍。

十二

陶诗"悠然见南山"与"悠然望南山"之别，人所共知，讨论得令人目不暇接了。其实就版本学的立场而言，当然是"望"占据优势，这也直接表明中古文学在抄本时代文字、文本的变化是常能遇到的事。虽然那时候人对于诗赋的文字确实已经有了计较、斟酌的意识和事实（《世说新语·文学》），未必完全如明人讲的古诗浑成不可句摘，不过，毕竟还是与后世不尽相同。"望""见"之别，很大程度上，是以近世诗学的立场考究中古诗赋的表现。以近世诗学的观念和角度，观察中古诗歌，因为文本的未必确定，可能失焦失效，无法抵达诗人的"初心"。可能的一条趋近的路径，是由细读而超越基于字乃至句的批评，熟悉各类诗型的程式，好像一幅油画，某处的笔触、色彩或许经过后世的涂改，但基本的构图不会变。由此，或许能减少文字差异、变化导致的对于文学批评的干扰，有时也可能对因传载方式引起的文本缺略，保持一份怀疑、警惕。

十三

六朝文士对于佛教的了解远过唐人，在唐代，找不到像谢灵运《与诸道人辨宗论》那样切入当代佛学关键问题的文字。不过，六朝诗中的佛教印迹远逊唐诗。对抱有多元精神世界的中古文士而言，某一特定的信仰未必如后世所想象的那么重要，六朝的信仰又往往是家族性的，好比谢客（谢灵运小名客儿），儒道玄佛交光互影，谢氏并非佛教信仰世家，所以其向佛实在不宜高估。而就文学书写论，六朝的核心意识是文体判析，诗人即使深明释家义旨，在彼时以为不适宜的文体和书写场境下，也无意落笔敷衍。当然，文学与义理原来就不易水乳交融，唐人于佛理隔而浸润随处弥漫的佛教生活氛围之中，涉笔成趣，也好理解。

十四

《文心雕龙》无疑是中古时代乃至整个中国文学史上最体大思精的理论著作，建立系统，便免不了得**"弥纶群言"**，无论批评观念抑或文体梳理，都花了大功夫。刘勰之成功，在如今他的认识成为一种基准，通常都倾向透过他的视野来理解古代的文学和文论。不过，回到历史语境，往往能窥见他勉力弥合的裂隙，对聚讼纷纭的观点他或左袒或右袒，在文体的源流起伏里他构造出一段自己的历史。我相信，从这些裂隙里，能看出与《文心雕龙》所正面表达的一样丰富而有意思的内涵。

十五

"骈文"的名义确立，是很晚的事，而中古时代实际已经很流行，回过头去看，向来以辞藻、对偶、用典、声律为骈文的基本特点。不过，就文学史的立场来说，举列特质、意义之类，都属于后见之明；客观、切实把握文学演变的脉络，得在历时的纬度上标示出经典文本、典范作家、典型观念的位置，好比中古骈文，就需要展示四种特点如何先后呈现，又逐次结合，并渐渐融会一体，这样才能贴近地揭示它的生长，真正勾勒出中古文学的技术进步。

十六

中古佛教文学的传统之中，口述始终是一个很要紧的因素。早期译经，远来高僧的诵经及翻译不必说，鸠摩罗什能说不能写，对文字书写有初步的风格感知而已；昙无谶学了三年语言才敢落笔，后来遇到合适的笔受也就乐于口译了。本土僧人也多口述，法显西行求律，陆去海还十余年，有比唐三藏还传奇的经历，《佛国记》即经由口授而成的。玄奘可能是历史上最有名的和尚了，从佛教文学的角度，一直视《大唐西域记》为一部依空间展开的佛教文学故事集。他一路游行，参访佛教圣地遗迹，记录相关掌故传说，其中颇有不见于各类佛教经籍的记录，或者与佛典所述参差错落、张冠李戴的，很可能这一类都属于他在当地听来的故事，像第七卷的"烈士池"，就被博学的段成式（对于佛学也很熟悉，他的《寂照和尚碑》是难读的唐文）认定是当时一个道教传奇的渊源，唐时的《玄怪录》转写、敷衍为《杜子春》，后来明代的冯梦龙更加铺叙成《醒世恒言》里的《杜子春三入长安》，现代日本的芥川龙之介据此也有一篇小说传世——这几位都得感谢玄奘能听懂外语的耳朵。

十七

约翰逊博士（Samuel Johnson）说过：只有傻子，才会将一本书从第一页读到最后一页。《世说新语》是一本能让人免于成为约翰逊博士意义上的傻子的书。以三十多个门类记录汉末魏晋士人的遗闻逸事，每一条又多短小，所以最合适随意翻读。好玩得很，虽然不是从第一页读到最后一页，但最终却读过了它的每一页。促使读下去的自然是书的有趣。这里没有后代不少笔记里时时可见的作者透着小机智的卖弄状，说的几乎都是实实在在的事，对当时士人超乎世俗的风神举止的勾画，对他们之间机智话语的传述，这些趣味都在人与事的骨子里。古今隔膜，身处时间下游的我们，对于古人的具体生活场景及言行是没有到场的观众，既然无法置身其中，了解也就总是模模糊糊，越久远越如此。而幸好有些文字多少折射出痕迹，比如因为《论语》，我们才可以大致想见孔子音容笑貌、举手投足的活动的影子；而《世说新语》描出的不仅一人，而是一组群像了。到了今天，魏晋时代的士人们对后人能超乎某些距我们更近的年代中的人们而具有特别的亲近感，全凭《世说新语》。因为有《世说新语》，我们知道了魏晋士人如何聚会宴饮、如何清谈论玄、如何读书诵经、如何相互谑笑、如何服药求仙，知道他们的服饰装扮、他们的高矮胖瘦、他们的神态气度，甚至有时知晓他们内心的激情、小小的算计、忧愁和恐惧。这组群像给予后人最强烈的吸引大概在许多千奇百怪、超越常态的言行。其实，相比较那个混乱而痛苦的年代，魏晋名士的作为

▼（唐）孙位《高逸图》（又名《竹林七贤图》）
上海博物馆藏

此图绘竹林七贤故事，刻画了魏晋士人"高逸"的共性，又刻画出了他们的个性。此卷为残卷，图中只剩四贤。

倒是实在而正常的，在大多数的奇异故事的背后透着对于世界和生命的真实感受。比如他们对于自然、自我生命乃至周遭一切的一往情深，正是这种深情使他们爱赏自然、珍惜生命、饮酒行乐、探玄析理：在《世说新语》中，可以看到生命在那个危殆的时代中绽放得如何多姿多彩。人们容易倾向于认为当下的生活是更有意味的，而其实人生意义在过去曾经被人们理解得简单而又透彻。传苏武和李陵诗中有**"生当复来归，死当长相思"**，一直觉得没有比这更具强度的情爱宣言了；而《世说新语》里记载王戎的话：**"情之所钟，正在我辈！"** 似乎也难以想象有更为简捷明了把握感性生命的言语了。

第八讲　唐宋文学之新典范及影响

——中国文学的第二个轴心时代

引言　三个"轴心时代"

（一）"轴心时代"

文学史，当然是一段历史的展开，有一个时间的维度。以往对中国文学历史的分期，考虑不可谓不多：或者基本依朝代分，或者就大的历史时段区别上古、中古、近世之类。这当然都是有其道理的。

不过，是不是可以从另外一个角度来想：观察文学历史上对于文学传统的认同，或许整个中国文学的历程可以分为三个大的时段，如果允许不太恰当地借用德国哲学家雅斯贝尔斯的讲法，中国文学历史之中相应地存在三个"轴心时代"。雅斯贝尔斯《历史的起源与目标》里讲的"轴心时代"，是指公元前500年前后，即公元前800年到公元前200年间，当时的中国、印度、古希腊等都产生了一些重要的思想家，塑造了特定的传统，这个传统一直延续下来，决定了各自文化发展的方向。

今天我们得了解，传统不仅仅是前代传下来的，很大程度上也是被后来者认同和延续而成立的，人们往往是回过头去追溯这个传统的起源，因而它便成为后世的资源，得到持续的展开。从这个意义上说，如果观察中国文学的流程，历代的文人常常会不断回溯他们自己所认同的精神源头，重新思考文学的核心问题和价值；那被一再回溯的时代或者即可认为是所谓的中国文学的轴心时代。

（二）先秦时代

中国文学传统里可以算作轴心时代的，大致有三个。

首先当然是先秦，儒家和道家都是那个时候形成的，它们是所有文士的精神传统，没有一个传统文人不接受这种影响的；然后与文学直接相关的，且举两点：

（1）诗骚传统。那个时代里产生的《诗经》和《楚辞》，其影响非常之大，直至中古时代几乎所有的文学想象和造作，都被认为与它们有联系：汉代的司马迁为自己的写作寻找先驱的时候会提到"诗三百篇，大抵圣贤发愤之所为作"，直到鲁迅赞誉《史记》，除了"史家之绝唱"，还有一句是"无韵之《离骚》"；南朝的钟嵘《诗品》梳理五言诗传统，分别了"国风""小雅"和"楚辞"的脉络，他最推重的可能是曹植，"陈思之于文章也，譬人伦之有周孔，鳞羽之有龙凤"，这几乎可谓标举曹植为诗圣了，有点儿像后世讲杜甫是诗圣一样，那为什么呢？《诗品》里评他"情兼雅怨"，也就是包含了《诗经》和《楚辞》两个传统；直到盛唐，高歌"屈平词赋悬日月"的李白，也同时慨叹"大雅久不作"。诗骚流被之深广，可以举出无数的例子，表征了一个时代。

（2）"宗经"观念。刘勰《文心雕龙》在《原道》《征圣》之后就是《宗经》，其中赞誉"五经"之高妙足为后世之楷模：

> 论说辞序，则《易》统其首；诏策章奏，则《书》发其源；赋颂歌赞，则《诗》立其本；铭诔箴祝，则《礼》总其端；纪传铭檄，则《春秋》为根。

（三）唐宋之际

第二个是唐宋之际。从大的历史上讲，日本内藤湖南以来的"唐宋转型"说，指向的自然是整个历史形态，而文学也未必不是这样。由此而下，从后世的回溯里可以看到，唐宋之文学成为第二个轴心时代。近世的文学品评和判断，从创作者来讲也好，从评论者来讲也好，往往会在唐、宋之间较论，最典型的比如唐诗和宋诗之争，因为宋诗走与唐诗不同的路数而确立其"宋调"，于是是学唐诗的还是学宋诗的分别、唐诗和宋诗优短高下的争论一直存在，绵延不绝；唐宋古文也变成典范，与宋诗反着唐诗建立自身地位不同，宋文接续唐代古文，更趋平易畅达，可能也有分歧，有的人会说秦汉文章更好，秦汉文章比唐宋的境界更高，但不管怎么样唐宋文章是一个不断被回溯的传统。

（四）近现代之际

第三个时代乃是近现代之际，或者说20世纪之初新文化运动前后，这是巨变，是三千年未有之变局。直截了当地说，要理解中国现代文学，必须放在世界的背景里看，中国文学是错综交合的世界文学格局中的一部分，而远远不是诗骚传统或唐宋之争等议题可以概括的了。

这样一个构架，或许很宏观，但一定得有大的视野来看待整个文学历史的过程，在这样的概念里边来把握文学史。如果仅仅依朝代观察自是不够的，如果仅仅在有限的范畴中合并若干个朝代，应该也不够，要有一个更大的视野。绝大多数的具体研究不必涉及大问题、大看法，但这些大问题必定会呈现在真正重要的学术工作背后，应该是考究古典文学的学术共同体一同关切的，有一个共识的基础，才有对话沟通的余地——不仅在文学研究的学术体内部，而且在整个传统中国研究的学术体之中。

一　中唐变化之要

（一）外部的观照

把握中古文学，社会结构、文学场域、文人身份对理解文学的特性，非常重要。

1. 社会结构

就社会结构而言，在我所谓的第一个轴心时代和第二个轴心时代之间，乃是中国古代的第二个贵族社会的兴衰。早期贵族社会的瓦解与古代文化的转型，伴随着理性的去魅、诸子的繁盛、文学的勃兴。而中古贵族社会的构造与瓦解，在东汉到唐代之间，有其经济（庄园）、家族、文化（宗教信仰）等特征。

2. 文学场域

从"诗三百"开始，到汉代的大赋乃至乐府歌诗的集成，都可以说是宫廷文学："诗三百"和汉乐府都是在天子的宫廷里，由那些乐工比如说"太师"比其音律形成的；赋在西汉当然更是典型的宫廷文学，多数汉赋都是汉武帝一朝的创作，司马相如这样的赋家，他的主要创作环境不正是在诸侯藩国和天子朝廷之间移动的么？他也参与郊祀歌的创制，那也是朝廷礼仪文化的一部分。那个时代的文人，几乎都是围绕着宫廷进行文学活动的，直到汉末建安年间，那已是鲁迅所谓的"文学自觉时代"，王粲、刘祯之类不还是依附着政治权威共同操练文学吗？

再以后，六朝文学的从业者大抵是豪门贵族，或者有相当身份的人，他们属于政治权力和文化权力合一的人群，齐梁时代前后相续的文坛人物，就是此类。既然他们的文学活动主要围绕政治权力展开，甚至就是宫廷文化的组成部分，那么是否得充分估量这个时代里文学作为宫廷文化、贵族文化的特点？

3. 文人身份

说到不同时代里的文人身份，这也非常重要。如今的文学史叙述，或许也会提到，但还没有一个系统的观察和阐释。

（1）与文学存在于多元混合的文化样态中相应，早期文人没有独立的地位。《诗经》绝大部分的作者是无名氏，也可能有些就是士大夫写的诗，是他们献的，但我们不清楚，像屈原这样的以诗歌构成自己精神形象的诗人如果真是历史的实存，那也是鲜例。

(2) 汉代以后文人才渐渐突出，如前所及，像司马相如之流大抵是宫廷文人，实际的地位不可谓很高。东汉之后，史书如《后汉书》始有《文苑传》。

(3) 六朝主要是围绕政治中心如宫廷活动的贵族式的文人。

(4) 唐代科举进身的文士渐夥，是一个大变化，但这是逐渐发生的，李白、杜甫等而今被认定的代表诗人，都还是进士世界的圈外人。整体而言，唐代文人流品很杂，呈现出复杂的状况，这也是转变期的常态。

(5) 到宋代，作为科举士大夫，其文人身份与其官员、学者的身份是基本复合的。

回过头去看，不同时代的文人是那样不同，区别是那样显而易见，谢灵运、沈约与李白、杜甫

(清) 梁亯《观榜图》局部
台北故宫博物院藏

很不一样，李白、杜甫和欧阳修、苏轼又很不一样，除开时代因素，不能想象出这些不同类型、不同性格的文人会创作出怎样不同的文学吗？这样的问题，现在是不是考虑得很够？或者说是不是存在一个大家共同思考的基础？

（二）内部的观察

中唐以后文学世界的变化也非常之大，我是说从文学本身看来也有非常大的变化。

1. 核心文类的转移

之前南朝到唐代的文学，大的变化是从赋到诗，诗逐渐取代了赋的位置，地位越来越高。汉代以来，到南北朝那个时候，赋的地位一直很重要，比如《世说新语》的《文学》篇，前半部分讲学术，后半部分讲文学，这后半部分主要涉及文学的评论显示出赋的地位是第一的，关于赋的评价大概有十条，而有关诗的评价是六条。那个时代里什么是文人？大概就是赋家，能作赋是一个真正的文人的标志，北朝的史学家、文学家魏收说过"会须作赋，始成大才士"，一个文人如果不会写赋，肯定不是第一流的文人，或者说不是一个居于文坛核心地位的文人。每个时代文人的意谓并不一样，现代称一个人是文学家，或许因为他/她能写小说，而从六朝到唐代，一个文人渐渐意谓着他是一个诗人。

2. 文类内部的变化

如所谓"古文"的兴起，与之前的骈文相对而言，两者追求的目标非常不一样，骈文突显形式之美，要词藻华彩，要骈俪对偶，要声韵和谐，但古文对这些并不措意，甚至截然相逆。

3. 文学类型的多元

唐代的传奇，实际是中唐之后发达起来的，很多重要的单篇和集子，都是那以后出现的；还有比如俗文学的发展，之前也有，像谣谚啊民歌啊，但

贴近观照，"以火来照所见稀"，或许是历史遗存的缘故，现在回头去看，依稀仿佛，纵观整个中国文学史，实际从中唐以后才看得到通俗文学的日渐繁茂，包括口头的说话、变文的讲唱等。唐宋之际，俗文学和雅文学才真正形成一个分庭抗礼的关系。很多现象都表明，这个时代里文学的变化非常大。清代的叶燮提到过所谓"中唐""乃古今百代之中，而非有唐之所独得"，他虽然讲的仅仅是诗这一文类，但不妨扩展到对整个文学的观察。

二　唐宋诗之张力

唐代是中国诗歌的黄金时代，鲁迅说过："一切好诗，到唐已被作完。"那时候，诗歌的古体、格律都成熟到顶点；诗歌的各种风格都经诗人的尝试，灿烂地展现出来，飘逸豪放、沉郁顿挫、幽深邃密、平畅流丽等，在李白、杜甫、王维、白居易、李商隐等众多诗人那里，没有一种觅不到影踪的；诗歌中的人生百态，比如边塞的金戈铁马、隐居的宁静闲雅、友朋唱和的欢愉、个人心境的写真、时代动荡的纪实……真令人目不暇接。唐诗的伟大成就，对身处时间下游的人们来说，既是可贵的遗产、永远的榜样，也是沉重的压力、"影响的焦虑"（anxiety of influence）。清代的蒋士铨同情地写道："宋人生唐后，开辟真难为。"（《辩诗》）因为在明代推尊唐诗、贬抑宋诗的气氛中，"称其人之诗为宋诗，无异于唾骂"（叶燮《原诗》）。宋人紧接唐后，承受的压力自然最重，其实何止宋人，所有唐后的诗人们面对诗歌创作时，无不在心中横亘着唐诗的巨大身影。宋代开始，对唐诗的品评乃至将唐诗和宋诗做种种比较的议论，实际上都是要平衡自己与唐诗影响的关系。我们说一句不夸张的话，中国古代后半期的诗歌潮流就是在对唐诗的诸种趋避依就、承转变创中滚滚向前的。

（一）宋诗：对于唐诗的趋附与逆反

宋初的文坛，基本是承袭唐五代的文风。元代的方回是一位有见解的诗评家，他指出宋初有所谓白体、西昆体和晚唐体这三种诗歌潮流，并且说李昉、徐铉、王禹偁等是白体诗的代表。（《送罗寿可诗序》）

1. 宋初三体

（1）白体

白居易是中唐的大诗人，诗风明白晓畅，他与元稹、刘禹锡有不少唱和的诗作。宋初的这些高官们仿照当年唐人的作派，往往相互唱和，加上皇帝如太宗

▶（明）仇英《浔阳送别图》局部　纳尔逊-阿特金斯艺术博物馆藏
图中所绘为白居易《琵琶行》中的场景，图中主人公送客至浔阳江边，主人下马，归舟不发。

也是好诗的，常常赐诗臣下，所以可以想见当时诗歌唱和的热闹。李昉与李至的唱和还编成了《二李唱和集》，他在自序中明白说出：

> 昔乐天、梦得有《刘白唱和集》，流布海内，为不朽之盛事。今之此诗，安知异日不为人传写乎？

显然是比附唐人的。徐铉的集子里唱和赠答之类作品占了全部的四分之三，方回评他："诗有白乐天之风。"（《瀛奎律髓》卷十六）李昉的文集原有五十卷，现已散佚了，但我们不妨听听另一位白体诗大家王禹偁的证言："须知文集里，全似白公诗。"（《司空相公挽歌》）后来的《宋史》也说李昉："为文章慕白居易，尤浅近易晓。"王禹偁是一位更有历史意义的诗人，宋人蔡居厚（字宽夫）说：

> 国初因袭五代之余，士大夫皆宗白乐天诗，故王黄州主盟一时。（《蔡宽夫诗话》）

他也是一位白体诗的干将。这在当时的诗人中是公认的，那位隐居杭州、梅妻鹤子的林逋就有诗曰："放达有唐惟白傅，纵横吾宋是黄州。"（《读王黄州诗集》）

王禹偁早年也喜欢写唱和应酬的诗篇，后来编自己的文集时，则删去不少，表明他趋向的转变。他是一位有抱负、关心民生的人，一生中三次被贬，诗文中积极用世、关怀民间疾苦的意思很不少。他的学习白居易，从流连光景的唱和转向新乐府的反映现实，在以朴实无华的语言叙述社会状况的同时，往往直截了当地表白自己的情感和议论。更有重要意义的是，王禹偁由学白居易进一步学杜甫。这还有一个有趣的故事。王禹偁第一次被贬

黄州竹楼记

黄冈之地多竹，大者如椽。竹工破之，刳去其节，用代陶瓦。比屋皆然，以其价廉而工省也。子城西北隅，雉堞圮毁，蓁莽荒秽，因作小楼二间，与月波楼通。远吞山光，平挹江濑，幽阒辽夐，不可具状。夏宜急雨，有瀑布声；冬宜密雪，有碎玉声。宜鼓琴，琴调虚畅；宜咏诗，诗韵清绝；宜围棋，子声丁丁然；宜投壶，矢声铮铮然。皆竹楼之所助也。

公退之暇，披鹤氅衣，戴华阳巾，手执《周易》一卷，焚香默坐，消遣世虑。江山之外，第见风帆沙鸟，烟云竹树而已。待其酒力醒，茶烟歇，送夕阳，迎素月，亦谪居之胜概也。彼齐云、落星，高则高矣；井干、丽谯，华则华矣。止于贮妓女，藏歌舞，非骚人之事，吾所不取。

吾闻竹工云：竹之为瓦，仅十稔；若重覆之，得二十稔。噫！吾以至道乙未岁，自翰林出滁上；丙申，移广陵；丁酉，又入西掖；戊戌岁除日，有齐安之命；己亥闰三月，到郡。四年之间，奔走不暇，未知明年又在何处，岂惧竹楼之易朽乎！后之人与我同志，嗣而葺之，庶斯楼之不朽也。

宣德元年岁次丙午秋八月初吉云间沈藻书

到商州为团练副使，有《春居杂兴》诗，其中的句子被儿子指出近乎杜诗的句子，请求他改一下，以免让人误会是抄袭的。王禹偁听了反而很高兴，认为自己努力作诗，竟能契合杜甫，不禁吟诗一首，中有"本与乐天为后进，敢期子美是前身"（参《蔡宽夫诗话》）的句子。王禹偁对杜甫的诗学是有充分估价的，说："子美集开新世界。"这是极为精当的，可以说，杜甫是宋代诗人最为宗尚的唐代诗人，无论风格、诗学观念有怎样的歧异，如欧阳修、黄庭坚、陆游等宋代最重要的诗人都一致推重杜诗。王禹偁可说开了这一个头。清代的吴之振编了《宋诗钞》，他虽认为王禹偁"学杜而未至"，也肯定他开宋诗风气之功："元之独开有宋风气，

▶ （明）沈藻书《黄州竹楼记》
　　故宫博物院藏
《黄州竹楼记》为王禹偁被贬黄州时所作，文中描写了作者所寓居竹楼的环境以及竹楼之中的生活日常，抒发了谪居的无奈与茫然，也表达了清正自持的秉性。

于是欧阳文忠得以承流接响。文忠之诗，雄深过于元之，然元之固其滥觞矣。"这是因为王禹偁"为杜诗于人所不为之时"也。

（2）晚唐体

白体风行之后是晚唐体诗。这批模拟晚唐贾岛、姚合诗风的诗人多是在野人士，代表者如潘阆、魏野、九僧、林逋、寇准等。寇准是这派诗人中唯一的高官，成为唱和的中心，俨然是领袖人物。贾岛的被推重，与姚合关系颇大，晚唐时就已成风气。像卢延让学贾岛的苦吟："吟安一个字，捻断数茎须。"李洞甚至手捻佛珠，念贾岛佛。（《唐才子传》）宋初晚唐体诗人对贾岛的迷狂一点也不逊色。潘阆怀念贾岛的诗

▼（明）文徵明《空林觅句图》
台北故宫博物院藏
画中人捻须觅句，正合贾岛"吟安一个字，捻断数茎须"之诗意。

里甚至说：人寿都是一百岁为限的，您该寿长千年。（《忆贾阆仙："人虽终百岁，君合寿千年。"》）他们苦吟的办法与贾岛相似，潘阆《书诗卷末》："一卷诗成二十年，昼曾忘食夜忘眠。"就如贾岛"二句三年得，一吟双泪流"（《题诗后》）了。苦吟推敲，虽得些精致的句子，但格局总大不了。九僧的名字，欧阳修只记得一位（后来是史学家司马光记全的）了，其中最出色的该是惠崇，但是有人嘲笑他的佳句是抄袭司空曙、刘长卿的："不是师兄多犯古，古人诗句犯师兄。"（《温公续诗话》）我们知道，姚合《极玄集》多录大历诗人篇什，宋初晚唐体诗人崇姚合，自然也上及大历才子。即使如林逋最有名的"疏影横斜水清浅，暗香浮动月黄昏"两句咏梅，也被明代的李日华揭露是五代诗人江为的咏桂诗之改易（原句："竹影横斜水清浅，桂香浮动月黄昏。"）欧阳修还记录了一个故事：善写词章的许洞，曾会合几位诗僧写诗，但要求诗中不可出现山、水、风、云、竹、石、花、草、雪、霜、星、月、禽、鸟等字，结果众僧一筹莫展，搁下诗笔。由此可见他们诗境的有限。

晚唐体诗精巧，多五律，与白体的浅易相对立，未始不是一种进境。魏野早年就是学习白体的，后来与寇准来往密切，才转宗晚唐。但他们所学的这一路径狭窄，清苦幽僻，与同时学晚唐李商隐一路的诗人相比，未免显得局促不伦了。

（3）西昆体

学李商隐的这一路诗人多是在朝的达官贵宦。杨亿等人在真宗朝汇聚宫中修撰《册府元龟》，他们相互唱和，后来由杨亿集成《西昆酬唱集》一书，收录十七人二百五十首诗。它是宋初唱和诗风的又一结果，但宗尚的诗歌风格已不是白居易的浅易，而是李商隐的典丽。由这部诗集，人们就称他们的诗为"西昆体"。《西昆酬唱集》中杨亿、刘筠、钱惟演三人的作品占了五分之四以上，达二百零二首，所以，他们自然是"西昆体"的代表诗人。

杨亿性情刚直，实是忠良之士，且他的集子散佚许多，或许《西昆酬唱集》并不能代表他的全部风格，因为即使是猛烈攻击他的石介也承认他"笔力宏壮"（《祥符诏书记》）。但无疑集中的诗风是他非常喜好，且在当时发生很大影响的。杨亿曾经自述学李商隐诗的过程，早在宋太宗时他就偶然得李诗百余首，"意甚爱之，而未得其深趣"；到真宗时深入钻研体味，有心收辑，觉得"若涤肠而换骨"；另外他爱李诗，兼及晚唐学李诗的唐彦谦，往往二人并提，"夸传于书林之苑"（《宋朝事实类苑》卷三四）。我们知道，李商隐的诗原是承杜诗而来的，而后又独成自家的风华光采。杨亿等人学李商隐，却对远祖的杜诗没有兴趣，甚至称之为"村夫子语"。可知他们有意的只是晚唐李商隐、唐彦谦的诗歌技巧而不在其精神气象。叶梦得评杨亿、刘筠等"皆喜唐彦谦诗，以其用事精巧，对偶亲切"（《石林诗话》），就点出了他们的这一特点。语言的华丽精工原就是李商隐诗的特色，西昆诗人承继发展了；至于用典的一方面更是变本加厉，刻意为之。方回就谈到西昆体的一般特点：

> 凡昆体，必于一物之上，入故事、人名、年代及金、玉、锦、绣等以实之。

最典型的如《泪》诗，堆积古今典故，历数历代伤心事，重

"事"而不重"情"，显得过分。张表臣的评论非常中肯：

> 篇章以含蓄天成为上，破碎雕镂为下。如杨大年西昆
> 体，非不佳也，而弄斤操斧太甚，所谓七日而混沌死也。

（《珊瑚钩诗话》）

总观宋初的三派诗，大抵都是宗主唐诗某一流别、某一名家的诗风，刻意追踪，造成声势的。可见唐人诗歌在宋初已成为诗学发展的一个不可或缺的背景。

2. 宋调确立

（1）梅尧臣

宋诗新格局，或曰特质的产生，是在欧阳修、梅尧臣、苏舜钦那里。叶梦得称："欧阳文忠公诗，始矫昆体，专以气格为主，故言多平易舒畅。"（《石林诗话》）而梅、苏的地位，清代的叶燮说得最明白："开宋诗一代面目者，始于梅尧臣、苏舜钦二人。"（《原诗》）

梅尧臣年辈最高，欧阳修的诗歌也受到他一定的影响。他的诗主体风格是"平淡"，欧阳修在《六一诗话》中这么说，梅尧臣自己《读邵不疑诗卷》中也有"作诗无古今，唯造平淡难"的句子。但据欧阳修为他作的《墓志铭》，似乎也不仅于此，且有变化：

> 其初喜为清丽，闲肆平淡，久则涵演深远，间亦琢刻，以出怪巧，然气完力余，益老以劲。

也就是说他的诗风是多样化的。我们在他的文字中可以找到诸如

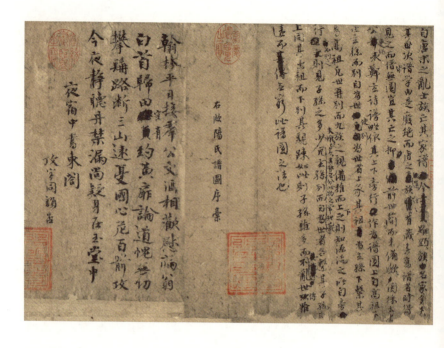

（北宋）欧阳修
《谱图序稿并诗》
辽宁省博物馆藏

陶渊明、王维、李白、杜甫、韦应物、韩愈、孟郊、李贺等心仪的诗人的名字。除了他的议论化、散文化关涉宋诗新的走向，他对奇异事物的兴趣也牵涉宋人对中唐诗的学习。中唐时，除白居易平易晓畅的一路诗，还有韩愈、孟郊等以古体写来的奇崛硬怪的一路诗。这路诗人中有一些尤其喜欢去捕捉奇异丑怪的事物加以表现，梅尧臣对此颇有会心。他写了关于蚊子、虱子、跳蚤的诗，将喝茶打嗝、吃饭拉肚子都写入诗中。他在诗中还提到，欧阳修自比韩愈，而将梅尧臣比作孟郊。可见他们这批诗人对中唐韩孟诗风是有相当自觉的意识的。

苏舜钦的诗，较之梅尧臣的"平淡有工"，更呈现"奔放豪健"（魏泰《临汉隐居诗话》）的气格。这让人想到李白（虽然欧阳修将苏舜钦比作张籍），而李白正是欧阳修心仪的诗人。

（2）欧阳修

欧阳修比较李白、杜甫说："杜甫于白，得其一节，而精强过之。至于天才自放，非甫可到也。"（《笔说》）当时人也记述："欧公不甚喜杜诗……然于李白而甚赏爱，将由李白超趯飞扬为感动也。"（《中山诗话》）欧阳修在给王安石的诗中以李白、韩愈分别总结唐代诗文的成就："翰林风月三千首，吏部文章二百年。"（《赠王介甫》）这也是他诗文创作追踪的对象。其实，韩愈不仅是欧阳修倡导古文时的模范，也对他的诗歌创作产生不小影响，清代的沈德潜就说过："欧阳七言古，专学昌黎。"我们知道，七言古体诗，大概是欧阳修最优长的一种诗体了，他在酒后自负李白、杜甫都写不出的《明妃曲和王介甫作》就是七言古体。欧阳修之学韩愈，很关键的一点是学韩愈的"以文为诗"，即以散体古文的句法、章法引入诗中，造成散文化的效果。方东树就曾指出其"章法剪裁，纯以古文之法行之"（《昭昧詹言》），这是较句型错落、杂以散文句式更为内在的一种方法。散文化与议论化是宋诗明显区别于唐诗一大特征，而这实际上也是承唐人诗学之一脉而发扬光大之的结果。

（3）王安石

王安石是宋代政治史上的伟大人物，他在文学上也据有不可或缺的地位。他早年的诗歌较为粗率，叶梦得说他"以意气自许，故诗语惟其所向，不复更为涵蓄……皆直道其胸中事"（《石林诗话》）。虽然举的例子是"浓绿万枝红一点，动人春色不须多"一类，但他论事咏政的篇章，有些直如押韵文，更不可论了。王安石诗风的转变，大约在他与宋次道为同僚，借得各种唐人诗集反复研读，博观约取，编成《唐百家诗选》之时。到了他晚年退居江宁，更达到"精绝"的境界，"比少作如天渊相绝矣"（《宾退录》）。这时的诗可说是洗褪议论、复归兴象，呈现出唐诗的风神。虽然有人批评他"百首不如晚唐人一首"（《艇斋诗话》），"不脱宋人习气"（李东阳语），但近唐诗则是不可否认的。不过，这种风格的创作却有自己的特质，那种浑成自然的风格里边，有着精细的琢磨锻炼，用王安石自己的诗来说就是："看似寻常最奇崛，成如容易却艰辛。"

王安石（号半山老人）是很有学问的，熟读古典和前人诗作，古代集前人诗句成新诗的"集句"诗就是从他开始成为风气的，可知他要镕汇多少前人佳句在胸中。由于熟悉前人的创作成绩，自然便会有意无意改窜前人的句子化为自己的诗行。比如王安石《北山》中"细数落花因坐久"，就是出自唐人王维的"坐久落花多"。他为了逞才，还要求对仗的工整和用典的严谨，比如梵语对梵语，"阿兰若"对"窣堵波"；《汉书》的典故只对《汉书》的典故之类。他的炼字也是出名的，像"春风又绿江南岸"的"绿"字，经过了十多次的改易才定下来；但唐代李白实际已有"东风已绿瀛洲草"的句子，或许又是学问在帮王安石的忙。王安石诗的重才学、讲锻炼、好改易前人诗句乃至议论化等实是承接唐风，下开宋调，尤其是江西诗派的先声。黄庭坚的话是一个证明："余从半山老人得古诗句法……"（《观林诗话》）

宿雨清畿甸
朝陽麗帝城
豐年人樂業
隴上踏歌行

▶（南宋）马远《踏歌图》

故宫博物院藏

此图是马远传世真迹，描绘了雨过天晴，临安城外农夫在田埂上踏歌而行的场景。宋宁宗赵扩于画上抄录王安石的诗句："宿雨清畿甸，朝阳丽帝城。丰年人乐业，垄上踏歌行。"体现出南宋皇帝对太平盛世的期盼。

（4）苏东坡

苏轼是北宋文坛，也是整个中国文学史上天才挺出的大家。他出自欧阳修的门下，最后完成了宋诗风格的确立。严羽以为："至东坡、山谷，始自出己意以为诗，唐人之风变矣。"（《沧浪诗话》）但他才力大，学问富，一枝健笔纵横挥洒，无施不可。即以宋诗的几项特质言，在苏轼那里可谓尽其佳妙，而少偏弊。比如说诗歌中的议论言理，如《题西林壁》：

> 横看成岭侧成峰，远近高低各不同。
> 不识庐山真面目，只缘身在此山中。

不但不枯涩，而且成为千年流传、富于理趣的名篇。清代的纪昀评他的诗："直涉理路，而有挥洒自如之妙，遂不以理路病之。"再比如诗中的逞才使学，苏轼举凡经史子集无不过目，小说、杂记、佛经、道书也无不究心，但胡仔认为："东坡最善用事，既显而易读，又切当。"（《苕溪渔隐丛话》）赵翼也说："才思横溢，触处生春，胸中书卷繁富，又足以供其左旋右抽，无不如志。"（《瓯北诗话》）又比如，苏轼最善于打破文体的局限，沟通不同的表现方式，他在词的创作上是"以诗为词"，引发了词学发展的一个新途径，而在诗歌创作上则继承韩愈"以文为诗"的道路，滔滔而来，奔放超旷，"有必达之隐，无难显之情，此所以继李、杜而为一大家也"（《瓯北诗话》）。

苏轼对前代诗歌遗产，无不吸纳，而唐代诗人更是他学习的关键。他说到过李白、杜甫的"凌跨百代"，谈到过韩愈的"豪放奇险"，又一再推重陶渊明、韦应物、柳宗元等人诗歌貌似淡

泊而内蕴深远。他晚年总将陶渊明和柳宗元的诗集
放在身边，赏读不已。此外，他对白居易的诗也有
吸取，钱锺书《宋诗选注》将苏轼和王禹偁、张耒
并列为三位北宋时期学白诗的名家。其实古人也早
就说过苏轼兼取各家又自铸伟辞的气魄："坡公始以
其才涵盖今古，观其命意，殆欲兼擅李、杜、韩、
白之长。"（《贞一斋诗说》）苏轼是以天才作诗的，这实
在不是人人可学的。他的学问、聪明、性情都是靠
着才气融汇在一处的，如果一个没有才的人或者缺
少才的人，笼不住那诸多情智学问，也就只能抓住
一点去发挥了。

（5）黄庭坚

苏轼门下的黄庭坚，大约是两宋诗坛上追随者最多的一位了，他之后再伟大的宋代诗人，即使陆游，也曾笼罩在他的身影之下，所以他与老师得以并称"苏黄"。他们两位当然都是有才有学的，但比较而言，苏轼是天才，而黄庭坚抓住的只是学问了。宋末的刘克庄概括苏、黄的异趣说："元祐后诗人迭起，一种则波澜富而句律疏，一种则锻炼精而情性远，要之不出苏、黄二体而已。"（《后村诗话》）

黄庭坚读书极多，他前后两位岳父孙觉和谢师厚也都是积学之士，父亲黄庶的诗是刻意学杜甫、韩愈的。黄庭坚在作诗的办法上，从用字、句法乃至炼意都提出了一些可以遵循的办法，因而给后来的诗人指示了路径，发生的影响也就远大于苏轼，毕竟学问较才情更易获致。这些方法中尤其出名的就有"点铁成金"，是将前人的诗句及诗意作巧妙的变化，脱胎换骨成为新奇的诗行。这样的继承又加以变化是一个方面，还有一个方面就是尽量用奇崛的语言、险异的韵脚来作诗，用的典故也新僻少见，后来张戒说他："只知奇语之为诗，而不知常语亦诗也。"（《岁寒堂诗话》）

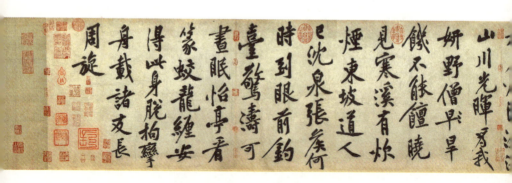

这后边一点有些近乎20世纪初俄国形式主义文学观念中"陌生化"的主张，就是故意要造成新鲜不俗的感觉。黄庭坚的诗学在当时影响极大，如陈师道原从曾巩学古文，苏轼曾有意罗致他为门人，陈师道却婉转推却了，但他对黄庭坚的态度却很不同。他自己在答秦观的信里说：

> 仆于诗，初无师法，然少好之，老而不厌，数以千计。及一见黄豫章，尽焚其稿而学焉。……仆之诗，豫章之诗也。

可见当时诗人对黄庭坚的折服。

但是，黄庭坚的诗学实在也是在前人创作的压力下形成自家面目的。他的诗是宋诗风格的代表，也和宋诗内含着对唐诗的"影响的焦虑"一样，他的诗正是典型的"影响的焦虑"的产物。他要变易古人诗句而成新篇，他要用僻典押险韵、写前人未曾尽力过的玩意儿，这种种努力都指向着不同于前

▶ （北宋）黄庭坚书
《松风阁诗帖》
台北故宫博物院藏

人的新奇，正透露出他所承受的文学遗产的压力。即使苏轼的才情，也是一种压力，使他向着学问猛进，王若虚就说过："向使无坡压之，其措意未必至是。"（《滹南诗话》）有意思的是，黄庭坚虽然尽力想区别于前人，尤其是唐人，但他所采取的方法、路径却又是从唐人那儿发展来的。对黄庭坚影响最大的诗人要数杜甫、韩愈。他讲究学问时，曾标举："老杜作诗，退之作文，无一字无来历。"（《答洪驹父书》）他自以为对杜甫是深入堂奥了，即使批评他很厉害的张戒对他的某些诗作也承认："真可谓入子美之室矣。"他的生涩奇僻，以"奇语"为诗，也未尝不是韩愈"唯陈言务去"的继承发扬。

3. 江西诗派

黄庭坚的诗学因为专意于字眼、句法、格律、篇章等有形的技巧方面，所以学习者可以把握，故而影响极大。吕本中在北宋末年曾作《江西诗社宗派图》，将黄庭坚、陈师道等二十五人列入其中，不少诗人是直接承受黄庭坚指教的，还有不少是私淑者。吕本中在序言里指出：

> 歌诗至于豫章始大出而力振之，后学者同作并和，尽发千古之秘，无余蕴矣。录其名字，曰江西宗派，其源流皆出豫章也。

明确了黄庭坚是这一诗学流别的创始者和宗主。之所以称为"江西诗派"，是因为黄庭坚为江西人，而并非其中诗人都是江西人。这个诗派的关键是在他们有大致共同的诗学观念、趣味，而不是籍贯，后来杨万里说得很明白："江西宗派诗者，诗江西也，人非

皆江西也。"（《江西宗派诗序》）

江西诗派的界定在南宋多有变化和拓展：先是吕本中也列名派中；后来刘克庄认为杨万里也是派中人，严羽则认为陈与义"亦江西诗派而小异"；最后方回定杜甫为祖，黄庭坚、陈师道、陈与义为宗，即"一祖三宗"之说，又将陆游、范成大等也囊括派内。这样北宋后期直至南宋的几乎所有大诗人都归入江西诗派了。

一个好的主张，既为无数人实践，难免不生弊病，至于末流，就更是变怪百出了。江西诗派讲学问、用奇语险韵到了极端，难保不发生艰涩拙硬的毛病。其实，黄庭坚就批评过王观复的诗作"好作奇语，自是文章病""犹恨雕琢功多"等问题。吕本中南渡之后，也致力于江西诗派的改良，认为学黄庭坚的人写诗太讲规矩法度，这也违背了黄庭坚的本意。（《与曾吉甫论诗》）确实，黄庭坚大概是想通过法度达到自由的境界而不仅局限在规矩之中而已。他一再说过："子美诗妙处乃在无意为文……"（《大雅堂记》）"文章成就，更无斧凿痕，乃为佳作耳。"（《《与王观复书二》）吕本中正是得着黄庭坚的这层深意，所以提倡"活法"的：

> 所谓活法者，规矩备具，而能出于规矩之外；变化不测，而亦不背于规矩也。是道也，盖有定法而无定法，无定法而有定法。……谢玄晖有言："好诗流转圆美如弹丸。"此真活法也。

也就是说，作诗应在技巧法度的基础上又有变化，不拘限于法度而出新意，显得自由自如。他引南朝诗人谢朓的话，表明他期望诗歌是流转生动的，而不是艰涩拙硬的。曾几是与吕本中讨论诗学的好友，曾经称赏吕诗："其圆如金弹，所向若脱兔。"（《读吕居仁旧诗》）可见，吕本中的理论改良和他的诗歌创作实践是相辅相成的。

吕本中（字居仁）在宋代诗史上的重要性体现在诗学理论的转移变化，实践上的成就应以陈与义为大。陈与义（号简斋）的诗以南渡分前后期，后来的作品格局一变，"以简洁扫繁缛，以雄浑代尖巧"（《后村诗话》）。他早期的诗也是学黄庭坚、陈师道一路的，但后来的身世遭际、国家命运和他的诗学倾向一齐发生转移。《四库全书总目提要》评他："其诗虽源出豫章，而天分绝高，工于变化，风格道上，思力沉挚，能卓然自辟蹊径。"这在诗歌的态度上就不仅是学黄庭坚了，他说过："天下书虽不可不读，然慎不可有意于用事。"（《却扫编》卷中引）他明确主张要学习杜甫，突破黄庭坚乃至苏轼等的宋诗格调："要必识苏、黄之所不为，然后可以涉老杜之涯涘。"（《简斋诗集引》）他对杜诗的学习，与他个人身经两宋之际的大变乱有类于杜甫之身经安史之乱是有联系的。在诗中，诗人的身世之感与忧国之情合二为一，直承杜甫的精神，甚至有些句子也是直接来自杜诗的变易。陈与义对唐代诗人的学习，不仅杜甫而已，且有取于韦应物、柳宗元的清远平淡。近代精于宋诗的陈衍在《宋诗精华录》中说："宋人罕学韦、柳者，有之，以简斋为最。"可以作为陈与义学韦、学柳成绩的见证。

我们回首北宋诗坛，自欧阳修、苏舜钦、梅尧臣试图建立诗歌的新风尚，中经苏轼的天才挺出，王安石的自成一格，到黄庭坚综合宋代诗人的多种尝试，建树江西诗学的格局，影响至广，宋诗才在唐诗的身影下完全独立，形成宋调。但这宋调实也有取于唐代杜甫、韩愈等人初辟的路径。到两宋之际，江西诗学已发生变化，向着多种风格展开，方回描述道：

> 老杜诗为唐诗之冠，黄、陈诗为宋诗之冠。黄、陈学老
> 杜者也。嗣黄、陈而恢张悲壮者，陈简斋也；流动圆活者，
> 吕居仁也；清劲洁雅者，曾茶山也。

他们都宗杜甫这位唐代"诗圣"，一源多流，各臻其妙。而对南
宋诗坛发生重大影响的，就是最后的这位曾几（自号茶山居士）。

　　曾几在北宋末年就与吕本中、徐俯等江西派诗人交游，对韩
驹也以弟子自命。曾几尤其向吕本中学习诗法，一再申扬吕氏的
"活法"，发挥传承这一江西诗派内部的改良诗风。南宋初的大诗
人陆游少年时就师从曾几，萧德藻也是师从他的，杨万里也受其
影响。正是通过他，这些大诗人与江西诗风发生深刻的联系，虽
然后来他们都超越门户，自创一格了。

　　江西诗派的流弊在两宋之际的社会大变动和文化思潮变化
中越发显眼。那时有名的诗人尤袤就说过：江西诗派的作品不能
像范成大那样温润，不能像杨万里那样痛快，不能像萧德藻那样
高古，也不能像陆游那样俊逸，何必学它呢？这话自然是有道理
的，尤袤说的正是中兴诗人对江西诗风的突破，但也不能否认：
他们都受过江西诗学的熏陶，正是从这里他们开始走出自己的路
子来的。就说尤袤自己，他的诗学汪应辰，而汪应辰则是师法吕
本中的。又比如萧德藻，虽然说过"诗，不读书不可为；然以书
为诗，不可也"（《对床夜语》卷二），但他确曾学诗于曾几，而杨万里
也赏识他的"工致"（《千岩摘稿序》），可见他作诗还是很下力气的。
钱锺书以为他的诗"用字造句都要生硬新奇，显得吃力"（《宋诗选

注》），可知他的诗还没有完全脱离江西诗派的习气。

4. 南渡诗坛

（1）陆放翁

陆游是南宋初最伟大的诗人。他十八岁时就师从曾几学诗，这一影响至他晚年也没有改变汰尽。但他中年的从军生涯大大扩展了他的诗学视野，因而悟到"汝果欲学诗，工夫在诗外"的道理；到了晚年退隐家居，诗风又趋向平淡自然，所谓"文章本天成，妙手偶得之"。这都是与专注书本和学问，专注诗艺之锻炼讲究的江西诗风相对立的。我们在陆游诗歌早、中、晚的变化中可以明显地看出诗人的生活实践对创作的深刻影响。但是另一方面，陆游能突破江西诗派的樊篱，也与他自身的才性和对先辈诗人多方面的学习分不开。他个人那种疏放浪漫的性情使他能学到江西诗风的清新而无法摹拟其瘦硬，能表达江西诗风绚丽的一面却免于生涩。从诗学渊源上讲，他不仅学黄庭坚、吕本中、曾几，

▼（南宋）陆游《自书诗卷》局部
辽宁省博物馆藏

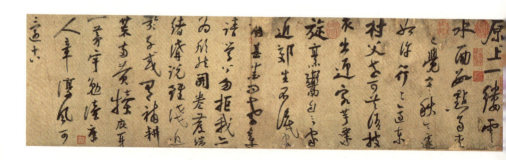

也学梅尧臣、苏轼；不仅学宋代诗人，更广泛学习唐人。他自述在十七八岁时"读摩诘诗最熟"（《跋王右丞集》），又"绝好岑嘉州诗"（《跋岑嘉州诗集》），因为岑参豪壮的边塞诗使具有从军经验的陆游尤感亲切。至于李白、杜甫更是陆游倾心的大诗人，诗中往往提及。他的爱国热忱与杜甫的忧国忧民情怀可谓一脉相承，后来的人们尤其喜欢将他和杜甫相提并论。说到李白，南宋孝宗曾问周必大："今代诗人亦有如唐李太白者乎？"周必大就是以陆游应对的，从此人们都称他为"小李白"。陆游还好陶渊明诗，说："我诗慕渊明。"（《读陶诗》）"学诗当学陶。"（《自勉》）他那些写乡居生活之有味、民间风俗之淳厚的作品正可见出陶诗的影子。正因为广采博取，陆游才能提升自己的诗境，而不偏执于一时风行的江西诗风。

（2）范成大

范成大是南宋初的另一位大诗人，我们不十分清楚他的师承，但受江西诗派的影响却不可讳言。清代博学多闻的纪昀称他的诗是"江西派中之佳者"，而在《四库全书总目提要》中认为他早年的诗歌是学习中、晚唐的，因为他的一些作品下自注"效王建""效李贺"，表明了努力的目标，后来他才追溯苏轼、黄庭坚的诗法，又变化自成一家的。从范成大的创作实践来看，他的诗以表现田园者最为独特。这些诗有学习陶渊明诗的一类，也有仿白居易、王建的新乐府诗，叙写民生艰辛的一类。范成大或许是当时较为特殊的以唐诗为底子而兼综江西诗风的一位。

（3）杨万里

与范成大不同，杨万里由江西诗派出身，通过学习晚唐诗，脱出前者的拘限，而后达到自由的创作境界。这一变化轨迹似乎更具典型性。杨万里早年的诗完全是学的江西诗派，达千余首，后来因为不满，统统烧掉了。但这并非表明他对江西诗法的全盘否定，晚年他在《诚斋诗话》中仍有称赏黄庭坚的话；刘克庄也认为杨万里真正实践了吕本中的"活法"，"流转圆美如弹丸"（《江西诗派总序》）。这都可见江西诗风影响之深。之后他还专攻过陈师道的五律和王安石的七绝。这已是上溯一步了。杨万里对王安石的绝句到了痴迷的程度，有句云："半山绝句当朝餐。"（《读诗》）王安石晚年的诗精工过人，严羽《沧浪诗话》评："公绝句最高，其得意处，高出苏、黄、陈之上……"他的绝句多有习仿唐人的地方，杨万里也认为绝句不易写得好，"晚唐人与介甫最工于此"（《诚斋诗话》）。因此，杨万里由王安石再上溯晚唐也就是顺理成章的了。他在《荆溪集序》中回顾自己的诗学道路时，在学王安石"七字绝句"之后就是："乃学绝句于唐人。"在唐诗中，杨万里似乎最倾心的是晚唐诗，他说过："诗至唐而盛，至晚唐而工。"（《黄御史集序》）他在推赏晚唐陆龟蒙时也说过："晚唐异味同谁赏？近日诗人轻晚唐。"（《读笠泽丛书》）杨万里的这个倾向已开启了南宋后期宗尚晚唐诗的风气。这样，杨万里由江西派而王安石，由王安石而晚唐诗，逐渐脱弃了江西派的拘限。但终究还是摹仿，他自己说：越学越苦，写的诗越少了。最后在他五十岁时，一朝悟彻：尽去唐宋前人的诗法规矩，完全从个人的生活经验和自然界的观感出发，发抒情感而成篇章，进入了了自己的自由创造时期。杨万里晚期的诗，抓取少有人留意的情事，曲折变化地加以表现。正因为他透彻无遗的表现力，姜夔这位有名的词人戏称："处处山川怕见君。"杨万里的诗还多采口语白话、幽默活泼。这都使他的

▶ （明）周臣《闲看儿
童捉柳花句意图》
台北故宫博物院藏

图中所绘为杨万里《闲
居初夏午睡起》中"日
长睡起无情思，闲看儿
童捉柳花"之诗意，清
新活泼。

诗自成一格，南宋晚期学杨诗的似乎比学陆游诗的
还多。但是否杨万里晚年的诗就全无依傍呢？至少
可以说，他的诗之俚俗平易，"状物姿态、写人情
意，则铺叙纤悉，曲尽其妙"（周必大评杨诗之语），多少
近乎唐代的白居易。杨万里对白诗也深有会心，甚
至可以代酒、消愁、治病："病里无聊费扫除，节中
不饮更愁予。偶然一读香山集，不但无愁病亦无。"

（《端午病中止酒》）

5. 永嘉四灵

宋诗的历程从模拟唐诗开始，摆脱后者的影响始终是中心问题，江西诗派最终完成了这一工作。而到杨万里这里，则由近于唐人诗风的路径，脱离了江西诗派的轨道。这之后，复归唐风也是势所必至了。这股潮流中最显眼的是所谓"永嘉四灵"，也就是徐照、徐玑、赵师秀和翁卷四位，他们的字号中都有一个"灵"字，又都算永嘉人，所以得了这个名号。他们原先名声还不够响亮，主要是得到当时学界有名的大思想家叶适的鼓吹，地位日隆。叶适编选了他们的五百首诗为《四灵诗选》，风行一时，唐诗从此有重新盛行的趋势。"四灵"学的是晚唐体诗，方回说："永嘉四灵复为九僧晚唐体。"也就是说复归宋初学晚唐诗的风气了。而他们追踪的正是晚唐贾岛、姚合一派诗。赵师秀选贾、姚的诗二百首为《二妙集》，就标明着他们宗主何人。与杨万里学晚唐绝句不同，"四灵"用心所在是五律，赵师秀曾说：幸好一篇只有四十个字，多了我真不知道该怎么办！他们学贾、姚一流诗，非常肖似，人称可置于贾、姚集中而不可分辨。贾、姚的诗以苦吟锻炼和清苦幽僻为特色，"四灵"也正如此。严羽《沧浪诗话》说到他们的风格："近世赵紫芝、翁灵舒辈，独喜贾岛、姚合之诗，稍稍复就清苦之风。"《四库全书总目提要》称赵师秀等"专以炼句为工，而句法又以炼字为要"。都是恰当的公论。"四灵"转变诗风的过程是有意义的，一则是摹拟晚唐诗人目标明确，诗风特点突出，足以产生新异的效果；二则他们完全摒弃了江西诗派以学问书本为诗的"无一字无来历"的办法，而是"捐书以为诗"（刘克庄语），"自吐性情，靡所依傍"（《四库全书总目提要》），虽然他们的诗境狭窄，但总是自家的风景。这在南宋后期厌弃江西诗风的气氛下自有不小的影响力，严羽就指出后来的诗人"多效其体，一时自谓之唐宗"。刘克庄早年的诗也深受"四灵"影响，后来他虽以批评的口吻说及往诗，但也并不讳言此点："永嘉诗人，极力驰骤，才望见贾岛、姚合之藩而已。余诗亦然。"（《瓜圃集序》）

6.《沧浪诗话》

宋代诗话非常发达，到南宋末期出现一部《沧浪诗话》，是宋代诗学的一大总结性成果，但却是鲜明反对宋诗，尤其是代表性的江西诗派主张的。我们容易留意诗论著作的理论性，但它们往往首先是一时代思潮的产物。将《沧浪诗话》置于南宋中后期复归唐风的背景下，它的诗学倾向也就不显特异了。

首先，严羽也是反对江西诗风的。他对宋诗太多关涉思辨的特色，对江西诗派重学问的风气给予了严厉的批判，总结为"以文字为诗，以才学为诗，以议论为诗"，对比唐人重形象和不涉理路的诗，他提出："诗有别材，非关书也。"他的药方与当时人一致，是要用唐诗来救。但这唐诗不是晚唐诗，如"四灵"乃至杨万里所实践的那样，而是盛唐诗。所以，其次，严羽在宗唐的一派中是大力推崇盛唐的，"当以盛唐为法，虽获罪于世之君子，不辞也"。这显然是针对"四灵"的追随者了。严羽的承创是有深远历史意义的，他一方面合契于反江西诗风、复归唐调的思潮，另一方面又高举盛唐的旗帜，打破晚唐的拘限，后来明人主"诗必盛唐"，无疑是有所取法的。

（二）金元明清诗坛：唐宋诗之消长

1. 金元诗坛

唐诗风格的回潮在宋代是经过反复的文坛争论，逐渐发生的，而在与南宋对峙的金朝，则尊唐抑宋似乎更已早成风尚。在北方，苏轼的影响比在南方大得多，他任从才情、不拘法度的诗文更得金代文士的推重。在宋代诗人中，他们往往将苏轼和黄庭坚分论，重苏而轻黄，最典型的即是王若虚说黄诗"铺张学问以为富，点化陈腐以为新，而浑然天成，如肺肝中流出者，不足也"，而正是这一点上，苏轼远胜过黄庭坚。这个分法其实宋人也有，且将苏轼与李白相连，将黄庭坚与杜甫相连，推溯到唐代的两大诗人，扩大宗法唐诗的门径，以救江西诗派的偏弊。像吕本中就说杜、黄诗是"法度所在"，而李、苏则"规摹广大""无穷苦艰难之状"，可以补助前者（《与曾吉甫论诗》）；杨万里也以苏、李为无所待的诗，而杜、黄一流为由有法而达无法的一路诗（《江西宗派诗序》）。金代诗人宗唐，也不像南宋时杨万里、"四灵"是从晚唐起步，而是一开始取径就宽。赵秉文一时主盟文坛，"诗专学唐人"（刘祁《归潜志》）。我们看他《答李天英书》中肯定韦应物、王维、柳宗元、白居易、李白、李贺、孟郊、贾岛各有风格，而推重杜甫集大成之功和韩愈以文为诗的变化，可见其汲取之广阔。而王若虚以能论文说诗著称，据元好问说他是"诗学白乐天"，我们确实也看到他称赞白诗"情致曲尽，入人肝脾"的话。王若虚之推崇白居易、苏轼，其实都因为他们的自然天成，与黄庭坚的学问为诗、新异奇诡风格相异。如果再结合元好问《论诗

绝句》中对宋代的江西诗风的批评，更可明了金人对宋诗的批评
贬抑态度了。

元人势力崛起于北方，南下后依次灭金、灭南宋。它的文化
原本低下，文坛的崇尚以征服地的主流思潮为主。当时金、南宋
的诗学宗唐，元的文士们也一并宗唐，并且对晚唐也是颇有微词
的。我们知道，严羽不满"四灵"之学晚唐，持批评的态度，而
元好问的《论诗绝句》对卢仝、李商隐、李贺多有不满，那么元
初文士崇唐时排诋晚唐也正是承袭着金与南宋后期的风气。到了
元中期，与帝国的强盛同步，诗坛也要求恢宏雅正的诗风，诗人
们都推重盛唐的和平雅正之声。杨载、范梈、揭傒斯是当时诗坛
的代表，而大抵也都是推崇唐诗的。揭傒斯说过："学诗当以唐人
为宗。"他将李白、王维、韦应物、柳宗元、储光羲作为唐诗的
正宗，而将杜甫视为集大成者，这对后来判定各诗人的历史地位
是颇有影响的，比如明代高棅的《唐诗品汇》就将李白判为"正
宗"，而杜甫则是"大家"。从诗歌发展史来说，杜甫下开宋调，
自不如李白等纯是唐风了。范梈也举李白、杜甫、韩愈、韦应
物、王维、孟郊、李商隐等以当诗学的数种风格路数，这些也大
都是盛唐、中唐的大诗人。杨士弘的《唐音》也正是以盛唐诗为
主的。这些都折射出元代诗坛崇尚盛唐的倾向。

2. 明之尊唐

(1) 明初风习

明代的诗学倾向，首先是承宋末元人而来的。高棅选《唐诗
品汇》，区别初、盛、中、晚而以盛唐为重心所在，一则是严羽

《沧浪诗话》中推重盛唐诗的延续嗣响；二则更是对元代杨士弘《唐音》的直接继承发展，他在《总叙》中明白地说只有杨氏识唐人奥秘。与高棅同为福建诗人代表的林鸿，也是明确以盛唐诗为宗尚的：

> 汉魏骨气虽雄，而菁华不足。晋祖玄虚，宋尚条畅，齐、梁以下，但务春华，少秋实，惟唐作者可谓大成。然贞观尚习故陋，神龙渐变常调，开元、天宝间，声律大备，学者当以是为楷式。（《明史·文苑传》）

他显然将唐诗视为诗歌之顶峰，而唐诗中又以盛唐为首善。值得注意的是，林鸿之标举唐诗在"声律大备"，也就是诗歌形式的成熟方面。我们记得，当初殷璠评论开元年间诗歌的成熟时是说："声律风骨始备矣。"（《河岳英灵集叙》）而今却将"风骨"放弃了。这是明人讲究诗歌具体的技巧、形式特点的开始，后来李东阳的"格调说"也正是这一路。

林鸿的诗是专学唐人的，可说是自己诗学主张的积极实践者。但似乎学习有余，自创一格有所不逮。李东阳说他"极力摹拟，不但字面句法，并其题目亦效之。开卷骤视，宛若旧本。然细味之，求其流出肺腑，卓尔有立者，指不能一再屈也"（《麓堂诗话》）。这也正是习古不化的常见病。我们发现，明人论诗主盛唐、讲形式、拟古不已的几大特点在明初就露头了。

接下去的明诗，以所谓"台阁体"为盛。杨士奇、杨荣、杨溥号称"三杨"，领导文坛数十年。他们投合明朝前期昌盛的时世，多为歌颂之作，风格以平正典雅为主。他们也是推重唐人

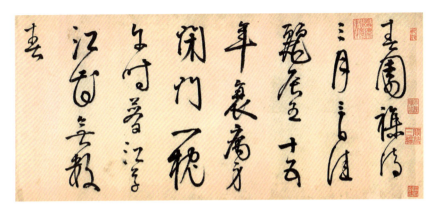

的，但看到的却是"以其和平易直之心，发而为治
世之音"《《玉雪斋诗集序》）的唐诗，可见经过古为今用
的有色眼镜过滤了。

　　承台阁体而起新变的是李东阳。他与严羽以来
宗盛唐的倾向完全契合，曾说："严沧浪所论，超离
尘俗，真若有所自得，反复譬说，未尝有失。"《《怀
麓堂诗话》）但严羽讲"妙悟""兴趣"之类较为玄虚
的方面，而李东阳则从诗歌的格律声调来辨别诗的
高下，要求体会声调之轻重缓急、用字之平仄虚
实，如说："盛唐人善用虚……悠扬委曲，皆在于
此。"这样讲一代诗歌的成就特质，落实在声调字
句上，自然较可把握，所以产生了不小影响，对当
时学唐诗的风气提出了可行的办法，起了助推作
用。王世贞就说过，李东阳之于后来倡盛唐诗的何
景明、李梦阳，就像首先起义反秦的陈胜之于代秦
立汉的汉高祖刘邦《《艺苑卮言》），有着启导之功。

（2）"诗必盛唐"

明代中期有前、后七子依次兴起文坛，文学的复古风气一时笼罩文士的头脑，后人的概括就是"文必秦汉，诗必盛唐"（《明史·文苑传》）。就诗的范围，更准确的说法是："诗自中唐而下，一切吐弃。"因为如前七子的李梦阳就在《诗集自序》中叙述过自己由唐人的近体格律诗而学李白、杜甫的歌行，再上溯六朝、魏晋、骚赋、《诗经》的经历，显示他学习古诗以穷根溯源为要，只是截断盛唐以后的流变而已。后七子的领袖人物王世贞也说过："齐梁纤调、李杜变风，亦自可采，贞元而后，方足覆瓿。"（《艺苑卮言》）同样是截断中唐以下的流变，而将盛唐的李白、杜甫和齐梁诗风乃至魏晋诗人都视为学习的对象。这实际上也是以严羽为祖说的。严羽虽然肯定说"当以盛唐为法"，但也不废魏晋六朝，称"以汉、魏、晋、盛唐为师，不作开元、天宝以下人物"，正是截去后代流变的态度。对盛唐以前诗歌的学习，何景明说得更为分明：

> 景明学歌行、近体有取于二家（按：指李白、杜甫），旁及唐初、盛唐诗人，而古作必于汉魏求之。（《海叟集序》）

原来是以诗体分别汉魏、盛唐的学习对象。根本上说，他们的主张就是要追本溯源地学习古诗，古体以汉魏为首端，近体则盛唐时完善，所以古、近体的学习对象就有了分别。后来，《四库全书总目提要》的判断深得其中奥秘："古体必汉魏，近体必盛唐，句拟字摹，食古不化。"上两句是说他们学习的对象，下两句是说他们学习的方法。"字摹"与"句拟"都是说他们在文字形式上下功夫。这也是明代学古人诗歌重格调的常态。李东阳以虚字实字的不同运用来区别唐诗与宋诗，李梦阳则从篇章结构、情景结合谈虚实："前疏者后必密，半阔者半必细，一实者必一虚，叠景者意必二。"(《再与何氏书》)虽说有助于认识唐诗之艺术，但总归只在技法里绕圈子。

这样的摹拟，必趋于貌合神离，而使诗文丧失生气。后七子的领袖李攀龙，"其为诗务以声调胜，所拟乐府，或更古数字为己作"(《明史·文苑传》)，就是突出的例子，以致钱谦益批评他们"牵率模拟剽贼于声句字之间"(《列朝诗集》)。这个问题在复古运动内部就已发生了争论。李梦阳、何景明是前七子的主要领袖人物，他们在主张复古方面是一致的，但在具体的复古、拟古的路径、方式上却发生了激烈的争论。李梦阳坚持的是学古人诗法而不易，他以书法为例，说：大家以摹拟得像为佳，何以涉及诗文就坚持要自创一格呢？(《再与何氏书》)而何景明则看到了古今诗歌变化发展的必要和必然，主张由拟古而"成其变化"，他问道：如果只以类同为好，那么有了曹植、阮籍、陆机等诗人，李白、杜甫等又何必登上诗坛呢？(《与李空同论诗书》)从复古的彻底上讲，李梦阳的说法自然严密些；但复古本身就有问题，何景明的问题，李梦阳是无法对答的。但李梦阳虽然不能说李白、杜甫不可登上诗坛，他对宋人的态度却是一笔抹杀，曰："宋无诗。"唐诗的高度成就成为后代诗人创作的一个必定背景，宋人在它的阴影下努力想走出自己的路来，从此唐宋之后的人们将唐诗、宋诗的优劣之争不仅作为艺术风貌的两种倾向，且当成了对历史遗产不同态度的表白场所：主张自出机杼的诗人往往以宋诗为口实，而尊崇传统的诗人则更多叹服唐诗之不可逾越。李梦阳说"宋无诗"，虽然惊世骇俗，但道理上也不是毫无可解之处的。后七子的李攀龙是主张"诗自天宝而下，俱无足观"（《明史·文苑传》）的，他的《古今诗删》录唐诗之后就接以明诗，真的在诗史上将宋诗勾销，不许登台了。这种极端的态度自然难以服众，那位受他影响的后七子中的王世贞原先也主"诗必盛唐，大历以后书勿读"（《明史·文苑传》），到了晚年也承认宋元诗有可取处。

(3) 晚明变化

明代推尊唐诗的思潮，由于复古文学主张的逐渐变化，尤其是晚明新的文学思潮的冲击，逐步消退。这股新的文学思潮就是以袁宏道为首的主张抒发性灵的公安派文学观念。袁宏道主张"独抒性灵，不拘格套"，所以尤其反感复古的文学观点，针对"宋无诗"的主张，偏说"唐无诗"（《与张幼于》）。这自然是故作反语，实际是他看到时代在变，一代自有一代的文学。比如他说：诗法是因前代之弊而生变，从而发展的，比如六朝诗由初唐矫变之而成为流丽；但初唐诗纤巧，所以盛唐诗气象壮阔；中唐诗趋于实因而俚俗，晚唐诗又以奇僻变化之；奇僻则境界小，所以宋人的诗包容趋广，无所不有，如江河滔滔。（《雪涛阁集序》）这种历史的通变观，在承继前、后七子的人们中间也成为常调，如屠隆说："诗之变随世递进。"胡应麟也主"诗体代变"。只是屠、胡等还是延续着七子崇唐抑宋的脉络，而袁宏道则是完全着眼于诗歌的新变了。他尤其反对复古派的字句摹拟，他说：

诗则必欲准于盛唐，剿袭模拟，影响步趋，见人有一语不相肖者，则共指为野狐外道。……诗准盛唐矣，盛唐人曷尝字字学汉、魏欤？……盛唐而学汉、魏，岂复有盛唐之诗？（《叙小修诗》）

这是对复古派的批评，也是对盛唐诗的正确认识。袁宏道等的诗学观念为宋诗的风气鼓劲，但是积重难返，唐诗仍然是明人崇尚的正宗，比如以纠正公安派的浅易简率之弊而起的竟陵派钟惺、谭元春就是重唐诗的，他们的《诗归》，其中唐诗部分突出的是王维、孟浩然乃至晚唐贾岛的诗，以幽深僻诡为风格的。被称为明诗殿军的陈子龙，虽然在明亡后的诗风发生变化，感伤时世、悲凉慷慨，但其底子却是承七子复古诗学，吴伟业称其诗"高华雄浑"（《梅村诗话》），就是七子学唐的那一路。

3. 清之多元

（1）清初宗尚

明清之际政治形势的大变动，导致了诗风变动的潮流。如钱谦益、黄宗羲等大家虽然立身行世有不同，但都表现出对宋诗的关注，他们尤其推重宋末谢翱、汪元量等遗民诗人，一则是异代同悲，二则也有意拓展沿袭唐风的狭隘路径。这些明清之交的诗人，并不完全排斥唐诗，只是认为如明代前、后七子那样局限于盛唐未免荒谬。黄宗羲说：

上下数千年之中，而必欲一之以唐，于唐数百年之中，而必欲一之以盛唐。盛唐之诗岂其不佳，然盛唐之平奇浓淡亦未尝归一，将又何所适从邪？

就是非常明白的例子。钱谦益早年也酷好前、后七子之诗文，自称"熟烂"李梦阳、王世贞之书，将王世贞的《艺苑卮言》奉为"金科玉条"。只是后来才幡然醒悟，将三十七八岁之前的旧作全部汰尽。但不容否认，他的立脚地也仍在唐诗，准确地说，钱谦益是兼综唐宋的大家，开启了清人宗宋的序幕。

钱谦益诗学的转向，受程嘉燧影响颇大。据钱氏说，程氏论诗，从初、盛唐至钱起、刘长卿、元稹、白居易等中唐诗人都下过功夫，晚年则又涉及陆游、元好问等宋金元的诗人，"余之津涉，实与之相上下"（《复遵王书》）。显然是由唐而宋元，门径渐宽的。他由此脱出前、后七子的局限，而反身猛攻他们的诗学，彻底吐弃之。钱谦益对明代的李东阳颇为肯定，那是因为李东阳诗兼取唐代的杜甫、白居易，宋代的苏轼，元代的虞集。这也正是钱氏后来走的路子。钱谦益的同乡冯班说他"每称宋、元人，矫王、李之失"（《钝吟杂录》），这正是钱氏论诗新意所在，影响所在。

但这种势力并没有充分展开，唐诗在当时的诗坛仍占据着主导的地位。我们看吴中一带

▼（清）钱谦益《病榻消寒杂咏四十六首（其四十六）》

是其时诗人云集之处，其中以钱谦益为首的"虞山诗派"、以陈子龙为首的"云间诗派"和以吴伟业为首的"娄东诗派"鼎足而三，其中后两家都以唐诗为宗，而"虞山诗派"传至冯班、冯舒兄弟后也折向唐诗主流了。钱谦益才力大，兼宗唐宋，而追随他的不少诗人以只学宋人为新异。冯氏兄弟则以为大谬不然。他们以为诗学开元、天宝的盛唐诗人是当然的事情，"譬如儒者愿学周、孔，有志者谅当如此矣"。但他们在实际的批评活动中却似乎更好晚唐诗风。冯氏兄弟合作评点了《才调集》，冯舒又细心校定南朝梁代编定的《玉台新咏》，并且提出以温庭筠、李商隐为作诗"范式"，对宋初学李商隐的杨亿等人的西昆体也加以推崇。这些学习对象以晚唐温、李二人为核心，上溯齐梁，下及西昆体，构成了文采绮丽的一路诗歌传统，可说是清初晚唐诗风的发扬者。这对钱谦益是一变化。钱氏学李商隐，但并不倾心于齐梁诗，并且也远不像二冯将西昆体诗推为正宗诗歌传统。冯氏兄弟的文学倾向在清初还是有影响的，如贺裳、吴乔等就是承其余绪的。贺裳的《载酒园诗话》所评论的内容就是"略于初、盛，而详于中、晚"的。他在书中也详细品评了宋诗的优劣得失，但总体而言，对宋诗还是持贬抑的态度，归根到底还是宗唐诗的。这就像冯氏虽对苏轼等宋代诗人有褒语，但总体比较唐诗与宋元诗时，毫不犹豫地以美人西施和丑陋的"里门之姬"作比喻。还有一点值得注意，贺裳评宋诗，所取都是合乎唐诗风格的那些方面，而对宋诗独具的"以文为诗"、多议论之类则否定不稍迟疑。这犹如明代崇唐风气中产生的宋诗选本李蓘《宋艺圃集》、曹学佺《石仓历代诗选》，清代宋诗的鼓吹者吴之振在《宋诗钞序》中批评的"取其离远于宋而近附于唐者……以此义选宋诗，其所谓唐，终不可近也，而宋人之诗则已亡矣"。所以根本还是宗唐论者。吴乔论诗，最服冯班、贺裳，其《围炉诗话》多采《钝吟杂录》和《载酒园诗话》之说。他最倾倒的诗人是李商隐，只是不像冯班那样肯定西昆体诗而已。这一路诗论在身为王士禛的甥婿却极力反王氏的赵执信那儿也得到了回应，赵氏是诗宗晚唐的，读冯班的书，"心爱慕之，学之，不复至于他人"；对吴乔的《围炉诗话》也曾到处访求，且以为吴氏"论诗甚精"。

吴伟业是明清之际一大诗人，他的诗论虽不

▼（清）吴伟业画作
　大英博物馆藏
画面题款："山居无个事，尽日掩柴扉。丙戌长夏梅村吴伟业。"

多，但宗尚是清楚的。他与陈子龙一样，上承明代复古思潮，推尊唐诗，他说过，王世贞"专主盛唐"，可称"诗学之雄"，诗道正宗"舍开元、大历，其将谁归？"从诗歌创作上，也可以看出吴伟业所承继的是唐诗传统，《四库全书总目提要》称其诗"格律本乎四杰，而情韵为深；叙述类乎香山，而风华为胜"。他的藻饰华美、情思悠渺，完全是唐人风韵一路。

综上可见，清初跨代的诗人，虽有如钱谦益、黄宗羲等扩大诗学视野，兼及后代宋、元诗歌，但总的风尚仍在唐诗。

（2）主流变调

这种情形到康熙时期因宋诗的一时盛行而稍有改变，但唐音的势力仍强大，经过一番唐宋之间的冲突、调和，宗唐诗者仍据有主导地位，我们只要看康熙至乾隆时主盟诗坛的王士禛、沈德潜都是唐诗的信徒就可明白了。或者，我们看所谓"国初大家"，即施闰章、宋琬、朱彝尊、王士禛、赵执信、查慎行六位，其中前五家都是宗唐的，也可明白了。

施闰章与宋琬齐名，当时有"南施北宋"之称。施闰章出身于理学世家，他的诗学较多儒学影响，讲传统诗教的比兴，主张含蓄不露，认为诗中学问不可堆垛过多，"正如眼中着不得金屑"。这样自然对宋诗持批评的态度。他曾指出宋人注杜诗本着"无一字无来历"的精神，穿凿附会，将杜诗好处都"减却"了。他心目中出色的诗人是陶渊明、王维、李白、韦应物等自然平易的诗人，而韩孟诗派中韩愈、孟郊、李贺、贾岛则属"别调"，即使杜甫，因"沉郁怪幻""惊魂动魄"，也为唐诗"变调"。而我们知道，杜甫、韩愈都是下开宋调的唐诗人。下边我们会谈到的兼综唐宋的叶燮就非常重视韩愈，以为"宋之苏、梅、欧、苏、王、黄，皆愈为之发其端"；宋诗派的代表田雯更将韩愈视为上承杜甫下启宋诗的人物："善学少陵者，无如昌黎"，"欧阳文忠公崛起宋代，直接杜、韩之派而光大之。"

宋琬早年继承明代复古文学思想，对前、后七子持肯定态度，将前七子比为陈子昂、沈佺期、宋之问，后七子比作高适、岑参、王维、孟浩然。对承七子文学观的云间诗派陈子龙等也很推重。因此他论诗崇唐，且严格区分初、盛、中、晚唐，重初、盛唐诗，是标准的明代复古文学观点的延续。只是到了晚年有所变化，一则"愁中喜读晚唐诗"，又则"佳句惊看陆放翁"，视野大大放宽了。这也显示着宋诗派的渐盛。

叶燮是沈德潜的师长，他的《原诗》是很有理论性的诗学著作，而不仅以灵性的评论取胜。他对诗歌的历史发展持通变因革的观念，从交互的演替角度来论诗歌的变化，所以不拘一代之诗和一种风格。唐宋诗之争执在他眼中不值得分辨个你死我活，他重视的是在诗史变革关头的大诗人，这包括杜甫、韩愈、苏轼三人。杜甫诗兼综了之前汉魏诗的古朴和六朝诗的秾丽，但又"无一字句为前人之诗"；韩愈则代表着古今诗文变化关键的中唐时期，"崛起特为鼻祖"，这个"鼻祖"就是启发宋诗的先导；至于苏轼，"其境界皆开辟古今之所未有"，嬉笑怒骂皆成文章，天地万物奔走笔下，又是"韩愈后之一大变也"。他以为变化是常态，就如四季的代谢，大可不必以变化来论优劣；春夏秋冬也要分辨优劣吗？自然宋诗之受贬抑是没有道理的。他将上古至宋的诗歌发展视为一个连续的过程:《诗经》是树根,汉诗是萌芽,建安诗是生出的枝叉,六朝诗则是枝叶,唐诗繁盛如枝叶满树,而宋诗则如花开树梢。可见他对宋诗的高度肯定,和打破时代拘限的深远眼光。

事实上,主张学宋诗的人们,其眼光都是较为通达的,或曰都有兼合唐宋的意思。上边提到的钱谦益,并非只重宋元而不及唐人。黄宗羲也将宋诗视为唐诗的发展变化:"善学唐诗者唯宋。"上文引用过叶燮、田雯指出杜甫、韩愈下开宋调的议论,也是这个意思。当时的不少提倡宋诗者都与黄宗羲有关。如吕留良、吴之振都是黄氏门人,后者编《宋诗钞》对宋诗流行颇有助力,他在序中也说:"宋人之诗,变化于唐……精神独存。"

宗宋诗的风气到康熙初年曾风行一时。这中间也有两种倾向:一种是取以苏轼为代表的才情纵横、流畅挥洒为特色的一路;一种则专尚黄庭坚的字句锻炼一路。清初钱谦益一度专力唐诗的早期风格,留心于苏轼、陆游、元好问等宋元诗人,对黄庭坚是颇为排斥的,在《注杜诗略例》中说过:"自宋以来,学杜诗者,莫不善于黄鲁直……拟议其横空排奡,奇句硬语,以为得杜衣钵,此所谓旁门小径也。"这一流别还往往取法于陆游、范成大、杨万里等人,沈德潜就说:"钱氏之学行于天下……相沿既久,家务观而户致能。""国初六家"中的查慎行也是这一路。他受学于黄宗羲,却喜好苏轼,毕一生精力补订注说苏诗,有《苏诗补注》五十卷,所以得苏诗长处,又参以陆游的风格,成就最高。宋荦早在苏州购得施元之注的苏诗残本,为之补订刊行,引来查慎行的《补注》,他也是一个极崇苏轼的人,据王世祯说,他曾绘苏轼像,自己侍立一旁,可见景仰之至。另外的崇黄庭坚一路，是由黄宗羲起头的。他有诗句称："吾家诗祖黄鲁直。"又将江西诗派称为"宋诗之渊薮"。后来他的弟子吴之振在《宋诗钞》中就称黄庭坚为"宋诗家宗祖"。这一宗黄庭坚瘦硬劲健的诗风直接影响到清末的宋诗运动。

针对这一时风行的崇宋习气，主唐诗的人们多有微词，朱彝尊《叶李二使君合刻诗集序》说："今之言诗者，每厌弃唐音，转入宋人之流派，高者师法苏、黄，下乃效及杨廷秀之体，叫嚣以为奇，俚鄙以为正。"他对南宋陆游、杨万里的诗似乎尤其不满，他说黄庭坚的诗生涩，陆游的则熟易，再变则为杨万里的俚俗，大家都学杨而不学黄。(《书剑南集后》)朱彝尊是学人兼诗人，翁方纲说到他这

▼（清）朱彝尊隶书
五言联
台北故宫博物院藏
上联为"露香红玉树"，
下联为"风绽紫蟠桃"。

儿，"性情与学问合"，所以他的诗中见学力、有辞华，好用僻典险韵，宋诗派的查慎行说他"句酌字斟"，"不屑随俗波靡，落宋人浅易蹊径"（《曝书亭集序》），他之不满率易的陆、杨，也很可理解。那么似乎朱彝尊对以才学为诗的黄庭坚会有好感的了，但又不尽然。他批评过反对江西诗派最力的严羽：

> 今之诗家，空疏浅薄，皆由严仪卿"诗有别材非关学"一语启之。天下岂有舍学言诗之理！

其实这种似乎矛盾的现象，还是因为朱氏秉执传统儒学诗教，要求诗歌典雅含蓄。宋人诗不及唐诗的雍容蕴藉，或者尖新，或者俗易，朱氏自然不能满意了。但理论是一回事，创作是另一回事，朱氏的诗作讲学问、用典实，总让人觉得近宋诗。宋诗派的宋荦说他"论诗颇不满涪翁"，但生涩劲硬"正得涪翁三昧"，而近"性灵说"的洪亮吉也说他晚年诗"宗北宋"了。

王士禛是当时诗坛的领袖，所倡言的"神韵"说风靡一时。他自述论诗最受启发的有三家，即钟嵘《诗品》、严羽《沧浪诗话》和徐祯卿《谈艺录》。前一种不必说，后两种都是崇尚唐诗的，且以盛唐诗为主。由此可知王士禛的兴趣所在。但他的盛唐非如明前、后七子所标举的高华壮阔之风，而主要是王维、孟浩然那一路清远简淡、意蕴深永、自然天成的诗。宗晚唐的吴乔讥称王氏是"清秀"的李攀龙，就指他取的是另一路唐诗。赵执信揭穿他的底牌，说他"酷不喜少陵，特不敢显攻之，每举杨大年'村夫子'之目以语客"。他晚年所选《唐贤三昧集》正是他崇尚王、孟诗的铁证。

王士禛的诗学道路，据他自述，经过两次变化，先好唐音，后好宋诗的生新，晚年又复归唐诗清远平淡一路。从中可见宋诗在康熙年间一度有的显赫声势和终归寂寞的结局。

（3）由唐而宋

乾嘉时代是清代诗学的总结时期，形成沈德潜、袁枚、翁方纲三人为代表的格调、性灵、肌理三大诗学流别。而在唐、宋的不同宗主上，则显出由唐而宋的走向。

沈德潜是叶燮的弟子，叶氏曾将他的诗寄呈王士禛，王给予了高度评价。沈德潜始终对王氏感恩戴德，他之后主盟诗坛，仍持崇盛唐的旗帜。朱庭珍《筱园诗话》论及沈氏"门户依傍渔洋"，不能算错。沈德潜之肯定唐诗，是因为他所持传统诗教，诗歌是温厚含蓄的，"唐诗蕴蓄，宋诗发露"（《清诗别裁凡例》），自然是唐诗高于宋诗了。然而沈德潜与王士禛也有明显的不同，王士禛重王、孟一路诗，而沈德潜则标举李白、杜甫那样张扬而有气象的诗歌，所谓"鲸鱼碧海"之类。所以他对明代李梦阳、何景明的诗颇予肯定。朱庭珍说他对明七子乃至陈子龙的诗论多有采取，也属有见。

与沈德潜对立的袁枚主"性灵"，以诗为抒发性情的工具，只论工拙，不以古今定高下。他批评言盛唐者只知摹拟，如木偶演戏；"故意走宋人冷径者，谓之乞儿搬家"，两条路都不可取。他对前、后七子狠下贬词，与沈德潜也正相反。总之是打破崇唐的局限，兼综唐宋的。他说"学唐诗者莫善于宋元，莫不善于明七子"，就是因为明人扬于形迹，宋人则如唐人之学汉魏诗而变化之那样，学唐诗而变化之。与袁枚相近，也主才性的赵翼同样不主一代诗，而是视野较宽的，他的《瓯北诗话》列论李白、杜甫、韩愈、白居易、苏轼、陆游、元好问、高启、吴伟业、查慎行十人，不仅涉及宋元，连明清人也在列了。

与袁枚一样欲兼综唐宋的翁方纲，其出发点正与袁枚相反。袁枚之重性灵上溯杨万里，中承袁宏道，直取宋人自由抒发的精神，翁方纲则是由清人学风重实而求取与之契合的宋诗风格来发扬。他以为"诗则至宋而益加细密"，"唐诗妙境在虚处，宋诗妙境在实处"，所以宋诗合乎他想以"细密"纠王士祯"神韵"之空灵的意图，故而提倡颇力。与翁方纲同时的姚鼐，虽在理论提倡上不及前者引人注目，但创作倾向也是兼综唐宋的。姚鼐的叔父姚范称扬黄庭坚，说黄的"玄思瑰句""兀傲""奇崛"。姚鼐承此说，而其弟子如方东树、梅曾亮论诗时也都低首黄庭坚。这样崇宋诗的风气也就渐起，竟发展成近代诗坛的主潮。

陈衍在《近代诗钞序》中以道光、咸丰间的诗坛领袖为祁文端和曾文正公。我们知道祁文端是姚鼐弟子陈用光的女婿，于姚鼐为再传弟子，据陈衍的说法，诗学杜甫、韩愈、苏轼、黄庭坚。曾国藩与梅曾亮极熟，又与倡导宋诗，尤其是黄诗的程恩泽门下何绍基、郑珍等交善，也极好黄诗。施山《望云楼诗话》记：

> 曾相国酷嗜黄诗，诗亦类黄。风尚一变，大江南北，黄诗价重，部值千金。

以曾国藩的重要政治地位，登高一呼，宋诗也就风行起来。

但是宗宋诗的人们，往往不能全然排斥唐诗，道光、咸丰、同治一辈诗人学苏、黄，也承唐人中下开宋调的杜、韩。到光绪、宣统时的新一代宋诗派诗人，更明确提出所谓"三元"说，即标志盛唐的开元时代、标志中唐的元和时代和标志宋调的元祐时代为诗歌史上的鼎盛时期，是学习的模范。由此可见唐诗的背景对任何诗人都不可或缺。

我们回顾中古以下的诗歌史，在宋代，唐诗已成为一个无可摆脱的存在，宋代诗人在"影响的焦虑"之下，力辟新径，想走出一条自己的路子来，从积极方面是开拓了诗的境界，从消极方面说，也正是唐诗强大压力的结果，在他们的闪避新变中正透露出唐诗的影响。宋元之后，唐诗与为区别于它而发展成熟的宋诗，成为相反相成的一对诗学典型，决定了明清诗人的诗学道路。无论是反对宋诗而上溯唐诗的明代诗人，还是在唐、宋诗的反复对峙、调和中演进的清诗，都是唐宋诗的产儿。尤其值得注意的是，崇唐诗的人们易于截断其后的诗歌流变，显得拘执，复古味道重，而宗宋诗的则往往不会断然否定唐诗乃至汉魏诗的成就，即使专心学宋代一家一派诗，在诗学理论上总也是兼综唐宋的。前者如明代复古文学观念中"宋无诗"之论调，后者在清代钱谦益由唐下及宋元，袁枚只论诗之工拙而不论唐宋古今，乃至陈衍等倡"三元"之说等情况里，屡屡可见。这证明了一点，唐诗确乎是中国诗歌的黄金时代的成果，它是不可超越的存在。

三　唐宋文之承传

（一）唐宋古文运动一脉相承

所谓"古文"是相对于当时盛行的被称为"时文"的骈体

文而言的，它不像骈文那样在形式上讲究句与句的字数、声韵相对，讲究繁多的用典和华美的辞采，而是以单句为主，相对自由而直接地叙事、抒情。古文的文学传统是上接魏晋南北朝之前先秦两汉时期未曾骈俪化的文章风范的。

我们今天谈论文章的风格、体式变迁，多从文学自身的角度来看问题，实际上，由于文章较诗歌更加突出的实用性，在古代，文风问题远不仅是一个文学问题，说严重些，是一个政治问题。韩愈的提倡古文，是与他复兴儒学的抱负合二为一的，古文运动之先声时代，古文与骈文的冲突更是有着鲜明的政治意味。隋文帝杨坚主张节俭，李谔上书对以文学才能选拔人才表示了强烈的不满，更进而对整个六朝时代的华艳文风一笔抹杀。当时甚至对写作文辞华丽之公文的作者采取司法手段治罪。当时的大儒王通也是极力主张文章以表彰儒道为首要，而对沈约、谢朓、徐陵、庾信一概下贬词。

1. 唐代古文的兴起

（1）前期声势

对南朝文学的纠偏，是隋唐之际普遍的倾向。唐初的史家对六朝文学也持批评的态度，希望能将充实的内容和华丽的文藻调和起来。那时修撰的《晋书》《梁书》《陈书》《北齐书》《周书》《南史》《北史》《隋书》八部史书，虽然程度不一地呈现了骈文的华丽风格，但叙事时总不得不借助散体文字，尤其以《梁书》《陈书》两种质朴简约，清代的史学家和诗人赵翼因而主张"古文"是由著《梁书》《陈书》的姚察、姚思廉父子二人开始的。

（《廿二史札记》）

但不能否认，唐代前期的文章仍以骈文为主，即使早期擅长诗文，大力提倡文学恢复汉魏古风的陈子昂也仍沿袭着旧的风气，他的表、序等文犹是骈文，而论、书之类则有些趋于散文，质朴近于古风。至于大家公认的唐代古文运动的先驱如萧颖士、李华、独孤及，他们见存的文章也是以骈文为多（他们的文章，《文苑英华》选录尤多）。但他们表达了明确的复古倾向，比如萧颖士在论及以往的文学家时，对屈原、宋玉、枚乘、司马相如等文采富丽的作家都有微词，对南朝的作家则不加评说，最推崇的是汉之贾谊和唐之陈子昂。显然他肯定的是南朝以前风格质重有力的文学。李华和独孤及也都重两汉文章，且在文章中杂以骈散，显示了转变的方向。这时最杰出的是元结，他与李、独孤二人都有散体古文存世，章学诚更重视他在古文发展中的地位："人谓六朝绮靡，昌黎始回八代之衰，不知五十年前，早有河南元氏为古学于举世不为之日也。"（《元次山集书后》）

到韩愈前不久，更有一批人始以古文为倡导。柳冕，出身史家，父亲柳芳是史官，他也曾任史官。史官原就有以散文写作的经验，而柳冕又特重儒，以文学和儒学的统一为目标，可以说开了韩愈文学观之先河。在他的头脑中，道统的线索是上古的尧、舜、周、孔，中经荀子、孟子等，传到西汉的贾谊、董仲舒，至于屈原、宋玉、司马相如、扬雄、曹植、陆机等文士，则都是君子不为的。南朝的文人们可知当是更不足道的了。与柳冕之重儒不同，梁肃是天台宗的弟子，对佛学有精且博的了解，但他的文章也是走散文而不是骈文一路。梁肃的文章受教于独孤及，而韩愈曾游学梁肃门下。从独孤及到梁肃到韩愈，可以隐约看出古文运动的来势。比如，虽然梁肃和韩愈在崇佛崇儒的方向上势如水火，但梁肃上承独孤及，尤其推重两汉文章，而取径较柳冕为宽，他将贾谊、司马迁等列为一流，将枚乘、司马相如、扬雄列为另一流，都有所汲取。而韩愈之重两汉文章，也取司马迁、司马相如和扬雄，并不像柳冕对文士排诋过度。

（2）韩柳崛起

在前代文学家努力的基础上，韩愈挺身而出，鼓吹古文运动，又兼以杰出的创作实践，终能转移一时的风气。而这之前的诸位，不能创作杰出作品，是他们不能完成文坛变革大业的一个重要原因，如柳冕在文章中就有"志虽复古，力不足也；言虽近道，辞则不文"的话。韩愈才情纵横，无施不可，而又个性倔强、坚持不懈。李汉回顾他之倡导古文，"时人始而惊，中而笑且排，先生益坚，终而翕然随以定"（《答李翊书》）。

韩愈的文章和思想似乎都是复古的，要跨过六朝，返回先秦两汉的境界。他在《进学解》中讲到对经史子的学习，列《诗经》、《尚书》、《春秋》、《周易》、《庄子》、《离骚》、司马迁、司马相如、扬雄为模范，就是这个意思。但他的文学口号却是"惟陈言之务去"（《答李翊书》）、"词必自出"（《南阳樊绍述墓志铭》）。其实，他和历史上大多数号称复古、实则创新的人物一样，是一个新时代的开拓者，而不是一个旧时代的复活者。他的古文气势充沛，内涵充实，个性突出，说理、叙事、言情无不自如，绝非秦汉文章的模拟，而是中古以下切实可用的散文新式的创制——当然他脱胎自先秦两汉之散体文，而不是六朝的骈体文，他的"复古"

只在于此——开创性是他在文章史上的主要功绩。

柳宗元是唐代古文运动中另一大家。他早先为文，也是只讲求辞采之美而已，后来才转向注重明道的古文。他在山水游记、寓言乃至传记文等方面有杰出的成就，是古文形式在这些领域的成功实践。他取径较韩愈大体近似，如《答韦中立论师道书》中举及五经、孟荀、庄老、《国语》、《离骚》、司马迁作为模范，还有更宽的地方：柳宗元深受佛学之影响，主张统合儒释。柳宗元的文学风格也与韩愈有异，如果说韩愈行文雄阔有气势，柳文则峻洁而缜密。韩愈断然拒斥六朝文家，而照清代方苞的意见，柳文则"杂出周、秦、汉、魏、六朝诸文家"（《书柳文后》）。总起来看，似乎柳宗元更具包容精神。

▼ （明）沈周《韩愈画记图》局部
台北故宫博物院藏
韩愈曾在机缘巧合之下将一卷心爱的小画归还原主，不舍之下写下《画记》，详细记述画上人物、车、马等内容，以及得画之经过。此图即对《画记》的还原。

　　然而在改变天下风气的努力中，独断较包容更有成效，韩愈而不是柳宗元成为古文运动之主帅。对当时的影响之大，自然也以韩愈为先。柳宗元没有韩愈那样的狂者性格，又身经政治挫折，身处边地，因而从师弟子自不及韩愈了。韩门有名的古文家有李翱、皇甫湜和樊宗师等。李翱在思想、文章上全面承继韩愈的事业，宋代古文复兴的主帅欧阳修将韩李二人并称，是推尊李翱的正宗地位。然而韩门的继承者更多发挥的是他新奇异常的一面。韩文当时就有人以为"怪奇"，大概是与时文不同，而又力去陈言所致。到了皇甫湜，更是大力提倡之，他说："意新则异于常矣。"（《答李生第一书》）樊宗师更是有名的文章艰涩难读的一位，他现存的几篇都是有名的难下句读的文章。当时称他的文体为"涩体"，是学"奇"更趋极端了。《唐国史补》记载："元和以后，为文笔，则学奇诡于韩愈，学苦涩于樊宗师。"可见文章风气的趋势。

　　（3）晚唐余波

　　韩愈之后，古文运动渐入低谷，晚唐仍是骈文的天下。当时只有少数的人仍写古文，坚持着中唐文章革新的成果。比如杜牧、皮日休、陆龟蒙、罗隐，第一位是议论风生的诗人，后三位的小品文尤有光采。另外如刘蜕、孙樵也都是以奇取胜的韩派古文家。刘蜕的文集是明末从《文苑英华》等书中辑出的，《四库全书总目提要》以为他较樊宗师易读些，但较孙樵要险怪些。孙樵则是韩门的传人，他的老师来无择是皇甫湜的门人。他喜欢的文章是奇险不定的，如赤手捕蛇，或如骑上无鞍的烈马，跳荡不止。《四库全书总目提要》评孙文，是"努力为奇"，而不是韩愈的"自然高古"，很好地指出了他的文章追求。孙氏等人偏入韩愈古文的一个风格中，自然无法发扬光大他的事业，古文在晚唐五代，总体是衰微的。

2. 宋代古文的承续

（1）北宋初

唐末五代的文风复归骈俪，宋初的文士多来自南唐、后蜀，徐铉等善骈体，美辞采，主导了当时的文坛。与这股骈体主流对峙的有柳开和王禹偁。柳开的功绩在理论的呼吁上。他少年时就仰慕韩愈、柳宗元，将自己的名字改为肩愈、绍元，都是肩承唐代古文的传统、继续其事业的意思。宋初人对韩愈的尊重似乎更多在他揭出周公、孔子、孟子的道统，也就是多从韩愈复兴儒学的一点着眼，进而反对有碍儒学意旨传达的华丽文风，因此呼吁韩愈的古文复兴。所以不少人的文章写得并不妙，影响也就大不了。如《四库全书总目提要》就评说柳开：

> 宋朝变偶丽为古文实自开始，惟体近艰涩，是其所短耳。

相比较而言，王禹偁的散体古文要通畅得多，他自己就说要"远师六经，近师吏部，使句之易道，义之易晓"（《答张扶书》）。但他的态度不像柳开那么绝对，比如柳开完全排斥骈文，王禹偁则兼用骈散，虽然可行而实际，引人注目的冲击力却又不够了。柳、王尚不足以扭转骈文的主流，他们死后，杨亿等人学李商隐的骈文在文坛上盛行一时。

西昆体，前章谈诗歌发展时业已述及，它不仅是诗的风气，也是文的风气，精工的词语声韵典故，形成骈文之美，吸引了无数文士。当时古文一派仍是文坛的支流。其中张景是柳开门人，辑乃师文稿，承传其学说；穆修则以数十年精力校订韩愈、柳宗元的文集，且公然在大相国寺销售，希望有人学习。但总的来说，他们是孤独的，大家都视之为怪说、惑论。另外石介从儒学立场猛烈抨击西昆体文章，然而并不足以开出新路。古文作者的手笔似乎还是生涩的，不灵便的，我们只看穆修写一匹马在路上踩死一条狗的句子竟是："马逸，有黄犬遇蹄而毙。"就可知道了。宋代古文的真正复兴有待于欧阳修的出现。

（2）欧阳修

欧阳修是将唐代韩愈、柳宗元的古文运动接续下去的关键，但他却是在西昆体主要人物钱惟演的幕府中开始文章改革的。在那里他遇上了曾与穆修交游的尹洙。尹洙为文，深受《春秋》影响，行文简约谨严。一次钱惟演让二人为他建的双桂楼作文，欧阳修写了千余言，而尹文则仅五百字，令欧阳修大为叹服，于是始作古文。（《邵氏闻见录》）正是由于这个背景，欧阳修的文字中还可见骈散兼用的句式。而他对杨亿等西昆作家也较为客观，称他们

"雄文博学"，而以为力诋西昆的石介"自许太高"，"不足以为来者法"。但欧阳修毕竟是有心复兴古文的人物，他最推尊的自然还是韩愈。欧阳修幼小时，在邻居家的破箱子里得韩愈文集，先读时只觉其雄博壮阔，再读才倾心以为学习模范；他与尹洙交往始作古文后，又将韩愈的文集做了一番校订工作，之后韩文才渐行于世。（《记旧本韩文后》）

　　然而承继韩愈的古文遗产，也有一个取向的问题。我们在论及唐人学韩时，曾经指出如皇甫湜、樊宗师、孙樵取重韩文怪奇的一个侧面，极力发展，于是入了侧途。就韩愈、欧阳修的个性差异，欧阳修不会继承这怪奇崛硬的一面，而是走平易自然的一路。韩愈是阳刚的美，而照清代姚鼐的说法，欧阳修属阴柔之美。（《复鲁絜非书》）欧文的风格在苏洵看来是："纡余委备，往复百折，而条达舒畅，无所间断……无艰难劳苦之态。"也就是说是婉转曲折又流畅简易的。显然这与韩文有很大的不同。正是流畅平易的文风之确立，使宋代文章的风格与唐文区别开来。唐文尤其是韩愈的古文，尚带着古文新起的头角峥嵘之气，新奇异常，"陈言务去"的理念也造成刻意不平凡的怪奇。这些在宋代的文章，尤其是欧阳修这里都化解了。如果不嫌比喻得绝对，过去说唐文如崇山峻岭、宋文如一马平川，还是有道理的形象对比。这个转变就在欧阳修这儿。

　　欧阳修之确立流畅平易的文风还是经过了努力、斗争的。当西昆消歇之际，古文向何处去，当时的太学体提供了另一条出路。当时国家太学中如石介等都是通经学古的学官，太学生们自然也是不满骈文之华艳，但他们的文风却求深务奇，怪诞难读。

欧阳修在嘉祐二年主持考试时，毅然将太学体风格的卷子挑出，其中包括知名太学生刘几的卷子，红笔涂批，黜落不取，给太学体以沉重打击。这次考试影响极大，那些被黜落的人甚至等欧阳修出考场后，当街拦住他的马头闹事，但文章风气从此终于转过来了；另一方面，这次考试录取了曾巩和苏轼、苏辙兄弟，形成了北宋古文运动的后继力量。这两个方面结合起来，使平易流畅的古文风格成为宋代文章的基调。应该指出，宋代文章的平易，并非随意写去、卑下不高的，而是和宋诗的平淡一样，是经历了艰苦琢磨之后的平易流畅。欧阳修的名作《醉翁亭记》原先的开篇叙述滁州四周的山岭有数十字，最后改定只余五字："环滁皆山也。"这原初的稿本南宋时有人见到，朱熹禁不住说："欧公文亦多是修改到妙处。"

欧阳修识拔后进，也是以他为首的古文复兴运动能够成功的关键。如王安石、曾巩、三苏都是他极力推赏的，大多还是他的弟子。上述几位加上他本人，正是后代所认可的宋代文章最出色的六人。

曾巩一向被明清人与欧阳修并称，认为他的文章得欧阳修的奥妙。曾巩文简约谨严，雅正舒缓，长于说理，在六家文中是最为平正稳实的。王安石之受知于欧阳修是由曾巩的中介。当欧阳修被贬滁州后，曾巩去向他请教古文，并将王安石的文章也带去请求指点。由于欧阳修的赏爱，王文得以扬名士林。王安石是有独特政治见解和个性的人，他的文章思理明晰，文辞简要，风格峻峭，笔力雄健，以政论言理为长，是自成一格的。

（3）苏东坡

苏洵、苏轼、苏辙三位是中国文学史上有名的父子作家。他们的文化教养是在远离文化中心的四川老家通过自学和父子传授完成的。苏洵不喜骈俪时文，不走科举仕进之路，而好《战国策》之文及法家、儒家如韩非、孟子的著作，行文放荡无拘，有纵横家之风，自称议论天下大事时俨然自比贾谊。他对少年苏轼等的教导也正是这些传统，苏辙为苏轼作墓志铭时就说："初好贾谊、陆贽之书，论古今治乱……"苏洵带着少年的苏轼、苏辙，进京请教于欧阳修门下，一时获誉，次年两个儿子就中了进士。从此他们进入当时古文复兴运动的主流，成为文坛的豪杰，苏轼并且在欧阳修死后成为文坛领袖。这一点，欧阳修似乎也是有预知的，他在苏轼中进士时对儿子说：三十年后就没有人记得我了！不过，苏轼不忘恩师，他称欧阳修是当今的韩愈，给予老师极高的文学史地位。欧阳修比韩愈幸运，是因为有苏轼这样天才过人，能发扬光大自己事业的学生，而韩愈则不得其人。苏轼的一枝笔，叙事、抒情、议论无不如意，长篇大章、小品书札都能自如挥洒，包容万有，兼备各体。而他所追求的文章境界是沿着欧阳修指出的平易流畅的方向更进一步发展：流转自然，不可逆料。苏轼论文，爱以水为喻，"吾文如万斛泉源，不择地而出，在平地滔滔汩汩，虽一日千里无难；及其与山石曲折，随物赋形，而不可知也。所可知者，常行于所当行，常止于不可不止"（《文说》），"如行云流水……文理自然，姿态横生"（《答谢民师书》）。正是苏轼在创作上达到的高度成就，建立了宋代文章的新规范，且使之确然不可动摇，才最后使自唐代韩、柳以来的断而复兴的古文运动获得成功。苏轼与欧阳修一样，也极力奖掖后进，其门下也多能文之士，且能继续他的风格的各方面，如晁补之的议论"波澜壮阔"（《四库全书总目提要》），张耒的平易自然而"姿态百出"（叶梦得《张文潜集序》）。这些都是古文运动承传下去的重要因素。

(4) 韩柳欧苏

北宋末期，因为党派斗争，苏轼的文章受到禁止，一时似乎声响消歇。但宋室南渡后，苏文解禁，强力反弹，成为上下崇尚的对象，甚至科场中文章也以苏文为标准。当时欧阳修、苏轼的文章成为一种文章的规范，如陈亮编了《欧阳文粹》二十卷，吕祖谦辑有《三苏文选》二十七卷。吕祖谦是一位重文学的理学家，他选《古文关键》二卷，包括韩愈、柳宗元、欧阳修、苏洵、苏轼、苏辙、曾巩和张耒八人的六十二篇文章，加以点评，正是突出唐宋古文运动的文学传统。他在书前的导言《看古文要法》中明确提出："学文须熟看韩、柳、欧、苏……"这都体现着古文传统这个观念的出现。《古文关键》的出现，让朱熹这位理学大师深为不满。他在理论上坚持儒道在先，文章在次要地位，但他也不能不受北宋文章革新的影响，也说过："东坡文字明快，老苏文雄浑，尽有好处，如欧公、曾南丰、韩昌黎之文，岂可不看！"与朱熹思想对立的陈亮及浙东学派中的陈傅良等，则尤以欧阳修为学习的对象。(《林下偶谈》)南宋文章的主流，一是道学家的流别，一是浙东学派叶适的传承。论到文章，纵有差别，都是发扬古文传统则无疑。

宋代是诗论丰富的时代，出现了大量的诗话作品。至于论文的专书也颇出现了一些。宋末李耆卿（旧题李涂，实为李淦）有《文章精义》一卷，论及韩、柳、欧、苏四位唐宋古文运动中最有代表性的作家的风格："韩如海，柳如泉，欧如澜，苏如潮。"他还将宋代古文家的渊源上推先秦两汉，说苏轼文章学《庄子》《战国策》《史记》，而曾巩学刘向。我们知道韩愈的学古是经史子诸典籍，取先秦两汉而排斥六朝，承韩愈而起的宋代古文家在学韩文的同时，必然也上探先秦两汉。李氏此论，恰是指明了宋人经唐之韩、柳，上贯先秦两汉的古文渊源所在。

（二）"唐宋""秦汉"之争及其贯通

元代的戏剧、散曲乃至诗歌均可称道，而文章则乏善可陈。当时以姚燧、虞集为两大家，黄宗羲回顾明代文章成就时，甚至将他们两位和唐代的韩愈，宋代的欧阳修、苏轼，金代的元好问并称，以为明代没有像他们那样的文章大家；明初文学家宋濂的老师、理学家柳贯在姚燧死后称扬他"抉去浮靡，一返古辙"。但他们的文章以实用性文章为多，碑志、应制之类虽典雅严谨，但在现代的文学史家眼中往往不值得予以置评。

1."文必秦汉"

明初文宗当推宋濂。他十七八岁学习古文写作，后来深悔沉溺文章辞藻，理学思想占据主流。宋濂的文学观念实是宋代以来理学和古文传统的杂糅，他主持修撰的《元史》将范晔《后汉书》以来《儒林传》《文苑传》分立的格局打破，合之为《儒学传》，也就是文章和道德合为一体、不可分割的意思。他明确地在《徐教授文集序》中说过："文外无道，道外无文。"这个文道合一的观念原来就是唐宋古文运动的传统，韩愈讲周公、孔子、孟子的道统，隐然以自己为继任者，欧阳修也是将复兴古文运动和复兴儒道作为共同的事业来承当。所以韩愈、欧阳修成为宋濂所认可、推重的文人，以为他们的文章能上接古代周秦两汉之文的传统。(《张侍讲翠屏集序》) 宋濂可说是明初承接古文运动的文学传统的领袖。他的学生有方孝孺，在儒学修养上较之博涉百家的老师更为纯正。他由此视唐人的文章为不足道，以为韩愈的文章只有一篇《原道》合乎古代圣人之言，所以选入了他编的《文统》这部突出道德政教的文学选集中。他认为《诗经》之后的诗都要不得，只有朱熹的《感兴诗》是唯一继承《诗经》的佳作。这种过分的理学家的文学观很难得到人们的认可，但也表露出明代初期从理学思想角度施予文学的负面压力。方孝孺从理学家角度，对唐宋文章的优劣有过评判，他说纯就文章言，宋人未必都超过了唐人，但从道德的角度，宋代则高过唐代。(《与赵伯钦三首》) 这与明代文学重视唐之文学而贬抑宋人的普遍倾向又是明显对立的。

针对理学家的观念，对宋代文章给予猛烈攻击的是文学复古运动中的李梦阳，他说："宋儒兴而古之文废。"也就是说，宋代理学之兴起，使天下文人个个希求道德的表现，而不像古时人真性情毕显，于是只求虚饰的高尚。前七子的超越唐宋，实际上有着反抗宋以来儒道对文学的负面压力的意义。所以我们仔细分析文学复古运动在文章方面的主张，他们虽然口口声声"文必秦汉"，像李梦阳说"西京以后，作者无论矣"（《论学》），王世贞说"西京之文实，东京之文弱"（《艺苑卮言》），好像西汉之后的文章都在可弃之列，但王世贞《艺苑卮言》中记载，李梦阳只是"劝人勿读唐后文"，王世贞自己给人开列的学习名单也是包容了先秦至唐代的："日取六经、《周礼》、《孟子》、老、庄、列、荀、《国语》、《左传》……西京以还至六朝及韩、柳，便须铨择佳者，熟读涵泳之……"只是说汉代以后要有选择，并没有一切抛弃，倒对宋代是只字不提的。复古派的文学家将取弃的界限严格划定在唐宋之间，是有深意的，他们讲求较多的是诗文的技法、声律、结构，何景明、李梦阳争论的也是学习古人以惟妙惟肖为目的，还是以学而能自成面目为目的。这些在某种程度上背离了唐宋古文运动以来文、道兼重的传统，而只在艺术形式上用心力，从而引发了当时唐宋派的反拨。

2. 唐宋通秦汉

唐宋派是指王慎中、唐顺之等一批尊唐宋古文的作家。他们的兴盛时代实在前、后七子之间。王、唐先前受时代风气影响，也学习李梦阳等所标举的秦汉文章，后来才转而独树一帜，标举唐宋古文，尤其是标举欧阳修、曾巩为代表的宋文。《明史·文苑传》记叙王慎中、唐顺之的转变说：

慎中为文，初主秦汉，谓东京下无可取。已悟欧、曾作
文之法，乃尽焚旧作，一意师仿，尤得力于曾巩。顺之初不
服，久亦变而从之。

他们的转变，也有着儒学思想的影子。王慎中原先不读汉以后文
章，接触王阳明心学之后，又上探宋代儒生的著说，重视心性内
在的层面，主张文章应以意为本。他批评复古派的文学家写作
古文但取文辞，"抄得三五句《史》《汉》"，就以为是学习了司马
迁、班固。他特别标举曾巩的文章，就是因为曾巩"会通于圣人
之旨"，"思出于道德"《南丰曾先生文粹序》。这实际是重申唐宋古文
运动中兼顾文、道的传统。唐顺之在论及文道合一问题的同时，
对为什么要学习唐宋文章而不是秦汉文章从艺术角度加以说明。
唐顺之是明代八股文的大家，对文章起承转合的结构章法最有会
心，据他看来，汉以上文章的妙法寓于无形迹的行文之中，而唐
宋文章则法度显然，故而后者可师，而前者如果被误认为无法则
易流于散漫浮荡《董中峰侍郎文集序》，因此可取的路径自然是唐宋文
章，而不是秦汉文章了。这正是归有光所实践的，由唐宋文章上
溯秦汉。

归有光所面对的，是略迟于王慎中、唐顺之而极力反对他们
的文学主张，重申前七子复古观念的李攀龙、王世贞等后七子。
归有光与王、唐一样强调文章的道德层面，对当时号称追步秦
汉，而以"琢句为工"的文章风尚表示强烈的不满。归有光对唐
宋古文，尤其宋文相当推重，说"宋元诸名家，其力足以追数千
载之上"，后来的文学家也一致认为他与欧阳修、曾巩是一路的，
钱谦益说他"肩随欧、曾"《列朝诗集小传》，归庄说他"比于欧、

曾"（《书先太仆全集后》）。唐宋派的古文家实际并不否定秦汉文章，王慎中就认为欧阳修、曾巩是司马迁、班固的最佳学习者，归有光也酷好司马迁的文章，都是由唐宋古文而上接秦汉的。这一文章系统对清代的古文有深远的影响，桐城派古文以归有光这位唐宋派中文学成就最高的作家为枢纽，上承唐宋八大家，追溯秦汉古文的源头，一时笼盖了清代文坛。我们只要看方苞与归有光一样深好《史记》，多有评点，就可以知其间是一脉相承的。也正是方苞能看透归有光兼合秦汉、唐宋的底蕴："震川之文……其气韵盖得之于子长，故能取法于欧、曾，而少更其形貌耳。"（《书震川文集后》）《四库全书总目提要》的说法或许较传其衣钵的方苞更客观："明季以来，学者知由韩、柳、欧、苏沿洄以溯秦汉者，有光实有力焉。"

归有光以他的实践赢得了历史地位。曾与他互相攻讦的后七子领袖王世贞在他死后，也认可了他通贯秦汉唐宋的立场，王世贞写道："千载有公，继韩、欧阳，余岂异趋，久而自伤。"唐宋派的影响不仅远在清之桐城派，即晚明的公安派也有与它一线相承的理念。公安派同样抨击复古文学的理念，以为宋元有出色的诗文，标举摆脱束缚、独抒性灵，这在受阳明心学影响的唐宋派已见端倪，如唐顺之称文章当随天机发动，依乎本色（《答茅鹿门知县第二书》）之类就是。

唐宋派的文学成就未必很高，但它在文学史上承上启下的地位不可轻略。由茅坤的《唐宋八大家文钞》，唐宋古文运动的成绩众人皆知；由归有光统合秦汉唐宋的路径，古文的源流体系通贯起来，且直接引发了它最后的硕果——桐城派——的生成。

明清之际的重要文章大家大抵都是传唐宋派的
衣钵。我们前章曾介绍过的钱谦益，原先是步前、
后七子复古道路的，但汤显祖临终前托人转告他要
留心王安石、曾巩的文学，给了他一个转变的触
机，后来程嘉燧又向他介绍了归有光的由唐宋而上
溯秦汉的文学方向，他于是决然改趋，肯定归有光
"以经史为根柢，以文从字顺为体要"，推为一代文
宗。他曾校理归有光的文集，他的学生、归有光的
曾孙归庄因此称他为归氏的"功匠"。归庄以归氏
后人的身份，更以归有光事业的传人自居，费了无
数精力整理归氏文集，对明代唐宋派之于清代文坛
的影响起了推动作用。

　　清初侯方域、汪琬、魏禧三人并称三大家，他
们的文学取向也大抵是尊唐宋文的，《四库全书总
目提要》："一时学者始复讲唐宋以来之矩矱，而琬

与宁都魏禧、商丘侯方域，称为最工。"其中侯方域最为突出。他原是明末的翩翩公子，好作骈俪之文，后来才毁弃旧作，"求所为韩、柳、欧、苏、曾、王诸公以几于司马迁者，而肆力焉"（徐作肃《壮悔堂文集序》）。他与上文述及的唐顺之一样，以为秦汉之文与汉以下的文章有可以与不可以把握捉摸的区别，所以学习唐宋文以达到更古的文章境界，就如乘舟抵彼岸、展翅以奋飞那样，因此他批评明代主"文必秦汉"的人，"欲舍八家，跨《史》《汉》而趋于先秦，则是不筏而问津，无翼而思飞举，岂不怪哉！"（《与任王谷论文书》）可见侯氏的思路与唐顺之的观点、归有光的实践是一脉相承的。

3. 桐城文脉

清代文章的主流是所谓桐城派的古文，经方苞的首倡，刘大櫆的传承，至姚鼐广传门徒、遍于南北，于是人们由三人同为桐城人而称"桐城文章"。桐城派的自觉标榜是在姚鼐之时，也正是在他这儿建立起了桐城派明确的文统。吴敏树《与筱岑论文派书》说：

> 今之所称桐城文派者，始自乾隆间姚郎中姬传，称私淑于其乡先辈望溪方先生之门人刘海峰。又以望溪接续明人归震川，而为《古文辞类纂》一书，直以归、方续八家，刘氏嗣之，其意盖以古今文章之传，系之己也。

这个文统在清代的首始者是方苞，他为文宗法欧阳修、曾巩，尤喜读司马迁《史记》，这正是与归有光相类的一点。他也是传统文道结合观念的信持者，对自己的期望是："学行继程、朱之后，文章在韩、欧之间。"但他的新鲜之处是不复文道关系的旧调，而是建立以"义法"为核心的文论新说。方苞精研《春秋》经传、三礼及《史记》，他所谓"义法"来自经史学问，似乎侧重在文章的条理结构等法则上，但他在《又书〈货殖传〉后》中引用《周易》的文辞分析"义法"说：义即"言有物"，法即"言有序"。前者实指合乎儒教的种种内容方面的要求，后者则是他细致分析《春秋左传》《史记》《汉书》等篇章时关注的重点所在，指出文章的详略、开合、遣辞、造句等特点。但方苞虽重"法"，又认为"义"由"法"显，谈"法"即论"义"。这种"义法"观实际是"文道"观的新阐说，而重在文章技法的探讨，是文学观念的一个进展。

方苞的文章雅洁，"谨严精实则有余，雄奇变化则不足"，这与他究心于儒家经典有关，尽管他以《左传》《史记》为"义法最精"之作。吴汝纶就说他"得力于经者尤深"，在汉代可比董仲舒，唐宋八大家中则近欧阳修、曾巩。他本人也肯定归有光在"言有序"上做得较好。合而观之，方苞虽然不像后来姚鼐等将文统说得那么明白，但从他的创作倾向和批评的侧重方向，可以清楚看出上通经史、中慕唐宋古文、近接归有光的路线。

刘大櫆是桐城派承上启下的人物，但他的文章风格和文学观念都有出乎方氏规范的地方。方苞的文章谨严雅洁，而刘氏则雄豪有波澜，吴汝纶称刘文近《战国策》的纵横驰骋之气和贾谊的才情显露，可见其风味与方文有别。他在文学趣味上与承唐宋而来的方苞较侧重宋文如欧阳修、曾巩不同，对盛唐气象心有契应。他选《盛唐诗选》《唐诗正宗》推重盛唐诗，方东树就说他"专取高华伟丽，以接引明七子"（《昭昧詹言》），这是站到唐宋派的对立面的立场上去了。他以为文章的"神气"在诵读所体现的"音节"中表现出来，而"音节"则有赖于文字的选择与句子的构造。这个观点与明代王世贞的弟子胡应麟论诗的声调体格与风神兴象的关系颇为近似，似乎是移彼论诗之语来论文了。这都表明刘氏似乎不能算桐城之正宗，但他是光大整齐桐城文派的姚鼐的老师，更重要的是他的不少论点虽不守方苞的规矩，却实在地影响了姚鼐以下的桐城文章。比如说他文风的雄放与方苞不同，且论文时归纳各种风格，将"雄"即雄奇肆放和"逸"即淡远简朴列为最主要的两种。这直接导致姚鼐论文章风格时分别阳刚、阴柔两种主导倾向。姚鼐本人文章的总体风格是偏于阴柔的，而在理论上却更肯定阳刚。比如他称许西汉文章雄峻高古，韩愈的文字能得汉人之意，而欧阳修、曾巩乃至归有光则是每况愈下了。姚氏门人管同、梅曾亮及曾国藩等都是以雄奇肆放的文风为尚的，与桐城初期的简约质朴已有很大不同了。从这个例子，或许正可显示出刘大櫆在桐城派中承上启下、传承中有变创的地位。

姚鼐是桐城派大行天下的领袖人员，兼有方、刘二人之长，姚莹《惜抱先生行状》："望溪文质，恒以理胜；海峰才胜，学或不及；先生乃理文兼至。"他的理论也以兼融为特质。当时考据学风行天下，文风也受学风的影响。翁方纲的诗学就是主张学问之重要的，而姚鼐的"义理、考据、辞章"也是要合理学之义理与清代考证学和文学为一体的著名口号。曾国藩说得最明白：

> 海内魁儒畸士，崇尚鸿博，繁称旁证，考核一字，累
> 数千言不能休，别立帜志，名曰汉学。深摈有宋诸子义理之

说，以为不足复存，其为文尤芜杂寡要。姚先生独排众议，以为义理、考据、辞章三者不可偏废。必义理为质，而后文有所附，考据有所归。（《欧阳生文集序》）

当时考证学风行，对宋明理学产生排斥之势。古文传统历来是文、道并重的，自不能弃道不顾，姚鼐的三合一之说实是在文章内容上调和冲突的理学和朴学，而维持古文传统的努力。他曾向戴震致敬，愿为弟子，这是他对新学术思潮的容受，而早年就从伯父姚范治经学，这都属"言有物"的一方面了。但他终究是文学家，立根所在是辞章。后来专

▶ **（清）姚鼐行书七言联**
台北故宫博物院藏
上联为"目揽九流修向录"，下联为"情游万古得彭年"。

心提倡理学的曾国藩就直截了当地批评他"未得宋儒之精密，故有序之言虽多，而有物之言则少"。

姚鼐在文学上的贡献除自己的文章，阳刚、阴柔之美的判分等论艺意见之外，自觉建立古文传统的一点尤值重视。为了提供学习古文的入门范本，他编了《古文辞类纂》一种，上溯先秦两汉，下及桐城派方苞、刘大櫆，而以唐宋八大家古文为主，对六朝骈俪文尤其排斥。这是在新的历史阶段将明代唐宋派所开创的连接唐宋八大家、上及秦汉的传统重加确认，并将清代的桐城派作为这个传统的一部分纳入其中。其意义方东树早就说清楚了："姚姬传先生纂辑古文辞，八家后于明录归熙甫，于国朝录望溪、海峰，以为古文传统在是也。"（《答叶溥求论古文书》）从此，中国古典文学中古文的传统基本确定了，因为到现代白话文运动兴起，取代文言传统止，后来的散文就只是这桐城派的衍生而已，不足以自张一帜了。比如阳湖派文章，虽然另有名称，但实是依桐城而来的。其领袖恽敬、张惠言都师从刘大櫆的弟子钱伯坰，是桐城文章的再传。派中陆继辂论恽、张二人的古文追求，以为与桐城派如出一辙："由望溪而上求之震川、荆川、遵岩，又上而求之庐陵、眉山、南丰、新安……"（《七家文钞序》）也就是由明代唐宋派上溯唐宋古文的路子。当然，他们也有自己的见解，对桐城派做了不少的修正和批评。比如恽敬博通诸子百家之学，张惠言早年醉心《文选》，擅写骈文，所以他们主张骈散兼采而不是一味排斥六朝骈俪文章，又以为应从诸子入手，增加文章的取径。这些都是有见解的。吴汝纶评桐城文章，以为方苞"得力于经者尤深"，而刘大櫆"得力于史者尤深"（《与杨伯衡论方刘二集书》），现今恽敬等又特别提出诸子，倒也是合理的补充。并且阳湖派的这些主张，在后期的桐城派那里都得到了吸取：梅曾亮、曾国藩都肯定兼采骈散之长的方向，而曾国藩还编有《经史百家杂钞》，较《古文辞类纂》收入较多经史诸子之文。

至于桐城派的师徒传承，更是极一时之盛。姚鼐弟子管同、梅曾亮、姚莹、方东树是四位最有名的人物，加上"承学之士，如蓬从风，如川赴壑，寻声企景，项领相望"（《续古文辞类纂序》），桐城文风盛极一时。其中梅曾亮的弟子最多，影响亦大。他在京城与曾国藩友善，一同努力振起桐城文风。曾国藩以他的政治地位，登高一呼，响应者极多，如张裕钊、薛福成、黎庶昌、吴汝纶等闻名天下，号称桐城中兴。吴汝纶以桐城人传曾国藩文章衣钵，后又出任京师大学堂总教习，弟子较多。随时事变迁，当时以桐城古文做文章影响最大的，竟是两位翻译家严复和林琴南，前者译介西方社科著作，后者则译介英、美、法之文艺小说，且将狄更斯与司马迁做文笔上的比较，对中西文化的沟通有历史性贡献。而他们都受教于吴汝纶。这构成了桐城派，也是中国古文最后的光荣。

综观古文兴衰流衍的历史，可以说唐宋古文运动是核心时代，韩、柳、欧、苏确立了古文作为文章基本范式的地位。它上承秦汉、下启明清，无论后代人是反对还是支持，都无法绕过，它成为绝对的历史背景。明之唐宋派、清之桐城派都是在唐宋古文的传统那里确认自己的历史意义的。可以说，唐宋古文和唐宋诗一样，成为中国文学史中一种经典范型；唐宋时代与先秦时代一样，是中国文学的经典确立年代。只不过，唐宋诗是相反相成的一对类型，而唐宋文则是前后相续、一脉相承的。

第九讲　断裂还是延续：近现代文学之变折

中国文学在近现代的变化是显见的，而对它的理解，大致经历了传统的断裂和古今的延续两类意见的异议。这样的争执，在回溯既往历史时并不鲜见。或许不妨从一个更广阔的视野来观察作为文化活动的文学的诸侧面，比照不同时代中人们的文学观念、作者与读者及环境、文学呈现的类型体貌、文学所传达的情感思虑等，进而再来尝试回应近现代的中国文学与传统的问题。

引言

中国文学的古今之变，所谓"断裂"，是向来的感觉和说法。这中间或有许多特定的意识形态涵义[1]，而从人们的心理常态和历史的流程中来理解，文学历史上新潮出现之初强调差异和断裂，实属当事人自然的取向，即经由否定的方式肯定自我的历史定位；而随着时移势异，回眸既往，将当初的分水岭作为一个时代的开端乃至就此转向对一个时代的观照（如"五四"作为一个历史时刻成为所谓"五四时代"），也是常常发生的事。[2]

之后，有努力阐说古今关联性的尝试，力图说明近现代文学之质素在古代的近世已然包孕，而新文学之发达实是此类固有质素的展开：凡此，或可谓之"延续"之说。[3]

"断裂"和"延续"，两种意见看似对立，然而，这样的情势并非仅见。比如对文艺复兴与中世纪[4]，比如对法国大革命与旧制度[5]，都曾有类似的对立意见。

如此分歧，或许应当从更广阔的视野来观察。

从整个中国文学的历程观察，前现代的很长时期里，实有两个"轴心时代"：先秦和唐宋之际。它们是后世文士一再回顾的精神源头。对此，我们之前已有讨论。

我想说的是：如果中国文学史上的"轴心时代"臆说尚可供观察之参考，则近现代之文学，是否与之相关？更进一步地问：近现代文学，是否构成中国文学的第三个轴心时代？

当然，近现代文学中，依然存在轴心时代文学的痕迹。不要说近代诗坛"同光体"之宋诗倾向一直延续到现代（虽然只是文坛之一隅），即使是对现代文学之主流，宋诗学亦未必没有影响。[6]比如早先郑子瑜就曾讨论郁达夫旧诗与宋诗之关系[7]，虽然按照郁氏自述他对龚自珍、

吴梅村和黄仲则则更为倾心。[8]就文章而言，林琴南自觉是桐城文脉的延续者，其译笔影响现代文学，毋庸赘言；之后如朱光潜行文之流畅，亦非与桐城派无关；[9]鲁迅的文学之路无论翻译抑或小说创作，都是从文言旧章开始的[10]，而取径魏晋文章，人所皆知与章太炎深有关系。现代文学史上有名的"桐城谬种，选学妖孽"之说，是现代文学最初面对的真实对立面，但也是其本来的基础。[11]

可以举出许许多多这样的例子和个案，来试图说明古今之间的连续性。但，作为整体的近现代文学，是否能纳置既往轴心时代文学的荫蔽之中？

更有对文学史论域中的"文学"之理解问题：文学史所讨论的"文学"固然以文学作品的艺术和精神呈现为主要对象，但要理解这个对象，"文学史"上的"文学"还需包括文学的种种方面和层次，这个与文学作品相关的整体的"文学"，是文学史研究都得面对的。或许可以这么来问：作为文化行为的文学，古今之间究有异同否？这关涉对文学的理解，也即古今时代中人们的文学观念，关涉文学的作者、读者及环境，关涉文学呈现的类型体貌，关涉文学所传达的情思种种……

对此等文学诸相，似乎值得尝试做简要的勾勒。

一　西方文学观流行

中国文学传统在19世纪之后，随着变化了的政治和文化形

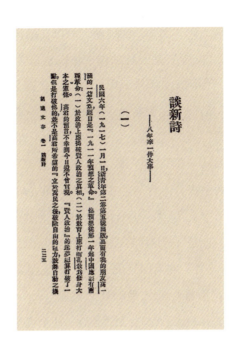

▼ **胡适《谈新诗》书影**
选自《胡适文存》，上海亚东图书馆1925年版

势，发生了根本性的转变。最核心的便是异域的文学因素，尤其是西方的文学经验进入中国文学流程之中，内在地决定了中国现代文学的走向。只看胡适最初提倡白话文学即可明白。虽然主张白话之前也有，且实践亦复不少[12]，但根本上尚不能成为一时的潮流。胡适的成功之速甚至连他自己都未能逆料，给韦莲司的信里他就承认过。[13]这中间的诸多原因暂且不表，只看他论证白话之必要而以西方文艺复兴之后从拉丁文的一统天下走向俗语文学为论据，就可以知道时代已然不同。[14]回想章太炎主张俗语，尚从有益于引车卖浆者流理解的角度立论。[15]

此后，对"文学"的理解，与以往渐行渐远。在现代学者的视野中，"文学"是一种创作主体以语言为媒介、自我表达的美的创造。[16]中国文学传统中，类似近代西方那样主要涉及美的、自我的和创造的文学观念，从来不占主导地位。传统文化视野之中的"美"，从来没有占据至高的地位：儒家相信"美"必须与"善"结合，"美""善"兼备、"尽善尽美"才是值得推崇的；[17]而道家则主张"本真"是高于"美"的范畴，所谓"朴素而天下莫能与之争美"。[18]至于所谓文学的"创造性"，对于中国古代传统而言，也是一个不那么适宜的陌生观念。[19]如今，文学不再是"天"之"文"的人间呈现（《易传》《庄子》《文心雕龙·原道》等），即所谓"人文"；不再是教化性的社会机制（social institution），比如美刺、讽喻（《诗大序》以下的儒家文论传统）；甚至也不再是"不平则鸣"而"发愤著书"的个人反应（司马迁"发愤著书"、韩愈"不平则鸣"、欧阳修"穷而后工"等）。新文学的作家们相信文学是个人情感和经验的表达，所以自我的表现是重要的。周作人在《中国新文学的源流》里面追溯新文学的源头就找到了晚明的那些文人和小品，其实小品固然有趣，但在中国传统文学里面，从来没有被确认为主流，它是大树必要的枝叶扶疏，但没有人认其为本根主干。周作人在这篇著名的讲演中还提出了中国文学的两种路数，即"文以载道"和"诗言志"的对立。[20]这一立论受到钱锺书的批评，说完全是两回事。[21]然而，周作人如此立论显然是重在所谓"言志"上，而在他所追溯的晚明语境中，这个所欲言的"志"主要是个人性的。当然现代文学家也重视文学"为人生"的话题，比如最早的文学社团"文学研究会"就标举这一口号；但这决不是传统的所谓"文以载道"了。这个"人生"的含义其实很广泛，它常常就是个人性的；再者，这个"为人生"的资源往往来自域外而不是传统，他们的理想典范是托尔斯泰和左拉而不是孔子、朱熹和韩愈。与此相关，对以往文学经典的理解，也就趋于新异，像《红楼梦》，王国维不再如过去将其视为"一把辛酸泪"的感伤故事，而看作叔本华意义上的人生悲剧。[22]

二　现代制度与情感

对文学的理解不同于以往，进而进入作为文化活动的文学，且由作家、作品和流通三方面，略加观察。

（一）作家

现代的中国作家，其生存环境发生了彻底改变。首先得提出，传统"学而优则仕"的上升通道，在1905年废除科举制后被破坏，文人在社会上安身立命的基本，发生了与以往完全不同的变化[23]，以往写作是业余的事业，而现在乃成为主要的人生道路。[24]与上升通道改变相配合，近代的文化制度也提供了近现代型态的文人出现和存在的可能。当时上海是一个重要的文学基地，这不仅在新文学诞生之后，晚清以来，不少小说家就已蛰居于此。一个重要的原因，即这里是近代中国出版文化的中心。在此基础上，漂流的文人的聚居，便成为一种可能，也就是说，在现代的物质文化条件下，通过报刊、书籍的出版，文人有了卖文为生的可能。如此多的人以此为其个人的预期生涯是前所未有的，虽然他们中间大多数其实无法赖此为生。而北方的作家如所谓京派文

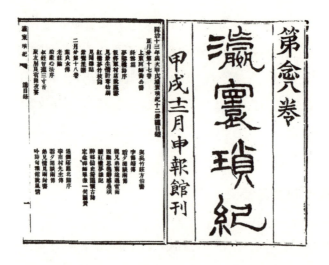

人多数是学院中人，他们的生存和发展方式就与海派作家有异。

（二）作品

从不同侧面来观察文学作品的情况：

首先，当然是语言，近现代的文学语言，趋向白话文而背离文言是一个基本方向。此外，还有一个特别的情形，即多种语言表达的混杂并存：最一般的是白话和文言之间的兼作，几乎所有新文学早期的作家都是如此，随着后辈渐渐疏离传统，这一情形有减弱之趋势，其中有些作家文白的结合仍然相当紧密，如林语堂；再就是运用不同语言的写作，仍以林语堂为例，他的英文小说颇有关注者，而《中国新闻舆论史》则传达出与其同时的中文著

作颇不同的精神面貌。²⁵

其次，作品的主题和内容，较之以往，显见很不相同。比如自由恋爱、乡土中国等题材在现代小说中甚为突出。前者的缘故在当时的作者及读者多为青年学生，而后者则主要因为不少作家是从乡土中国走向沿海城市，"乡土"，无论就国家还是个人都是一个无法回避的问题。²⁶革命加恋爱的作品在1920—1930年代风行一时，如蒋光慈，虽然陈独秀、瞿秋白都以为他的作品实在很没有天才²⁷，但确实代表了一种典型的样式；在很大程度上，早期巴金的作品如《灭亡》(1929)，也可以从这个角度来了解，到《家》(1933)以下的作品开始结合了家庭的因素，这也是当时新文化竭力反抗的对象，在巴金这里，以往的大家庭似乎代表了他的故乡。

再次，这些作品流露出浓重的浪漫情绪。李欧梵曾以romantic generation（"浪漫世代"）形容最初的新文学，这确是相当有道理的。当时流行李欧梵所谓的"倾诉文学"，自我呈现和袒露成为风尚；²⁸对"爱"高度的推重，徐志摩所谓"在茫茫人海中寻找我唯一之灵魂伴侣，得之，我幸；不得，我命"的表白是有关男女爱情的，巴金的"爱"更为广泛，且贯穿一生之始终，标榜不已，这两方面的爱结合起来，就是"焚身以火"的意识，毁灭自我，追求一个新生（郭沫若《凤凰涅槃》），同时还可以点亮世界、拯救他人。这与左翼倾向的文学属于同一条精神通道。即在所谓现实主义经典作品如茅盾的《子夜》(1933)中，其实也包含了一个英雄的浪漫传奇。²⁹浪漫人生转向现实人生的道路是漫长的，巴金直到1940年代《寒夜》的发表才最终完成，这已经是1947

《小说月报》
中国近现代新闻出版博物馆藏

1910 年，上海商务印书馆创办《小说月报》，初期以鸳鸯蝴蝶派文人为主要撰稿人，主要刊载文言小说、翻译小说等内容。1921 年由茅盾主编后，全面革新内容，成为现实主义文学的主要阵地。1930 年代初停刊。

年了。如果说现代文学之主题内容体现了现实性，那么文学风貌则体现出强烈的浪漫特质，当初梁实秋就指出过此点。[30] 梁是哈佛大学白璧德的弟子[31]，白璧德之批评浪漫主义以卢梭（即卢骚）为标的[32]，而有趣的是，卢梭在现代中国文学中正是不少人推崇的，比如郁达夫在《卢骚传》中就说：

> 法国也许会灭亡，拉丁民族的文明，言语和世界，也许会同归于尽，可是卢骚的著作，直要到了世界末日，创造者再来审判活人死人的时候止，才能放尽它的光辉。[33]

巴金直到晚年的《随想录》也或多或少以卢梭的精神为楷模展开自我解剖；巴金颇多的自我呈现和反省，本身就是浪漫主义的表现。

这些文学书写之中出现的图景和风貌，相对过去的文学传统，无疑是新鲜的。

（三）流通

作品的流通，在现代也发生了深刻的变化。两宋逐渐进入刻本时代之前，是所谓的抄本文化时代，文学作品依靠传抄流传，如唐诗。当时人能够读到的李白、杜甫诗作往往只是数十首而已，决未有如今日所见的整体形象[34]，或许可以说，今天我们读到的李杜的诗作，较之任何一位他们的同时代人都要多。更晚的文人文集的刻印，固然可以帮助读者留下较为完整的印象，但这对于创作者的影响还是有限的。[35]而现代出版条件下，出版文化的因

▶ 泰来洋行经销的印刷机

素直接介入、烙印在文学作品之中。简单的例子，巴金和金庸的许多作品都是连载的，可以想象限定的篇幅对作家之设置小说情节、节奏，一定有潜在的影响，五百字或三千字的连载形式之间的不同，必会在作品中留下印迹。郁达夫《毁家诗纪》的例子，可以非常生动地说明传统诗歌的创作、流通形式和现代出版文化相遇时，作品会经历如何的变化。[36]

三　文学发生的场域

讨论了上述制度性环境之后，有必要指出：近现代文学发生的地域空间及中心，与以往也有了很大的变化。或许这可以谓之"**现代文学乃至现代文化的域外起源**"。

这个问题说来话长，涉及中国文学空间展开的大势。纵观中国历史，似乎可以划分为两个大的历史阶段来了解。

首先，是文学中心和政治中心重合同一的时期。

在这一历史时期里面，文化权力和政治权力是结合在一起的，《诗经》的成形无疑在当时的政治中心，即周天子的朝廷里面，它本身就是国家礼乐文化的一部分，和今天所谓的作为个体情志抒发的诗歌文学迥乎不同。而后，汉赋的创作中心呈现了从诸侯藩王到天子之朝的转移：枚乘、司马相如都有过在诸侯藩王比如吴王或梁王支持下讨生活的经历[37]，而后则有机会进入汉武帝的天子之朝。政治、文化和经济，在古代中国是结为一体的。中古时代的几个文学中心，也可以作如是观。比如邺下，是曹魏政权的政治中心，同时也是"三曹""七子"等文学家活动的所在，这些作家在北方的大乱之中，得以聚首邺下，互相切磋文艺，甚至同题共作，在没有性命之忧的条件下提高诗赋技艺。稍后江南的建康也是如此，它是南朝各代的都城，有着前后相续关系的齐、梁、陈的作家们，在建康这一都城里面形成了南方宫廷文学的传统，这种情形一直延续到初唐时代。唐代文人纷纷涌向长安和洛阳两京，追求自己的政治前途和文学声誉，就像怀抱明星梦的男女奔向好莱坞一样，只有在那里，他们才能获得真正的文学上的名声和地位。或许可以举陈子昂为例，为在长安引起人们的注意，他花大价钱买了一张索价甚高的胡琴，而后一举而破抛之，转将自己的文稿遍赠与会者，因此一日成名。[38] 可以想象，陈子昂在长安破琴能够获得名声，而如果在他的四川老家，恐怕摔烂一百张琴，也没有反响的吧。不过，从南朝宫廷的有限圈子到这时候的长安市场，已经可以看到：文化的扩张使得文学走向了更为广阔的天地。如果在过去，陈子昂这样的外来者，恐怕很难进入宫廷文化圈——即使如刘勰那样获得沈约的赞赏得以进入仕途，也始终难以尽展其才。[39]

文学中心与政治中心相对分离，而趋向多元化的第二个阶段，大约发生在中唐时代。[40]

安史之乱使中国政治、经济和文化的版图发生了显著的变化。这种多元化的趋势，可以在江南地位的突出上看出来。比如说中唐时代的重要作家如韩、柳、白、刘等少年时代几乎都有若干年在江南度过，而柳宗元作为一个失败的政治活动的参与者，其实是在南方偏远的州郡，建立起自己作为古文家的地位和声誉的。中唐时代有了一种可能性，即不在政治中心而建立文学地位。刘禹锡也是很有意味的例子，他向湖州的皎然学诗，开始自己作为诗人的道路，而皎然代表的是江南一个相对独立、自成脉络的诗歌传统。[41]这些中唐时代开始出现的点滴的征兆，标识出文学多元中心时代的开始。元明清时代，江浙地区仍是并更加成为一个重要的文学中心区域，高启、文徵明、唐寅、徐渭、冯梦龙、钱谦益、朱彝尊、郑板桥、袁枚、赵翼、龚自珍等皆出自此。

近代以来，还出现一个非常特殊的情形，即文学的中心区域甚至出现在以往比较边缘的地方，如广东一地涌现的康有为、梁启超、黄遵宪、苏曼殊等。恰恰是在这个原来被视为边缘的区域里面，出现了近代"小说界革命"和"诗界革命"的主要人物。梅县黄遵宪"我手写我口"的主张，在胡适看来，足以代表当时的白话新诗。[42]新会梁启超鼓吹诗和小说的革命，尤其以鼓动（《译印政治小说序》和《论小说与群治之关系》）、翻译（《经国美谈》）、创作（《新中国未来记》）政治小说而著名，他将小说的政治地位抬得那么高，所谓："欲新一国之民，不可不先新一国之小说；故欲新道德必新小说，欲新宗教必新小说，欲新政治必新小说，欲新风俗必新小说，欲新学艺必新小说，乃至欲新人心、新人格，必新小说。"（《论小说与群治之关系》）这其实在近现代有很大的影响力，鲁迅就是因为觉得救治中国人的身体不及救治他们的灵魂重要才转而弃医从文，跑到东京投身文学的。而香山苏曼殊的小说，其中的情感表达在今天普遍被认为具有相当的现代因素。

当然，仔细看一看这些出生于传统中国文化的边缘区域的人物，他们未必就困守自己家乡；而毋宁说他们在很大程度上是故土的游子。康有为最初接受新知识、新观念的契机在参加科举考试回途经过上海，接触了许多涉及海外学问的书籍，而他在后来多年的流亡生活中创作的诗作，可能是他最有趣味和价值的文学创作。黄遵宪在日本任职，他的《日本杂事诗》显示了新异的内容和风格。而梁启超鼓吹"新小说"及其实践，都是在他流亡日本之后展开的。苏曼殊本人甚至就是在日本出生且有着日本血统的，他的诗文创作中的日本意象是一个非常突出的值得深入理解的方面。这种情形，一直延续到现代。鲁迅和周作人最早的文学活动是在日本开始的；而郁达夫最初的文学经验也来自日本留学生活（《沉沦》）；李金发则于留法时，在一个远离中国本土文学氛围的环境中开始创作诗歌。最有典型意义且最具说服力的例子，要属胡适的"白话文学"主张和实践，他是在美国出于个人经验而产生了改良文学的观念，并且付诸"尝试"的；甚至他最早和最持久的反对派如梅光迪、吴宓等也是在美洲大陆发展起来的。[43]再后一些，巴金是在法国、老舍是在英国开始他们的文学创作的。[44]

种种情形，似乎提示着现代文化的萌生空间甚至远在传统意义上的中国之域外。这一现象的出现，与中国文学向世界敞开的历史进程，恰相契合。我们终于进入了"世界文学"[45]的时代。在这个时代里面，民族国家的边界已经无法构成最后的界限：文学在哪里创作出来固然仍具有意义，但文学的灵感和资源则根本无法以特定的地域、种族等时空因素来界定了。这或许可谓之现代的文学传统意识里面的**"魂飞天外"**的特质。从既往的文学史实中可以理解到，任何一个作家都不是按照时下所谓文学史的构架去理解文学传统的，他们都有自己的文学认同，或许可以说每一位文学家都有自己"一个人的文学史"。以古典作家为例，一个南宋的江西派诗人，杜甫、黄庭坚、陈师道、陈与义这"一祖三宗"就是其"文学史"的主脉，其余则皆如浮云。这是以往文学历史中的常态。由此角度观察，现代许多作家的文学传统之认同，其实并非在中国本土：当冯至夹着歌德诗集走在乡间的田野上而头脑中回旋着里尔克的诗句，回去写下他的十四行诗的时候，是不是魂飞天外？穆旦等大学诗人写作时的偶像是奥登 (W. H. Auden, 1907—1973)、艾略特 (T. S. Eliot, 1888—1965)[46]，而不是任何伟大的古典诗人，他们的文学认同是不是超越了中国本土而接脉异域诗魂？[47]这在全部既往的中国文学历史上，前所未有。李白或许是出生在中亚的胡人[48]，白居易或许是胡人后裔[49]，纳兰性德是满人，但他们的文学传统意识乃至认同，则都属于中华。

四　文学类型的消长

继续前面文学书写的话头，文学类型中的诗歌经历的变化甚为深刻，蔚然成风的是翻译和小说创作。

（一）诗歌

中国古代最重要的文学类型，从六朝以下长期以来是诗歌（之前经历了赋到诗的转移），而现代变化最大的文学类型恐怕就是诗歌了。传统的诗体逐渐边缘化，成为个人性的或离散性群体的文学类型。现代文学语境中的旧诗其实是一个非常有意思的题目。新文学中不乏擅长并且始终以旧诗为表现媒介的人物，比如鲁迅、郁达夫，甚至诗人何其芳晚年也以旧诗遣怀。旧诗作为他们可以选择的许多文类中的一种，涉及的主要是个人性的主题，而现代性感受则似乎基本被排斥在这种体式之外。还有一些未曾参与新文学潮流的文人，基本以旧诗体式进行自己的文学性表达，但这些作品事实上只在有限的群体之中流传，并且构成一个相对封闭的意义世界，在这个文化共同体之外的读者，其实很难真正了解这些作品的意义所指。

与此形成对照的是，白话诗成为主要的诗歌体式。早期的尝试是放脚式的作品，比如胡适 (1891—1962) 的《尝试集》，第一首《蝴蝶》实是他纽约情事的记念："两个黄蝴蝶，双双飞上天。不知为什么，一个忽飞还。剩下那一个，孤单怪可怜。也无心上天，天上太孤单。" (1916/8/23)[50]随后更重要的变化，是与传统基本隔膜的一代诗人崛起，他们的文学资源、想象方式和诗歌技巧都源自域外，可以说是西方文学经验移植的结果。李金发 (1900—1976) 留学法国时就写诗了，是最早模仿象征派诗人的一位，只因文字比较奇特，甚至被认为他中文不够流利；这当然是无稽之谈，不过他外国渊源的色彩之浓如何引人注目，就可以想见了。何其芳 (1912—1977) 早年亦受法国象征派影响，不过其文字流丽，那首《预言》(1931年秋天) 的意象据高利克说是源自西方的[51]，诗以Echo自述的口吻写成，在何其芳版的神话中，Echo因为喋喋不休惹恼了天后赫拉 (她以为之所以不能抓住宙斯的风流情事就是因为Echo)，被贬谪下界，她得到预言说数年后有一位年轻的神会经过她的森林茅舍，她可以用自己的歌声引诱他；然而年轻的神却没有止步，继续前行。戴望舒（1905—1950）的诗歌创作和他的译诗是相应展开的："望舒译诗的过程，正是他创作诗的过程。译道生、魏尔伦诗的时候，正是写《雨巷》的时候；译果尔蒙、耶麦的时候，正是他放弃韵律，转向自由诗体的时候。后来，在四十年代译《恶之花》的时候，他的创作诗也用起脚韵来了。"[52]冯至（1905—1993）的十四行诗组诗，呈现出里尔克式的沉思和经验性，诗里面往往出现复数的"我们"[53]，这提示出这些诗歌表现的是他对普遍意义上的人的关注。如这组诗的第一首，写的是一种生命的期待，一种平易中的不平凡，得付出全部生命来领略和经验：

　　　　我们准备着深深地领受
　　　　那些意想不到的奇迹，
　　　　在漫长的岁月里忽然有
　　　　彗星的出现，狂风乍起：

　　　　我们的生命在这一瞬间，
　　　　仿佛在第一次的拥抱里
　　　　过去的悲欢忽然在眼前
　　　　凝结成屹然不动的形体。

　　　　我们赞颂那些小昆虫，
　　　　它们经过了一次交媾
　　　　或是抵御了一次危险，

便结束它们美妙的一生。
我们整个的生命在承受
狂风乍起，彗星的出现。

第二首关切的是生命，随着诗行的进行，最后点出死亡，以歌声脱离音乐来象喻生命的过往与生命本身，而暗合"托体同山阿"[54]：

什么能从我们身上脱落，
我们都让它化作尘埃：
我们安排我们在这时代
像秋日的树木，一棵棵

把树叶和些过迟的花朵
都交给秋风，好舒开树身
伸入严冬；我们安排我们
在自然里，像蜕化的蝉蛾

把残壳都丢在泥里土里；
我们把我们安排给那个
未来的死亡，像一段歌曲，

歌声从音乐的身上脱落，
归终剩下了音乐的身躯
化作一脉的青山默默。

穆旦 (1918—1977) 就学西南联大时是诗人和诗论家燕卜逊 (William Empson) 的学生，从那里亲承现代英文诗的传统，而对于传统，他的同学王佐良甚至说他的好处就是对中国古诗的完全无知：

> The really paradoxical thing to be said about Mu Dan is that while he expresses best the tortured and torturing state of mind of young Chinese intellectuals, his best qualities are not Chinese at all.⋯For the problem facing a contemporary Chinese poet is essentially the choice of a medium. The old style is abolished, but the clichés have come through to weigh down the new writings. Mu Dan triumphs by a willful ignorance of the old classics. Even his conceits are Western.[55] （穆旦的真正背反之处在于：他一方面最善于表达中国年轻知识分子受折磨而又折磨人的心情，另一方面他的最好的品质却全然是非中国的……现代中国诗人所遭遇的困难主要是表达方式的选择。旧的文体是废弃了，但是它的词藻却逃了过来压在新的作品上。穆旦的成功在他对于古代经典的彻底无知。甚至于他的奇思都是西式的。）

《五月》(1940年11月) 一诗[56]中，穆旦以戏拟的充满陈词滥调的七言诗句，与现代白话诗句对粗砺而实在的现实之写照相交错展开，使两者之间形成尖锐的对比，暗示古诗形式面对当代现实时遭遇的生命力问题。

或许可以说，新诗最好的作品其实出自一些对中国既往传统完全陌生的心灵，他们是永不回归的游子。一个人的精神植根处往往在关键的时候会透露无遗。何其芳早年的诗歌汲取了晚唐五代词的因子，或许这算是他晚年旧体诗的预兆；而穆旦则在不能写诗的岁月里成了一个翻译家，我们会永远感激他翻译了《欧根·奥涅金》和《唐璜》。

（二）翻译

既说到了翻译，就很有必要提出翻译文学在中国现代文学中特殊重要的地位。首先，从穆旦已能看出，域外文学尤其西方文学，是现代中国文学最重要的精神传统，它滋养了"五四"之后的数代中国文学家。鲁迅自述他之能创作小说，"大约所仰仗的全在先前看过的百来篇外国作品和一点医学上的知识"[57]，众所周知他里程碑式《狂人日记》之篇名就取自果戈理。在这个意义上，域外文学的译介便具有了特殊的重要性。比如林琴南虽然对白话新文学有强烈的反对，是所谓"桐城谬种"的代表，但林译小说却无疑是中国文学走向现代的重要标志之一；它的指向意义远远超越了白话、文言分歧的层面。而现代的杰出作家几乎无人没有翻译的经验；鲁迅很早就尝试以文言翻译，有《域外小说集》，虽然卖得很差；郭沫若学德文不久，就开始翻译《浮士德》。这一类例子不胜枚举。

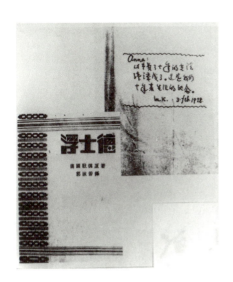

▼ 1928年初由郭沫若翻译的歌德名著《浮士德》
上海图书馆藏

其次，现代翻译文学，在白话文学语言的锻炼上，大有贡献。现代白话文无疑深受欧式语法的影响，这种糅合汉语传统和西方文法的新语言，主要在大量的翻译中得到实践乃至成熟的机会。对此，王小波《我的师承》可以说是一份直截了当地说出其中奥秘的证言，他提到了穆旦、王道乾、汝龙和傅雷。

就现代文学流程中翻译文学的参与程度而言，恐怕最前所未有的事情，发生在1950—1970年代。当新的政治格局使得文学走向极端境地的时候，是翻译文学保存了"五四"以来源自域外文学的文学精神传统连续不辍，使得有意于文学的一代人多少对真正的文学保守了恰当的趣味而不坠。这种必要的文学教育是1980年代以后文学复兴的基础。在中国历史上，传统文学也曾深受域外文学比如佛教文学的影响，但作为一股必要的力量在一个特定的时段内延续文学的血脉，则是没有任何先例的。

（三）小说

随着诗歌作为中心文类之地位的转移，现代中国文学的主导文学体式无疑是小说。[58] 其实这是传统中最受贬抑的文类，甚至较之戏曲更其等而下之。[59] 它成为主流文类的缘故，大抵可以从两方面来看：首先，西方文学近代的主流是小说，而近代以来翻译介绍最多的文学类型就是小说；其次，小说是一种社会性很强的文类，不仅在中国，西方小说的兴起也是如此[60]，而这种社会性的根性或许是最好的应对近现代中国复杂的社会、文化变动的媒介。[61]

结语

在以作为文化行为的文学之视野，分疏了近现代以来文学的变折之后，恐怕得说：至此所列述的各方面，如文学观念的变化（文以载道到言志抒情）、作者和读者的身份变动（贵族士人到科举平民）、文学语言的刷新（骈偶到古散）、文学类型的消长（赋到诗及俗文学之兴起）、流通方式的改变（抄写到印刷）、翻译的盛行和影响（佛经翻译）等，在既往的文学史上，都曾经发生过；但没有任何一次变化是如此集中而交错，在如此有限的时间里展开。这样的变折根本性地改变了文学的生态和格局。

最后，回到先前关于中国文学轴心时代的话头。这些变折的情状，不是既往的两个轴心时代的文学所能涵括和荫蔽的，不得不说，这是一个新的文学时代或者说中国文学第三个轴心时代的开始。

注释：

1 "五四"前后新文学的开辟者，原就是对传统文化有强烈批判倾向的文化人，他们强调与既往文学传统的背离是自然的事；至于后来建构文学史的努力，学术性工作与政治文化意识形态的纠缠亦是显然的。参王瑶《中国新文学史稿》的表述，该书《绪论》第一句话就是："中国新文学的历史，是从'五四'的文学革命开始的。它是中国新民主主义革命三十年来在文学领域中的斗争和表现，用艺术的武器来展开了反帝反封建的斗争，教育了广大的人民，因此它必然是中国新民主主义革命史的一部分，是和政治斗争密切结合着的。"（《中国新文学史稿》，第1页，上海文艺出版社1982年）

2 以布克哈特对文艺复兴的最初认识（"文化变革有如一个时间的分水岭"，"文艺复兴揭开了现代世界的序幕"），到后继研究者普遍将之作为一个时代，可以窥见此一动向。参丹尼斯·哈伊《近二十五年来对文艺复兴的研究》，载丹尼斯·哈伊著，李玉成译《意大利文艺复兴的历史背景》，第256—257页，生活·读书·新知三联书店1988年。

3　周作人作为新文学开辟的当事人，当初就已有意讨论"中国新文学的源流"（1932年3、4月间，周氏应沈兼士之邀在辅仁大学的连续讲演），晚近学界的例子，有如章培恒、骆玉明《中国文学史》（复旦大学出版社1996年）终章《向新文学的推进》、王德威《没有晚清，何来"五四"？》（《被压抑的现代性》，北京大学出版社2005年，英文本 Fin-de-siècle Splendor: Repressed Modernities of Late Qing Fiction, 1849-1911, Stanford University Press, 1997）等。

4　参丹尼斯·哈伊《近二十五年来对文艺复兴的研究》的回顾与分析，载丹尼斯·哈伊著、李玉成译《意大利文艺复兴的历史背景》（生活·读书·新知三联书店1988年），尤其第247—252页。

5　虽然有特定的观念和情感取向，托克维尔的《旧制度与大革命》（商务印书馆1992年）是非常重要的一部书，《前言》开篇明义："1789年，法国人以任何人民所从未尝试的最大努力，将自己的命运断为两截，把过去与将来用一道鸿沟隔开……我始终认为，在这项独特的事业中，他们的成就远较外人所想象的和他们自己最初所想象的要小。我深信，他们在不知不觉中从旧制度继承了大部分感情、习惯、思想，他们甚至是依靠这一切领导了这场摧毁旧制度的大革命；他们利用了旧制度的瓦砾来建造新社会的大厦，尽管他们并不情愿这样做；因此，若要充分理解大革命及其功绩，必须暂时忘记我们今天看到的法国，而去考察那逝去的、坟墓中的法国。"（第29页）

6　杨扬《晚清宋诗运动与"五四"新文学》，《天津社会科学》1998年第5期。

7　郑子瑜《郁达夫诗出自宋诗考》，载《诗论与诗纪》，中国友谊出版公司1983年。当年在福建郑向郁提出此题，郁不置可否，只说写成后寄他看。

8　郁达夫《自述诗》第一首自注："仁和龚璱人有《己亥杂诗》三百十五首，予颇喜诵之。"还曾集龚句成诗《集龚定庵句题〈城东诗草〉》；吴梅村亦见其自述诗："吾生十五无他嗜，只爱兰台令史书。忽遇江南吴祭酒，梅花雪里学诗初。"（龚自珍亦好吴诗，《己亥杂诗》自注说喜欢在夕阳斜晖里默诵梅村。）至于黄仲则，钱仲联《近百年诗坛点将录》即以为郁诗"取法仲则，才华动人"，而黄也是郁达夫小说《采石矶》的主角。参旧文《旧诗的一种处境》，见《彼岸与此境》，尤其第245—246页，山东友谊出版社1997年。

9　朱光潜出身桐城，《从我怎样学国文说起》曾自述："进了中学，我才知道有桐城派古文这么一回事。那时候我的文字已粗清通，年纪在同班中算是很小，特别受国文教员们赏识。学校里做文章的风气确是很盛，考历史地理可以做文章，考物理化学也还可以做文章，所以我到处占便宜。教员们希望这小子可以接古文一线之传，鼓励我做，我越做也就越起劲。读品大半选自《古文辞类纂》和《经史百家杂钞》。各种体裁我大半都试作过。那时我的摹仿性很强，学欧阳修、归有光有时居然学得很像。学古文别无奥诀，只要熟读范作多篇，头脑里甚至筋肉里都浸润下那一套架子，那一套腔调，和那一套用字造句的姿态，等你下笔一摇，那些'骨力''神韵'就自然而然地来了，你就变成一个扶乱手，不由自主地动作起来。桐城派古文曾博得'谬种'的称呼。依我所知，这派文章大道理固然没有，大毛病也不见得多。它的要求是谨严典雅，它忌讳浮词堆砌，它讲究声音节奏，它着重立言得体。古今中外的上品文章似乎都离不掉这几个条件。"（《我与文学及其他》，收入《朱光潜全集》第三卷，安徽教育出版社1987年）

10　如翻译《域外小说集》（1909），发表小说《怀旧》（1913）。

11　就京师大学堂到北京大学的学术脉络言，早先的吴汝纶、马其昶、姚永朴等，代表了晚清的桐城主流；民国初年的新进学人则多以中古文史研究为中心，如黄侃、刘师培都曾担任《文心雕龙》课程，前者留下名著《文心雕龙札记》，后者的讲义也有罗常培的记录本（见拙编《刘师培中古文学论集》，中国社会科学出版社1997年），刘氏讲《文心雕龙》必比读《文选》，黄侃选学功夫更是极深。站在更后的新文化运动参与者的立场，之前先后相续的两大学术主流，正是"桐城谬种，选学妖孽"。有关背景，参陈万雄《五四新文化的源流》，生活·读书·新知三联书店1997年；魏定熙《北京大学与中国政治文化：1898—1920》，北京大学出版社1998年；关爱和《古典主义的终结：桐城派与"五四"新文学》，上海文艺出版社1998年。

12 比如传教士的白话文实践，参袁进《中国文学的近代变革》第二章《语言与形式》第二节《西方传教士的努力》，广西师范大学出版社2006年。

13 胡适1923年3月12日的信："我怎么也想不到我所遭遇到最危险的敌人竟是这个轻易的成功。"（周质平《胡适与韦莲司：深情五十年》，第61页，北京大学出版社1998年）又见《不思量自难忘——胡适给韦莲司的信》，第145页，安徽教育出版社2001年。

14 胡适《文学改良刍议》："以今世眼光观之，则中国文学当以元代为最盛；可传世不朽之作，当以元代为最多；此可无疑也。当是时，中国之文学最近言文合一，白话几成文学的语言矣。使此趋势不受阻遏，则中国乃有'活文学出现'，而但丁、路得之伟业（欧洲中古时，各国皆有俚语，而以拉丁文为文言，凡著作书籍皆用之，如吾国之以文言著书也。其后意大利有但丁（Dante）诸文豪，始以其国俚语著作。诸国踵兴，国语亦代起。路得（Luther）创新教始以德文译《旧约》《新约》，遂开德文学之先，英法诸国亦复如是。今世通用之英文《新旧约》乃1611年译本，距今才三百年耳。故今日欧洲诸国之文学，在当日皆为俚语。迨诸文豪兴，始以'活文学'代拉丁之死文学。有活文学而后有言文合一之国语也。）几发生于神州。"（《胡适文存》卷一，第11页，黄山书社1996年）

15 章太炎《〈革命军〉序》："若夫屠沽负贩之徒，利其径直易知，而能恢发智识，则其所化远矣。藉非不文，何以致是也？"（《中国近代文论选》，第402页，人民文学出版社1959年）

16 这里仅举两位早期中国古典文学专家的"文学"界定为例。首先是刘永济的《文学论》："概括言之，则文学者乃作者具先觉之才，慨然于人类之幸福有所供献，而以精妙之法表现之，使人类自入于温柔敦厚之域之事也。"（《文学论》，第21页，商务印书馆1926年）其次是陈锺凡在现代中国第一部中国文学批评史著作中的"文学"定义："文学者，抒写人类之想象、感情、思想，整之以辞藻、声律，使读者感其兴趣洋溢之作品也。"（《中国文学批评史》，第6页，中华书局1927年）由此对"文学"的新建构，返观传统文学，有许多隔膜不恰处，参拙文《"文学性"与文学文化》，《文艺理论研究》2004年第6期。

17 《论语·八佾》："子谓《韶》，尽美矣，又尽善也；谓《武》，尽美矣，未尽善也。"钱锺书《中国诗与中国画》揭传统诗画的美学理想不同，诗中的典型即是美善兼备的"诗圣"杜甫。（《七缀集》，上海古籍出版社1985年）

18 《庄子·天道》。参拙著《庄子精读》第180页的阐说，复旦大学出版社2005年。

19 参李壮鹰《中国诗学六论》第三章《生成论》，齐鲁书社1989年版。

20 周作人《中国新文学的源流》，华东师范大学出版社1996年。

21 钱锺书《中国新文学的源流》，载《钱锺书散文》，浙江文艺出版社1997年。

22 王国维《红楼梦评论》，《中国近代文论选》，人民文学出版社1959年。

23 罗志田《权势转移：近代中国的思想、社会与学术》，湖北人民出版社1999年。

24 李欧梵《五四文人的浪漫精神》里面曾描述了此类新文人的一般形象和道路，载《五四：文化的阐释与评价——西方学者论五四》，山西人民出版社1989年。

25 拙文《不是"学院式的作品"，有意思吗？》，《东方早报·上海书评》2009年2月22日。

26 这里面所包含的两种基本的乡村图景（"乌托邦"之田园与破败艰辛的生活场域），某种意义上都是古代传统的再现：陶渊明重写了田园的图景，在古老的农事诗传统里独创出一层新的寄托理想的境界。

27 参《郑超麟回忆录》的记述，现代史料编刊社1989年。

28 最突出的例子如郁达夫《日记九种》及《毁家诗记》，而徐志摩著名的《爱眉小札》（1936）则是身后编刊的，其流行与现代众多自传的写作和出版，皆可说明时人对作家个人的强烈兴趣。关于现代中国"自传"与西方传统的差异（比如缺乏忏悔之类的自我批判意识及注重在社会和时代之中来描绘自我），以及传统中国的自传性书写，参川合康三著，蔡毅译《中国的自传文学》，中央编译出版社1999年。

29 参陈思和《中国现当代文学名篇十五讲》第十二讲《浪漫·海派·左翼：〈子夜〉》，北京大学出版社2003年。

30《现代中国文学之浪漫的趋势》，载《浪漫的与古典的》首篇，商务印书馆1927年。

31 梁实秋最初熟悉白璧德，很可能是在他出国之前通过吴宓的讲学，据《吴宓自编年谱》（生活·读书·新知三联书店1995年），1923年时为清华学生的梁实秋游学南京，在东南大学听吴宓讲"欧洲文学史"课，正讲到卢梭的著作与生活，梁实秋回清华后在《清华周报》撰文赞美吴宓授课之佳，以清华未能聘请原清华毕业生回母校任教为憾。就在这一年，梁实秋赴美留学，先在哥伦比亚大学，后亦转入哈佛投师白璧德门下。

32 Irving Babbitt, *Rousseau and Romanticism*（1919），欧文·白璧德著，孙宜学译《卢梭与浪漫主义》，河北教育出版社2003年。

33 吴秀明主编《郁达夫全集》第十卷，第399页，浙江大学出版社2007年。

34 参徐俊《敦煌诗集残卷辑考》"前言"，中华书局2000年；宇文所安《晚唐：九世纪中叶的中国诗歌》中亦有涉及，见第一章《背景》末节《幸存的诗歌》（第38—40页）和第十章《李商隐：引子》（第327—328页）等。（生活·读书·新知三联书店2011年）

35 事实上，近世的文学传布，尤其是后代承受前代的文学影响，更多还是通过体现特定美学趣味或文化旨意的选本实现的。

36 参拙文《情感投射中的女性表现——近代诗人龚自珍、苏曼殊和郁达夫》，载《古典诗学会探》，复旦大学出版社2006年。

37《汉书·枚乘传》记载枚乘曾劝谏吴王反对其对抗中央王朝的举动，"吴王不用乘策，卒见禽灭。汉既平七国，乘由是知名。景帝召拜乘为弘农都尉。乘久为大国上宾，与英俊并游，得其所好，不乐郡吏，以病去官。复游梁，梁客皆善属辞赋，乘尤高"。《汉书·司马相如传》记司马相如因"景帝不好辞赋，是时梁孝王来朝，从游说之士齐人邹阳、淮阴枚乘、吴严忌夫子之徒。相如见而悦之，因病免，客游梁"。

38 李冗《独异志》："十年居京师，不为人知。时东市有卖胡琴者，其价百万，日有豪贵传视，无辨者。子昂突出于众，谓左右：'可辇千缗市之。'众咸惊，问曰：'何用之？'答曰：'余善此乐。'或有好事者曰：'可得一闻乎？'答曰：'余居宣阳里。'指其第处：'并具有酒，明日专候。不唯众君子荣顾，各宜邀召闻名者齐赴，乃幸遇也。'来晨，集者凡百余人，皆当时重誉之士。子昂大张宴席，具珍羞。食毕，起捧胡琴，当前语曰：'蜀人陈子昂有文百轴，驰走京毂，碌碌尘土，不为人所知。此乐，贱工之役，岂愚留心哉！'遂举而弃之。异文轴两案，遍赠会者。会既散，一日之内，声华溢都。"

39 宇文所安教授曾经讨论过初唐到盛唐时代诗歌从所谓宫廷诗（court poetry）到都城诗（capital poetry）的转变。（Stephen Owen, The Great Age of Chinese Poetry: The High T'ang, New Haven: Yale University Press, 1981.）对此的说明参拙文《诗史的构筑与方法论自觉：宇文所安唐诗研究的启示》，《中国比较文学》1995年第1期。

40 分离的状况并非此前完全无有，但相对而言，乃偶然机缘所致。比如东晋时代不少名士居于会稽，因而有兰亭诗的产生；谢灵运山水诗的写作也是在他远离京城、退居自家庄园的时候，而成篇之后传入京城，人皆传诵也。（《宋书·谢灵运传》："少帝即位，权在大臣，灵运构扇异同，非毁执政……出为永嘉太守。郡有名山水，灵运素所爱好，出守既不得志，遂肆意游遨，遍历诸县，动逾旬朔……所至辄为诗咏，以致其意焉。在郡一周，称疾去职。……遂移籍会稽，修营别业，傍山带江，尽幽居之美。……每有一诗至都邑，贵贱莫不竞写……名动京师。"）这些当然与贵族文化仍有关联。不过，总体而言，这些并非普遍的情形。其他类型文化中心的例子还有如慧远之在庐山，这是当时佛教文化的一个中心；不过，宗教团体原来就置身方外，而且北方佛教的领袖人物鸠摩罗什依然紧附政治中心。

41 参赵昌平《"吴中诗派"与中唐诗歌》，《中国社会科学》1984年第4期。

42《五十年来的中国文学》，《胡适文存》二集，第203—207页，黄山书社1996年。

43 参拙文《从新英格兰到六朝故都：一个现代知识群体的聚散——以〈吴宓日记〉为中心的描述》，《云南大学学报》2007年第2期。

44 以上概说，参拙文《地域与中心：中国文学展开的空间观察》，《社会科学》2005年第2期。

45 歌德在1827年1月31日提及："民族文学在现代算不了很大的一回事，世界文学的时代已快来临。现在每个人都应该出力促使它早日来临。"（爱克曼著，朱光潜译《歌德谈话录》，第113页，人民文学出版社1982年）之后二十年，马克思、恩格斯在《共产党宣言》中谈道："资产阶级，由于开拓了世界市场，使一切国家的生产和消费都成为世界性的了……过去那种地方的和民族的自给自足和闭关自守状态，被各民族的各方面的互相往来和各方面的互相依赖所代替了。物质的生产是如此，精神的生产也是如此。各民族的精神产品成了公共的财产。民族的片面性和局限性日益成为不可能，于是由许多种民族的和地方的文学形成了一种世界的文学。"（《马克思恩格斯选集》第一卷，第254—255页，人民出版社1972年）

46 钱锺书戏译作"爱利恶德"，见《谈教训》，收入《写在人生边上》集中。

47 其实鲁迅早就自述："我所取法的，大抵是外国的作家。"（《致董永舒》1933年8月13日）

48 陈寅恪《李白氏族之疑问》（《清华学报》1935年第10卷第1期），收入《金明馆丛稿初编》。

49 马长寿《碑铭所见前秦至隋初的关中部族》，中华书局1985年。顾学颉《白居易世系、家族考》，《文学评论丛刊》第13辑，1982年；收入《顾学颉文学论集》，中国社会科学出版社

1987年。

50 周质平《胡适与韦莲司：深情五十年》，第31—33页，北京大学出版社1998年。

51 马立安·高利克著，伍晓明、张文定等译《中西文学关系的里程碑》第八章《何其芳的〈梦中道路〉》，第206页，北京大学出版社1990年。

52 施蛰存《〈戴望舒译诗集〉序》(1982)，《戴望舒译诗集》，第3—4页，湖南人民出版社1983年。

53 不是后来盛行的群体意识下的"我们"。

54 陶渊明《挽歌》其三，参龚斌《陶渊明集校笺（修订本）》，第381页，上海古籍出版社2011年。

55 Tso-Liang Wang, *A Chinese Poet*, 载 *Degrees of Affinity: Studies in Comparative Literature*, pp.95–96, Beijing: Foreign Language Teaching and Research Press, 1985.

56 穆旦《五月》，参《穆旦诗全集》，第87—89页，中国文学出版社1996年。

57 鲁迅《我怎么做起小说来?》，收入《南腔北调集》。

58 在中国现代文学史上，小说文类有一个值得特别注意的问题，就是通俗小说和新文学精英文学小说的双行并流。参范伯群《流行百年：中国流行小说经典》序，文化艺术出版社2004年。

59 几乎传统中国最伟大的小说，其作者都是暧昧不清的：我们并不了解《三国演义》的罗贯中，他是许多作品名义上的写定者；《水浒传》与施耐庵的关系，难以确定；吴承恩之撰写《西游记》，更是多受否定；《金瓶梅》的作者"兰陵笑笑生"究竟是谁，候选者竟至数十位；《红楼梦》出诸曹雪芹的详情，也是胡适《红楼梦考证》之后才逐渐明晰的。只要比较诸多著名的明清文人正大光明创作戏曲的事实，有关小说的这一切，都证明了它更为低下的文学和文化地位。

60 Ian Watt, *The Rise of the Novel*, Penguin Books, 1957. 伊恩·瓦特著，高原、董红钧译《小说的兴起》，生活·读书·新知三联书店1992年。

61 当然，现代中国的小说（Novel）在接受西方小说的文学陈规和文学经验时，深受传统的制约，从而形成与两者皆异的成果，这亦是需要坦然承认的。参吕正惠《抒情传统与中国现代文学》，载《现代中文学刊》2011年第5期。

跋

"中国古代文学史"，是我在复旦任教三十年始终担任的专业课程。

当初博士毕业留校，照例不能在本系开课，得经历全校和外系教学的锻炼之后，才能回来开讲。全校的公选课，记得讲过早年很感兴趣的"西方的中国形象变迁"之类；"中国文学史"最早则是在外文系讲的——曾有一段时间，外文系的教师来中文系讲"外国文学史"，中文系的教师去外文系讲"中国文学史"成为常例。

回中文系教的第一门专业课程，是1995年给94级本科生讲"中国古代文学史"。复旦的"中国古代文学史"向来分为三段，长期提供学生参考的教材是刘大杰先生的《中国文学发展史》，按先秦两汉魏晋南北朝、唐宋、元明清分三卷。我在硕士阶段的专业方向是汉魏六朝唐代文学，博士阶段则为先秦两汉，总之所读的文史典籍、关心而熟悉的学术问题大抵在宋代以前，近世以下不能说不了解，但多少显得支离。所以一开始，我在复旦的"中国古代文学史"课上担任的就是第一时段的课程。

初登讲台，年轻人难免紧张，我是两三年之后才在课堂上感觉自如从容的。所以最初几年的课程，都准备了较为详细的讲稿，纲目之下典籍文本、引证文献和主要论说一一写出，上讲台之后方能心中不慌。不过，这些讲稿虽然算详细，但不可能覆盖全部课堂讲授。那时的"中国古代文学史"安排了四周学时，因为另有"中国古代文学作品选"课程讲读文本，文学史课上一般不会细讲诗、赋、文，讲则必是那些涉及文学史的大问题的，所以课内讲授文学史起伏变迁的容量是颇大的。大约1998年，我为97级本科生讲"中国古代文学史"，现在于新加坡国立大学任教的曾昭程，当时课上课下时相往来，印象之中，他的课堂笔记相当完备。但直到2001年初夏他们这一级学生毕业前，我才想起留存一份他的笔记，但他已将书籍和笔记等打包寄回新加坡了；经他推荐，同为新加坡留学生的刘燕燕提供了她的记录稿，也较周全，因而复印、留存了一份。稍后，我门下的博士生盛韵将此笔记转录成电子文档，那以后每次开课，我便以此为基础时加增删，以为课堂讲授的底本。

也因此，"中国古代文学史"(上) 讲课的大致框架就相对稳定了：

导论

一　"文学"释义

二　"文学史"释义

三　"中国文学"综说

（一）中国文学的特质

（二）中国文学史鸟瞰

第一章　不可重复的想象：上古神话

第一节　真实与想象的辩证法：神话产生与分类

第二节　零散的图景：中国神话之特点

第三节　缀合重构的世界：古神话的条理化

　　这样的一个早期中国文学史框架，从来没有在任何一次具体授课中完整地讲过。

　　课堂教学，千变万化，每一次课程讲授，都不能与之前及其后的讲课严丝合缝，完全一致。从个人方面来说，可能当堂兴起，浮想联翩，谈到许多相关的问题，纵横上下，比较申论，往而不返，难以自已。我曾在课堂上向学生谈到过自己的困惑：当从书房或者研究室走进课堂，满心怀揣着对学术问题复杂性的强烈意识，要如何能饱含信心、确定无疑地向本科生宣讲所谓"客观"的知识？尤其在古代文学史的第一阶段，有太多的疑问和不确定性——这位作者真的存在吗？这部典籍在它的时代是如今我们所见的模样吗？文学和思想的线索真是如此构联的吗？等等——那么我们是视而不见，还是慎之又慎不断剖判？将所有的问题摆出来，很可能寸步难行，而且一定会令初入此领域的学生茫然无所适从；视而不见对不住学术的良心，而且是对听者的不尊重。关键在于得把握复杂的学术探讨和明晰的专业教学之间的"度"，那么"度"又在哪里？这实在须要多年的实践去摸索、感知。在学术的认知和教学的实际之间，有时是不能不有所调谐的，比如《诗经》既为"五经"之一，历来研究极多，问题最夥，聚讼纷纭，如果放开来讲，一个学期都不够；所以实际讲说时，只能从文学的角度择其最基本的情况做介绍，言语之间也得考虑为可能的争议留下余地，而且因为《诗经》之古老，便有意多援引现代与西方的例子，比类对照。

更有不能完全自主的各种外在因素的影响。2002年，复旦中文系规划开设了系列的原典精读课程，作为第一批推出的四门课程之一，我在那年的春季学期开始"《庄子》精读"的讲授。这无疑是非常好的举措，但确实影响到了"中国古代文学史"的教学，因为课时数的限制，文学史课减少到每周两个学时，是当初的一半而已。因而，在很大程度上，更须要删繁就简，放下许多的细节，突出主要的问题和脉络，尽量给予听讲的学生一幅清楚的早期文学展开的图景。这是我个人文学史教学经历之中较为显著的一次调整。

本书是在这样的背景之下的一份文学史讲录。

主体部分是依据多年前"中国古代文学史"（上）课堂录影整理而成的，对照前边列出的框架纲目，显然并不完全，是时数限制吧，无法全部完成（回忆中"佛教文学"部分，好像从来没机会、没时间讲，虽然这是我个人持续关注的领域，有不少自己的观察和想法）。这部分经过录影者的剪辑，已删略不少；转成文字，门下黄佳敏和瞿晓妍做了初步的工作，再经我的删订，主要是去除过多的口语痕迹，一些未说全、未说清的意思捋顺、补足，经此过程，深切感到自己绝非出口成章的人，很是沮丧。

如前边谈到的，我曾有通讲整个中国古代文学史的经历，并留有讲稿，但因为教学体制的原因，多年反复讲授的是先秦两汉魏晋南北朝这一时段的文学史。唐宋以下的部分，呈现在书稿中的仅是第八讲"唐宋文学之新典范及影响"。这是二十多年前曾应朋友之约进行过一个研撰项目而留下的痕迹，约简其稿，曾在若干学校和研究机构讲过。之所以安置在此，一者，自然是多少补缺；二者，中古以后唐代文学成为新的文学典范，与宋代文学之间形成的张力，在后代引致了持续的意义重大的反响，由此从一个特定的角度可以观照后世文学的趋舍起伏，而且因此本书的论涉也一直及于明清。这一方向的讨论和思考，对形成所谓"中国文学的三个轴心时代"曾有积极的助力，于我个人也颇有意义。第九讲"断裂还是延续：近现代文学之变折"，是20世纪末有关古典文学与现代文学关系的热议之后的个人回应，曾在学术会议上讲过，且整理发表了，载存于最后，算是我对于个人所认识的古典文学转型的一份说明。

本书涉及的文学史时段，多年教研而相当熟悉，课堂讲授时有兴起时的发挥，未必妥当，或有非常之议，敬祈谅察。许多问题，曾撰有相关论文，不少意见已见于讲述。附录的几篇文字，或为讲演记录，或为报刊文字，形式上或与本书相应，也能聊为补充，所以收载于相应的部分。

最后，诚挚感谢中华书局上海聚珍公司的贾雪飞女史，因为她的热情关心和周到安排，这部"中国古代文学史讲录"得以刊行就教于大家，特别是主书名"文脉的演进"出自雪飞的建议，很好地概括、提领了全书。

引驰

2024 年 10 月 2 日